DICK WOLF

Der letzte Plan

Buch

Es war ein ruhiger Flug gewesen, und der Landeanflug auf Newark stand kurz bevor. Bis plötzlich ein Terrorist die Kontrolle über die Maschine an sich reißen will. Doch er wird schnell von mehreren Passagieren überwältigt.

Detective Jeremy Fisk von der New Yorker Antiterroreinheit aber ist skeptisch. Der Mann hatte keine Chance auf Erfolg, nicht seit die Sicherheitsvorkehrungen nach dem 11. September 2001 so massiv verstärkt worden waren. Allerdings kann der Terrorist auch kein absoluter Dummkopf sein, denn immerhin hat er es geschafft, eine Waffe an Bord zu schmuggeln. War er nur ein Bauernopfer, und der eigentliche Terrorist konnte durch die Ablenkung unbemerkt in die USA einreisen? Fisk bleibt nicht viel Zeit. Denn die unmittelbar bevorstehende Zeremonie zur Eröffnung des One World Trade Centers ist das perfekte Ziel für die Taliban!

Autor

Dick Wolf ist Produzent und kreativer Kopf der erfolgreichsten Marke in der Geschichte des Fernsehens – der Serie *Law & Order*. Für seine Arbeit wurde er vielfach ausgezeichnet. Unter anderem erhielt er zweimal den Emmy, den bedeutendsten TV-Preis der USA, sowie einen Grammy und den Edgar Award für herausragende Leistungen im Krimigenre. Er lebt in Südkalifornien.

Weitere Titel in Vorbereitung

Dick Wolf

Der letzte Plan

Thriller

Übersetzt von Fred Kinzel

blanvalet

Die englische Originalausgabe erschien unter dem Titel
»The Intercept« bei William Morrow, New York.

MIX
Papier aus verantwortungsvollen Quellen
FSC® C014496
FSC www.fsc.org

Verlagsgruppe Random House FSC® N001967
Das für dieses Buch verwendete FSC®-zertifizierte Papier
Holmen Book Cream liefert Holmen Paper, Hallstavik, Schweden.

1. Auflage
Deutsche Erstausgabe Oktober 2014 bei Blanvalet, einem Unternehmen
der Verlagsgruppe Random House GmbH, München.

Umschlaggestaltung: © Johannes Frick, Neusäß/Augsburg
Umschlagmotiv: Arcangel Images/Nik Keevil; Getty Images/Sylvain
Sonnet; Shutterstock/Al Fabrykiewicz
Redaktion: Gerhard Seidl
HK · Herstellung: sam
Satz: Uhl+Massopust, Aalen
Druck und Einband: GGP Media GmbH, Pößneck
Printed in Germany
ISBN: 978-3-442-38278-1

www.blanvalet.de

Hintergrundgeräusche

September 2009
New York City

Bassam Shah war in zwei Nächten und einem Tag von Denver aus durchgefahren und hatte nur gehalten, um zu tanken, Teigtaschen zu essen und Red Bull zu trinken; zwischen den Tankstopps hatte er in eine Milchflasche aus Plastik uriniert.

Als er im Morgengrauen die chaotisch ineinanderfließenden Fahrspuren auf der New Jerseyer Seite der Washington Bridge erreichte, zwangen orangefarbene Verkehrskegel die Autos auf die rechte Spur. Streifenwagen der Port Authority Police versperrten die verfügbaren Spuren und lenkten alle Besucher der Stadt zu einem Checkpoint unmittelbar hinter der Mautstelle um. Der Pendlerstau nach New York hinein baute sich zu dieser frühen Stunde gerade auf, hatte seinen Höhepunkt jedoch noch nicht erreicht.

Zwei Männer in blauen Windjacken und mit Baseballmützen auf dem Kopf schwenkten ein Stück weiter vorn Taschenlampen und spähten in das heruntergelassene Fenster eines Wagens. Zu ihren Ohren führten Kabel.

Shah sah keine Hunde. Darüber war er froh. Bis zum Kontrollpunkt waren noch zehn Fahrzeuge vor ihm.

Er sah, wie ein Mann, der wie er selbst allein unterwegs zu sein schien, ausstieg und seinen Kofferraum öffnete. Die Kontrolleure – er sah jetzt die Aufschrift PORT AUTHORITY POLICE auf dem Rücken ihrer Jacken –

leuchteten hinein. Sie hoben die Matte über dem Reservereifen an, besprachen sich kurz …

… und ließen den Mann weiterfahren.

Shah musste es riskieren. Die Entscheidung fiel nicht schwer. Wenn er floh, würden sie ihn anhalten, eingehend durchsuchen und über ihren Erfolg frohlocken. Stattdessen machte er sich klein, genau wie man es ihm bei seiner Ausbildung beigebracht hatte, und versetzte sich in die Person eines dankbaren Einwanderers.

Seine Geschichte – er fuhr nach New York, um nach dem Kaffeestand seiner Familie zu sehen – hatte den Vorteil, wahr zu sein. Sie war belegbar. In einer Situation wie dieser war es unabdingbar, dass die Ausgangslage der Wahrheit entsprach.

Er setzte den Ford Taurus langsam vorwärts, warme Luft blies beruhigend aus den Lüftungsschlitzen. Es war ein trüber, frühherbstlicher Morgen. Er zählte abwärts, während jeder einzelne Fahrer befragt und jedes Auto durchsucht wurde.

Als er an die Reihe kam, ließ er sein Fenster hinunter und sah die Beamten an.

»Wohin fahren Sie?«, fragte der jüngere der beiden schwarzen Polizisten und leuchtete mit seiner Lampe in Shahs Gesicht.

»Nach Queens«, antwortete Shah. Er fühlte, wie sein Selbstvertrauen bei diesen Worten schwand. Etwas fühlte sich nicht richtig an. Aber so kurz vor dem Ziel zu scheitern, war ausgeschlossen. Er war sich in Colorado sicher gewesen, dass die Polizei ihn beobachtete. Aber seine Fahrt quer durchs Land war störungsfrei verlaufen. Er musste seine Befangenheit überwinden.

»Und Sie kommen von wo?«, fragte der Polizist.

»Denver«, antwortete Shah. »Dort wohne ich. In der Nähe, in Aurora.«

Alles wahr. Keine Lügen.

Der Polizeibeamte nickte. Wahrheit oder Lüge, es schien ihm nicht viel zu bedeuten. »Steigen Sie bitte aus.«

Natürlich ließen sie ihn aussteigen. Shah war Afghane, vierundzwanzig Jahre alt, mit karamellbrauner Haut. Sein langer Bart, die Haare und die Augenbrauen waren rötlich braun. Rein äußerlich entsprach Shah sämtlichen Kategorien ihrer erbärmlich schlichten Checkliste mit charakteristischen Merkmalen. Die Verkörperung dessen, was viele Amerikaner als gefährlichen Menschen betrachteten.

Er ließ gehorsam seinen Sicherheitsgurt aufspringen, versuchte ein Lächeln und tauchte in den warmen Luftstrom vor der großen Brücke über den Hudson River.

Der zweite Polizist beugte sich in die offene Wagentür und ließ den Schein der Taschenlampe über die Sitzpolster und den Bodenbelag wandern, als wäre sie ein Laserstrahl auf der Suche nach Hinweisen.

»Würden Sie die bitte öffnen?«, sagte der Beamte und richtete den Lampenstrahl auf die Sporttasche auf dem Rücksitz.

Shah hätte sich weigern können. Er kannte seine verfassungsmäßigen Rechte; tatsächlich kannten die meisten in den Vereinigten Staaten lebenden Afghanen die Gesetze auswendig. Diese Männer hatten keine Befugnis, ihn zu durchsuchen, aber sie konnten ihn »bitten«, sie woandershin zu begleiten, wo man ihn gründlicher durchsuchen würde. Alles, was sie brauchten, war ein Vorwand. An diesem dünnen Faden hing Shahs Freiheit jetzt.

Er zog die Tasche aus dem Wagen und spürte die Wärme des Lampenscheins auf seinen braunen Händen. Er öffnete sie und entnahm ihr ein langes Kopftuch, das er in den Händen zerknüllte. Dann zog er zwei ungewaschene Gewänder heraus, die nach kaltem Schweiß rochen, eine halb abgebrannte Kerze und Weihrauchstäbchen.

Anders ausgedrückt, hatte er genau das dabei, was diese Männer von einem Afghanen erwarteten.

Sie spähten weiter in den Wagen, ohne etwas anzufassen mit ihren Händen, die in blauen Handschuhen steckten. Shahs Laptoptasche lag auf dem Sitz neben der Tasche. Er zeigte sie ihnen, und sie waren zufrieden. Sie baten ihn, den Kofferraum zu öffnen, und er gehorchte. Sie entdeckten nichts darin außer dem Reservereifen, einem kleinen Werkzeugkasten und Dreck.

Und dann war es vorbei. Sie nickten in Richtung des Fahrersitzes als Zeichen, dass sie fertig waren, und sahen zum nächsten Fahrzeug. Shah leistete Folge, ohne Blickkontakt herzustellen, stieg in den Leihwagen, schnallte sich an und fuhr davon.

Auf der gesamten Brücke glitzerte der Morgentau, der die dicken Stahltrossen bedeckte, im ersten Licht. Unten wurden die Positionslampen der Schleppkähne auf dem Hudson River schwächer, als würden sie der aufgehenden Sonne ihre Referenz erweisen.

Shah empfand große Heiterkeit, weil er den Checkpoint passiert hatte, der Eindringlinge abschrecken sollte, der ihm nun aber tatsächlich wie eine Eingangsschwelle erschien.

Er war jetzt drinnen. Und es war leicht gewesen.

Gleichzeitig stieg neuer Zorn in Shah auf. Er verfluchte

die Unterwürfigkeit, zu der ihn die Brückentrolle gezwungen hatten. Er war ein Mann, dem seine Würde viel bedeutete. Und so nahm er die Schönheit und Großartigkeit des Blicks, der sich ihm bot, mit einer höhnischen Grimasse auf.

Während die Stadt quer vor seiner Windschutzscheibe vorbeizog, kehrte Shahs Selbstvertrauen in dem Wissen zurück, dass die Zünder sicher an einer Angelschnur im Lüftungsschlitz auf der Beifahrerseite verstaut waren.

Im zweiundzwanzigsten Stock des FBI-Hauptquartiers an der Federal Plaza 26 im südlichen Manhattan, nicht weit vom Rathaus entfernt, war die Sitzung der Joint Terrorism Task Force bereits im Gange. Jeremy Fisk, ein Detective der nachrichtendienstlichen Abteilung bei der New Yorker Polizei, traf verspätet ein und humpelte wegen eines verstauchten Knöchels.

Er hatte beim Spiel seiner Ü-30-Mannschaft am Vorabend – er spielte zweimal die Woche um 22.00 Uhr, eine lachhafte Zeit für einen Amateur, um Sport zu treiben, aber die einzige, die er einigermaßen zuverlässig mit seinem Dienstplan in Einklang bringen konnte – einen Korbleger verpasst, war auf dem Fuß eines anderen Spielers gelandet und umgeknickt. Dann war er auf dem Hallenboden gesessen, hatte sich das Bein oberhalb des überdehnten Knöchels gehalten und, während er sich selbst verfluchte, darauf gewartet, dass die Schwellung einsetzte.

Das war's, dachte er zum tausendsten Mal in seinem Leben. Jetzt reicht es endgültig mit Basketball. Biologie ist Schicksal, sagte man, und so kam es, dass ein für sein Alter großer ehemaliger Vierzehnjähriger immer noch an zwei Abenden in der Woche mit gleichgesinnten Desperados auf einem Basketballfeld umherhüpfte. Er liebte das Spiel, aber er hatte nie die reine Erschöpfung geliebt, zu der es führte, wenn man den Platz auf und ab rannte – und die sich neuerdings sehr viel schneller einstellte. Fisk hatte bei einem Meter dreiundachtzig aufgehört zu wachsen und war im College nie über die B-Mannschaft hinausgekommen, weil alle anderen besser und irgendwann auch größer als er gewesen waren.

Fisk humpelte zur Wand hinüber. Der Besprechungsraum war überfüllt mit Vertretern der verschiedenen Agenturen und Dienststellen, aus denen die behördenübergreifende Task Force JTTF zusammengesetzt war. Es gab ähnliche Task Forces in mehr als hundert Städten im Land, aber die von New York war, wie nicht anders zu erwarten, die größte. Neben dem gastgebenden FBI gehörten zu den ständig vertretenen Bundesbehörden der US-Marshals Service, der Secret Service, das Amt für Alkohol, Tabak und Feuerwaffen, der Diplomatische Sicherheitsdienst, die Zoll- und Einwanderungsbehörde, das Bundesfinanzamt, die Armee, der Ermittlungsdienst der Marine und mehr als ein Dutzend andere. Sie alle kamen zu den Strafverfolgungsbehörden auf bundesstaatlicher und lokaler Ebene hinzu.

Solche Task Forces werden aufgrund der vielen Abkürzungen und Akronyme häufig als Buchstabensuppe bezeichnet. In Fisks Augen war es schlimmer. Es war Buchstabensuppe, Minestrone, Muscheleintopf, französische Zwiebelsuppe und schottische Brühe … viele tolle Gerichte, die nicht auf dieselbe Speisekarte gehörten.

Fisks Behörde, die Intelligence Division, gehörte der JTTF nicht an. Sie fungierte als getrennte nachrichtendienstliche Agentur innerhalb der New Yorker Polizei. Man hatte ihn mehr oder weniger nur aus Höflichkeit eingeladen.

Fisk verlagerte das Gewicht von seinem verletzten Knöchel und lehnte sich an die Wand. Cal Dunphy, der gegenwärtig ranghöchste FBI-Beamte, der der Task Force zugeteilt war, blickte an der Stirnseite des Raums kurz auf, sagte aber nichts. Dunphy trug absichtlich eine Glatze, das breite Kinn formte seinen Kopf zu einem perfekten Oval. Er zog Unterlagen aus einem Ordner und überflog sie durch seine randlose Brille.

»Wir sind in seinem Auto und in seinem Handy. Wir sind in seinem Laptop. Mr. Shah bewegt sich voller Zuversicht und hat doch keine Ahnung, dass er hell und kräftig wie ein Leuchtturm für uns blinkt.«

Zwischen FBI und Fisks Intel hatte es in der Vergangenheit viele Meinungsverschiedenheiten über das richtige Vorgehen gegeben. Die Hauptquelle der Reibereien waren gemeinsame Zuständigkeitsbereiche gewesen: der gute alte Revierkampf. Zwei finanziell gut ausgestattete Operationseinheiten mit ähnlichen, aber nicht identischen Aufgaben, die in der großartigsten und am meisten ins Visier genommenen Stadt der Welt direkt auf Konfrontation gingen. Und beide Seiten durften und wollten sich keine Fehler erlauben.

Sie arbeiteten nicht gut zusammen. In letzter Zeit waren sie sich viel zu oft gegenseitig auf die Zehen getreten und hatten Ermittlungen des jeweils anderen geschadet. Es hatte verschiedene Versuche gegeben, Kommunikation und Koordination zu verbessern, aber das änderte nichts an der Tatsache, dass sie zwei Hunde waren, die sich um dasselbe Stück Fleisch balgten.

Und so hielt sich jede der beiden Organisationen die jeweils andere möglichst vom Leib. Das FBI hatte Shah in Denver für sich allein gehabt. Jetzt war Shah im Big Apple, im Revier von Intel. Sie hatten aus den Fehlern der Vergangenheit genug gelernt, um zumindest für ein Minimum an Koordination zu sorgen, was eben zu Fisks Anwesenheit bei diesem Briefing führte. Aber das bedeutete nicht, dass sie plötzlich an einem Strang zogen.

Als Dunphy fortfuhr, wurde Fisk klar, dass das FBI nur pro forma agierte. Sie teilten die Ergebnisse ihrer Überwachung mit, aber nicht die Quellen. Sie wollten in der Sache Shah weiter eine gewichtige Rolle spielen, und ganz sicher wollten sie nicht, dass Intel ihm unabhängig von ihnen auf der Spur blieb.

Verschiedene Verbindungsbeamte stellten Fragen, die sie klug und engagiert wirken lassen sollten, aber ohne echtes Interesse, das Thema voranzubringen. Gruppendenken. Fisk sah, wie Dunphy in seine Richtung blickte. Das immerhin musste man ihm zugutehalten: Er wusste, dass Fisk die Sache so nicht würde durchgehen lassen.

Fisk streckte die Hand aus, als wollte er diesen im Kreis fahrenden Zug zum Halten bringen. »Diese ganze Geschichte macht mich kribblig«, sagte er. »Sie gefällt mir nicht. Er ist jetzt hier, mitten in dieser Stadt. Wir wissen, was er bei sich hat, wir wissen, warum er hier ist. Ich halte es verdammt noch mal für zu riskant, ihn so an der langen Leine zu lassen. Sie behaupten zwar, Sie würden seinen Zeitplan zuverlässig …«

»Wir haben drei Tage, Fisk.«

»Einen Fuchs, der bereits im Hühnerstall ist, per GPS zu überwachen, trägt nicht sehr zu meiner Beruhigung bei.«

Dunphy verkniff sich gerade noch ein Seufzen. »Nichts würde zu Ihrer Beruhigung beitragen, Fisk.«

»Doch: Ihn sofort aus dem Verkehr zu ziehen.«

»Und drei entscheidende Tage herschenken, in denen wir nachrichtendienstliches Material sammeln können? Wer weiß, was wir von dem Burschen alles erfahren. Es könnte unschätzbar sein. Das ist die süße Frucht am Grund des Korbs, Fisk. Ich verstehe Ihre Nervosität, aber wir haben alles im Griff…«

»Es ist nicht Nervosität, sondern gesunder Menschenverstand. Sie wollen mir weismachen, der Kerl brennt kontrolliert ab. Ich habe solche Dinge aber schon oft außer Kontrolle geraten sehen. Dazu braucht es nichts weiter, als dass der Wind plötzlich dreht.«

Dunphy lächelte.

Fisk wusste, was dieses Lächeln bedeutete. Er sah es bei Eltern, die mit ihren Kindern im Park waren.

»Wir haben die besten Meteorologen im Land«, sagte Dunphy.

»Das Wetter vorhersagen ist nicht dasselbe, wie es regnen lassen«, entgegnete Fisk.

Das FBI hatte seit dem Heraufdämmern des Terrorismus im eigenen Land verschiedene Terrorattacken durch V-Leute initiiert. Auf jeden Anschlagsplan, der organisch, will heißen ohne Einmischung amerikanischer Polizeibehörden, entstand – wie der Unterwäschebomber in einem Düsenflugzeug über Detroit oder die geplante Attacke auf Fort Dix, New Jersey –, kamen zwei, die von V-Leuten des FBI angestoßen wurden. Nicht unähnlich tatsächlichen Führern von Terrorzellen radikalisierten sie dafür empfängliche Moslems, indem sie antiamerikanische Gefühle schürten und die Verschwörer mit Attrappen wie falschem C4-Sprengstoff oder harmlosen Sprengkapseln versorgten. Diese Verschwörungen, die nur auf dem Papier existierten, wurden dann als große Erfolge der Strafverfolgungsbehörden verkauft, als vereitelte Bedrohungen für die Sicherheit Amerikas. Man konnte jedoch ohne Übertreibung sagen, dass das FBI seit dem 11. September mehr Terrorattacken in den USA angezettelt hatte als al-Qaida.

»Meine Sorge ist«, fuhr Fisk fort, »dass bei Ihrem Plan alle mit von der Partie sind – nur der Terrorist selbst nicht.«

»Zur Kenntnis genommen«, sagte Dunphy, der jetzt verärgert und fertig mit Fisk war. »Noch jemand?«

Fisk hatte genug. Es gehörte zu den Freuden eines Nicht-Mitglieds, einfach aus einer Sitzung der JTTF spazieren zu können – oder humpeln wie in Fisks Fall –, und genau das tat er jetzt.

Knapp eine Stunde später hinkte Fisk in das Büro der Intelligence Division in Brooklyn. Das Gebäude befand sich fast draußen in Coney Island, eine lange Fahrt mit der Linie D von Park Slope. Umgeben von Autoschrottplätzen, ließ es nicht erkennen, welche wichtige Arbeit in ihm stattfand.

Nicht nur waren die Fenster aus kugelsicherem Glas, das gesamte Gebäude war kugelsicher verkleidet. Den ganzen Tag fuhren Autos auf den Parkplatz oder von ihm weg, das elektrische Tor ging auf und zu, aber merkwürdigerweise stellte niemand in dem Block Fragen.

Fisk schleppte sich zu seinem Arbeitsplatz, ließ sich auf dem Schreibtischstuhl nieder und schaltete seinen Computer ein. Dann lehnte er sich kurz zurück und schloss die Augen. Die Wartezeit, bis sein Computer hochgefahren war, war die ruhigste Phase seines Arbeitstags. Er hörte die Tagschicht eintrudeln, hörte, wie Kaffeetassen auf Schreibtischplatten gestellt und Stühle zurückgerollt wurden. Dann verstummte die Symphonie der Bürogeräusche kurz, und Fisk wandte sich den Herausforderungen des Tages zu.

Die Intelligence Division des NYPD war aus dem Terrorangriff auf New York vom 11. September 2001 entstanden. Nachdem Ray Kelly vier Monate später wieder als Polizeipräsident engagiert worden war, stellte er fest, dass die zuständigen Bundesbehörden New York im Stich gelassen hatten. Er verstand nicht, wie sämtliche Dienste nichts von einem Anschlag bemerken konnten, für den Dutzende von Personen Flugunterricht genommen, Grenzen überquert und Geld hin und her bewegt hatten. Niemand, so wurde ihm klar, würde auf New York aufpassen, wenn es die New Yorker Polizei nicht selbst tat.

Sehr viele Polizeidienststellen überall im Land hatten die Gefühlslage und die Angst nach dem 11. September genutzt, um ihren Etat und ihr Personal aufzustocken – von Großstädten bis zu ländlichen Kommunen stiegen die Ausgaben für den Gesetzesvollzug im ersten Jahrzehnt des einundzwanzigsten Jahrhunderts steil an – aber nur eine kommunale Behörde hatte ihre eigene Mini-CIA ins Leben gerufen.

Die Terrorabwehr-Abteilung des NYPD und deren Partnerschaft mit der JTTF war die öffentliche Seite der Bemühungen des NYPD. Das wahre Gesicht der Terrorabwehr, die Intelligence Division, trat selten in Erscheinung. Die häufig umstrittenen Einzelheiten der Arbeitsweise von Intel waren von daher streng gehütete Geheimnisse.

Nur Wochen nachdem die letzten Feuer auf dem frisch getauften Ground Zero erloschen waren, engagierte Polizeichef Kelly David Cohen, einen fünfunddreißigjährigen Veteran der CIA, als Chef von New Yorks erstem zivilem Geheimdienst. Sein Auftrag war einfach und doch furchterregend: die Stadt mit ihrer weltweit herausragenden Stellung vor Angriffen schützen.

Damals wurde die Intelligence Division hauptsächlich dafür eingesetzt, die verschiedenen Würdenträger, die New York besuchten, sicher durch die Stadt zu geleiten. Mit voller Unterstützung des Polizeipräsidenten wandelte Cohen sie von einem gemütlichen Posten für Vorruheständler zu einer Spezialeinheit um, die nachrichtendienstliche Erkenntnisse analysierte, überall in den fünf Stadtbezirken Übungen und verdeckte Operationen durchführte und ein ausgedehntes Netzwerk an Informanten kultivierte, das sie mit Insidermaterial versorgte. Während verdeckte Ermittlungen bei allen großstädtischen Polizeibehörden ein Thema sind, arbeitete keine andere städtische Polizeiorganisation im Land so aggressiv an der Infiltrierung potenzieller Terrorzellen.

Zu diesem Zweck holte Cohen mehrere frühere Geheimdienstkollegen zu sich, erst um Beamte zu prüfen und anzustellen und dann, um sie im Handwerk der Informationsgewinnung und Gefahrenbeurteilung auszubilden. Das Ziel bestand darin, militante Gruppen aufzuspüren und unschädlich zu machen, bevor sie zu vollständig radikalisierten Terrorzellen wurden.

Fisk war seit zwei Jahren Detective gewesen, als er auf eine Stelle bei Intel befördert wurde. Dass er fließend

Arabisch sprach, war dabei sicherlich nützlich gewesen. Fisks Mutter war Libanesin, sie stammte aus einer wohlhabenden Familie, die sich offen verzweifelt gezeigt hatte, als sie seinen Vater, einen in Texas geborenen Diplomaten, heiratete. Während Fisks Gehalt sich bei Intel nicht änderte – er war Detective zweiten Grads, egal, wo er beim NYPD arbeitete –, wurde er nicht von Etatzwängen behindert, wie es im normalen Dienst der Fall gewesen war. Kein Gezeter, wenn er Ausrüstung kaufen oder reparieren lassen wollte; finanzielle Mittel waren verfügbar und wurden problemlos gewährt. Was ihn überrascht hatte, waren die vielen Dienstreisen gewesen; seine Aufträge führten ihn nach London, Lyon, Tel Aviv, Toronto, selbst nach Ägypten und in den Irak. Er war in jeder Hinsicht ein Geheimagent innerhalb des NYPD.

Verdeckte Intervention war zu gleichen Teilen Kunst und Wissenschaft. Das Adrenalin strömte anders, wenn man Verbrechen untersuchte, bevor sie geschahen, statt auf unmittelbare Krisen zu reagieren. Die Notwendigkeit, Durchsuchungs- und Haftbefehle vorzulegen – das Puzzle zu zerlegen, bevor es ganz zusammengesetzt war –, war der einzige Nachteil von Intel.

Erfolg bedeutete, dass nichts passierte, keine Bombe detonierte, keine Brücke einstürzte, niemand in der Nacht schrie. Es bedeutete, die Stadt ging weiter ihren Gang. Dafür zu sorgen, dass Männer und Frauen weiter zur Arbeit gingen, Kinder in den Parks spielten und alte Leute über das Wetter klagten – das war sein Job.

Fisk öffnete die Augen. Rings um ihn herum herrschte das Getriebe des Büros. Die Wächter der Stadt ruhten, aber sie schliefen nie.

Sein Computer war hochgefahren. Das Hintergrundbild auf seinem Monitor war eine spektakuläre Ansicht Manhattans von Governors Island aus gesehen.

Er stürzte sich sofort in die Arbeit und überflog Berichte seiner Informanten. Sie waren am Tag zuvor fleißig gewesen; sie würden heute noch fleißiger sein.

Die Informanten waren entweder Polizisten, die verdeckt ermittelten, oder die sogenannten Moscheekriecher, Zivilisten auf der Gehaltsliste der Polizei, die sich überall herumdrückten, beobachteten und berichteten, wenn sie glaubten, etwas zu haben. Manche wurden durch uralten Hass dazu motiviert. Manche hatten Angehörige von der Hand der Taliban oder al-Qaidas verloren. Manche brauchten das Geld. Und für viele war es das kleinere Übel gewesen, zum Informanten zu werden, anstatt ins Gefängnis zu gehen.

Fisk ging die Berichte durch, die letzten Endes auf Tratsch aus muslimischen Wohnvierteln hinausliefen. Wessen Bruder war aus Übersee zu Besuch? Wessen Freund sah man plötzlich nicht mehr? Warum waren diese beiden Männer und eine Frau zum Kaffeetrinken in diesem Buchladen in Astoria, in den sonst nie jemand ging?

Vor Intel hatten die meisten Polizisten, die Terrorismusfälle bearbeiteten, noch nicht einmal gewusst, dass Moslems am Freitag gemeinsam beteten. Intels Analyseeinheit, die aus Geheimdienstleuten und Wissenschaftlern bestand, erklärte Dinge wie etwa, warum man ein Auge auf einen Mann haben sollte, dessen Familie eine Woche zuvor in Afghanistan von einer Drohne ausgelöscht worden war. Eine der vielen Lehren aus dem 11. September war, dass es eine zentrale Denkfabrik geben musste, wo alle hereinkommenden Informationen verarbeitet wurden, wo interpretiert wurde, was die Informanten sahen und hörten. Die Analyseeinheit behielt das Gesamtbild im Blick, die Nuancen und Zusammenhänge, die sich der Kenntnis des einzelnen Beamten bei Intel entzogen.

Ein großer Teil von Fisks täglicher Arbeit bestand darin, sich durch die Berichte seiner Informanten zu arbeiten und Memos zu lesen, die das FBI herauszugeben geruhte. Tage wie dieser waren die Ausnahme. Die Sache mit Bassam Shah war heiß.

Fisk ging zum Herz des Intel-Gebäudes, der offiziell Global Intelligence Room hieß, aber alle nannten ihn nur The Room. Der Raum lag tiefer als die Büros und war ungefähr so groß wie eine Schwimmhalle, mit einer offenen Seite, wo eine breite, aus drei Stufen bestehende Treppe zu den Büros und Arbeitsplätzen hinaufführte.

Ein Dutzend Flachbildschirme hingen an den Wänden und übertrugen Al Jazeera und alle anderen ausländischen Nachrichtendienste, die von großen Satellitenschüsseln hinter dem Gebäude aufgefangen wurden. Schlagzeilen der Weltnachrichten liefen in roter Schrift über LED-Displays unterhalb der Bildschirme. An der Stirnwand verfolgte eine elektronische Weltkarte mit codierten Lichtsignalen für New York, Tel Aviv, London, Riad, Islamabad, Bagdad, Manila, Jakarta, Tokio und Moskau verschiedene Bedrohungen.

Unter der Karte stand eine Batterie von Computerkonsolen, die es mit der Mission Control der NASA aufnehmen konnte. Sprachkundige Mitarbeiter, die fließend Arabisch, Paschtu, Urdu, Mandarin, Spanisch, Französisch und andere Sprachen beherrschten, verfolgten relevante Themen, die über die Nachrichtenkanäle kamen, und zeichneten sie auf. Sie speisten nützliche Informationen in die Büros der Beamten, die die Wandtafel der möglichen Bedrohungen pflegten. Diese Beamten wiederum unterrichteten Einsatzteams und Agenten im Außendienst, die den Erkenntnissen vor Ort in den Straßen New Yorks nachgingen.

Fisk setzte sich mit in ein Meeting der Analyseeinheit, die Shahs Bewegungen auf den neuesten Stand brachte. Die Tätigkeit bei Intel bedeutete Detektivarbeit, bei der man sich die Hacken ablief, und Kaffeesatzleserei, um ein Gesamtbild zu erraten.

»Wie war das Briefing beim FBI?«, fragte Louise, eine Expertin für arabische Dialekte.

»Wunderbar. Alle hatten sich lieb.«

»Haben sie dir wieder vors Schienbein getreten?«

»Basketballverletzung«, sagte Fisk und grinste. »Aber du hast natürlich recht.«

»Du legst es auch drauf an.«

»Hör zu, ich brauche jemanden, den das JTTF nicht kennt. Ein frisches Gesicht.«

»Oh, oh. Was hast du vor?«

Fisk tat beleidigt. »Ich mache meine Arbeit. Irgendwelche Empfehlungen?«

»Kommt drauf an. Gerät die entsprechende Person in Schwierigkeiten für dich?«

»Kommt drauf an.«

»Auf was?«

»Auf Bassam Shah.«

Bassam Shah stellte seinen Ford Taurus in der Tiefgarage eines Einkaufszentrums ab und nahm nur seine Laptoptasche mit. Bevor er den Wagen verließ, fischte er die Zünder aus den Lüftungsschlitzen der Klimaanlage und ließ sie auf dem Boden vor dem Beifahrersitz liegen. Die Wagenschlüssel legte er in die Becherhalterung und entfernte sich, ohne den Wagen abzusperren.

Die Zünder wurden unmittelbar darauf abgeholt, nur Minuten bevor ein Überwachungsfahrzeug des FBI einen Parkplatz in Sichtweite des Taurus belegte. Der Bote, der nichts von dem Gesamtplan wusste, schlüpfte zwei Reihen weiter rasch in ein anderes Fahrzeug und fuhr davon.

Shah eilte durch das Einkaufszentrum und sprang in ein Taxi, das ihn zu einer vereinbarten Adresse brachte. Er betrat den Eingang des Wohnhochhauses und ging sofort weiter in den Keller, wo er einen alten Tunnel benutzte, der Drogenhändlern und illegalen Einwanderern bekannt war. Er führte ihn zu einem zweiten Gebäude, das er durch den Hintereingang verließ, ehe er mehrere Hinterhöfe durchquerte und zu einer Bushaltestelle kam.

Der Laptop und eins seiner Handys waren nicht mehr da.

Shah stieg in die U-Bahn und fuhr eine Stunde lang umher. Er saß friedlich auf einem Eckplatz und beobachtete sorgfältig alle Leute, die ein- und ausstiegen.

Er wechselte zweimal den Zug und hielt nach bekannten Gesichtern Ausschau, entdeckte aber keine. Dennoch gelang es ihm nicht, sich zu entspannen. Er versuchte, sich einzureden, dass dies normal sei. Schließlich stieg er in einen 7er Zug und hatte Knopfhörer im Ohr, deren Kabel in seiner leeren Tasche endeten. Sein Unterkiefer zitterte, und er schien nichts dagegen tun zu können. Gespannte Erwartung und Adrenalin ließen seine Muskeln vibrieren. Er wünschte, er hätte ein Abspielgerät, in das er die Kopfhörer stecken konnte, um den schrillen Alarmtönen in seinem Kopf etwas entgegenzusetzen.

Endlich gelang es ihm, sich zu beruhigen, indem er seine Gedanken auf die Aufgabe richtete, die er zu erledigen hatte. Er stellte sich vor, wie der U-Bahn-Waggon plötzlich von orangeroten Stichflammen erfüllt wurde. Die Schockwelle riss die Stahlhülle auf, schoss durch die U-Bahn-Röhre und löschte alles menschliche Leben in seiner Bahn aus. Seine Gedanken gingen weiter, über den Radius der Explosion hinaus, zu der Angst, die sich in der Stadt und im ganzen Land ausbreiten würde.

Lähmung würde folgen. Dann Nekrose. Dann Tod.

Niemand ist irgendwo sicher. Nicht in New York und nicht anderswo.

Das war die Botschaft.

Seine körperliche Erschöpfung machte sich bemerkbar, zusammen mit dem Schaukeln des U-Bahn-Wagens ließ sie ihn einnicken. Er wachte mit wirrem Blick auf und schlug um sich, als eine U-Bahn-Fahrerin ihn wachrüttelte. Als die uniformierte Frau davoneilte, um Unterstützung zu holen, stürzte Shah aus dem Wagen und rannte schnell eine stehende Rolltreppe hinauf zur Straße, ernüchtert von seiner eigenen Unachtsamkeit. Zu viel stand auf dem Spiel.

Er ging den restlichen Weg zum Times Square zu Fuß. Die Sonne wärmte ihn, und er sah niemandem in die Augen. Die Stadtplaner hatten die Hauptkreuzung vor Kurzem für den Verkehr gesperrt und Tische und Stühle aufgestellt, um die Crossroads of America mehr zu einem Platz zu machen. Shah hielt nach dem Verkaufswagen seiner Familie Ausschau.

Bis in die 1970er hinein, gehörten die meisten fahrbaren Essensstände in New York Griechen und wurden von ihnen betrieben. Im Lauf der 1980er und 90er hatte sich das Geschäft aufgesplittert. Die meisten Verkäufer mieteten ihre Gefährte immer noch von den alten griechischen Besitzern, aber jetzt spezialisierten sich verschiedene Nationen auf bestimmte Produkte.

Obststände und Hotdog-Buden in Downtown wurden von Bangladeschi besetzt. Weiter nördlich waren die Hotdog-Stände in der Hand von Leuten aus der Dominikanischen Republik. Vietnamesen betrieben die Smoothie-Stände in der ganzen Stadt, Brasilianer und Kolumbianer die Buden mit gebrannten Mandeln und Nüssen. Und Afghanen standen hinter so ziemlich jedem Wägelchen mit Kaffee und Gebäck in der Stadt.

Shahs Vater, ein Taxifahrer, hatte seinen Stand 1997 gekauft, kurz bevor sie unerschwinglich wurden. Im Mai 2001 verließ er die Familie, um an einem Begräbnis im Bezirk Andarab in der Provinz Baghlan teilzunehmen, und kam nicht wieder. Die Suche der Familie nach ihm wurde anfänglich durch die Reise- und Informationsbeschränkungen infolge der Anschläge vom 11. September behindert, aber man hörte nie wieder etwas von ihm. Sein Verschwinden blieb ein nicht gelöstes Rätsel, das wie eine Wunde in Shahs Bewusstsein schwärte.

Shah hatte das Verschwinden seines Vaters im Lauf dieser zehn Jahre mit den Terroranschlägen in Verbindung gebracht. All sein Grübeln hatte ihn zu der Gewissheit geführt, sein Vater sei irgendwie in den Heiligen Krieg verwickelt. Er glaubte, dass sein Vater noch lebte und in die Widerstandsbewegung in den Bergen geraten war; höchstwahrscheinlich war er mit ihr dann nach Pakistan gewechselt.

In dem Ausbildungslager in Waziristan, das Shah besucht hatte, hatten seine Ausbilder entsprechende Andeutungen gemacht. Sie rieten ihm davon ab, die Suche nach seinem Vater fortzusetzen, was ihn in seinen Vermutungen nur bestärkte. Terrorzellen mussten aus Sicherheitsgründen getrennt bleiben, und Shah fügte sich dem höheren Zweck.

Der Kaffeestand erlöste dreißigtausend Dollar im Jahr. Shah hatte ihn Mitte des Jahrzehnts größtenteils allein betrieben, sein zuverlässig freundliches Morgengesicht für die in den Finanzdistrikt strömenden Banker und Angestellten maskierte den Aufruhr in seinem Innern. In jenen Tagen, die nun sehr lange zurückzuliegen schienen, hatte er einen Stapel Korane in einer Schachtel unter dem Wagen gehabt und jedem ein Exemplar gegeben, der eines haben wollte. Doch als die Fragen nach dem Schicksal seines Vaters immer mehr von seinem Denken Besitz ergriffen und seinen Alltag verzehrten, wurde ihm klar, dass er den Stand aufgeben und seinen eigenen Weg suchen musste.

Er ging für ein Jahr nach Denver, um in einer Moschee außerhalb der Stadt seine Religion zu pflegen. Shah vermietete den Stand an einen afghanischen Landsmann weiter, einen Cousin, der ganz versessen darauf war zu arbeiten und der mit seinem auskömmlichen Leben zufrieden, sogar glücklich zu sein schien – und im Wesentlichen blind für das Elend seiner Landsleute.

Shah kam alle paar Monate nach New York, um nach seinem Cousin zu sehen. Seine Besuche liefen immer gleich ab: ein paar Tassen Kaffee verkaufen, den einen oder anderen alten Kunden begrüßen und seinem Cousin helfen, den Wagen zurück nach Greenpoint in Brooklyn zu schleppen, wo er über Nacht aufbewahrt wurde. In letzter Zeit waren seine Ausflüge nach New York jedoch weniger Höflichkeitsbesuche als Aufklärungsunternehmungen gewesen. Außerdem bestärkte ihn die Rückkehr in die Stadt jedes Mal in seinem Entschluss und beseitigte alle Zweifel hinsichtlich seiner Pflicht.

Er traf Ahmed bei der Arbeit unter dem ausgebleichten Schirm des Stands direkt an der Seventh Avenue an, in einer strategisch günstigen Position, etwa gleich weit entfernt von all den vielen Starbucks rund um den Times Square. Mitte des Nachmittags war eine ruhige Zeit, die Kunden waren meist aus ihrem normalen Rhythmus gerissene Touristen, die unbedingt einen Kaffee brauchten, oder Angestellte aus den Büros in der Gegend, die eine Stimulans nötig hatten. Shah nahm seine Knopfhörer aus dem Ohr und begrüßte seinen Cousin, der begeistert war, ihn zu sehen. Shah erkundigte sich nach dem Geschäft und machte Small Talk, aber wenig mehr. Er behandelte Ahmed kühl, was nicht seine Absicht war, aber Shah wusste, dass er nicht er selbst war. Ahmed bemerkte seinen Mangel an Enthusiasmus augenscheinlich, sagte aber nichts.

Unter dem Vorwand, den Wagen nach eventuell nötigen Reparaturen zu inspizieren, sah sich Shah den Platz unter dem Wagen an, wo er früher seine Korane verstaut hatte. Ahmeds Rucksack war der einzige Gegenstand dort.

Ahmed brachte sein Problem mit den Kaffeegroßhändlern zur Sprache, und Shah nickte, als würde all das irgendeine Rolle spielen. Ein Mann näherte sich und sagte seinen Namen: »Bassam!«, und Shah wäre beinahe in Panik geraten. Aber dann sah er, dass der alte Mann ein früherer Kunde war, er erkannte sein nikotingraues Gesicht und die Turnschuhe, die er zu seinem Anzug trug wie die Berufspendlerinnen.

Der alte Stammgast erkundigte sich überschwänglich, wie es ihm ginge, und Shah antwortete wie vom Grund eines trüben Teichs. Er war unendlich weit entfernt von jeder Art gesellschaftlichem Umgang. Und dieser Mann war Jude! Shah gab es einen Stich angesichts seiner Dummheit, früher freundschaftlichen Verkehr mit ihm gepflegt zu haben.

»Stimmt etwas nicht, ist alles in Ordnung?«, fragte der Mann. »Sie kommen mir verändert vor.«

Shah schüttelte den Kopf oder nickte, er merkte nicht einmal, was von beidem. Doch wie er auf den Mann auch reagierte, im Geiste sagte er immer nur: *Geh weg.*

Schließlich ging der Mann tatsächlich, und Shah nahm wahr, dass Ahmed ihn argwöhnisch betrachtete. Shah sagte, sie würden heute ein bisschen früher Schluss machen. Zusammen schoben sie den Wagen zum Parkplatz an der 43. Straße. Dort luden sie ihn auf einen verrosteten Anhänger, den ein 1999er Toyota Camry zog, und brachten ihn zurück in das Lager in Greenpoint. Shah gab Ahmed seinen Rucksack und ein Bündel Geldscheine.

»Morgen darfst du dir frei nehmen, Cousin. Ich möchte gern mal wieder einen ganzen Tag am Stand arbeiten. Hier sind deine Tageseinnahmen im Voraus.«

Ahmed blätterte die Banknoten durch, es waren weniger als hundert Dollar. Und er war eher verwirrt als dankbar. Ein freier Tag bedeutete ihm nichts, das musste man ihm lassen. Er arbeitete, ohne zu klagen. Aber er freute sich, dass er seine Bezahlung erhielt. »Soll ich dir am Morgen helfen, die Automaten aufzufüllen …«

»Nein, das mache ich selbst.«

Ahmed hätte am liebsten darauf bestanden. Routine bedeutete ihm alles, und er wirkte beinahe gekränkt durch Shahs Großzügigkeit. Schließlich nahm er jedoch seinen Rucksack, nickte freundlich, wenngleich unsicher und machte sich auf den Heimweg.

Später saß Fisk an seinem Schreibtisch, als eine attraktive junge Frau auf den oberen Rand seines Monitors klopfte. Sie hatte kurzes, schwarz gefärbtes Haar, das aussah, als hätte sie es selbst geschnitten – eine raue Note, die einen Kontrast zu den weichen Zügen ihres Gesichts bildete. Dennoch kaufte er ihr den Punk-Look ab, das: Du kannst mich mal! Es musste nützlich gewesen sein, in Vierteln, wo es sich gut machte, Weiße zu sein und eine Wut auf die Vereinigten Staaten zu haben, als notorische Radikale durchzugehen. Sie hatte die letzten sieben Monate damit verbracht, von Revolution zu reden und abweichende Meinungen zu säen, um andere ans Licht zu locken, die darauf aus waren, solches Gerede Wirklichkeit werden zu lassen.

»Krina Gersten«, stellte sie sich vor. »Sie wollten mich sehen?«

Fisk nickte, abgelenkt von etwas, das wie ein Pickel an ihrem Hals aussah, direkt über dem Kragen ihrer militärartigen Jacke. Sein Blick ging auf das Mal, und statt ihn schuldbewusst abzuwenden wie ein Jugendlicher, der dabei ertappt wird, wie er in einen Ausschnitt starrt, kniff er die Augen zusammen, um besser zu sehen.

»Schlangenbiss?«, fragte er.

Sie lächelte und berührte die Stelle leicht wie eine Verbrennung. Sie hatte einen schönen Hals, weshalb das Mal so deutlich hervorstach. Und wenn sie lächelte, sah man eine winzige Lücke zwischen den Vorderzähnen, was ihrem Gesicht noch zusätzlichen Charme verlieh. »Sie sind der erste Mensch, der unhöflich genug ist, eine Bemerkung darüber zu machen.«

»Ich hinterlasse einen unglaublichen ersten Eindruck«, erwiderte Fisk. »Der Trick, müssen Sie wissen, besteht darin, das Gift herauszusaugen, ohne es zu schlucken und sich selbst zu vergiften.«

»Haben Sie Erfahrung mit so etwas?«, fragte sie.

»Mit Schlangengift?«, sagte er. »Fragen Sie meine Ex.«

Gersten lächelte darüber, nicht unbedingt, weil sie es amüsant fand oder gar beeindruckt war, sondern weil sie das Geplänkel zu schätzen wusste.

Fisk sah, dass Flirten für sie weniger eine Einladung als eine Herausforderung war.

»Ex wie in Exfrau?«

»Exverlobte«, sagte Fisk. »Sie war Schlangenbeschwörerin.«

»Verstehe«, sagte Gersten. »Hört sich nach einer lustigen Freundin an.«

Fisk streckte die Hand aus. »Jeremy Fisk.«

Gersten ergriff seine Hand und drückte sie kräftig.

»Na, na«, sagte Fisk und zog seine schmerzende Hand zurück. »Was für ein Todesgriff. Dad beim Militär?«

»Nicht beim Militär«, sagte sie.

»Oh, oh«, sagte Fisk, der wusste, was jetzt kam.

»Richtig«, sagte sie. »Ein Cop.«

»Himmel. Zweite oder dritte Generation?«

»Ich? Die vierte?«

»O Mann. Okay. Danke für die Warnung.«

»Sie haben keine Ahnung«, sagte sie. »Wie ist es mit Ihnen, Detective Fisk? Welche Geschichte haben Sie?«

»Ich? Ich bin nur ein stinknormaler Staatsdiener in der ersten Generation.«

»Ach ja? Woher haben Sie dann das Polizisten-Gen?«

»Mutation«, sagte er. »Ein genetischer Defekt.«

»Okay.« Sie schätzte ihn mit ihren Blicken ab. »Sie sind interessant.«

Fisk mochte sie auf Anhieb. Später sollte er erfahren, dass ihr Vater Sergeant und Leiter einer der Tauchereinheiten beim NYPD gewesen war, als er unter Wasser einen Herzinfarkt erlitt. Gersten war damals dreizehn gewesen. Sie wohnte immer noch bei ihrer Mutter auf Staten Island, was eine Art Ghetto für die Polizisten und Feuerwehrleute New Yorks war. Sie war außerdem nach dem College mit einem Team der National Police im Irak gewesen. Das Dasein als Polizistin war das einzige Gericht auf der Speisekarte ihres Lebens.

Mit einem Kollegen oder einer Kollegin bei der Polizei etwas anzufangen, war sehr schlecht, aber es gab sofort diese Unterströmung zwischen ihnen, die alles interessant und spannend machte. Gersten kam mit einer Empfehlung wegen ihrer Fähigkeiten und ihrer Arbeitsmoral zu ihm – und weil sie beschissene Aufgaben klaglos annahm und sich am Ende mit ihnen hervortat.

»Habe ich Sie hinken sehen?«, fragte sie.

»Gut möglich. Basketball.«

»Es schmerzt, alt zu werden, was?«

Er lächelte über ihre Unverfrorenheit. »Vielleicht werden Sie aus diesem Traum schlau, den ich letzte Nacht hatte. Ich war auf einer Cocktailparty in der Polizeiakademie, die außerdem meiner Highschool ähnelte. Jedenfalls sah ich, wie der Barkeeper eine Bombe unter dem Tresen deponierte. Ich sah das alles von der anderen Seite des überfüllten Raums … aber ich konnte nicht zu ihm gelangen wegen dieses Hinkens.«

»War er aus dem Nahen Osten?«, warf sie ein.

»Natürlich war er das«, sagte Fisk. »Wenn man den ganzen Tag Pizza bäckt, träumt man von Pizza. Wenn man den ganzen Tag vor Moscheen und Schawarma-Läden herumhängt, träumt man von Leuten aus dem Nahen Osten.«

»Erzählen Sie weiter.«

»Schließlich komme ich also in die Nähe der Theke – ich bin der Einzige, der dieses Ding ticken hört –, gehe um sie herum und bücke mich darunter … und da ist nichts. Nur die Behälter für die Soda-Zapfhähne. Ich blicke auf, und jetzt steht der Raum um mich herum in Flammen. Die Vorhänge brennen, die Wände schmelzen, aber die Leute plaudern und lachen immer weiter.«

»Nettes Besäufnis«, meinte sie. »Freie Getränke, nehme ich an?«

»Auf ein bisschen mehr Einsicht hatte ich schon gehofft, Frau Doktor.«

»In meinen Träumen ist mir jetzt immer bewusst, dass ich träume«, sagte Gersten. »Früher, bevor ich zu Intel gewechselt bin, war das nie so. Jetzt weiß ich immer, es ist nicht wirklich wahr. Ich weiß, ich muss alles im Griff haben, selbst im Schlaf. Das nimmt einem den ganzen Spaß, finden Sie nicht?«

»Immer wachsam«, sagte Fisk. »Das ist das Wesen des Jobs.«

»Ja, es liegt wohl in der Natur der Sache. Aber fair ist es nicht. Darf ich nicht einmal in meiner Freizeit abschalten?«

»So etwas wie Freizeit gibt es nicht«, sagte Fisk. »Vergessen Sie nicht, Sie sind nicht paranoid, sondern auf der Hut. Wenn ich heutzutage ins Kino gehe, muss ich immer an all die Leute um mich herum denken – wer sind sie, was tun sie?«

Gersten nickte. »Sie genießen den Film.«

»Und so soll es auch sein. Das ist unsere Aufgabe. Dafür zu sorgen, dass sie ihn genießen können.« Er seufzte. »Ich war früher gern im Kino.«

»Und ich habe gern geschlafen.«

»Okay«, sagte Fisk. »Nachdem wir uns jetzt ausgeweint haben …«

Er brachte sie auf den neuesten Stand der Dinge, was Shah anging. Nur die Höhepunkte fürs Erste.

»Kennen Sie den Imam, der das Begräbnisinstitut in Flushing führt?«

Gersten nickte. »Samara Abad Salame.«

»Das FBI hat ihn seit einer Weile in der Tasche. Hatte letztes Jahr ein bisschen Ärger wegen seiner Steuer. Nicht genug, um ihn vor Gericht zu bringen, aber genug, um ihn ein wenig gesprächsbereiter zu machen.«

Gersten verstand. »Sie haben ihm einen Besuch abgestattet.«

»Richtig. Salame hat bis jetzt brav geliefert. Soviel wir wissen, ist er auf dem richtigen Weg. Aber seine Loyalität gehört letzten Endes weder dem FBI noch uns. Deshalb ist es wohl nicht ganz abwegig, die Möglichkeit in Betracht zu ziehen, dass er dem FBI eventuell nicht alles erzählt. Nun hat mir die Analyseabteilung Stammbäume von einem Kerl besorgt, der zurzeit in Guantanamo sitzt und anscheinend Salames Bruder ist, wenn auch vielleicht von einer anderen Mutter.«

»Familieninteressen gehen über alles«, sagte Gersten.

»Genau. Und Shah ist ebenfalls ein Cousin von ihm.«

»Lassen Sie mich eins fragen«, sagte Gersten. »Glauben Sie, Shah wurde in Denver geködert?«

»Sie meinen, ob er ›ermutigt‹ oder anderweitig genötigt wurde zu handeln? Wahrscheinlich.« Fisk tat es mit einer Handbewegung ab. »Das kann mich nicht interessieren. Das ist das Problem des FBI. Unsere Aufgabe ist hier, wo konkret Menschenleben auf dem Spiel stehen. Was immer Shah an diesen Punkt gebracht hat, es gibt keinen Zweifel, dass er einen Terrorakt plant und vorbereitet. Er ist per Definition ein Terrorist.«

»Hört sich an, als würde ich von der Straße wegkommen«, sagte Gersten.

»Fürs Erste«, sagte Fisk. »Die Sache ist nämlich die, dass das FBI den Kerl noch eine Weile herumlaufen lassen will, sehen, wen er hier in New York trifft, noch ein paar Krümel Information auflesen.«

»Und Sie glauben, es lohnt sich nicht.«

»Nein. Auf keinen Fall, seit er sich vor drei Stunden der Überwachung entzogen hat.«

Gersten blieb der Mund offen. »Verdammt …«

»Wir sind mit Leuten in Kontakt, die seine Familie kannten. Ich habe da etwas im Visier, nicht wo er jetzt ist, sondern wo er hingehen könnte. Das FBI könnte diese Information ebenfalls haben.«

»Gut«, sagte Gersten, aber als sie seinen Gesichtsausdruck sah, fügte sie hinzu: »Oder nicht?«

»Das ist jetzt unser Ding. Ich brauche jemanden wie

Sie. Jemanden, der nicht nach Polizei aussieht. Jemanden, der nicht nur einen Terroristen täuschen kann, sondern vielleicht auch das FBI. Was ich jetzt gleich von Ihnen wissen muss, ist, ob Sie damit ein Problem hätten.«

Unter allen möglichen Reaktionen hätte Fisk am wenigsten mit einem Lächeln gerechnet. »Jetzt wird die Geschichte interessant«, sagte sie.

»Peavy?«, sagte Fisk. »Wo bist du?«

»Im Studio.« Peavy war ein Scharfschütze des Militärs, ein Veteran mit vier Kriegseinsätzen in den letzten zehn Jahren und fünfundachtzig bestätigten Tötungen. Er unterrichtete an einem Selbstverteidigungsstudio auf der Lower East Side. »Ich bin dabei.«

»Du weißt ja noch nicht einmal, worum es geht«, sagte Fisk.

»Es geht entweder um einen Job oder um Karten für die Yankees.«

»Die Yankees spielen auswärts«, sagte Fisk.

»Ist die Sache offiziell oder nicht?«

»Kommt drauf an.«

»Auf was?«

»Wie sie ausgeht.«

»Lass uns das nicht am Telefon besprechen«, sagte Peavy.

Um acht Uhr am nächsten Morgen betrat Shah ein nicht verschlossenes Haus in Flushing, einem Wohnviertel mit Einfamilienhäusern. Majid Kazir traf zehn Minuten später ein, er sah benebelt aus und hatte Ringe unter den Augen, weil er die ganze Nacht wach gewesen war. Er zog eine Dose Cola light aus dem Kühlschrank und setzte sich an den Tisch. Dann öffnete er die Dose mit einem langen Daumennagel und trank, als müsste er einen schlechten Geschmack aus dem Mund spülen. Er brauchte das Koffein dringend.

Kazir roch nach Bleiche. »Mutter ist fertig«, sagte er.

Sie waren im Haus von Kazirs Mutter, aber von ihr sprach Kazir in diesem Moment nicht. Der angebaute Schönheitssalon gehörte seiner Mutter, seine beiden Schwestern arbeiteten darin, und Kazir war der Manager. Kazirs Haar war kraus, aber flach, er hatte persönlich keinen Bedarf an Schönheitsprodukten, doch der Laden warf einen regelmäßigen Gewinn ab, und seine Mutter und seine Schwester waren immer zufrieden.

Der Laden war vier Tage lang geschlossen gewesen. Kazir hatte den Besuch des weiblichen Teils seiner Familie bei Verwandten in Pennsylvania für diese Woche arrangiert. Er brauchte das Haus für sich allein.

Als Geschäftsführer gehörte es zu seinen Pflichten, die für die Behandlungen nötigen Materialien zu besorgen. Er hatte im Lauf der letzten acht Monate geduldig einen bescheidenen Vorrat an Wasserstoffperoxid, Aceton und Säure von verschiedenen Lieferanten angehäuft. Aus den drei Bestandteilen in Aceton-Peroxid oder Triacetontriperoxid ließ sich ein hochexplosiver Sprengstoff herstellen. Die berüchtigte Empfindlichkeit des Gemischs auf Schock, Hitze und Reibung hatten ihm in islamistischen Untergrundorganisationen einen Spitznamen eingebracht.

Satansmutter.

»Mutter ist verpackt und bereit?«, fragte Shah.

Kazir nickte und unterdrückte einen Rülpser von der Kohlensäure. Er sah auf seine Hand, die noch immer zitterte. Er hatte die Zutaten die ganze Nacht lang erhitzt und vermischt. »Mutter war heute Nacht ein richtiges Miststück, mein Freund.« Dann trank er das Cola aus und warf die leere Dose in die Spüle. Shah war über das Netzwerk mit ihm in Kontakt gebracht worden. Kazir war nicht mit Gerede von Dschihad oder antiamerikanischen Gefühlen zu ihm gekommen – was gut war, denn das waren Kennzeichen von Lockvögeln der Polizei. Kazir war ernst, und er war still. Das Einzige, was Zorn in ihm aufwallen ließ, war die Stellung der Frau in der amerikanischen Gesellschaft. Er verabscheute ihre Unabhängigkeit, die seiner Ansicht nach der Grund dafür war, warum es ihm so schwerfiel, eine Ehefrau zu finden. Tatsächlich verehrten ihn seine Mutter und seine Schwestern als den Mann im Haus, und zwar in einem Maße, dass ihm nur ein geringer Betrag zum Familiengeschäft abverlangt wurde. Doch selbst den nahm er übel.

Er war überzeugt, für Größeres und Besseres geschaffen zu sein. Diese Sache hier war sein erster Schritt in Richtung Größe, in den Fußstapfen seiner marokkanischen Landsleute, die die Bombenanschläge in dem Vorortzug von Madrid inszeniert hatten. Nach außen zollte er Shahs Märtyrerhaltung großen Respekt, aber Shah vermutete, dass Kazir nie dasselbe Maß an Hingabe zeigen würde wie er selbst – also die äußerste Hingabe. Kazir hatte bei dieser Unternehmung sehr sorgfältig darauf geachtet, dass seine Beteiligung nicht aufgedeckt werden konnte.

Kazir war in demselben Lager hoch in den Bergen Waziristans, an der Grenze zwischen Afghanistan und Pakistan, das auch Shah besucht hatte, zum Chemiker ausgebildet worden. Shah vertraute darauf, dass der

Sprengstoff ihn nicht im Stich ließ – und er würde ihn nicht im Stich lassen.

Shah zog das Handy aus seiner Tasche. »Hier«, sagte er und legte es vor Kazir auf den Tisch, der es ansah, wie man vielleicht eine Küchenschabe ansehen würde.

»Was ist das?«

»Ein Telefon«, sagte Shah. »Es enthält meine Botschaft. Mein Video. Du wirst es um exakt 11.00 Uhr hochladen.«

Kazir sah das aufklappbare Handy an. »Hast du es selbst aufgenommen?«

»Natürlich.« Das Gerät war älterer Bauart mit einer Prepaidkarte aus einem Supermarkt. Mit der niedrig auflösenden Kamera des Handys hatte er seine letzten Worte in der Toilettenbox eines arabischen Restaurants in der 28th Street aufgenommen. Sein anderes Handy hatte er zusammen mit seinem Laptop »verloren«. Diesen Geräten war nicht zu trauen.

»Entsorg das Ding, wenn du fertig bist«, sagte Shah.

»Ich hantiere nicht gern mit elektronischen Geräten«, sagte Kazir.

Mit hochempfindlichem Sprengstoff ja, mit Smartphones nein. Shah schüttelte den Kopf. Dieser Mann verarbeitete Wasserstoffperoxid und Aceton zu explosiven Kristallen mit der Kraft von C4, aber er wurde paranoid, wenn er mit einem Mikroprozessor umgehen sollte. Shah war nicht unglücklich, diese Welt zu verlassen.

»Ich war sehr vorsichtig, das kann ich dir versichern«, sagte Shah. »Wo ist es?«

Kazir wies mit dem Kopf in Richtung Hintereingang.

Shah stand auf und fand eine kleine Sporttasche aus Leinen dort. Er hob sie hoch, zögerlich zuerst. Sie war schwer, aber noch gut zu tragen. Er überlegte, was er noch zu Kazir sagen könnte, der auf seinem Küchenstuhl sitzen blieb. Aber er fand keine Worte. Schließlich klemmte er sich die Tasche unter den Arm und ging einfach zur Tür hinaus. Sein Lebewohl würde nicht in Worten erfolgen, sondern durch die Tat.

Fisk sah durch das leistungsstarke Fernrohr, das auf ein Stativ geschraubt war und auf dem Dach des Marriot Marquis Hotels am Times Square stand. Ein Blendschutz aus Nylon am Ende des Fernrohrs verhinderte, dass das Sonnenlicht reflektiert wurde und seinen Standplatz verriet. Er hatte sich zwischen den wehenden Haarsträhnen eines Modells aufgebaut, das auf einem riesigen Reklameplakat für einen gepolsterten BH warb. Neben dem Fernrohr zeigte ein Monitor eine wacklige Ansicht des menschlichen Auges von den Crossroads of the World unter ihm. Fisk war per Kopfhörer mit dem Monitor verbunden.

Er beugte sich zum Fernrohr und machte einen Schwenk über den Platz, wie er sich jetzt am späten Vormittag darbot. Touristen, paarweise und in Gruppen, Hunderte von Digital- und Handykameras und wandelnde Reklametafeln, die sich abmühten, Passanten in Comedyklubs, Rundfahrtbusse und Restaurants zu drängen.

Fisk sah wieder auf. Er wollte das Fernrohr nicht vom Stativ lösen, um die umliegenden Dächer abzusuchen, weil er es dann wieder neu auf sein Ziel auf dem Platz einstellen müsste, aber er nahm an, dass das FBI seine eigenen Leute auf Aussichtspunkten rund um die 45th Street hatte. Wie üblich fragte er sich, worauf sie warteten. Verließen sie sich immer noch auf Shahs angebliche Dreitagefrist?

Was das anging – worauf wartete Shah eigentlich?

Fisk wandte sich wieder dem Fernrohr zu, bemüht, nicht ungeduldig zu werden. Er beobachtete den Naked Cowboy, der für Fotos mit Touristen unweit der nicht überdachten Sitzplätze vor dem Schalter des TKTS-Discount-Kartenschalters posierte. Er sah, wie eine wandelnde blaugrüne Freiheitsstatue die Leute in den Kartenschlangen bearbeitete, überflog die Traube potenzieller Käufer, die zwei riesige M&Ms in weißen Handschuhen und Schuhen umringten, eine rot, die andere gelb. Er schaute auf die Tische mit Handtaschen zu Schnäppchenpreisen und billig gemachten Souvenirs an den Rändern des Platzes, die mit schwarzen Händlern besetzt waren, die nervös wirkten.

Dann visierte er wieder sein eigentliches Ziel an, den Kaffeestand, der Bassam Shah gehörte und an dem dieser – zumindest heute – auch arbeitete.

»Okay«, sagte Fisk in ein kleines Mikrofon, das an seinem Kopfhörer befestigt war. »Das Ganze ist irrwitzig gefährlich. Genug gewartet. Zeit, einen Kontakt zu initiieren.«

Krina Gersten spazierte mit einem Stadtplan in der einen Hand und einem Reiseführer in der andern über den Platz. Jemand tippte ihr auf die Schulter, ein asiatischer Tourist, der ein Foto mit der als Lady Liberty verkleideten Mimin haben wollte. Alle wollten sich mit der grün angemalten Dame mit der Schaumstofffackel fotografieren lassen. Gersten machte das Foto gehorsam und beobachtete dabei aus dem Augenwinkel den Kaffeestand.

Touristen überall. Gersten spielte ihre Rolle und nahm jeden Flyer für Rabatt auf Pizza, für freien Eintritt in

Comedy- und Stripklubs und für Busrundfahrten, den man ihr hinhielt.

Am Ohr trug sie ein Bluetooth-Gerät. Die Leitung war offen. Sie konnte Fisk hören, und er konnte in Echtzeit bei ihr mitlauschen.

Im Y ihrer steifen neuen New-York-Yankees-Baseballmütze war eine winzige Lochkamera, die ihre Perspektive zu Fisk übertrug.

»Zeit, den Kontakt zu initiieren«, sagte Fisk.

»Bin schon unterwegs«, murmelte sie.

Sie ging zu dem Kaffeestand und wartete hinter einem gehetzten Büroangestellten, der Pause hatte und per Handy mit jemandem stritt. Shah spritzte aromatisierte Sahne in den Becher und gab zwei Päckchen Süßstoff dazu, der Kunde schob ihm drei Eindollarnoten über die Theke und entfernte sich, während er weiter in sein Handy keifte.

Gersten trat vor. Sie konnte den Schweiß auf der Stirn des Afghanen sehen. Er sah sie merkwürdig geistesabwesend an. Er sah krank aus.

»Hallo!«, sagte sie fröhlich. »Haben Sie koffeinfreien Kaffee mit Haselnussgeschmack?«

Er schien verwirrt zu sein. Dann sah er die Beschriftungen seiner eigenen Kaffeebehälter durch.

»Kein koffeinfrei.«

»Okay, dann nehme ich eben Koffein. Ich bin schließlich im Urlaub, oder? Wahrscheinlich brauche ich es sowieso.«

Er reagierte in keiner Weise. Gersten glaubte nicht, dass er sie überhaupt gehört hatte. Er nahm einen Pappbecher von dem Turm auf der Stange und füllte ihn.

»Schwarz, bitte, mit zwei Päckchen Süßstoff«, sagte

Gersten, als der Becher voll war. Sie schaute zu, wie er die gelben Päckchen aufriss. »Tut mir leid, ich will nicht aufdringlich sein, aber… geht es Ihnen gut? Sie sehen gerade nicht so toll aus.«

Shah warf ihr einen kurzen, harten Blick zu. Zum Teil lag vielleicht eine ethnische Voreingenommenheit gegenüber unabhängigen Frauen darin, zum Teil aber sicherlich auch Misstrauen. Er antwortete nicht, sondern rührte mit einem dünnen Holzstab ihren Kaffee um.

»Ich war nur besorgt«, sagte sie. »Ich wollte nicht… Hey, kann ich so einen haben…?«

Sie ging zur Seite des Stands und versuchte, einen vollen Blick darauf zu erhalten. Als sie die Hand nach einem Deckel für ihren Kaffeebecher ausstreckte, trat ihr Shah rasch in den Weg.

»Ich machen!«, sagte er. »Ich machen!«

»Okay, tut mir leid. Du meine Güte.«

Er reichte ihr den Kaffee.

Gersten jonglierte mit ihrem Stadtplan und dem Reiseführer und fischte ein paar Dollarnoten aus der Tasche, die sie glatt strich und ihm gab. »Danke«, sagte sie. »Schönen Tag noch.«

Sie ging zurück zu dem TKTS-Kartenschalter, den Stadtplan unter den Arm geklemmt. Der Kaffeebecher war nicht heiß in ihrer Hand. Sie trank sofort davon und stellte fest, dass er nur lauwarm war – und scheußlich. Der schlechteste Kaffee, den sie je getrunken hatte. »Ich glaube, es ist jeden Moment so weit«, sagte sie.

Peavy, der Scharfschütze, lag auf dem Vordach des MCC-Theaters auf der Lauer. Sie hatten über Nacht einen niedrigen, zeltartigen Schutz aufgebaut, aus demselben

Gewebe, das die Fenster von Fernreisebussen verdunkelte. Peavy und sein Helfer konnten hinaussehen, aber niemand sah hinein.

Der Times Square war ein großartiger Ort für ein erhöhtes Versteck. Wenn jemand nach oben schaute, dann schaute er weit nach oben, mehr Ablenkung gab es wahrscheinlich an keinem Ort der Welt.

Wally, Peavys Helfer, war am Tag zuvor mit dem Zug von Washington, D.C. gekommen und hatte keine Fragen gestellt. Wallys Talent war bei Straßenkampfsituationen in Übersee geformt worden. Das Geiselrettungsteam des FBI – das laut Fisk möglicherweise irgendwo in der Nähe auf der Lauer lag – war sehr gut im Scharfschießen und berühmt für seinen »Aspirintest«, die Fähigkeit, ein Aspirin auf tausend Meter zu treffen. Weniger in einer urbanen Umgebung.

Ohne Frage war Fisk ein besessenes Arschloch, dachte Peavy, an der Grenze zum Geistesgestörten. Aber nicht so gestört, dass er mitten in Manhattan für einen tödlichen Schuss Stellung beziehen würde gegen die Absicht des FBI. Und das machte die Sache erst unterhaltsam.

Er hatte einen netten Zweihundertvierzig-Grad-Winkel. Der Kaffeestand war ganz rechts. Wally hielt ihn über den wechselnden Wind auf dem Laufenden, was wegen der Gebäude nicht leicht war. Der ballistische Computer auf seinem Fernrohr verringerte den Schwierigkeitsgrad. Dieser Computer, der etwa so groß war wie ein Päckchen Zigaretten, berücksichtigte automatisch Entfernung, Flugbahn und Luftdruck und produzierte in Sekunden eine exakte Lösung für einen Schuss. Er hatte die erhöhte Position bereits eingearbeitet.

Im Augenblick war das Ziel sechshundert Meter entfernt. Peavy lockerte seine Schultermuskeln und wartete darauf, dass Wally Fisks Befehl übermittelte.

Shah hakte die Segeltuchabdeckung aus ihrer Öse auf dem Dach des Wagens und schlug sie vor die Kundenseite des Gefährts. Er sah Lady Liberty vorbeigehen, dann entdeckte er den Naked Cowboy, der in einer Ecke posierte. Jemand, der wie ein puerto-ricanisches Bandenmitglied der 1950er gekleidet war, mit Röhrenjeans und einem Päckchen Zigaretten unter einem aufgerollten Hemdsärmel, versuchte Touristen für eine Neuinszenierung der *West Side Story* zu interessieren.

Sie alle kamen ihm verdächtig vor. Und jeder Kunde heute Vormittag war ihm wie ein verdeckter Ermittler erschienen. Angst unterhöhlte seine Entschlossenheit.

Genug jetzt. Es gab keinen perfekten Zeitpunkt. Er musste es sofort tun.

Er ließ die Segeltuchplane auf der anderen Seite herunter und löste die Rädersperre. Dann zog er die Holzkeile weg und begann, den Wagen über den belebten Times Square in Richtung U-Bahn-Eingang zu schieben.

Fisk sah, wie zwei männliche »Touristen« ihre Stadtpläne zusammenfalteten und sich in dieselbe Richtung in Bewegung setzten, in die Shah seinen Wagen schob. Das FBI regte sich, aber es schlug noch immer nicht zu.

»Bleibt nahe dran«, sagte Fisk zu seinen Intel-Leuten. »Peavy, hast du ihn?«

»Mach dir um mich keine Sorgen«, kam die Stimme des Scharfschützen.

Fisk hatte die gesamte Kommunikation mit Shah aus Gerstens Sicht beobachtet. Er hatte die nervöse Erwartung in Shahs Gesicht gesehen. Und vor allem fragte er sich, was Shah auf dem Boden seines Wagens versteckte. Was Gersten nicht sehen sollte.

»Bleibt alle dicht dran«, sagte Fisk und setzte seine Kopfhörer ab. Er drehte sich zu schnell, vergaß seinen verletzten Knöchel und setzte sich hinkend in Bewegung. »Ich komme runter.«

Gersten folgte Shah in einigem Abstand und tat immer noch so, als würde sie sich von ihrem Stadtplan leiten lassen. Er blickte seitlich an dem Wagen vorbei, während er ihn schob, um nicht mit entgegenkommenden Touristen zu kollidieren. Er überquerte die 42nd Street und ging weiter nach Süden.

Eine Traube Touristen versperrte Gersten die Sicht, und gerade als sie um die Gruppe herum war, blickte Shah zurück und entdeckte sie, wie sie in seine Richtung schaute.

Verdammt. Es blieb ihr nichts übrig, als sich dazu zu bekennen. Kurz entschlossen winkte sie mit ihrem Stadtplan und eilte zu ihm.

»Hallo, äh, dieser Kaffee – der ist grauenhaft. Kann ich mein Geld zurückhaben?«

Er stand nur still da. Seine Augen waren so ausdruckslos, wie sie es noch nie bei irgendwem gesehen hatte. Die braunen Pupillen waren glasig, sie wirkten tot von innen heraus, und sie erkannte den Blick des wahren Fanatikers, eines Menschen in einer selbst herbeigeführten psychotischen Trance. In diesem Moment wusste Gersten, dass sie in die Augen eines Terroristen schaute.

Seine Haut war aschfahl geworden, mit roten Flecken am Hals wie von einem Nesselausschlag. Er konnte nur mit Mühe sprechen.

»Gehen Sie weg«, flüsterte er.

Gersten zögerte. Sie wartete auf Fisks Befehl.

Shah schob seinen Wagen noch ein paar Meter weiter, dann setzte er ihn plötzlich ab, griff in das Fach unter dem Wagen, holte eine Sporttasche hervor und fing an zu laufen.

Fisk kam aus dem Hotel, wich Touristen und Straßenhändlern aus und humpelte über den belebten Platz, bis er Gersten bei Shah stehen sah. Er hob die Hand und winkte, um seine Männer dazu zu veranlassen einzugreifen – aber sie waren bereits einige Schritte hinter dem FBI, das aus vier verschiedenen Richtungen anrückte.

Peavy schwenkte das Gewehr auf seinem Stativ. Wally nannte ihm eine neue Entfernung, die er in den Computer eingab. Die Zielperson hatte sich von rechts nach links bewegt und seinen Wagen dabei langsam geschoben. Als sie losrannte, atmete Peavy durch und behielt ihn im Visier.

»Gib Bescheid«, sagte er zu Wally, der mit Fisk verbunden war.

»Noch nichts.«

Die Zielperson verschwand immer wieder hinter Leuten, aber Peavy hatte ihn die ganze Zeit im Blick. Das Motto des Scharfschützen lautete: »Spar es dir wegzulaufen – du bist schon tot.«

Wally verfolgte ihn mit dem Fernglas. »Was hat er in der Tasche?«

»Nicht viel«, sagte Peavy. »Nur ein paar Kilo Sprengstoff.« Er sah ihn laufen und musste das Gewehr neu justieren. »Verdammt noch mal, Fisk.«

Gersten blieb Shah auf den Fersen.

Er hielt die Tasche auf eine merkwürdige Weise in die Höhe und hielt sie beim Laufen hinter seinen Kopf.

Gersten war soeben einem überraschten und nichts ahnenden Polizisten ausgewichen, als sie plötzlich von zwei Männern in Anzügen attackiert wurde.

FBI-Agenten, die brüllten, dass sie verhaftet sei.

»NYPD!«, sagte sie und versuchte, sich von den Idioten loszureißen.

Fisk kam dazu, packte die Agents am Kragen, fuchtelte mit seiner Dienstmarke herum und schrie ebenfalls. Dann lief er weiter, ohne auf seine Schmerzen zu achten. Er sah über die Kreuzung hinaus, welches Ziel Shah haben konnte. Als sein Blick weiter unten auf die 7th Avenue fiel, wusste er es. »Der U-Bahn-Eingang in der 42nd Street!«, rief er.

Es war ein Befehl.

Wally hörte etwas. Peavy erkannte es daran, dass er ihm neue Koordinaten nannte, weiter entfernt. Peavy gab sie ein, atmete durch und fand die Zielperson über sein Fernrohr.

Shah hielt die Sporttasche beim Laufen hinter den Kopf. Ein Treffer aus einer Kaliber-50-Waffe in Rücken, Hals, Rumpf oder selbst ins Bein war ein tödlicher Schuss, der das Opfer in einen finalen Schock fallen ließ. Aber nur ein Kopfschuss schloss jede weitere Reaktion des Opfers aus. Und Peavy war Perfektionist.

»Sprich mit mir, Wally.«

»Noch nicht.«

Peavy hängte sein Fadenkreuz an die Tasche, die sich ruckartig bewegte.

»Er ist in Reichweite. Lass fliegen.«

»Ich will den Kopf.«

»Triff die Tasche nicht. Er will in die U-Bahn. Schalt ihn aus.«

Peavy verfolgte das Ziel. Nur noch ein paar Schritte …

Fisk sah, wie Shah ein Kind über den Haufen rannte, als er weiter auf den U-Bahn-Eingang zuhielt. Sein eigener Schwung ließ ihn straucheln, und er streckte die Hand mit der Tasche von sich, um das Gleichgewicht zu halten …

Fisk hörte nichts. Keinen Knall, kein Echo.

Auf der oberen Treppenstufe verschwand Shahs Kopf in einem rosafarbenen Sprühnebel. Der Körper des Terroristen verdrehte sich mitten in der Bewegung und stürzte kopflos nach vorn.

Die Sporttasche landete neben ihm – nicht weich, aber weich genug.

Fisk blieb benommen stehen. Er schätzte den Wirkungsradius des Sprengstoffs ab.

Gersten holte ihn ein, FBI-Agenten stürzten an ihnen vorbei zu dem toten Terroristen. Sie sah Fisk an. »Wie haben Sie das gemacht?«

Fisk drehte sich um und blickte zum Times Square zurück. Er wusste nicht, wo Peavy sich aufgebaut hatte – nur dass er inzwischen wahrscheinlich von dort verschwunden war.

»Ich habe Freunde höheren Orts«, sagte Fisk.

Oktober 2009
Abbottabad, Pakistan

Arshad Khan, ein schwergewichtiger, über fünfzigjähriger Mann in einem blauen Trainingsanzug und Basketballstiefeln von Puma, wirkte ausgesprochen fehl am Platz unter den spielenden Jugendlichen und den Touristen im Internetcafé All-Joy.

Er schlürfte seinen heißen Tee und durchstreifte das Netz nach Zeitungsartikeln, YouTube-Videos und Blogeinträgen zu dem Zwischenfall mit Bassam Shah in New York. Es gab wenige Informationen von Wert, aber es befriedigte seine Neugier.

Bei einer Bildersuche auf Google füllten ausgelesene Fotos von Sonnenblumen ein zweites offenes Fenster auf dem Monitor, der mit einem Fahrradschloss an der Theke des Cafés festgemacht war. Er entdeckte acht neue, die er von früheren Downloads nicht kannte, und speicherte sie auf einem Zwei-Gigabyte-USB-Stick, dessen Licht flackerte, während er in Betrieb war und die Bilder speicherte.

Nachdem er seine Haltung verändert hatte, um zufälligen Beobachtern die Sicht zu versperren, öffnete er schließlich ein drittes, sehr kleines Fenster und browste rasch durch vertraute Pornoseiten – solche, die das Café nicht gesperrt hatte. Er fing fast wahllos jpg.-Bilder und Videoclips auf – Milch absondernde Frauen, Lesbierinnen-Sex, onanierende schwule Männer –, bis der Stick voll war.

Er steckte ihn aus, zahlte den Teenager an der Tür für seine Stunde am Computer und wünschte ihm Frieden. Khan sprach Urdu mit einem paschtunischen Akzent, aber seiner lässigen Aufmachung nach hätte er von überall aus der arabischen Welt stammen können. Er überquerte die Straße und genoss die kühlere Luft unter den alten orientalischen Platanen. Viele der Bäume waren fünfhundert Jahre alt, ein Umstand, den er beruhigend fand. Das moderne Leben war voller versuchsweiser Wirklichkeiten, aber Zeit und Geschichte gehörten niemandem. Die Zukunft jedoch war immer in Bewegung.

Er betrat den Parkplatz einer Squash-Anlage, Heimstätte des Spiels, das die Pakistani von ihren englischen Kolonialherren übernommen und dann fünfzig Jahre lang beherrscht hatten. Khan sperrte die Fahrertür seines ziegelroten Suzuki-Minivans auf, zwängte sich hinter das Lenkrad und blieb mit laufendem Motor und eingeschalteter Klimaanlage sitzen.

Zehn Minuten lang beobachtete er genauestens alle Personen, die das Café betraten oder verließen. Khan würde mindestens einen Monat lang nicht in dieses Internetcafé hier kommen, da er seine wöchentlichen Besuche reihum auf die sechs Stück aufteilte, die es in Abbottabad gab. Er überwachte außerdem alle vorbeifahrenden Autos, Fahrräder, Tuk Tuks und ihre Fahrer und ließ den Blick über die Dächer der niedrigen Gebäude in diesem Teil der Stadt schweifen. Abbottabad gehörte zu den am schwersten von dem katastrophalen Erdbeben von 2005 betroffenen Gemeinden, und niemand riskierte den Bau eines Hauses mit mehr als zwei Etagen.

Als er sich überzeugt hatte, dass er nicht verfolgt oder beobachtet wurde, fuhr er vom Parkplatz und fünf Kilometer auf der Kakul Road nach Nordosten zur Vorstadt Bilal, nicht weit von Pakistans nationaler Militärakademie. Die Sonne, die heiß vom Himmel brannte, ließ Luftspiegelungen in der Ferne entstehen, aber er war sich sicher, dass er allein war und niemand ihm folgte. Er hatte diese Fahrt schon viele Male gemacht.

Sein Anwesen war etwa dreieckig geformt, und er passierte ein Tor an der Westspitze der vier Meter hohen Betonmauer, um auf das Gelände zu gelangen. Er durchfuhr eine schmale, etwa zwanzig Meter lange Gasse, dann stieg er aus, um das erste Tor zu schließen und das zweite zu öffnen. Durch dieses gelangte er auf den Vorplatz einer Garage. Khan stellte den Suzuki auf einem der vier Garagenplätze ab und schloss die Tür.

Khan sah drei Fahrräder mit Satteltaschen aus Bast auf den anderen Stellplätzen. Er runzelte die Stirn. Es war immer einfacher, wenn bin Laden allein war. Nur selten kamen Leute von außerhalb. Sie verkleideten sich meist als Arbeiter, blieben den ganzen Tag und brachen in Richtung Asr auf, wenn die Straßen in der Nachbarschaft sich mit anderen Arbeitern und Dienstpersonal auf dem Nachhauseweg füllten.

Dennoch machte ihn die Anwesenheit von Fremden im Haus misstrauisch. Er wünschte, er könnte seinen Besuch verschieben, aber das würde nur Argwohn wecken. Aus dem Fußraum auf der Beifahrerseite zog er zwei große gelbe Plastiktüten mit Zwölferpackungen Coladosen, frischen Mangos und Aprikosen sowie einem Kanister Bleiche.

Dann ging Khan mit dem USB-Stick in der Hosentasche durch ein zweites Tor in den Hauptinnenhof. Er hatte das Haus bald nach dem Erdbeben erbauen lassen.

Seinen Nachbarn, die wegen der hohen Mauern, des Stacheldrahts und der Überwachungskameras neugierig gewesen waren, hatte Khan erklärt, außer ihm würde auch sein Onkel, ein Goldhändler, im Haus wohnen, und dieser brauche den zusätzlichen Schutz.

Das Hauptgebäude umfasste drei Etagen über einem quadratischen Grundriss von rund fünfzehn Metern Seitenlänge. Wie die Außenmauer war das Haus aus stahlverstärkten Betonziegeln errichtet, die mit aufgetragenem Beton zu einer Stärke von dreißig Zentimetern erweitert worden waren. Es gab keine Telefon- oder Internetverbindung.

Khan ging im Erdgeschoss durch den Eingang, der den Männern vorbehalten war, sodass keine Gefahr bestand, einer unverschleierten Frau zu begegnen. Das Innere des Hauses war scheunenartig mit sehr wenig Wandschmuck und keinen unnötigen Möbeln. Vor ihm führte eine schmale Treppe durch eine kleine Öffnung in der Decke ins nächste Stockwerk.

Zu seiner Rechten hörte er Stimmen aus dem Salon, einem traditionellen Raum für Geschäfte und zum Empfang, der in jeder arabischen Behausung von einiger Größe immer in der Nähe des Eingangs liegt. Seit Khan sich bereit erklärt hatte, bin Laden Obdach und Schutz zu gewähren, zwang er sich, taub für fremde Gespräche zu sein.

Doch diese Stimmen waren zu laut, um sie überhören zu können. Erregte Reden waren selten in diesem Haus. Die Arbeiter, die zu Besuch weilten, sprachen meist leise und mussten sich nahe zueinander beugen, damit sie sich gegenseitig hörten.

»Wieso haben wir bei den Wassertunneln nicht mehr

Fortschritt erzielt?«, hörte Khan einen von ihnen aufbrausen.

Als der Mann, an den er sich wandte, stumm blieb, fuhr der Sprecher mit der scharfen Zunge fort:

»Du hast gesagt, wir hätten Verbündete in den Wartungsmannschaften. Wie schwer kann es dann sein, das Anthrax zu streuen?«

»Die Arbeiter sind nie allein.« Die Worte kamen von einer weiteren Stimme, die einen deutlich jemenitischen Akzent hatte. »Wir haben bereits einen Mann verloren, er ruhe in Frieden. Der Umgang mit dem Anthrax ist für den Krieger so gefährlich wie für die Ziele.«

Die erste Stimme wieder: »Können wir innerhalb der nächsten sechs Monate zuverlässig mit einem Resultat rechnen? Das ist die größte Frage. Geld ist ein Problem, wie wir alle wissen. Unsere Börse ist schmal.«

»Ich glaube nicht. Wir haben diese Unternehmung in der Hoffnung begonnen, dass ein Erfolg mit dem Wasserstollen den Sieg beim World Trade Center wie einen Fahrraddiebstahl würde aussehen lassen. Aber das Glück war uns nicht hold.«

Nun eine dritte Stimme, ein wenig stockend, der Sprecher war Araber, der aber nicht in seiner Muttersprache redete. »Wir haben das Gift als Nutzlast, wir haben jetzt auch eine Drohne vom Typ Shadow 600, die wir den Rumänen abgekauft haben und die in Toronto wartet. Antrieb und Treibstofftank reichen aus, um sie im Tiefflug, unterhalb der Radarerfassung, von der kanadischen Grenze nach New York, Boston oder Philadelphia fliegen zu lassen. Vielleicht erreicht sie durch die Gnade Allahs sogar Washington. Die Drohne ist groß genug für eine Nutzlast Pulver, auf Flugblättern oder Konfetti gestreut.

Der Times Square zur Neujahrsfeier, das wäre am wirkungsvollsten.«

Khan war in seinem Entschluss, nichts zu hören, auf ganzer Linie gescheitert. Tatsächlich war er von der Auseinandersetzung so fasziniert, dass er nicht bemerkte, wie bin Laden barfuß die Treppe herunterkam.

Bin Laden wartete immer, bis alle versammelt waren, ehe er zu einer Sitzung stieß. Er fand Khan im Flur vor und sah ihn zunächst finster an, ehe sein längliches Gesicht einen milderen Ausdruck annahm. Er hatte Khan sein Leben anvertraut, und er hatte es nach reiflicher Überlegung getan. Er war der meistgesuchte Mann auf der Welt, das lebende Ziel des Zorns der mächtigsten Nation des Bösen auf Erden.

Welche Rolle spielte es, ob Khan mithörte, wie die Strategen seines inneren Zirkels ihre Pläne diskutierten? Khan hatte geschworen, sich eher selbst das Leben zu nehmen, als in Gefangenschaft zu geraten und gefoltert zu werden. Und er würde es auch tun. Durch die Gnade Allahs.

Bin Laden legte seinem Freund eine Hand auf die Schulter. Die andere streckte er mit der Handfläche nach oben aus.

Khan lächelte erleichtert, da er die Geste zunächst als eine der Freundschaft missverstand. Als er seinen Irrtum schließlich erkannte, griff er tief in die Tasche seiner Hose und gab bin Laden den USB-Stick.

»Wie immer droht keine Gefahr«, sagte Khan.

Bin Laden nickte und ließ den Stick in die Falten seines Gewands gleiten. »Du hast es in der Küche sicher viel bequemer«, sagte er.

Khan dankte ihm, machte kehrt und ging zur Küche.

Er war höchst erleichtert, der Spannung im Salon entgehen zu können, und freute sich auf eine Mahlzeit vor den Mittagsgebeten.

Er hörte, wie bin Laden zornig die Stimme erhob, als er seine Berater traf – »Ihr besudelt mein Haus!« –, ehe er leise die Küchentür schloss und zum Teekessel auf dem Herd ging.

Bin Laden stand vor den Männern, die im Salon saßen. Sie sahen ihn überrascht an. Wie Schüler, die der Imam bei einer Rauferei erwischt hat. Bin Laden ging zu seinem Kissen, schlug die Beine über Kreuz und setzte sich zu ihnen.

»Ihr beschmutzt unseren einzigen Zweck unter Allah mit euren immer neuen Fehlschlägen«, sagte er. »Die immer gleichen Pläne, wieder und wieder. Ehrgeiz ohne Ergebnisse. Bombardieren wir dies, bombardieren wir das. Nichts Originelles, nichts Intelligentes. Schon euer ganzer Ansatz ist falsch.«

Er sah reihum in jedes einzelne Gesicht und versuchte, eine Saite tief in ihnen zum Klingen zu bringen. Denn es ging hier nicht einfach nur darum, sie zu maßregeln. Er war angewidert. Er war wütend.

»Scheitern ist irgendwie ehrbar geworden. Wie das? Ein Fehler, den wir korrigieren müssen.« Er sprach leise und herablassend wie zu ungehorsamen Kindern, denen er die Regeln erklären musste. »Wir haben unser erstes Ziel erreicht und die Vereinigten Staaten dazu angestachelt, in islamische Länder einzumarschieren. Wir haben den Feind in lange Abnutzungskriege verwickelt. Aber wir sind weit davon entfernt, unser letztendliches Ziel zu erreichen – die von den Amerikanern beherrschte Weltwirtschaft kollabieren zu lassen und an ihrer Stelle ein wahabitisches Kalifat zu errichten, das nach dem Gesetz Gottes herrscht. – Unser Schlag ins Herz des Kapitalismus vor acht Jahren war ein Triumph, nicht weil dabei dreitausend Menschen getötet wurden, sondern weil es Furcht in die Herzen des amerikanischen Volkes pflanzte. Denn was sind dreitausend Tote für eine Nation von zweihundertfünfundsiebzig Millionen? Ein Tröpfeln aus einem Eimer. Unser Sieg bestand darin, ein Symbol ihres Reichtums, ihrer Kraft, ihres Ansehens zu Fall gebracht zu haben. Ihrer Perfidie. Wir haben sie geschwächt, nicht ihrer Zahl nach, sondern in ihrem Gemüt. Wir haben sie gedemütigt. – Und was ist seitdem passiert? Ein paar Tote bei den Anschlägen in London? Die hätten ebenso gut von normalen Gangstern verübt worden sein können. Und jetzt diese jüngste Peinlichkeit in New York. Wir haben es nicht einmal fertiggebracht, einen einzelnen Krieger Gottes in die U-Bahn der Stadt zu bringen. Statt eines Schlags, der sie daran erinnert, dass sie nie mehr Frieden erleben werden, haben wir ihnen einen neuerlichen Schub an Selbstvertrauen beschert. Einen weiteren Sieg, den sie ihrem Volk zeigen können.«

Der Jemenit meldete sich. »Es wird immer schwieriger, die Pläne auszuführen«, sagte er.

»Du siehst nur, was du nach ihrem Willen sehen sollst. Die Amerikaner zehren ihren Reichtum auf, um uns von Dingen abzuhalten, die wir bereits getan haben. Die Sicherheitsmaßnahmen auf Flughäfen machen es außerordentlich schwer, mit einem Passagierflugzeug zum Erfolg zu kommen, ja. Aber ich frage euch: Warum sollten wir uns wiederholen wollen? Es ist uns nicht gelungen,

Neuerungen zu entwickeln. Wenn wir sonst nichts aus dem letzten Jahrzehnt gelernt haben, dann zumindest das, dass wir kühner sein müssen, nicht weniger kühn. Wir haben den Dschihad gegen die amerikanische Regierung ausgerufen, weil sie ungerecht, verbrecherisch und tyrannisch ist. Nicht weil es leicht ist. Daran hat sich dreizehn Jahre später nichts geändert.«

»Bei allem Respekt, mein Freund«, sagte einer der anderen, »aber der Feind hat dazugelernt.«

»Das weise ich zurück. Nicht sie haben dazugelernt, sondern wir haben aufgehört zu lernen. Wir haben unseren größten Vorteil aufgegeben, das Element der Überraschung. In jeder Schlacht kommt der Moment, wo Mut und ein kalkuliertes Risiko die Wende bringen. Vor Jahren in Afghanistan haben wir dazugelernt, als wir entschieden, Tausende zu opfern, um den Khyber-Pass für die russischen Nachschubkonvois zu schließen. Es hat funktioniert. Durch Allahs Erleuchtung haben wir sie erschöpft. Wir haben sie langsam ausgeblutet, das Werk von tausend Blutegeln, bis sie sich zurückzogen. Jetzt haben wir die Amerikaner in dieselbe Falle gelockt. Sie sitzen fest, bluten wie ein Schwein und weigern sich dennoch, ihre Lebensweise zu verändern, die Gott so sehr beleidigt.« Bin Laden zog die Hand aus den Falten seines Gewands und zeigte reihum auf jeden einzelnen Mann. »Wir sind jetzt wieder an so einem Moment angelangt. Wir werden heute mit der Vision eines wunderbaren Erfolgs auseinandergehen und mit einem göttlichen Plan, ihn zu erreichen.«

Lange herrschte Schweigen im Raum. Der Mann, der stockend Arabisch sprach, hob die Hand und bat um das Wort. Bin Laden nickte.

»Wir müssen unsere Energie auf ein Ziel von so überwältigender symbolischer Bedeutung für die Amerikaner richten, dass seine Zerstörung über Generationen nachhallen wird.«

Bin Laden nickte. Zumindest schienen seine Worte bei ihnen angekommen zu sein.

»Sie warten auf einen direkten Angriff von uns«, sagte ein anderer.

»Genau. Und wir sollten nie tun, was sie erwarten.«

»Aber unsere Mittel sind stark geschrumpft.«

»Umso mehr Grund, klüger zu handeln, schneller zu sein. Mit ökonomisch eingesetzter Anstrengung. Wir müssen auf eine neue Weise denken. Was ist unser Ziel? Anwar.«

Anwar, der jüngere Mann unmittelbar rechts von bin Laden, antwortete: »Nicht die Zerstörung von Leben, sondern die Zerstörung einer Lebensweise.«

»Eines Volkes.« Bin Laden ließ seine Hände wieder in die Falten des Gewands gleiten. »Wir müssen sie wie die Hunde führen, die sie sind, sie mithilfe ihrer Schwäche manipulieren. Ihre Existenz ist eine Kränkung für alles, was gut ist im Universum. Wir brauchen ein einzelnes Ziel von herausragender Bedeutung. Einen Schlag, der die Seele des westlichen Dämons vernichtet. Unser Feind hat seinen schweren Schild gehoben und lädt uns ein, wie Narren direkt daraufzuschlagen.« Bin Laden richtete sich auf und sah vor sich hin, als hätte ihn eine göttliche Eingebung ergriffen. »Stattdessen werden wir ihre Verletzlichkeit mit einer Finte bloßlegen – und dann gründlich zuschlagen. Vergesst nicht, ein Schlag auf den Knöchel ist ebenso tödlich wie einer gegen die Kehle. Denn der Riese stürzt trotzdem.«

Mai 2011
Ramstein Air Base, Deutschland

Donnie Boyle war seit Beendigung seiner Grundausbildung bei der Luftwaffe im Jahr zuvor bei Mortuary Affairs. Er hatte mit dem Rekrutierungsoffizier in Boston gefeilscht und einen Einsatz in Deutschland bekommen, aber zu diesem Zeitpunkt hatte er nicht einmal gewusst, dass ein solcher Job überhaupt existierte.

Am Anfang ließ ihn der Umgang mit den Toten jede Nacht denselben bösen Traum träumen. Darin setzten sich die verstümmelten Körperteile, die er aus Maschinen aus dem Irak oder Afghanistan lud, zu Männern und Frauen zusammen, richteten sich auf und fragten ihn, ob sie eine Zigarette schnorren konnten. Er antwortete ihnen immer, dass er nicht rauche, was er tatsächlich nicht tat, worauf die Körper wieder zerfielen und in einem Tümpel grünlicher Flüssigkeit versanken.

Boyle war nach etwa einem Monat über die Träume hinaus, aber den Job hasste er immer noch. Er zehrte wie ein Geschwür an ihm. Zwei oder drei Mal in der Woche landete eine riesige C-17 Globemaster mit einer Fracht Aluminiumsärge. Jeder Sarg war mit einer amerikanischen, britischen oder australischen Flagge bedeckt. Lange bevor Boyle nach Ramstein gekommen war, hatte man die Ankunftszeremonien mit Paradeuniformen, Musikkapelle und Salutschüssen eingestellt. Es war für alle Beteiligten zu viel geworden. Jetzt entluden sie die Flugzeuge mit einem Gabelstapler. Einem Gabelstapler! Aber respektvoll.

Vom Vorfeld des Flugplatzes wurden die Toten mit einem Tieflader zu einem gekühlten Hangar gebracht. Dort übernahmen die forensischen Spezialisten das Kommando. Nach der Lieferung halfen Boyle und die anderen Jungs, die an der Laderampe arbeiteten, die Särge zu öffnen. Man wusste nie, was kam. Von Männern und Frauen, die aussahen, als würden sie ein Nickerchen machen, bis zu etwas, das an einen großen, verbrannten Schmorbraten erinnerte, konnte alles in so einem Sarg liegen. Manchmal war so wenig übrig – keine Erkennungsmarke, kein Etikett auf der Uniform –, dass sie den toten Soldaten in Kabul oder Bagdad nicht eindeutig identifizieren konnten.

Die Hauptaufgabe in Ramstein bestand darin herauszufinden, wer für sein oder ihr Land gestorben war. Da jeder, der bei Mortuary Affairs Dienst tat, bereits einer Sicherheitsüberprüfung für die oberste Geheimhaltungsstufe unterlag, war es kein Problem, Boyle und zwei andere Männer abzuziehen, als der Inhalt von bin Ladens Haus eintraf. Im Einsatzbefehl hieß es UFN, Until Further Notice – bis auf Weiteres. Die Rede war von drei Tagen höchstens.

Drei Tage weg von den Särgen. Es war ein Geschenk des Himmels.

Die erste Ladung aus Pakistan traf in einem weißen Gulfstream-Businessjet ohne jede Kennzeichnung ein, es gab nicht einmal eine Hecknummer. Die Mannschaft stieg nicht aus. Die Maschine stand unbeleuchtet auf dem Flugfeld, weit drüben bei einem der grasbewachsenen Hügel, wo sie früher Atomwaffen gelagert hatten.

Keine Stunde später landete eine in Tarnfarben bemalte C-130 des Marine Corps und rollte zu der Gulfstream hinüber. Boyle und die anderen fuhren einen Lastkarren hinaus, um das Verladen in den Bunker zu erleichtern.

Von außen sah der Bunker aus wie eine Ruine aus dem Zweiten Weltkrieg. Sie betraten ihn durch einen fünf mal fünf Meter großen Lagerraum, in dem überall auf dem Boden kaputte Geräte und Aluverkleidung herumlagen. Am anderen Ende des Gerümpels öffnete sich eine Stahltür zu einer drei mal drei Meter großen Luftschleuse. An den Seitenwänden der Kammer hingen Maleroveralls, Atemmasken und Stiefel an Haken. Boyle kleidete sich an und zog blaue Latexhandschuhe aus einer Schachtel neben der Tür. Eine ermüdende Tätigkeit, aber das war das Öffnen von Särgen ebenfalls.

Keine Gabelstapler hier. Boyle und die anderen arbeiteten wie Möbelpacker und schleppten einen langen Tag lang versiegelte Kisten, mit Klebeband verschlossene Pappkartons, Kühlbehälter aus Edelstahl und eine endlose Zahl Tüten mit Steinen und Erde. Jedes Mal, wenn sie in den Bunker gingen, mussten sie die Schutzkleidung anlegen, jedes Mal, wenn sie herauskamen, mussten sie alles wieder ablegen.

Der Raum hinter der Luftschleuse war anders, als Boyle ihn sich vorgestellt hatte. Sauber und hell erleuchtet, mindestens fünfzehn auf fünfzehn Meter groß, mit Computerarbeitsplätzen in der Mitte und tiefen Wandregalen an den weiß lackierten Blechwänden. Für Boyle sah er aus wie eine Leichenhalle für Besitztümer.

Im rechten Winkel zu den Lagerregalen standen Metalltische, jeweils mit eigenem Laptop und einer Schale mit Werkzeugen. Skalpelle, Scheren, Zangen, haufenweise Plastiktüten, Vergrößerungsgläser, Dosen und Röhrchen mit Flüssigkeit, ein Seziermikroskop. Die Klimaanlage kühlte den Raum auf achtzehn Grad Celsius herunter. Die künstlich kalte Luft kratzte Boyle in der Kehle, und das unablässige Summen des Gebläses vermittelte ihm das Gefühl, in einem Flugzeug oder unter Wasser zu sein.

Zwei Wächter in Kampfuniform standen mit jeweils einer M16 in den Händen Wache und machten alle fünfzehn Minuten einen Funkcheck. Das Entladen dauerte acht Stunden. Anschließend tankten die Flugzeuge auf, rollten zur Startbahn zurück und verschwanden in den Nachthimmel über Deutschland.

Als Boyle und die anderen ihren letzten Energydrink leer tranken, kam ein Offizier zu ihnen. Sein Befehl für sie lautete zu vergessen, was sie soeben getan hatten. Am nächsten Morgen sollten sie sich für Botengänge und Besorgungen beim Bunker einfinden. Der Offizier sagte nicht, für wen sie diese erledigen sollten.

»Was Sie hier untersuchen werden, stellt ohne Frage den größten Fang in der Geschichte des Geheimdiensts dar«, sagte Dennis Geeseman.

Er stand am Pult des Geschwaderkommandeurs, eine dicke Akte unter dem Arm, vor ihm vier Männer und zwei Frauen, die verstreut auf schwarzen Ledersesseln im Bereitschaftsraum der Piloten saßen. Es war kurz nach Mitternacht. Geeseman hatte seit dreißig Stunden nicht geschlafen, aber die Aufgabe belebte ihn, und er lief auf Adrenalin – genau wie früher. Er sah frisch aus in seinem blauen Anzug, dem weißen Hemd und der lavendelfarbenen Krawatte. Er war der ranghöchste FBI-

Agent im Beweismittel-Einsatzteam der Joint Terrorism Task Force. Er führte das Kommando.

»Okay, eine schnelle Vorstellungsrunde.« Geeseman öffnete seine Akte auf dem Pult, griff zum obersten Blatt und las davon ab. »Ellen Bonner von der forensischen Abteilung des FBI.«

Geeseman blickte auf und fand eine erhobene Hand, eine Frau Mitte dreißig in der ersten Reihe, die weit sitzende Reisekleidung trug.

»Special Agent Bonner wird sich um die DNA-Gewinnung und die vorläufige Kategorisierung der organischen und nichtorganischen Proben kümmern. – Phil Elliot von der Defense Intelligence Agency?«

Elliot erhob sich halb und winkte. Er hatte kleine, kluge Augen.

»Elliot wird die bewegliche Habe des Haushalts dokumentieren, evaluieren und mögliche Verbindungslinien ziehen. Jeanne Cadogan von der Wissenschafts- und Technikabteilung der CIA wird die Haushaltsgegenstände auseinandernehmen.«

Cadogan, die einzige andere Frau im Raum außer Bonner, stand weder auf, noch hob sie die Hand.

»Kleidung, Kochgeschirr und alles andere, das Verbindungen zu anderen Orten und Personen belegen könnte«, fuhr Geeseman fort. »Jerry Fisk von …«

»Jeremy«, unterbrach ihn Fisk.

»Jeremy Fisk«, korrigierte sich Geeseman mit einer leichten Neigung des Kopfs, die ausdrücken sollte: Wen zum Teufel interessiert das? »NYPD, Intel Division. Er wird Phil und Jeanne für Übersetzungen zur Verfügung stehen. Er wird außerdem alles auf Namen hin prüfen, die mit bereits laufenden Ermittlungen in New York und

London in Verbindung stehen. Er hat in beiden Städten gearbeitet, den beiden heißesten Zielen, wie Sie alle wissen. Und zu guter Letzt Barry Rosofsky und Devon Pearl.«

Geeseman deutete zu den beiden Männern, die aussahen, als hätte sie ein Casting-Studio als Darsteller von Computerhackern geschickt. Rosofsky war der dickliche, Pearl der ausgemergelte, blasse Typ, beide trugen Jeans, T-Shirts und ein schüchternes Lächeln. Kein Blickkontakt.

»Sie kommen von der NSA und sind hier, um Computerfestplatten, CDs, alles, was an digitalem Zeug in bin Ladens Reichweite war, zu analysieren und zu katalogisieren.« Geeseman blickte auf. »Wie Sie wissen, bin ich Dennis Geeseman vom FBI. Ich werde alles leiten und einspringen, wo Not am Mann ist. Ich spreche passabel Arabisch, ich kann Ihnen also helfen, Fisk, wenn Sie in Verzug geraten. Das Ganze läuft folgendermaßen ab: Es gibt keine Schreibkraft im Bunker, überhaupt kein Personal zur Unterstützung. Jeder von Ihnen wird seine Befunde selbst in den Computer eingeben. Anderson und Storch da drüben«, er deutete auf zwei uniformierte Luftwaffenangehörige an der rückwärtigen Wand, »werden bei Kommunikation und technischen Fragen Hilfe leisten. Wir setzen uns in dringenden Fällen über die Abhörstation auf der anderen Seite des Stützpunkts mit Fort Meade und Langley in Verbindung. Draußen gibt es Transportmittel, um rausgehende Nachrichten persönlich abzuliefern. Es gibt keine Leitungen in und aus dem Bunker. Wir sind aus naheliegenden Gründen hermetisch abgeriegelt. Sie suchen nach allem, was irgendwie heiß ist, unerwartet, nach konkretem nachrichtendienstlichem Material wie Namen, Orte, Daten oder Verzeichnissen«, wiederholte Geeseman ihre Briefing-Unterlagen. So etwas wie ein Zuviel an Kommunikation gab es nicht, wie er auf die harte Tour gelernt hatte. »Im Wesentlichen alles, was uns zu noch ausstehenden, weiter aktiv verfolgten Anschlagsplänen führen könnte. Wir wissen nicht, was wir angesichts möglicher Verschlüsselung herausbekommen werden. Wir erwarten keine fertige Liste mit aktiven terroristischen Agenten oder hochrangigen al-Qaida-Führern … andererseits sind schon merkwürdigere Dinge passiert. Viele Augen und Ohren werden sich in den nächsten Wochen mit diesem Zeug beschäftigen, aber wir sind die ersten, die dieses Geschenk auspacken. Dies ist die Stunde null. Lassen Sie uns absolut sicherstellen, dass uns nichts durch die Finger rutscht, was offensichtlich ist und was wir rechtzeitig hätten entdecken können. In diesem Fall würden wir uns in ein paar Wochen alle beschissen fühlen. Vergessen Sie nicht, ein rascher Vergeltungsschlag ist nicht ausgeschlossen. Diese Typen sind mehr als nachtragend, und wir haben sie gerade gewaltig verärgert. – Wir werden mindestens zwei Tage hier sein, vielleicht doppelt so lange. Drüben in der Unterkunft für nicht verheiratete Offiziere gibt es Zimmer für alle, falls Sie schlafen wollen. Vor dem Bunker werden Fahrzeuge bereitstehen, wenn Sie eins brauchen. Wir lassen Essen kommen, aber wenn Sie etwas anderes möchten, kann es nicht schaden zu fragen. Den Jungs hier ist jeder Vorwand für einen Ausflug nach Kaiserslautern recht, auch ausgefallene Dinge, solange es machbar ist, und morgen früh werden Flieger draußen sein, um zu holen, was Sie brauchen. Dort, wo wir herkommen, ist es erst sieben Uhr abends, deshalb nehme ich an, alle wollen auf der Stelle loslegen. Noch Fragen?«

»Wie sortieren wir das Zeug?«, fragte Cadogan und wechselte damit vom formellen Rahmen eines Briefings zu einem Plauderton. »Und wer kriegt was zuerst?«

»Das ist kein Rennen hier, bitte denken Sie immer daran. Die Container wurden vom Nachsorge-Team beschriftet und nummeriert, nachdem die SEALs seine Leiche weggeschafft hatten. Also gibt es bereits grobe Kategorien mit Beschriftungen, die auf Vermutungen beruhen. Sie werden Nummerierungen sehen, die dem Frachtverzeichnis entsprechen, das jeder von Ihnen im Bunker ausgehändigt bekommt. Die SEALs haben Disketten, Festplatten und Computer mitgenommen, die offen herumstanden. Diese sind in ihren Containern eindeutig identifiziert, sodass Rosofsky und Pearl sofort damit anfangen können. Wir haben eine Menge wahllosen Schutt von einer Müllverbrennungsgrube auf dem Anwesen, vielleicht wollen Sie sich das als Erstes schnappen, Bonner. Vielleicht haben wir Glück mit ein wenig genetischem Material. Vielleicht ein paar ausgedruckte Fotos oder Dokumente. Was die Übrigen angeht, nehmen Sie einfach, was so aussieht, als könnte es in Ihr Gebiet fallen. Wenn Sie etwas geöffnet haben und Ihre Meinung ändern, zögern Sie nicht, es weiterzugeben – sorgen Sie nur dafür, dass es an die richtige Person geht. Kümmern Sie sich nicht um die Beweismittelkette – das können die tun, die nach uns kommen.«

Die Männer und Frauen im Bunker spürten noch die Reste des Adrenalinstoßes nach ihrem überstürzten Flug nach Frankfurt, dem Hubschrauber nach Ramstein und dem wilden Hochgefühl nach bin Ladens Tod. Sie waren ein Dreamteam an detektivischem Talent und Können, die Besten in ihrem Land auf ihrem Gebiet, aber am Anfang hörten sie sich an wie eine Bande Kinder, die Cluedo spielten. Alle paar Minuten unterbrach ein neuer Ausruf über eine überraschende Entdeckung das monotone Dröhnen der Ventilatoren.

»O Mann, schau sich einer das an«, sagte Elliot und hielt einen schwarzen Taschenkalender in die Höhe, der von einem schlichten Gummiband zusammengehalten wurde. »Er hatte einen gottverdammten Day-Timer! Meine Mom hatte so ein Ding.« Er löste das Gummiband und blätterte darin. »Die Zeichen da drin sind keine Sprache, aber die Entschlüsselungsspezialisten in Meade müssten einen Festtag haben mit dem Zeug.«

Und ab damit ins Kopiergerät.

Ein paar Minuten später: »Eine seiner Frauen war in den letzten Monaten in Thailand zum Einkaufen – oder hat das von jemandem bekommen, der dort war«, zwitscherte Cadogan und hielt ein elfenbeinfarbenes Seidenunterhemd in die Höhe. »Das Etikett ist brandneu, keine Verfärbung vom Waschen. Wie zum Teufel ist sie da hingekommen und zurück?«

Bonner, die schweigend arbeitete, nahm Abstriche, Splitter und Proben von Gläsern, Lebensmitteldosen, Servierutensilien, Haarkämmen, klumpigen Resten von Seifenriegeln und dem Inhalt von zwei kleinen Badezimmer-Abfalleimern. Irgendwann stimmte sie in die allgemeine Aufregung mit ein. »Ich habe Blut, ich habe Samen, ich habe Haare. Hier ist so viel, dass wir irgendwann, wenn wir alles ausgewertet haben, jeden positiv biologisch identifizieren können, der je einen Fuß in das Haus gesetzt hat.«

Rosofsky und Pearl arbeiteten an zwei Rücken an Rücken stehenden Computern. Während sie mit der Maus herumwerkten, klickten und tippten, faselten sie als Ventil für ihre enorme Konzentration sinnloses Zeug über »Videospielkonsolen der siebten Generation«, über Nintendo versus Playstation 3. Die ersten Festplatten, die sie klonten, lieferten ihnen ein allgemeines Bild. Durch Überwachung vor dem Zugriff hatte man festgestellt, dass bin Ladens Haus keine elektronische Verbindung zur Außenwelt hatte. Er musste sich auf einen Kurier stützen, der Nachrichten, Berichte von Außenaktivitäten und Unterhaltung brachte.

Aber er musste einen Weg gehabt haben, seine Befehle an al-Qaida-Zellen zu übermitteln und Nachrichten von außen zu erhalten. Nach zehn Jahren Suche nach Osama bin Laden hatten seine Verfolger eins seit Langem erhärtet: Dass er die Einzelheiten von Plänen überall auf der Welt genauestens verfolgte. Das galt für die Anschläge auf die Londoner U-Bahn, die *USS Cole* und den ersten Angriff auf das World Trade Center. Deshalb war das Team angehalten, nach tragbaren, einfach zu entsorgenden Medien Ausschau zu halten, die man in jeden Computer oder andere moderne elektronische Geräte stecken konnte.

Rosofsky und Pearl durchsuchten die CDs und Festplatten nach dem Naheliegenden: Zeitpläne, Karten, Namen. Alles, was ihnen später helfen konnte, wenn sie auf komplexeres digitales Terrain vorstießen.

Sie überflogen heruntergeladene Fernsehnachrichtenbeiträge, viele mit OBL selbst im Mittelpunkt, wenn er nach einem Anschlag seine Statements abgab. Sie fanden einen Ordner, in dem er seine Tiraden übte, im Wesentlichen der Pannen-Zusammenschnitt eines Terroristen.

Es gab ein paar zufällige Dokumente in dem Mix, manche Textdateien, andere Scans von handgeschriebenen Seiten, aber nichts, was auf den ersten Blick etwas hergab. Fisk und Geeseman bekamen arabische Dokumente weitergeleitet und lasen, was sie konnten. Es waren Datensammlungen über Dutzende von Städten, vieles davon wörtlich aus Quellen wie dem *World Factbook* der CIA oder Wikipedia kopiert.

Nichts davon spielte auf einen konkreten Angriff oder ein konkretes Ziel an – was sie auch nicht erwartet hatten. Jede Information, an die sie so leicht kamen, wäre sofort verdächtig gewesen.

Sie überflogen komplette zwei bis drei Jahre alte Ausgaben von *Time, Economist, New York Times, London Times, New Yorker, Wired* und *USA Today.* Sie suchten speziell nach Brüchen in der Formatierung, nach Korrekturen im Text – nach irgendwelchen verborgenen Botschaften.

Nachdem sie einige Stunden ohne ein Ergebnis gearbeitet hatten, schoben sie das alles beiseite. Pearl öffnete einen neuen Ordner auf dem Bildschirm. »Es muss in den Bildern sein«, murmelte er.

»Sehe ich auch so«, sagte Rosofsky und streckte gegenüber von ihm den Kopf heraus, als wäre beim Zuhören Bewegung erforderlich, damit das Gesagte in sein Gehirn eindrang.

»Dann stimmst du mir sicher auch zu, dass Mario tausendmal besser ist als Sonic und es bis in alle Ewigkeit bleiben wird.«

»Ich räume ein, dass das Wii tatsächlich eine fantastische Konsole ist. Für Sechsjährige, die leicht zu erschrecken sind.«

»Ich fange mit den Pornos an«, sagte Pearl, der so absolut vertieft war, dass er gar nicht wahrnahm, wie abrupt er das Thema wechselte. Auf dem Monitor erschienen die ersten Bilder.

Fisk legte eine Pause ein, als die Worte vor seinen Augen verschwammen. Er zog sich einen Schokoriegel aus einem Automaten, setzte sich zu den Telefonen und starrte ins Leere, während er Karamell, Keks und Schokolade mampfte. Als er sich halbwegs erholt hatte, gestattete er sich einen Anruf. Er sah nach, wie groß der Zeitunterschied zu New York war, dann wählte er die Nummer.

Der Anruf wurde nach dem zweiten Läuten entgegengenommen. »Se condor flies at midnight«, sagte er mit einem übertriebenen deutschen Akzent.

»Die Anruferkennung meldet ›Deutschland‹«, sagte Krina Gersten. »Ich habe halb mit der Stimme der Kanzlerin gerechnet.«

»Alles klingt ein wenig schmutziger, wenn man es mit einem deutschen Akzent sagt, findest du nicht?«

»Ich merke, du hast schwer gearbeitet.«

An einem Freitagabend ein halbes Jahr zuvor war nach einem langen Nichtwerben und nicht eingestandenem Flirten das Unvermeidliche passiert. Nach einem langen Tag, an dem sie am Flughafen JFK Arbeiter der Gepäckabfertigung wegen einer verschwundenen Ladung Magnetrelais – von der Art, die ideal für verzögerte Bombenzünder geeignet waren – befragt hatten, waren sie per Zug zurückgekehrt, um sich nicht in einem Taxi dem abendlichen Stoßverkehr auszusetzen. Auf der Zugfahrt geschah nicht viel: Beide waren müde und luden sich erst einmal wieder auf, ehe sie in eine überfüllte U-Bahn umstiegen.

Sie stiegen an der Grand Central Station aus, da sie beide auf der East Side Manhattans wohnten. Erst als sie auf dem Weg durch den riesigen Bahnhof an den schwarzweißen Fliesen entlanggingen, verlangsamte Fisk und schlug mit hochgezogenen Augenbrauen einen kleinen Umweg vor.

Sie verließen die Oyster Bar nach zwei Flaschen australischem Riesling, Dutzenden von Austern, ein paar dicken Crab Cakes und bislang nicht erzählten Geschichten. Draußen stand ein wartendes Taxi, als hätte es die ganze Zeit zum Plan gehört. Sie hielten sich auf dem Rücksitz an den Händen, Gersten legte den Kopf an Fisks Schulter, und so fuhren sie in knisterndem Schweigen zu Fisks Dreizimmerwohnung am Sutton Place.

Als die Wohnungstür hinter ihnen zufiel und eine Unterhaltung anscheinend wieder gestattet war, sah sich Gersten um. »Deine Familie hat Geld?«

»Ja«, sagte Fisk. »Und das Geld nicht zu vergessen, das ich als internationaler Gigolo verdiene.«

Sie nickte und lächelte. »Wer macht hier den größeren Fehler?«, fragte sie, schleuderte ihre Schuhe von den Füßen und lehnte sich an die Wand. »Ich, oder? Immer die Frau …«

»Sag das nicht. Ich will nicht, dass du etwas tust, was du später bereust.«

Sie sah ihn mit einem fast geschlossenen Auge an, als würde sie ihn durch ein Vermessungsinstrument betrachten. »Genau das, was du in diesem Moment sagen solltest.«

»Mach kein Profil von einem Profiler«, sagte Fisk, zog sein Sakko aus und verstreute dabei Wechselgeld auf der Küchentheke. »Ich habe allerdings wirklich Hintergedanken.«

»Seit wann weißt du es?«, fragte sie.

»Was?«

Sie wedelte mit dem Zeigefinger zwischen ihnen beiden hin und her. »Das mit uns.«

»Seit wann?« Fisk öffnete den Kühlschrank und bückte sich, um hineinzuschauen. Er holte zwei Amstel light heraus und ging zum Küchenschrank, um nach Crackern oder irgendetwas anderem zu suchen. »Schwer zu sagen. Aber eins weiß ich: Dieser Augenblick, in dem wir uns zum ersten Mal getroffen haben, ist mir präsent, als wäre es gestern gewesen. Dein Haar war noch kurz und strubblig.«

»Das hat dir gefallen.«

Sie war jetzt direkt hinter ihm. Er richtete sich auf und drehte sich um. Die Küche war klein und eng. Gersten wirkte kleiner als sonst, und dann fiel ihm ein, dass sie ihre Schuhe ausgezogen hatte. Dabei begann er hart zu werden. »Ich glaube, in diesem Moment war etwas. Aber wir wussten beide, dass es eine schlechte Idee ist, und so haben wir Monate damit vergeudet, so zu tun, als wären wir Profis.«

»So zu tun«, sagte sie und schleckte sich ein wenig Austernsand von den Lippen, der dort noch hing.

Fisk zeigte ihr die Amstels, aber sie schüttelte den Kopf.

»Badezimmer«, sagte sie.

Er deutete in die Richtung.

Sie ging.

Er stellte die Flaschen ab und wartete.

Sie kam wieder. Er befürchtete, der Zauber könnte gebrochen sein und sie würde nun einen Rückzieher machen, nachdem sie dieses Gespräch im Spiegel geführt hatte. Sie würde etwas für morgen mit ihm ausmachen, dann per SMS absagen und ihm am Montag in der Arbeit aus dem Weg gehen, immer den Blick abwenden, wenn sie ihn sah, und so tun, als habe dieser Abend nie stattgefunden.

Sie stand in der Küchentür, unbeeindruckt von dem Umstand, dass er sich keinen Zentimeter bewegt hatte, seit sie hinausgegangen war.

»Mundspülung«, sagte sie.

Er überlegte. »Die ist wahrscheinlich aus.«

»Ah. Na gut.«

Sie bewegte sich nicht. Er ebenfalls nicht. Ein gutes Zeichen.

»Weißt du, ich bin ziemlich gut darin, Geheimnisse für mich zu behalten«, sagte Fisk. »Ich verdiene quasi mein Geld damit.«

»Wirklich?«, sagte sie mit einem übertrieben suchenden Blick zur Decke. Sie war wahnsinnig attraktiv, wenn sie unsicher war. Wahrscheinlich, weil vieles in ihrem Job absolute Sicherheit erforderte. Es war hübsch, gefährlich und sexy, sie aus dem Lot zu sehen. »Komisch«, sagte sie und strich sich ein Haar aus dem Auge. »Ich ebenfalls.«

»Verdeckte Operationen«, sagte er.

Sie blinzelte, dann legte sie den Zeigefinger seitlich an die Nase. »Genau.«

Sie verlagerte ihr Gewicht von einem Fuß auf den anderen. »Diese Mischung aus richtig und falsch hier ist wirklich süß.«

Er nickte. »Süßsauer.«

»Es ist gut, wie es jetzt ist. An der Schwelle. Ich möchte diesen Augenblick festhalten.«

»Ich nicht«, sagte er.

»Ich möchte Dinge über dich wissen«, sagte sie. »Das gehört für mich dazu.«

»Absolut«, sagte er. »Für mich auch.« Und weil er nicht glaubte, sie überzeugt zu haben, fügte er an: »Tatsache ist, dass ich im Augenblick so gut wie alles sagen würde, damit dieser Abend weitergeht – vollständiges Geständnis. Aber nur um es noch einmal zu unterstreichen: Für mich hat das nicht heute Abend begonnen. Und deshalb wird es auch nicht heute Abend enden – egal, was passiert.«

Sie nickte und nahm sich seine Worte zu Herzen. »Wir überschneiden uns, aber wir verschwinden nicht – abgemacht?«

Er rätselte über ihre Worte, während sie sich an den Türrahmen lehnte. »Verdammt tiefgründig«, sagte er. »Wo hast du das her? Es ist gut.«

»Bleiben wir hier, oder hast du eventuell ein Schlafzimmer?«

»Ich habe ein Schlafzimmer«, sagte er.

Sie gingen hinein. Alles andere verschwand. Es war ruhig, und sie waren ernst. Sie waren ineinander verkeilt.

Kein künstliches Licht in dem Zimmer, nur die Lichter der Stadt durch die offenen Jalousien des Fensters. Flüstern und langsame, vorsichtige Bewegungen, bei denen sie einander beobachteten.

Es wurde intensiver, aus Streicheln wurde Drücken, aus Rhythmus Stoßen.

»Verdammt noch mal, Gersten«, sagte Fisk, als sie sich plötzlich rittlings auf ihn setzte.

Der Sex wurde heftig, beinahe rau. Ihr vom Fitnessstudio gestählter Körper auf ihm, ihr Haar, das an sein Gesicht strich. Seine Hände umklammerten ihre Hüften.

Es war fast wie ein Kampf, nur dass es zwei Gewinner geben musste.

Er beobachtete Gerstens Gesicht im Halbdunkel der nächtlichen Stadt. Er spürte, wie sich ihre Fingerspitzen in seine Schultern bohrten. Er sah, wie sie sich selbst verlor, wie sie alle Hemmungen verlor, laut stöhnte. Es endete damit, dass das Kopfbrett des Betts an die Wand schlug … und dann war es still.

Eine Sirene vier Stockwerke tiefer auf der East 55th weckte ihn, nicht das Sonnenlicht. Er kniff die Augen zusammen und sah sie an die Wand neben der Tür gelehnt auf dem Boden sitzen; sie trug eine kurze Sporthose und ein Unterhemd mit V-Kragen und checkte ihr Handy. Das Haar hing ihr über die Augen, und sie hatte die Beine gekreuzt. Ein Glas Wasser stand neben ihr auf dem Boden.

Sie waren beide verkatert und in Hochstimmung zugleich. Das Süße und das Saure.

Trash-Fernsehen rückte in den Mittelpunkt ihrer Tagesgestaltung, da keiner zuerst mit einem anspruchsvollen Gespräch beginnen wollte.

»Hast du irgendwas vor heute?«, fragte Fisk.

Sie saß mit angezogenen Beinen auf seinem Sofa, ein Kissen unter dem linken Bein, das Kinn auf dem nackten Knie. »Ja«, antwortete sie, obwohl ihre Augen etwas anderes sagten. »Ich könnte schon das eine oder andere tun …«

»Ich habe nicht gefragt, damit du gehst«, sagte er. »Tatsächlich hoffe ich, dass du vielleicht bleiben kannst.«

Sie hob ihr Kinn vom Knie und musterte ihn. »Eins musst du wissen«, sagte sie. »Ich habe mir geschworen, nie etwas mit einem anderen Polizisten anzufangen. Und ich habe es nie getan. Nie.«

Fisk zuckte mit den Achseln. »Wie kommst du drauf, dass wir etwas angefangen haben?«

Sie kniff die Augen zusammen und fasste es als beabsichtigten Scherz auf. Fisk bemerkte den kleinen goldenen Nachbau einer Detective-Marke, etwa von der Größe einer Münze, der an einer schlichten Kette um Gerstens Hals hing.

»Die von deinem Vater?«, fragte er.

Sie nickte und berührte den Anhänger mit dem Zeigefinger. »Seine Dienstnummer. Vier sechs drei zwei. Meine Mutter hat ihn mir geschenkt, als ich meinen Abschluss an der Polizeiakademie gemacht habe. Ich ziehe alles aus, nur das nicht.«

Fisk zog das Kissen langsam unter ihrem Bein weg. »Beweise es«, sagte er.

»Vermisst du mich?«, fragte er jetzt, viele Monate später über die sichere Leitung von der Ramstein Air Base.

»Unerträglich«, sang sie halb übertrieben, halb ernst. »Alles in Ordnung?«

»Du weißt ja, wie es läuft. Das FBI führt das Kommando. Sie hassen mich immer noch, aber sie brauchen mich. Und Geeseman ist immer noch zwei Drittel Arschloch und ein Drittel Haarschnitt.«

»Er überwacht wahrscheinlich die gesamte Kommunikation, nur zu deiner Information«, sagte sie. Gersten wohnte noch bei ihrer Mutter, verbrachte aber die meisten Nächte am Sutton Place, selbst wenn Fisk nicht da war. »Ich wünschte, ich wäre mit von der Partie. Das ist wirklich eine heiße Sache, du Glückspilz. OBL. Ich darf morgen wieder hier den Müll aufheben, den irgendwelche muslimischen Rotzbengel haben fallen lassen.«

Fisk lächelte. »Islamistenbärte sind bei Hipstern neuerdings in. Hast du den Wasserhahn repariert?«

»Nein, hab ich nicht hingekriegt. Ich habe dem Hausverwalter eine Notiz eingeworfen.«

»Faules Stück«, sagte er und unterdrückte ein Gähnen.

»Es ist nicht mein Spülbecken«, sagte sie, und er hörte das Lächeln durchs Telefon. »Okay, ich höre, dass du erschöpft bist und dich wieder an die Arbeit machen willst. Sieh zu, dass du was richtig Großes findest, mein Held, ja?«

»Ich werde es versuchen.«

»Wenn du nach Hause kommst, werde ich dich gründlich Bericht erstatten lassen.«

»Ach«, sagte er und lächelte. »Tu mir einen Gefallen: Sag das noch mal mit einem deutschen Akzent.«

Fisk zog wieder Schutzkleidung an und durchquerte die Luftschleuse, um die forensische Suche im Bunker fortzusetzen. Pearl und Rosofsky waren noch nicht draußen gewesen, jeder von ihnen hatte eine Montage aus Pornofilmen vor sich auf dem viergeteilten Bildschirm. Eine schwindelerregende Zurschaustellung der menschlichen Fortpflanzung im einundzwanzigsten Jahrhundert flackerte mit vier Bildern pro Sekunde an ihnen vorbei.

»Na, schon was gelernt, Jungs?«, fragte Fisk bei einem Blick über Pearls Schulter.

»Ich bin schon seit Jahren abgestumpft gegen dieses Zeug«, sagte Pearl.

»Meinst du, du bist bald so weit, es mit einer echten Frau zu versuchen?«

»Eines Tages vielleicht«, witzelte Pearl, verschränkte

die Arme und lehnte sich zurück, ohne die Fleischbeschau vor sich aus den Augen zu lassen.

»Muster oder irgendwas?«

»Es sind eindeutig wahllos heruntergeladene Filme. Ein Muster, ich weiß nicht. Man bräuchte einen Psychologen, um begründet sagen zu können, worauf dem großen bin Laden einer abgegangen ist und was ihm als verschlüsselte Botschaft geschickt wurde. Aber ich bin froh, dass es nicht zu meiner Jobbeschreibung gehört, in OBLs Unterwäsche zu schnüffeln.«

»Nur in Festplatten zu schnüffeln.«

»Genau.« Pearl deutete nach rechts. »Kopien sind auf Geesemans Tisch. Bin Laden hat eindeutig Steganografie verwendet, um Informationen zu übermitteln.«

»Dachte ich mir schon«, sagte Fisk.

Steganografie – »verborgene Schrift«. Ein altes Beispiel aus dem Handwerkszeug der Spione wäre eine Botschaft, die mit Zitronensaft zwischen die Zeilen eines harmlosen Briefs geschrieben steht; der Zitronensaft wird braun, wenn man das Papier erwärmt. Im digitalen Zeitalter zerlegt ein Computer den binären Code eines Bildes und übersetzt Symbole in komplexe Bilder. In so einer Datei kann eine Botschaft eingebettet sein, indem man etwa die Farbe von jedem tausendsten Pixel so anpasst, dass sie einem bestimmten Buchstaben im Alphabet entspricht, und dann sendet. Die Veränderung des Bildes ist so geringfügig, dass das menschliche Auge sie nicht wahrnimmt. Wenn der Betrachter nicht weiß, dass die Botschaft da ist, ist es praktisch unmöglich, sie unter den zahllosen Bildern auf einem Computer zu finden.

Vier Jahre nach dem 11. September las ein Fünfundzwanzigjähriger namens Devon Pearl, den die NSA frisch eingestellt hatte, nachdem sie ihn erwischt hatten, wie er in ihr Computersystem eingedrungen war, ein Ausbildungshandbuch, das in einem sicheren Haus der Taliban in Afghanistan sichergestellt worden war. Es enthielt einen Abschnitt mit dem Titel »Verdeckte Kommunikation und das Verstecken von Geheimnissen in Bildern«.

Pearl stellte fest, dass es bei der NSA keinen Experten für digitale Steganografie gab, und so wurde er selbst zu einem. Bis Ende 2006 entwickelte er die erste funktionstüchtige Suchmaschine zum Aufstöbern digitaler Bilder mit Code-Anomalien, die auf das Vorhandensein steganografischer Botschaften hinwiesen. Pearls Schnüffelprogramm – er war mittlerweile bei Version sieben – konnte ungefähr tausend Standbilder pro Sekunde durchsieben. Bei Videos konnte es, je nach Komplexität, bis zu fünf Minuten in einer verarbeiten. Das Programm spuckte eine Liste von manipulierten Dateien aus, bei denen auch nur ein Pixel nicht an der richtigen Stelle war. Dann ließ es ein anderes Programm laufen, mit dem er normal schadhafte Dateien – etwa durch schlechte Übertragung – von systematisch manipulierten trennte.

Es war inzwischen möglich, Text oder Miniprogramme in Bildern oder Filmen codiert zu verstecken, die eine Festplatte zerstören konnten. Bei einem Fall von inländischem Terrorismus im Jahr zuvor hatte sich herausgestellt, dass eine fundamentalistische christliche Sekte dahintersteckte, die Steganografie in Schwulenpornos einsetzte, um die Computer jener zu treffen, die von dieser Kirche als sündig erachtet wurden. Bei Mitgliedern einer al-Qaida-Zelle, die man zu Beginn des Jahres in Mailand gefasst hatte, fand man die übliche Auswahl an pornografischen Downloads auf Handys und Computern, aber auch Dutzende von Bildschirmkopien von eBay-Seiten, auf denen Windeltaschen, gebrauchte Autos, Möbel und Hummelfigürchen verkauft wurden. All das gehörte zu einem komplizierten Kommunikationsnetzwerk von Terroristen, die sich an legale Internetseiten anhängten.

Pearls Stimme folgte Fisk zu Geesemans Labortisch. »Noch gibt es nicht viel, aber wenn wir das Bild vom Nebel befreien, ist einiges davon in Klartext. Noch keine konkreten Informationen bisher. Aber es ist klar, dass sie fleißig waren.«

Fisk nahm das dünne Päckchen Ausdrucke zur Hand. Er blätterte durch Bilder von New York – keine Überraschung, mehr als fünfzig Prozent der Nachrichtenanalysen am NSA-Hauptquartier in Fort Meade drehten sich um den Big Apple. Die Stadt war zu einer Obsession für den internationalen Terrorismus geworden. Im Vergleich dazu war jedes andere potenzielle Ziel in den Vereinigten Staaten unbedeutend.

Die Bilder in Fisks Hand waren jedoch Postkartenansichten. Gewerbliche Fotos. Keine eigenhändige Überwachung.

Geeseman kam hinzu, vielleicht befürchtete er, Fisk könnte etwas auf seinem Labortisch an die falsche Stelle legen. »Na, erfrischt nach Ihrer Pause?«, fragte Geeseman.

Fisk hätte beinahe die Augen verdreht. Geeseman war ein heimlicher Raucher, der nicht länger als zwei Stunden am Stück in dem Bunker durchhielt. Die beiden Männer hatten eine rein professionelle Beziehung. Fisks Ruf, gern einmal die Regeln zu verletzen, war ihm sicherlich aus New York vorausgeeilt. »Ich habe rasch ein heißes Bad genommen, und jetzt fühle ich mich einfach prächtig.«

»Ich sehe, Sie haben die ersten Scans gefunden.«

»Sieht aus, als würden unsere zwei Wunderknaben Fortschritte machen. Was ist mit den anderen?«

»Es wird – langsam, aber sicher. Bonner, Elliot und Cadogan stehen bis zum Hals in fantastischen Proben, aber nicht viel davon ist unmittelbar als Information zu gebrauchen. Sie werden den restlichen Tag alles für forensische Labors in den Staaten katalogisieren. Eine C-17 holt morgen um diese Zeit alles ab. Es geht nach Dover, Delaware, von wo es auf die einzelnen Task-Force-Organisationen verteilt wird. Das meiste wird in Meade und Langley landen.«

Fisk wedelte mit den Scans von New York. »Und bei der Intel Division.«

»Natürlich«, sagte Geeseman.

Geeseman ging weiter, aber Fisk blieb bei den Scans und blätterte die letzten Seiten durch. Sechs Bilder waren jeweils auf eine Seite gedruckt, nicht unähnlich den Kopfbildern in einer Verbrecherdatei, und Fisks Blick ging zu den Blumen. Drei verschiedene Bilder von Sonnenblumen. Er kannte ein Bild von einem Strauß in einer Vase von einem Buch über van Gogh, das zu Hause auf seinem Kaffeetisch lag. Die anderen beiden waren ähnlich postimpressionistisch, und wenn es nicht ebenfalls van Goghs waren, dann hatten die Maler getreulich von ihm abgekupfert.

Doch die Farbkopien der Blumen waren irgendwie stumpfer als die frischen New Yorker Stadtansichten. Als wären es Scans der zweiten oder dritten Generation von ausgedrucktem Material.

»Hey«, rief Fisk Geeseman hinterher. »Hat bin Laden einen Garten unterhalten?«

»Einen was?«

»Diese Bilder von Sonnenblumen hier ...«

Geeseman kam zu ihm zurück, um einen Blick darauf zu werfen. »Er und seine Frauen hatten einen kleinen Gemüsegarten neben dem Tierstall. War tadellos in Schuss.«

»Nur Gemüse?«

Geeseman griff nach einem Laptop und ging rasch Bilder von dem Anwesen durch. »Sehen Sie selbst.«

Fisk zoomte in die Bilder. Tadellos in Schuss war der richtige Ausdruck. Aber nichts von Zierblumen zu sehen.

Geeseman war bereits an Pearls Seite. »Blumenbilder?«

»Flowerpower«, sagte Pearl, und seine Finger flogen über die Tastatur und produzierten schneller Text, als Fisk lesen konnte.

Bildfenster gingen auf, eins nach dem anderen.

»Sieh mal an«, sagte Pearl.

Rosofsky erhob sich von seinem Stuhl und spähte über die Rücken an Rücken stehenden Monitore. Als er seine Ohrstöpsel herauszog, waren blechern die Geräusche kopulierender Menschen zu hören.

»Verdammt«, sagte Pearl und hämmerte im Stakkato auf die Tasten, während der Drucker auf der anderen Seite des Bunkers ansprang. »Von Titten und Ärschen hab ich mich ablenken lassen. Sie verstecken ihre Steganografie immer in den Pornos. Verdammte Sonnenblumen.«

Fisks Blick huschte zu jedem Bild, das auf dem Schirm aufging. »Was sehen wir hier?«

»Okay«, begann Pearl wie ein Dozent bei einer Einführungsvorlesung in Steganografie. »Der Witz bei dieser Sache ist, dass sowohl der Sender als auch der Empfänger von jeder Art Code, Verschlüsselung oder versteckter Botschaften in einem Bild wissen müssen, wo sie zu suchen haben. Sie brauchen die Kombination. Nun haben OBL und seine Handlanger eindeutig eine Menge Kommunikation über die Pornodateien versandt, und wir werden möglicherweise früher oder später sehr brauchbare Informationen darin finden. Oder aber …«

»Oder aber«, sagte Fisk, »sie haben die Pornos nur mit Schrottnachrichten zugemüllt. Und die echte Botschaft in einem Mosaik aus unsinnigen Bildern versteckt.«

Pearl zeigte nach oben, als hätte Fisk gerade bei einer Versteigerung gewonnen. »Wenn man etwas Besonderes laufen hat, dann legt man eine bestimmte Kategorie von Bildern dafür fest, sagen wir Handjob im Fall von Porno. Oder man fängt mit etwas Harmlosem und Neuem an. In diesem Fall Bilder von Sonnenblumen.« Er klickte durch einen Strom von Bildern von Sonnenblumenfeldern, Sonnenblumen in Töpfen, Sonnenblumen auf Motorhauben, Sonnenblumen in Gemälden von van Gogh und Monet. Er las außerdem seinen Daten-Output darunter. »Okay, diese Botschaften sind eingebettet, aber sie sind außerdem verschlüsselt. Nun bin ich zwar kein Dechiffrierspezialist, aber ich tippe schwer darauf, dass es ein praktisch nicht zu knackendes Einmal-System ist. Wir werden mehr wissen, wenn sie das Zeug in Meade zerkauen, aber das ist hoch kompliziertes, wahlloses Zeug. Daran arbeiten morgen ohne Frage mehrere Hundert Leute.«

»Ohne Frage«, sagte Geeseman, der das nachrichtendienstliche Äquivalent von Dollarzeichen vor Augen sah.

»Lassen Sie uns alles, was Sie haben, direkt an die NSA schicken. Jetzt sofort.«

»Kein Problem«, sagte Fisk. »Es sind normale Computerdateien. Wenn ich sie auf eine saubere Festplatte lade, rauschen sie durchs Netz wie alles andere.«

»Her damit«, sagte Geeseman. »Ich versende es über die sichere Verbindung der Funkstation.«

»Warten Sie«, sagte Fisk. »Lassen Sie ihn das hier fertig machen. Besser wir liefern Meade das gesamte Paket auf einmal.«

Pearl nickte wie ein Jazzmusiker, der auf einem besonders schönen Groove schwingt.

»Wir haben al-Qaida verdammt noch mal beim Bart!«, rief Geeseman aus.

Fisk konzentrierte sich auf den Bildschirm. »Jede Art von Muster, Orte, Leute, Methoden …«

»Ich kann den Code wirklich nicht lesen«, sagte Pearl. »Aber ich sehe das hier.«

Er gab einen Befehl ein, und die Ecke von einem Sonnenblumenbild wurde zur zehnfachen Größe aufgeblasen. Die Herkunft des Bilds war klar. »Metropolitan Museum of Art«, stand da.

»Das Metropolitan Museum of Art in New York«, sagte Pearl. »Ich glaube nicht, dass das ein Zufall ist.«

Jetzt war es an Fisk zu nicken. »Her damit, ihr Scheißer. Wir haben euch am Wickel.«

»Wartet.«

Fisk sah Pearl von der Seite an. »Was soll das heißen, wartet?«

Pearl bearbeitete weiter seine Tastatur. »Ach, sieh mal einer an.«

»Was?«

»Wenn das wirklich ein Einmal-System ist, dann schuldet mir bei der NSA jemand einen Präsentkorb.«

»Reden Sie Englisch, Pearl«, sagte Geeseman.

»Diese Entschlüsselungsspezialisten sollten mich für alle Zeiten auf ihre Liste für Weihnachtskarten setzen.« Er hörte auf zu tippen und drehte sich um. »Jemand hat Mist gebaut und ein Bild unverschlüsselt eingebettet.«

Fisk machte große Augen. »Und damit lassen sich …«

»… möglicherweise die anderen Nachrichten knacken. Es ist auf jeden Fall ein Zugang. Ich weiß nicht, ob das hier von oder an bin Laden war, aber …«

Er klickte mit seiner Maus, und auf dem Schirm erschien eine Botschaft in einem Fenster.

Wir müssen sie glauben machen, dass wir uns wiederholen, weil wir unbedingt handeln wollen.

Als sie ihre Zelte in Ramstein schließlich abbrachen, war Fisk gründlich erschöpft. Kein anderer Fund schlug die Entdeckung des Sonnenblumen-Codes, über dem man gegenwärtig in den Staaten brütete. Die Luftschleuse wurde gestrichen, die Transporthelfer liefen mit Hubwagen ein und aus und schafften die Reste von den Besitztümern des verstorbenen Osama bin Laden zu der wartenden Globemaster.

Der Hubschrauber nach Frankfurt sollte in fünfundvierzig Minuten abheben. Vielleicht würde es noch für eine Dusche reichen, aber wahrscheinlich nicht. Geeseman lief mit geschwellter Brust umher, weil eine so heikle und potenziell gewinnbringende Ladung an nachrichtendienstlichem Material unter seinem Namen rausging. Er machte den Transportarbeitern das Leben schwer und war ständig hinter ihnen her wie eine Großmutter, die sich sorgt, dass ihr Porzellan zerbrechen könnte.

»Die schweren Sachen unten rein«, sagte er, und Fisk sah, wie einer der Flieger die Augen verdrehte.

Fisk rieb sich die seinen. Er war hin- und hergerissen zwischen Befriedigung über die gemachten Entdeckungen und Enttäuschung wegen der nicht gemachten. Da sich sein müdes Gehirn nur sinnlos im Kreis drehte, zwang er sich, ins Offiziersquartier zu gehen und sich zu säubern. Er zog sich um und wurde gerade rechtzeitig fertig für die Fahrt zum Hubschrauberlandeplatz, für die er vorn neben dem Fahrer Platz nahm.

Es war ebenjener Soldat, der vorhin die Augen wegen Geesemans übertriebenem Diensteifer verdreht hatte. »Boyle war der Name, nicht wahr?«, sagte Fisk.

»Richtig, Sir.« Er drehte ihm die Schulter zu, sodass Fisk den Namen zur Bestätigung auf dem Etikett über der linken Brusttasche lesen konnte.

»Haben Sie die schweren Sachen unten reingepackt, Boyle?«

»Jawohl, Sir«, erwiderte er barsch. Doch dann huschte sein Blick zu Fisk, und er sah, wie Fisk lächelte, und entspannte sich. Er schaute in den Rückspiegel, um sich zu vergewissern, dass Geeseman nicht mit ihnen im Wagen war. »Genau wie ich es schon als Kind beim Eintüten von Lebensmitteln gelernt habe.«

Fisk nickte, erfreut, an einen Mann geraten zu sein, der einigermaßen Humor hatte. »Und was treiben Sie, wenn Sie nicht eine Bande neunmalkluger Zivilisten durch die Gegend kutschieren?«, fragte er.

»Mortuary Affairs, Sir.«

»Was ist das? So etwas wie Bestatter?«

»So etwas Ähnliches, ja. Alle Toten von den beiden Kriegen kommen auf ihrem Weg nach Hause hier durch. Nicht gerade die schönste Aufgabe, auch wenn es in gewisser Weise eine Ehre ist, es zu tun …«

»Bittere Arbeit«, sagte Fisk.

»Das ist genau das richtige Wort, Sir. Einfach die Toten so zu sehen, wie sie wirklich sind … Ich dachte immer, das würde ich nie verstehen.«

»Heißt das, Sie verstehen es jetzt?«, fragte Fisk, während der Helikopter vor ihnen in Sicht kam.

»Nicht direkt, Sir. Aber ich verstehe, dass das große Ganze für diese Männer und Frauen nicht mehr die geringste Bedeutung hat.«

Fisk nickte. »Sie beschäftigen sich mit den Pixeln, genau wie wir. Alle anderen dürfen einen Schritt zurücktreten und den Überblick behalten.«

»Sir?«

»Nichts, Boyle. Ich rede hier praktisch im Schlaf. Meine Gedanken sind immer noch in dem Bunker.«

»Harte Arbeit, Sir.«

»Ja. Aber es scheint, als würden Sie Ihren Teil an harter Arbeit ebenfalls leisten.«

»So ist es, aber das geht in Ordnung. Ich habe kein Problem damit. Nichts im Vergleich zu dem, was Sie alle da drin getan haben. Nicht, dass ich es sicher wüsste, aber ich glaube, ich habe eine Vorstellung davon. Natürlich stehen wir bei dieser Geschichte am entgegengesetzten Ende. Sie haben eine wesentlich größere Chance, etwas zu bewirken als ich.«

Fisk dachte an bin Ladens Worte, die sich möglicherweise als sein letztes Statement herausstellen würden, seine gespenstische Botschaft aus dem Grab. *Wir müssen sie glauben machen, dass wir uns wiederholen, weil wir unbedingt handeln wollen.*

Fisk wurde im Augenblick noch nicht ganz schlau daraus. Er wusste nur, dass es eins bedeutete: Irgendetwas stand bevor.

Geplapper

Donnerstag, 1. Juli

»Boston Center, Scandinavian 903 heavy is with you. Wir haben Atlantic Uniform verlassen, Flughöhe drei sechs null, direkter Anflug auf Newark.«

»Scandinavian 903 heavy, Boston Center hier. Guten Morgen. Halten Sie drei sechs null. Erwarten Freigabe zum Landanflug um 1655 UTC.«

»Roger, Boston Center. Halten drei sechs null, Freigabe um 1655. Scandinavian 903 heavy.«

Kapitän Elof Granberg hob die Arme über den Kopf, um sich zu strecken, die Fingerspitzen zeigten zur Cockpitdecke. Der Druck in seiner Blase fing gerade an, ungemütlich zu werden, und es würde schlimmer werden, wenn er aufstand. Er griff nach der Direktleitung zur Passagierkabine in der Sprechanlage auf der Mittelkonsole.

»Fast geschafft, Maggie«, sagte er zu der Flugbegleiterin, die am anderen Ende abnahm. »Sinkflug in etwa zwanzig. Anders und ich gehen austreten, dann könnt ihr die Passagiere noch ein bisschen herumlaufen lassen, bis sie zur Landung ihre Plätze einnehmen müssen. Bitte sag Bescheid, wann wir rauskönnen.«

Granberg beugte sich über die Konsole und tippte seinem Kopiloten auf die Schulter. »Du gehst zuerst aufs Klo, Anders. Ich habe das Flugzeug.«

»Du hast das Flugzeug«, sagte Kopilot Anders Bendiksen. Bendiksen löste seinen Sicherheitsgurt, schob den

Sitz zurück und stand auf. Dann wartete er, bis die Flugbegleiterin bestätigte, dass sich keine Passagiere vor der Cockpittür aufhielten.

Die Sprechanlage summte. Bendiksen griff nach dem Hörer.

»Alles frei für dich.«

»Danke, Maggie«, sagte Bendiksen. »Ich komme jetzt raus.«

Seit den Angriffen auf New York und Washington war im amerikanischen Luftraum ein bestimmter Ablauf zum Öffnen von Cockpittüren zwingend vorgeschrieben. Ein Flugbegleiter versperrte den Gang zum vorderen Teil der Passagierkabine und stand vor dem zugezogenen Vorhang. Ein zweiter Flugbegleiter stand zur Sicherheit auf der anderen Seite. Die gepanzerte Tür zum Cockpit ließ sich nur von innen öffnen oder von außen über eine Tastatur. Der Code zum Öffnen wurde vor jedem Flug geändert und war nur den Piloten bekannt. Auf Inlandsflügen in den Vereinigten Staaten wurde ein Drahtgitter ausgefahren und gesichert, welches das Vestibül zur Kabine der ersten Klasse abtrennte, solange die Piloten – immer nur einer auf einmal – außerhalb des Cockpits waren. Bei internationalen Flügen in Jets mit Doppelgang wie dem Airbus 330 war der Posten für die Wache ein gut drei Meter langer Vorraum vor der Cockpittür. Auf der einen Seite befand sich eine Toilette, auf der anderen eine kleine Bordküche.

Ein Halbschott trennte den Vorraum von der Businessclass-Kabine. Die Gänge begannen hinter der Businessclass, mit der Economyclass im hinteren Teil des Flugzeugs.

Als Chefstewardess auf dem SAS-Nonstop-Flug von

Stockholm nach Newark nahm Maggie Sullivan ihre Position als vordere Sperre ein. Maggie maß gerade mal eins sechzig, hatte dunkles Haar, das sie zu einem französischen Zopf geflochten trug, und ein langes, kantiges Gesicht, dem die jahrhundertealte irische Seefahrerabstammung anzusehen war. Sie verfügte über jene perfekte Kombination aus Höflichkeit und Bestimmtheit, die allen guten Stewardessen und Krankenschwestern zu eigen ist – aber als Wachposten war sie schwerlich sehr beeindruckend.

Ihre Kollegin auf diesem Flug, eine schlanke nordische Blondine namens Trude Carlson, stand hinter ihr. Sieben Jahre zuvor hatten sie zusammen ein eintägiges Seminar bei einem Kampfsportausbilder besucht, der ihnen beibrachte, wie man jemanden mit Tritten, Handkantenschlägen und Druckpunktstößen außer Gefecht setzt. Das Ziel, so erklärte ihnen der Trainer, bestand darin, einen Angreifer zumindest so lange aufzuhalten, bis die Tür zum Cockpit und damit zu den Instrumenten des Flugzeugs versperrt war. Selbstaufopferung war, wenn es nicht anders ging, unausgesprochen ein Teil der Aufgabe.

Sie hatten die Prozedur zum Öffnen der Tür so oft durchgeführt, dass sie mehr zu einem Ritual als zu einer Maßnahme echter Wachsamkeit geworden war. Als die Cockpittür aufging, plauderten Maggie und Trude deshalb durch den Vorhang über ihre Pläne für den ungewöhnlich langen Aufenthalt von zweiundsiebzig Stunden. Sie hatten vor, bei dem Ticketschalter von TKTS am Times Square vorbeizuschauen, und sprachen über die aktuellen Broadway-Shows, die man unbedingt gesehen haben musste. Und Trude hatte eine alte Flamme, die auf der Upper East Side wohnte und möglicherweise einen Freund für Maggie hatte.

Die Cockpittür wurde aufgestoßen, und Anders Bendiksen erschien. »Hej-hej«, sagte er im flotten Singsang der üblichen skandinavischen Begrüßung.

»Hej-hej«, zwitscherte Trude zurück und warf ihm einen Blick über die Schulter zu.

»Nette Gruppe auf diesem Flug?«

»Geht so«, sagte Maggie, die immer noch auf den Mann von 11D wütend war, der ihr Tomatensaft auf den Schuh geschüttet hatte. Ihre Strumpfhose machte bei jedem Schritt ein matschiges Geräusch, und den Geruch würde sie nie wieder herauskriegen.

Anders öffnete die Toilettentür, schlüpfte hinein und schloss hinter sich ab.

Der Passagier hatte sich auf Maggie gestürzt, ehe sie auch nur den Kopf wieder in Richtung Sitze drehen konnte.

Kein Aufschrei. Kein Geräusch aus der Businessclass-Kabine. Keine Warnung.

Eine verschwommene Bewegung, so sah sein erster Kontakt mit ihr für sie aus. Ein Arm quer über ihren Oberkörper, der ihre Brüste zusammenquetschte. Er hob sie von den Füßen, es kam überraschend und schmerzhaft, dann zog er sie mit einem Ruck hinter den Vorhang.

Seine andere Hand war an ihrer Kehle. Sie spürte noch etwas dort: das eisige Brennen einer scharfen Klinge.

Trude erstarrte. Sie hob die Hände, aber ihre Hände waren leer, sie fühlte sich machtlos und wie betäubt. Das alles passierte nicht wirklich.

»AUF DIE KNIE!«, schrie der Mann. Er sprach mit einem starken Akzent, und seine Wut verzerrte sein Englisch zusätzlich. Er zog Maggie tiefer in den Vorraum, außer Sichtweite für die Mehrzahl der Passagiere. »IHR BEIDE! SOFORT!«

Trude sah sich nach Hilfe um, nach einer Waffe, irgendetwas. Eine Kanne Kaffee stand in der Bordküche, aber sie war nicht annähernd brühend heiß und ohnehin außer Reichweite. Sie schaute in Maggies Gesicht und sah einen starren Blick in ihren Augen, der ihr nicht weniger Angst machte als der Eindringling.

»Sofort!«, befahl der Mann wieder. »Sie stirbt sonst! Gehorcht!«

Trude fiel auf die Knie. Der Mann ließ Maggie herunter und stieß sie zu Boden. Er streckte seine andere Hand vor und zeigte ihnen ein seltsames, aus Knetmasse geformtes Gebilde, von dem Drähte in die Manschette seines schwarzen Baumwollhemds liefen.

»Ich habe eine Bombe!«, verkündete er und deutete auf einen Sprengzünder. Er sprach so laut, dass er auf der Toilette zu hören war und vielleicht sogar im Cockpit. Er schlug einmal mit seiner Messerhand an die Tür der Toilette.

Seine Augen waren groß, das Gesicht angespannt wie bei einem Mann, der in ein loderndes Feuer starrt. Er war jung, Anfang zwanzig, offensichtlich arabischer Herkunft, allerdings westlich gekleidet, mit brauner Haut und bartlosem Gesicht.

Maggie erinnerte sich sofort an ihn. Er war an Bord gegangen, hatte seinen Platz am Gang rechts in der ersten Reihe der Businessclass eingenommen und während des Starts eine offene Zeitschrift in der Hand gehalten, dann hatte er sich in eine Decke gehüllt und während des gesamten Flugs geschlafen. Seine Sitznachbarin war mit dem teuren Zubehör einer vermögenden Geschäftsreisenden ausgestattet. Locker sitzender Designer-Trainingsanzug, Augenklappen aus Plüsch, Bose-Kopfhörer und ein Nackenkissen, mit dem sie sich an das Kabinenfenster lehnte. Sie hatte ebenfalls den größten Teil der Strecke geschlafen. Keiner der beiden nahm irgendwelchen Service in Anspruch, bis auf ein Wasser, nachdem sie aufgewacht waren und sich auf die Landung vorbereiteten.

»Den Code!«, schrie der Mann an der Toilettentür und schlug mit der Faust dagegen. »Ich will den Cockpit-Code! Wenn du rauskommst, zünde ich! Fünf Sekunden – dann stirbt die erste Frau!«

Maggie blickte auf die Schuhe des Mannes, auf seine Knie, seinen Schritt. Suchte nach einem Schwachpunkt.

Aber sie würde erst an seinem Messer vorbeikommen müssen.

Der Mann trat so heftig gegen die Toilettentür, dass Maggie glaubte, er müsste sie beschädigt haben. »Antworte mir!«

»Ich höre Sie«, sagte Anders von hinter der Tür. Seine Stimme war laut genug, um nach außen zu dringen, aber der Tonfall war bewusst ruhig. »Ich habe den Code nicht. Nur der Captain kennt ihn.«

»Lügner! Du hast den Code! Sie stirbt jetzt!«

Er streckte die Hand zu Maggie hinunter, die Klinge des Messers drückte an ihre Luftröhre, den Zünder hielt er hoch in die Luft. Maggie spürte ein Brennen, dann lief etwas warm an ihrem Hals hinunter.

Er hatte sie geschnitten. Sie wusste nicht, wie schlimm es war.

Trude schrie. Der Mann trat nach ihr, traf sie an der Schulter und stieß sie zur Seite.

»Lassen Sie mich herauskommen«, sagte Anders hinter der Tür. »Ich kann mit dem Captain reden.«

»Geben Sie mir sofort den Code!«, brüllte der Angreifer.

»Ich komme raus!«, rief Anders.

Er versuchte, die Tür zu öffnen, aber sie klemmte.

Plötzlich brach im Vorraum Chaos aus. Der Entführer, der den Kopf zur Toilettentür gewandt hatte, sah den Passagier nicht, der sich durch den Vorhang auf ihn stürzte.

Schreie, Kampfgetümmel.

Mehr aus Selbsterhaltungstrieb als aus Weitblick griff Maggie nach der Messerhand des Mannes. Hätte sie es nicht getan, wäre sie durch den Schwung des angreifenden Passagiers wahrscheinlich schwer von der Klinge verletzt worden.

Dieser erste Passagier, der hereinkam, ein fit aussehender blonder Mann, packte die andere Hand des Entführers, die den Zünder hielt. Er riss ihn mit aller Gewalt aus der Hand des Attentäters – und dann kamen noch zwei Männer von hinten, trieben den Blonden und den Bombenattentäter gegen einen Servicewagen in seinem Wandfach und rissen sie zu Boden.

Ein weiterer Mann hechtete nach dem Messer. Eine Frau zog Maggie an die Wand zurück.

Zwei Männer hielten den Attentäter auf dem Boden fest. Er wand sich und knurrte wie von Sinnen.

Der Blonde wälzte sich auf den Rücken. Er hielt den Zünder in der Hand, aber mit der anderen hielt er sein eigenes, seltsam verdrehtes Handgelenk, und sein Gesicht war schmerzverzerrt.

Drähte baumelten von dem Zünder. Die Männer auf dem Boden rissen das Hemd des Attentäters auf und suchten nach einer Sprengvorrichtung.

Aber da war nichts als ein behaarter Bauch.

Alles war sehr schnell gegangen, und es dauerte einen Moment, bis alle begriffen hatten, dass es vorbei war. Der Attentäter lag nun mit dem Gesicht nach unten auf dem Boden, ein Knie war in seinen Nacken gestemmt. Alle Beteiligten keuchten, schwitzten, verströmten Adrenalin.

Trude starrte auf Maggie, hatte die Hand vor dem Mund und begann zu weinen. Die Frau, die sich den Männern beim Angriff auf den Entführer angeschlossen hatte, drückte instinktiv ihre Hand an Maggies blutende Kehle. Trude zog Leinenservietten aus einem Fach, um die Blutung zu stillen.

Maggie saß blinzelnd da, atmete stoßweise und ließ zu, dass man sich um sie kümmerte. Sie erwachte aus ihrer Benommenheit, als sie sah, dass der Entführer in Reichweite war – sie streckte das Bein aus und trat ihn mit dem Absatz.

»Du Schwanzlutscher!«, schrie sie. »Du verdammter, blöder Schwanzlutscher!«

Sie blickte an sich hinab, sah, dass ihre weiße Uniformbluse rot getränkt war vor Blut, und brach in Tränen aus. Die Frau unter den Rettern tastete ihren Hals ab, um die Quelle der Blutung zu finden. Der Schnitt war nicht tief. Das Messer des Attentäters hatte eine Ader geritzt, aber das Blut pulsierte nicht heraus. Die Frau zog ihre leichte Jacke aus, knüllte sie zu einer Kompresse zusammen und drückte sie mit den Servietten an Maggies Hals.

»Alles in Ordnung«, sagte sie zu Maggie. »Sieht aus, als hätte er die Arterie verfehlt. Alles in Ordnung.«

Hämmern an der Toilettentür. Einer der Retter, ein älterer Mann, schlug von außen daran. »Hier draußen ist keine Gefahr mehr!«, rief er. »Treten Sie so weit wie möglich zurück!«

Der Mann warf sich mit der Schulter an die Tür, konnte sie jedoch nicht aufstoßen. Trude war aufgestanden und machte sich daran, es gemeinsam mit ihm zu versuchen.

Diesmal gab die kleine Tür nach, das Schloss sprang aus dem Rahmen. Die Tür traf Anders, aber er war darauf vorbereitet und hatte sich mit Armen und Beinen abgestützt.

Er kam aus der winzigen Kabine und sah auf den überwältigten Entführer hinunter, der in seiner braunen Hose und einem zerrissenen weißen Hemd auf dem Boden lag.

»Merde«, sagte Anders.

Erst jetzt kam allen, die sich in dem engen Vorraum drängten, zu Bewusstsein, welche Ungeheuerlichkeit sich soeben abgespielt hatte. Anders langte an Trude vorbei zum Hörer der Sprechanlage an der Wand neben der Kaffeeküche.

»Captain? Hier ist Anders. Es gab eine versuchte Entführung.«

»Ich habe es mitbekommen, Anders.«

»Im Moment ist alles unter Kontrolle. Maggie ist verletzt.«

»Wie schwer?«

Anders sah Maggie an. Die Passagierin, die sich um sie kümmerte, nahm ihre Jacke von der Wunde. Anders nickte und lächelte Maggie an.

»Wie es aussieht, fehlt ihr nicht allzu viel«, sagte er.

»Ist alles gesichert?«

Anders warf einen Blick zu den beiden Männern zurück, die auf dem verhinderten Attentäter lagen. Er sah den Blonden den angeblichen Zünder halten, und er sah das schiefe Handgelenk des Mannes.

»Er sagte, er habe eine Bombe, aber… das war anscheinend geschwindelt. Nur einen Auslöser mit Drähten dran. Und ein Messer.«

Zehn Sekunden lang blieb es still in der Leitung.

»Hier sind meine Befehle«, sagte Captain Granberg, als er sich wieder meldete. »Verlegt alle Passagiere aus der Businessclass in den hinteren Teil des Flugzeugs, außer denjenigen, die den Entführer in Schach halten. Fesselt ihn mit Sitzgurtverlängerungen und den Kabelbindern aus dem Elektro-Notfallkoffer. Du weißt, welchen ich meine.«

»Gleich hier vorn, hinter der Bordküche«, sagte Anders.

»Wenn ihr ihn gefesselt habt, tragt ihn in die letzte Reihe der Businessclass-Kabine, kippt den mittleren Sitz nach hinten und bindet ihn daran fest. Du überwachst das Ganze. Ich will, dass er human behandelt wird, aber so, dass er keine Gefahr mehr darstellt. Er darf sich nicht bewegen können. Zieht ihm Schuhe und Hose aus. Lasst mindestens zwei Männer Wache bei ihm stehen. Sorgt dafür, dass er seine Hände zu keinem Zeitpunkt in die Nähe seines Mundes bekommt. Hast du verstanden?«

»Verstanden«, sagte Anders Bendiksen.

»Aus Sicherheitsgründen werde ich die Cockpittür nicht mehr öffnen. Du beziehst an der Tür Posten mit Sicht auf den Entführer. Ich habe den Code für einen

Entführungsfall bereits durchgegeben und warte auf die Freigabe für eine Notlandung.«

Die Stimme des Kapitäns ertönte aus den Lautsprechern in der Passagierkabine des Airbus: »Meine Damen und Herren, hier spricht Kapitän Granberg. Wir haben den Versuch einer Person, in das Cockpit einzudringen, erfolgreich abgewendet.«

Ein Geräusch wie das kollektive Atemstocken im gesamten Passagierraum hatte die Crew noch nie gehört.

»Gegenwärtig besteht keine Gefahr. Bitte bleiben Sie auf Ihren Plätzen, es sei denn, Erster Offizier Bendiksen, ich selbst oder das Kabinenpersonal geben Ihnen andere Anweisungen. Ich wiederhole – bitte bleiben Sie unbedingt sitzen. Das Flugzeug ist nach wie vor in tadelloser Verfassung, und wir werden zur Landung umgeleitet und von Polizeikräften erwartet. Bitte lassen Sie sich von Blaulicht und Einsatzfahrzeugen nach der Landung nicht beunruhigen. Es gab eine kleinere Verletzung, die nicht ernst oder gar lebensbedrohend ist, wie man mir versichert hat. Wir werden unsere Reise nach Newark so bald wie möglich fortsetzen. Ich möchte mich im Namen der Fluggesellschaft für diese Unannehmlichkeit sowie eventuell verpasste Anschlussflüge entschuldigen. Danke für Ihre Geduld und Ihr Verständnis, und Cabin Crew, bitte alles zur Landung vorbereiten.«

Bangor International Airport, knapp vierhundert Kilometer nordöstlich von Boston, ist der größte und am weitesten östlich gelegene Flugplatz für aus Europa kommende Maschinen. Als ehemaliger Luftwaffenstützpunkt bietet der abgelegene Flughafen relativ wolkenarmen

Himmel und mit dreieinhalb Kilometer Länge und über sechzig Meter Breite eine der längsten und breitesten Landebahnen an der Ostküste. Früher der bevorzugte Zwischenstopp zum Auftanken internationaler Charterflüge, wurde Bangor International nach dem Aufkommen von Verkehrsmaschinen mit größerer Reichweite in den 1990ern ein beliebter Anlaufpunkt für medizinische Notfälle oder um randalierende Passagiere abzusetzen. Nach dem 11. September wurde er zum Zielort für transatlantische Flüge, die man aufgrund befürchteter terroristischer Zwischenfälle umleitete. Meist ging es dabei um Passagiere, von denen man erst feststellte, dass sie auf der Flugverbotsliste der Heimatschutzbehörde standen, nachdem das Flugzeug bereits in der Luft war. Bei einigen wenigen anderen Gelegenheiten waren Maschinen gelandet, die betrunkene oder psychotische Passagiere an Bord hatten.

Der Apparat war deshalb bereits vorhanden und das Notfallteam ausgebildet und bereit – doch als die Nachricht kam, dass es sich nicht lediglich um einen unerwünschten Passagier handelte, sondern tatsächlich um den vereitelten Entführungsversuch eines Terroristen, lag eine zusätzliche Spannung über dem Einsatz.

Captain Granberg setzte den großen Airbus kurz nach 13.00 Uhr Ostküstenzeit auf, stellte die Maschine den Anweisungen der Bodenkontrolle Bangor folgend auf einer Wartefläche rund eineinhalb Kilometer vom Terminal entfernt ab und schaltete die Triebwerke aus. Vom Cockpit aus beobachtete er, wie ein Schwarm Rettungsfahrzeuge in flüssiger Choreografie rund um sein Flugzeug Aufstellung bezog. Eine Minute lang blieb alles still, keins der Feuerwehrautos, keine Ambulanz und kein

Fahrzeug mit Löschschaum bewegte sich. Dann wies die Bodenkontrolle Granberg an, die Zugangstür zur Bordküche auf der Steuerbordseite des Vorraums zu öffnen. Granberg leitete diese Anweisung an Bendiksen weiter, der die Tür zum grauen Licht Maines öffnete.

Das Einsatzteam stieg über ein ausgefahrenes Cateringfahrzeug an Bord des Flugzeugs. Vier Angehörige des Geiselbefreiungsteams der Polizei von Bangor in schwarzer Kampfausrüstung, begleitet von zwei Special Agents des FBI-Außenbüros Bangor und zwei Notfallmedizinern kamen in die Maschine. Mit gezogenen Automatikwaffen stürzte das Team an der Crew und den Passagieren, die den Entführer überwältigt hatten, vorbei durch den Vorhang, der die Businessclass abteilte, in die Economyclass, wo sie ein Aufschrei der Passagiere begrüßte.

Sobald sie an Bord waren, verließ Captain Granberg das Cockpit und besah sich den Schaden im Vorraum. Er folgte dem Einsatzteam und deutete auf seine Kapitänstreifen.

»Wir holen den Entführer zuerst heraus, Captain«, sagte der Teamleiter. »Dann die verletzte Flugbegleiterin und die Passagiere, die an dem Kampf beteiligt waren.« Er wies mit einem Nicken in Richtung der Leute. »Dann werden Sie zum Terminal rollen, um die übrigen Passagiere aussteigen zu lassen.«

Granberg bestätigte die Befehle und kehrte nach einem kurzen Blick auf den Möchtegernentführer – auf den er jetzt Wut zu empfinden begann – ins Cockpit zurück.

Mit einer Effizienz, die nur durch ständige Übung erreicht wird, befreite das Team den Entführer aus den improvisierten Fesseln und ersetzte sie systematisch durch Klettverschlussstreifen um Knöchel, Oberschenkel, Taille und Schultern, sodass die Arme bewegungsunfähig am Körper festsaßen. Trotz heftiger Gegenwehr stülpten sie dem Mann eine schwarze, luftdurchlässige Stofftasche über den Kopf und zogen sie am Hals zu. Drei von ihnen hievten den Gefangenen wie eine Teppichrolle auf Schulterhöhe. Im Gleichschritt bewegten sie sich geschmeidig den Gang entlang und hinaus in das Frachtabteil des Cateringfahrzeugs.

Das Abteil wurde in die Fahrposition abgesenkt und der Entführer mit zwei breiten Ledergurten an eine stählerne Trage gebunden. Dann fuhr das Cateringfahrzeug davon, begleitet von zwei Polizeiautos mit Blaulicht.

Das vierte Mitglied des Einsatzteams führte die fünf Passagiere und Maggie, die Chefstewardess, zur ausgefahrenen Plattform eines zweiten Trucks, die dann ebenfalls abgesenkt wurde, ehe sich das Gefährt unter Begleitschutz entfernte. Trude Carlson und Anders Bendiksen blieben an Bord des Flugzeugs, genau wie die Notärzte und die beiden FBI-Leute. Die Tür des Airbus wurde geschlossen und verriegelt, und Kapitän Granberg startete die Triebwerke, wendete die Maschine und rollte zum Passagierterminal.

Die Arrestzellen des Flughafens befanden sich am Südende des Hauptterminals. Der Fahrer des Cateringfahrzeugs, ein Polizist in einer schwarzen Windjacke, setzte rückwärts eine Rampe zu einer unterirdischen Garage hinab. Ein Wellblechtor fiel lautstark zu, und der Rückfahr-Warnton des Fahrzeugs verstummte.

Am anderen Ende der Tiefgarage öffnete sich eine breite Doppeltür zu einem Raum mit stählernen, an den Boden geschraubten Picknicktischen, umgeben von vier Arrestzellen, zwei mit Gittern an der Vorderseite, zwei mit hellgrünen Stahltüren. Auf der anderen Seite der Zellen gab es zwei Vernehmungszimmer, drei mal drei Meter große Betonkammern mit Abflüssen im Boden; all das war nach dem 11. September aus Mitteln des Heimatschutzes renoviert worden. Das Geiselbefreiungsteam rollte den Möchtegernentführer von Flug 903 in den ersten Vernehmungsraum, schaltete das Licht aus und schloss die Tür.

Der Mann war fest verschnürt. Seine Bewegungsfreiheit reichte nicht einmal, um sich zu krümmen. Die Riemen fühlten sich an, als würden sie gleich seine Rippen brechen. Der Druck auf seine Lunge war gewaltig. Er atmete flach und kämpfte um Sauerstoff unter der schwarzen Kapuze. Weinen schmerzte zu sehr.

Nach zehn Minuten Reglosigkeit und Stille war er überzeugt, man habe ihn allein irgendwo liegen lassen, damit er erstickte. Er stellte sich vor, er sei bereits begraben. Er war drauf und dran, in Panik zu geraten, aber er kämpfte darum, stark zu sein.

Das Antiterrorteam des FBI war in der Luft, ehe SAS-Flug 903 gelandet war.

Vier Agenten, drei Männer und eine Frau, Spezialisten für dringliche Vernehmungen, flogen mit zweihundert Knoten in einem Black-Hawk-Hubschrauber von Boston nach Bangor. Sie benötigten etwas mehr als eine Stunde für die Strecke.

Die taktische Grundannahme war, dass ein terroristischer Zwischenfall selten ein Einzelereignis ist. Die lockeren Einschränkungen des USA Patriot Acts erlaubten dem Team weitreichende »Verhörmethoden«. Sie konnten Informationen notfalls durch Gewalt erlangen. Zeit war knapp und teuer. Minuten, die man mit Diskussionen mit einem Verdächtigen vergeudete, der etwas wusste, konnten zahllose Menschenleben kosten, wenn ein massiver Anschlag bevorstand.

Das Team betrat den Vernehmungsraum und machte sich sofort an die Arbeit. Der Kopf des Mannes ging ruckartig zur Seite, als die Tür geöffnet wurde; die Isolation hatte ihn zermürbt. Das Team brachte seinen eigenen Stuhl mit, aus Stahl und mit Platten an den Füßen, damit man ihn am Boden festschrauben konnte. Das war hier nicht nötig. Sie setzten den Mann auf den Stuhl und ließen die Kapuze auf seinem Kopf.

Sie fesselten ihn mit den Handgelenken an die Armlehne des Stuhls und mit den Unterschenkeln an die Vorderbeine, dann nahmen sie die anderen Fesseln ab. Man nahm ihm digitale Fingerabdrücke, alle Fingerspitzen und die gesamte Handfläche.

Die Frau rollte den linken Ärmel des Mannes hoch. Er zuckte bei der unnatürlich glatten Berührung durch eine Hand, die in einem Latexhandschuh steckte.

Die Nadel drang ein. Die Kammer füllte sich mit einer Blutprobe. Das Röhrchen wurde verschlossen und etikettiert, der Einstich blieb ohne Pflaster. Ein dünnes Rinnsal Blut lief zur Armbeuge des Mannes hinunter.

Nach der lautlos vorgenommenen Blutentnahme traf ihn das erste Wort, das nun an ihn gerichtet wurde, wie eine Ohrfeige.

»Name?«

Eine Männerstimme, die in einem gebräuchlichen saudischen Dialekt sprach.

Der Entführer biss unter der Kapuze die Zähne zusammen.

»Name«, noch einmal. Dann: »Wir wissen bereits, wer Sie sind. Wir haben Ihren Pass. Name?«

Er knirschte mit den Zähnen. Das Herz sprang ihm fast aus der Brust.

Er spürte, wie der Stuhl nach hinten gekippt wurde, und erschrak, weil er zu fallen glaubte. Er betete und überantwortete sich Gott, so wie er es jeden Tag seines Lebens getan hatte.

»Wir haben Wasser«, vernahm er die Stimme. »Möchten Sie das Wasser?«

Sie meinten nichts zu trinken. Sie meinten Folter. Waterboarding.

Der Entführer hielt den Atem an und erwartete jeden Moment einen Guss ins Gesicht.

Stattdessen wurde wieder an seinem linken Arm gezerrt. Er spürte einen weiteren Nadelstich.

Nur wurde diesmal kein Blut genommen.

Binnen Minuten fühlte er sich benommen und von einem Hochgefühl durchströmt. Er sank in ein warmes Bad … oder vielmehr sank das Bad in ihn.

Sein Name ging ihm kurz darauf ohne viel Mühe über die Lippen. Awaan Abdulraheem. Die Worte spazierten aus seinem Mund wie freigelassene Gefangene. Awaan fühlte, wie an seinem Haar gezogen wurde, die Kapuze kam herunter und machte einem Lichtstrahl Platz.

Er spürte einen Teufel in sich, einen redseligen Teufel, der sich freute, sprechen zu dürfen.

»Ich komme aus dem schönen Jemen«, sagte er mit einer Stimme wie ein Lied. »*Arabia Felix*, wie die römischen Eroberer unsere fruchtbare Heimat am Roten

Meer nannten. Meine Familie baut seit fünf Generationen Mangos am Stadtrand von Sanaa an. Ich bin zwanzig Jahre alt. Ich bin ein Mudschaheddin. Ich diene dem einen wahren Gott.«

Wegen seines Versagens begann Awaan zu weinen. Was hatten sie mit ihm gemacht – ihn in jemand anders verwandelt? Die Teufel. Ihre Fragen förderten wie durch schwarze Magie Antworten zutage.

»Ich bin kein Pilot. Ich habe gelernt, den Autopilot so einzustellen, dass das Flugzeug nach New York fliegt. Mein Schlag in das Herz dieser Stadt der Teufel wäre mein Geschenk an Gott gewesen!«

Er sollte von den anderen erzählen. Glaub an dich!, dachte er. Er konzentrierte sich auf seine Mutter zu Hause. Wie stolz sie sein würde. Er war doch nicht der Tunichtgut, für den ihn alle hielten. Er war zu großen Dingen fähig.

»Ich bin ein gehorsamer Soldat«, sagte er, und seine Tränen brannten heiß. Er strengte sich an, erinnerte sich an seinen Schmerz, plapperte weiter, gezwungen lächelnd. Halt durch!, sagte er sich.

Wer den Angriff noch geplant hatte?

»Der Plan ist einzig meinem Herzen erwachsen. Es gibt keine anderen.«

Sie drängten, wollten mehr von ihm. Wollten alles. Er schluckte seine Worte, würgte an ihnen, rang nach Atem. Schließlich kam ihm alles hoch, und ein nach Galle schmeckender Schwall Kotze ergoss sich in seinen Schoß.

Sobald SAS 903 die versuchte Entführung gemeldet hatte und zur Landung nach Bangor umgeleitet worden war, schloss das amerikanische Luftfahrtbundesamt den

Flughafen für jeglichen Verkehr mit Ausnahme von Maschinen der Strafverfolgungsbehörden. Im Hauptterminal waren nicht mehr als hundert Passagiere, die um die Mittagszeit abfliegen wollten, von der Unannehmlichkeit betroffen.

Angestellte der Fluglinie taten sich mit den kleinen Imbissläden zusammen, um den zweihundertdreißig unerwarteten Besuchern ihren Aufenthalt so angenehm wie möglich zu machen. Als der Airbus zum Ausstieg rollte, hatten sie Kaffee, Sandwichs und Softdrinks auf einem Büfett in der Hauptankunftshalle bereitgestellt.

Die Stimmung war ausgesprochen fröhlich, sogar ausgelassen, als die Passagiere die Maschine verließen. Alle waren dankbar, dass das Schlimmste nicht eingetreten war, dass sie auf dem Boden waren, dass sie lebten. Vertreter des Flughafens stimmten sich mit der Fluglinie und dem Heimatschutz ab, um Passagiere und ihr Gepäck umzuleiten. Die Schließung des Flughafens hielt die Medien in Schach, und die Passagiere wurden ermuntert, ihre Angehörigen anzurufen, vorläufig aber mit keiner Fernseh- oder Rundfunkstation Kontakt aufzunehmen.

Maggie und die fünf heldenhaften Passagiere, die ihr zu Hilfe geeilt waren, wurden zu einer Lounge geführt, die man nach den Katastrophenplänen des Flughafens in eine Mini-Notaufnahme umgewandelt hatte. Während Polizei und FBI Wache standen, wurde jede einzelne Person von einem Arzt und einer Krankenschwester in Empfang genommen. Maggies Blutung hatte aufgehört, aber sie war benommen von dem Blutverlust und dem Stress und hatte schockähnliche Symptome.

Trude, die andere Flugbegleiterin, war hysterisch geworden, nachdem Passagiere und Besatzung die Maschine verlassen hatten. Sie bekam ein angstlinderndes Medikament, aber als das nichts half, brachte man sie zur Beobachtung in ein Krankenhaus in Bangor. Die Piloten wurden beide befragt, aber da keiner von ihnen Augenzeuge des Angriffs geworden war, waren sie nur von begrenztem Wert für die Ermittlung.

Bei dem blonden Mann, der dem Entführer den Sprengzünder aus der Hand gerissen hatte, bestand Verdacht auf Bruch des Handgelenks, und er wurde umgehend ärztlich versorgt.

Eine FBI-Agentin ergriff mit lauter Stimme das Wort. »Darf ich um Ihre Aufmerksamkeit bitten? Wir möchten, dass die Verletzten sehr schnell behandelt und alle andern rasch untersucht werden. Ich muss Sie bitten, uns währenddessen Ihre Handys zu übergeben, sodass wir mit Ihren Familien und Partnern Kontakt aufnehmen können. Natürlich werden Sie zu einem späteren Zeitpunkt selbst mit ihnen sprechen können. Ich muss darauf bestehen, dass niemand mit irgendwem sonst spricht, bis wir Gelegenheit hatten, Sie zu befragen. Das ist sehr wichtig. Sie alle haben entscheidend dazu beigetragen, einen Terrorangriff zu vereiteln und das Leben Ihrer Mitreisenden zu retten. Es ist unerlässlich, dass wir unsere Untersuchung dieses Zwischenfalls mit nicht verfälschten Zeugenberichten beginnen, deshalb müssen wir Sie bitten, uns in den nächsten Stunden zur Verfügung zu stehen. – Wenn Sie medizinisch untersucht wurden, bedienen Sie sich bitte mit Sandwichs und Getränken. Zu den Toiletten geht es durch diese Tür hier, Sie brauchen keine Begleitung, wir bitten jedoch darum, dass immer nur einer auf einmal geht. Für alle anderen Fragen oder Probleme wenden Sie sich bitte an einen der Beamten. Danke.«

Jeremy Fisk und Krina Gersten eilten gerade rechtzeitig zum Teterboro Airport, um eine Maschine des Finanzministeriums zu erwischen, die drei Ermittler der Joint Terrorism Task Force von New Jersey nach Bangor, Maine, bringen sollte.

Die Intel Division war mit von der Partie, weil der Flug nach Newark gegangen war und der Anschlag offenbar einem Ziel im Großraum New York gegolten hatte. Die Stimmung an Bord der Maschine war herzlich, aber das Misstrauen zwischen Intel und JTTF hielt an. In der Folge des vereitelten Anschlags auf die U-Bahn am Times Square hatten die Chefs beider Organisationen sich öffentlich ihre gegenseitige Unterstützung versichert, aber bis zu den Beamten im Außeneinsatz war diese Tatsache noch nicht durchgesickert.

Fisk war auf dem Weg zum Lunch gewesen, als der Alarm kam. Er hatte die Anweisung bekommen, einen weiteren Beamten von Intel mitzunehmen, und die Entscheidung war nicht schwer gewesen. Krina war in letzter Zeit zu verschiedenen miesen Aufträgen abkommandiert worden. Für weibliche Polizisten gab es in einem überwiegend muslimischen Umfeld einige offenkundige Beschränkungen ihrer Einsatzmöglichkeiten, aber Fisk hatte mit der Zeit angefangen, Gerstens Behauptung zu stützen, es müsse mehr als das dahinterstecken. Sie beschwerte sich nie, außer privat bei ihm. Der Polizeidienst war immer noch größtenteils ein Männerverein, und wie sie sagte, hatte sie sich mit solchen Dingen während ihres ganzen Berufslebens herumgeschlagen.

Nach einer sanften Landung rollten sie sofort zum Hauptterminal. Ein Flughafenvertreter begleitete sie zu einem Gemeinschaftsraum außerhalb des Arrestbereichs, wo das Antiterrorteam seine Manöverkritik fast abgeschlossen hatte. Die FBI-Kollegen begrüßten einander, dann nahmen alle an einem Konferenztisch Platz, während der leitende Agent anhand seiner Aufzeichnungen referierte.

»Wie es aussieht, war die ganze Sache auf diesen Abdulraheem beschränkt«, sagte der Agent. »Wir haben alles von ihm bekommen. Seine Geschichte ist so üblich unter diesen Möchtegernterroristen, dass sie keine Tarngeschichte sein kann. Er hat die Aufmerksamkeit genossen, die ihm in Sanaa, Jemen, zuteilwurde, als man ihn in seiner Moschee für eine dieser Nachwuchszellen rekrutierte. Sie haben ihn zur Indoktrination nach Peschawar geschickt, ihm einen maßgeschneiderten Kontakt gegeben und ihm befohlen zu warten, bis er seine Befehle bekam. Ein Jahr lang wartete er. Und wartete. Und wurde vielleicht ein wenig verrückt dabei. So machen sie es nämlich, sie testen deine Treue, deine Geduld. Abdulraheem hat den Test nicht bestanden. Das Warten dauerte ihm zu lange. Er hat sich eine Seite aus dem Lehrbuch für den 11. September vorgenommen, ein nicht auffindbares Obsidianmesser gekauft und sich in das freundliche alte Internet gestürzt, wo er sich die mitgeschnittenen Vorträge einer britischen Flugschule darüber ansah, wie man Kurs und Höhe einer Verkehrsmaschine mit dem Autopiloten steuert. Das war's. Er hat allein gehandelt, das steht fest. Sein Ziel war nicht näher definiert, irgendwo Midtown Manhattan. Darüber wollte er sich erst den Kopf zerbrechen, wenn er im Cockpit war. Der Mann wird sehr lange bei uns im Klub Gitmo sein. Ein ziemlich kleiner Fisch, wie mir scheint, aber wer weiß? Vielleicht kennt er noch ein paar Namen. Er hat bewiesen, dass er nicht das Zeug dazu hat, lange zu warten. Wenn er noch etwas weiß, kommt es eher früher als später raus. Aber die unmittelbare Gefahr hier ist vorbei.«

Gersten und Fisk hörten sich noch den Rest des Briefings an, und Fisk brachte seine Überlegungen dabei zu Papier. Als es vorbei war, gingen er und Gersten allein in das Vernehmungszimmer und verbrachten eine halbe Stunde von Angesicht zu Angesicht mit Awaan Abdulraheem.

Fisk führte das Gespräch mit dem Entführer auf Arabisch, während Gerstens Rolle für den Mann unklar blieb. Fisk stellte ein paar grundlegende Fragen, um ein Minimum an Beziehung herzustellen, aber die Wirkung des leichten Halluzinogens, das man dem Beschuldigten verabreicht hatte, war noch nicht ganz abgeklungen. Es war für Fisk, als würde er einen Betrunkenen vernehmen, der ständig einzuschlafen drohte.

Abdulraheem war redselig, weder aufbrausend noch trotzig, dafür oft mitleiderregend wie ein vernachlässigtes Kind, das etwas angestellt hat und sich auf die Aufmerksamkeit freut, die eine Bestrafung mit sich bringen würde. Die Droge trug zu Abdulraheems Stimmung bei und vernebelte seinen wahren Charakter, doch es war für Fisk offensichtlich, dass der Möchtegernentführer nicht sehr helle war. Er war schwerlich die Verkörperung von Gefahr, die man erwarten mochte und als die ihn die Medien zweifellos darstellen würden.

Als sie anschließend draußen zusammensaßen, übersetzte Fisk ein paar Antworten für seine Kollegin. Er konnte seine Verärgerung nicht verbergen. Er verstand die Notwendigkeit eines sofortigen Eingreifens, aber bewusstseinsverändernde Drogen mussten ein allerletztes

Mittel bleiben. Vor allem, wenn die Person, die sie verabreichte, die richtige Dosierung nicht kannte, wie es hier der Fall gewesen war.

»Unter dem Strich würde ich sagen, er ist kein wichtiger Akteur«, erklärte Fisk.

»Ein einsamer Wolf?«, fragte Gersten. »Die Wahrscheinlichkeit spricht dagegen.«

»Ich treffe noch keine endgültigen Aussagen«, sagte Fisk. »Vielleicht verarscht er mich – vielleicht ist er Keyser Soze. Aber ich glaube es nicht. Wahrscheinlicher ist sein IQ im zweistelligen Bereich, und er wird mehr von Religion als vom Verstand geleitet.«

»Er hat es ins Flugzeug geschafft«, sagte Gersten. »Mit einem Messer.«

Fisk nickte und sah noch einmal in seinen Unterlagen nach, bis er die Passagierliste gefunden hatte. »Und er – oder jemand anders – hat für einen Businessclass-Platz bezahlt.«

Noch ehe Fisk und Gersten fertig waren, entließ die Task Force die übrigen Passagiere und die Crew, und SAS-Flug 903 startete nach Newark, seinem ursprünglichen Ziel. Alle Passagiere beantworteten einzeln Fragen nach Abreiseorten und Zielen, und jeder Einzelne wurde von der Transportsicherheitsbehörde noch einmal vollständig überprüft. Insgesamt belief sich die Verzögerung auf sieben Stunden.

Als Fisk und Gersten schließlich zu den verbliebenen fünf Passagieren und der Flugbegleiterin kamen, hatte sich die wohltuende Wirkung von Essen, Erleichterung und Kameradschaft bereits abgenutzt. Irgendjemand hatte den Fehler gemacht, ihnen zu erzählen, dass das Flugzeug ohne sie weiterflog. Jetzt wollten die sechs überall sein – nur nicht in Bangor, Maine.

Fisk fand es sofort beeindruckend, dass eine Gruppe derart unterschiedlicher Menschen sich in einem Augenblick der Gefahr zusammentat und den Entführer rasch überwältigte. Er nahm an, das gehörte zum Vermächtnis des 11. September: Wenn sie sich einer Gefahr an Bord gegenübersahen, wollten es die wenigsten Passagiere riskieren, die Dinge einfach laufen zu lassen. Diese fünf waren nur zufällig die Ersten gewesen, die gehandelt hatten.

Er wusste, dass eine negative Reaktion zu befürchten war, wenn er ihnen noch mehr Unannehmlichkeiten bereitete, aber er brauchte weitere Informationen zu Abdulraheem, einen zusätzlichen Blickwinkel. Wie radioaktives Material zerfielen Zeugenerinnerungen mit der Zeit, deshalb setzte er sein freundlichstes Gesicht auf und sprach reihum mit jedem Einzelnen.

Die Sechs, wie der vorläufige Bericht sie getauft hatte, gaben alle in etwa die gleiche Antwort, wenn sie nach ihren heroischen Augenblicken in dem Vestibül vor dem Cockpit von SAS 903 befragt wurden.

Alain Nouvian, ein einundfünfzigjähriger Cellist, der von einer kurzen Konzerttournee in Skandinavien nach New York zurückkehrte, hatte kleine Augen und widerspenstige, schwarz gefärbte Haare, die so frisiert waren, dass sie die beginnende Glatze verdecken sollten. Er ging die Befragung mit großer Sorgfalt an, als handelte es sich um ein Vorstellungsgespräch. »Ich … ich habe nicht überlegt. Ich hätte nicht gedacht, dass ich zu dem fähig bin, was ich getan habe. Es sah aus, als sollte ich so oder so sterben, und ich wollte nicht einfach teilnahmslos dasitzen. Ehrlich gestanden, begreife ich mein Handeln immer noch nicht ganz. So lebendig habe ich mich seit dreißig Jahren nicht mehr gefühlt. Es war ein Test heute Mittag, Leben oder Tod… und ich habe gehandelt. Ich bin mit der Aufgabe gewachsen, wie man sagt. Dieser Verrückte wollte das Flugzeug in die Luft sprengen – oder es zumindest in ein Gebäude oder so stürzen lassen. Stattdessen habe ich mich auf ihn gestürzt.«

Douglas Aldrich, ein fünfundsechzigjähriger Autoteilehändler im Ruhestand aus Albany, kehrte von einem viertägigen Besuch bei Tochter und Enkelsohn in Göteborg zurück. »Instinkt. Ich muss nicht einmal darüber nachdenken. Ich habe mir mehr Gedanken darüber gemacht, wie ich am Ende des Flugs wieder ein Gefühl in die Beine kriege – Sie wissen schon, Thrombosen und so. Ich stand im Gang und versuchte, meine alten Muskeln zu strecken, als ich die Unruhe vorn hörte. Ich bin ein Vietnam-Veteran, was zwar lange her ist, aber heute hat es sich angefühlt, als wäre es erst gestern gewesen. Ich halte mich nicht für einen mutigen Menschen. Es gab keine anschwellende Orchestermusik, wenn Sie wissen, was ich meine. Keinen Moment einer heroischen Entscheidung. Ich habe einfach getan, was zu tun war – genau wie die anderen, glaube ich. An wen ich im Augenblick denke? An diese anderen im Flugzeug. Die einfach dasaßen. All die Leute in der Businessclass, die nicht aufgestanden sind, als der Terrorist angriff. Das geht mir im Augenblick durch den Kopf. Wie sie heute Abend ins Bett gehen und da im Dunkeln liegen mit ihren Gedanken. Soll ich Ihnen etwas sagen – ich werde schlafen wie ein Baby.«

Colin Frank, fünfundvierzig und mit dickem Bauch, war Journalist und arbeitete gerade an einem Artikel für den *New Yorker* über die immer beliebter werdende schwedische Kriminalliteratur. Seine Lesebrille saß hoch auf der Stirn, und eins der Gläser hatte einen fadenartigen Sprung. Er hatte noch nicht begriffen, was passiert war. »Ich habe nicht die leiseste Ahnung, warum ich es getan habe. Ich will ehrlich sein – ich erinnere mich an nichts. Mein Körper hat sich ohne Zutun des Verstands bewegt. Als hätte jemand auf einen Schalter gedrückt. In dem einen Augenblick saß ich auf meinem Platz und habe Henning Mankell gelesen, und im nächsten lag ich im vorderen Teil des Flugzeugs auf einem Terroristen. Ich bin sozusagen vom Leser eines Thrillers nahtlos zu einer Hauptperson in einem geworden. Die Situation kam mir nicht außergewöhnlich vor … und gleichzeitig wirkte sie auch nicht real. Als wäre ich immer noch in dem Buch.« Er lächelte, nahm seine Brille ab und bewunderte den Makel in der Linse, als benötigte er einen Beweis für seine Tat. »Als würde man ein Baseballbuch lesen und sich plötzlich dabei wiederfinden, wie man die Homeplate umrundet. Zur richtigen Zeit am richtigen Ort, würde ich sagen. Ich finde einfach, ich habe unglaubliches Glück, dass ich noch lebe.«

»Wann kommen wir nach Newark?«, fragte Joanne Sparks, achtunddreißig und Geschäftsführerin einer Ikea-Filiale in Elizabeth, New Jersey. Eine durchtrainierte Vielfliegerin in der Businessclass, die von einem Besuch in der Firmenzentrale in Stockholm zurückkehrte und während des gesamten Flugs neben Abdulraheem gesessen war.

»Bald«, sagte Fisk.

»Wie bald?«

Anders als die Übrigen trat Miss Sparks gegenüber Fisk

und Gersten nicht als vernommene Person auf, sondern als gleichberechtigt, und sie sprach so freimütig und geschliffen wie eine erfahrene Teilnehmerin an Fernseh-Talkshows.

»Ich kenne die Einzelheiten nicht, aber ich…«

»Wir kommen also nicht sofort nach Hause. Richtig?«

Fisk lächelte und änderte seine Taktik. »Wahrscheinlich nicht. Aber noch einmal, das ist nicht meine Entscheidung. Ich vermute, man wird Sie sechs in einen Hubschrauber packen und zur weiteren Befragung nach La Guardia fliegen. Sie müssen sich klarmachen, dass das eine große Geschichte ist.«

»Wie lange?«

»Wie lange in New York? Mindestens einen Tag.«

»Blödsinn. Bin ich verhaftet oder was?«

Gersten sprang Fisk zur Seite. »Nein, Madam. Sie sind nicht verhaftet. Aber Sie alle sind unentbehrliche Zeugen eines Terrorangriffs…«

»Der Kerl war verdammt noch mal mit seinem Leben nicht zufrieden und leidet unter Größenwahn. Es gab keine Sprengladung am Ende dieser Drähte. Das war nichts. Falscher Alarm.«

»So einfach ist es nicht«, sagte Fisk. »Aber ich schlage vor, Sie wenden sich mit Ihren Beschwerden an das FBI.«

»Das FBI?«, sagte Sparks und stutzte. »Moment mal – wer sind Sie dann?«

Er erklärte es noch einmal. »Ich versuche nur, mir ein Bild von dem Entführer zu machen. Sie saßen während des gesamten Flugs neben ihm. Gibt es etwas, das Sie mir mitteilen können?«

Sparks warf die Arme in die Luft. »Wissen Sie, wie oft ich fliege? Ich gehe an Bord, Augenklappen auf, Schuhe aus, weg bin ich.« Sie beruhigte sich ein wenig, Fisks Ernsthaftigkeit zeigte Wirkung. Sie war wütend über die Unannehmlichkeit, aber stolz auf ihren Mut. »Schauen Sie, es war Reaktion pur. Einfach aus dem Bauch heraus. Adrenalin oder was auch immer. Dieser Kerl, er hat die gesamte Strecke geschlafen. Und ich meine fest geschlafen, sodass ich mir schon dachte, er müsse etwas für den Flug genommen haben. Als er dann aufgewacht und sofort über die Flugbegleiterin hergefallen ist, war mein erster Gedanke tatsächlich: Ambien, Sie wissen schon. Ich habe das schon einmal in einem Flugzeug erlebt. Großer Gott. Wenn man oft genug fliegt, sieht man verrückte Dinge. Aber das war's. Sehr viel mehr kann ich Ihnen nicht erzählen. Ich habe nicht im Geringsten auf ihn geachtet, genauso wenig wie er auf mich. Es war, als säße stundenlang ein Toter neben mir, und dann steht er urplötzlich auf wie ein Zombie und versucht, das Flugzeug in seine Gewalt zu bekommen. Arschloch, verrücktes.«

Magnus Jenssen, sechsundzwanzig, war ein schwedischer Lehrer in einem Sabbatjahr, der eine längere Radtour an der Ostküste der Vereinigten Staaten plante, ehe er Anfang November den New-York-Marathon laufen wollte. Er saß auf einer Liege in dem improvisierten Behandlungsraum, das linke Handgelenk in einem Gipsverband, den Arm in einer weißen Schlinge. Er war hellblond, hatte eisblaue Augen, war gut aussehend und fit. »Ich weiß nicht, warum ich aufgesprungen bin«, sagte er mit starkem Akzent, aber deutlicher Aussprache. »Er hatte eine Bombe. Oder jedenfalls sah es in diesem Moment so aus. Er hat die Stewardess verletzt. Ich habe den Zünder in seiner Hand gesehen, und es sah einfach furchterregend aus. Dass jemand einen Knopf drücken könnte und die Macht hat, mein Leben und das von allen Leuten um mich herum damit zu beenden … Es war mehr, als ich ertragen konnte … Und, wie gesagt, das alles ging mir in einem einzigen Augenblick durch den Kopf. Ich habe mich ganz auf diesen Schalter konzentriert. Ich habe das Gerät ins Visier genommen und zugeschlagen. Zu hart, wie es scheint.« Er bewegte den Arm am Ellbogen und verzog das Gesicht. »Radfahren dürfte damit schwierig werden. Ich muss meine Reisepläne vielleicht ändern, oder?«

»Ich habe mir meins vor einem Jahr beim Basketball gebrochen«, sagte Fisk. »Sechs Wochen, bis es verheilt ist, danach noch einmal vier bis sechs Wochen Physiotherapie, dann sind Sie wieder so gut wie neu.«

Jenssen nickte, dankbar für die Aufmunterung. Er hatte auch ein Lächeln für Gersten, aber es war ein bisschen anders, kokett. Fisk konnte es dem Mann nicht verübeln; tatsächlich bewunderte er seinen Elan. Dieser Bursche hatte einen Terroranschlag vereitelt und sich dafür ein gebrochenes Handgelenk eingehandelt. Die Medien würden ihn zum Helden hochjubeln. Ein gutes Wochenende in New York stand ihm bevor, und es konnte sich leicht zu mehreren Wochen auswachsen.

Die zweiunddreißigjährige Flugbegleiterin Maggie Sullivan stammte aus dem Schiffbauerdorf Georgetown auf Prince Edward Island, Kanada. Ein weißer Verband bedeckte die Wunde an ihrem Hals, und sie trug stolz ein Sweatshirt der Polizei von Bangor. »Das Wochenende um den 4. Juli«, sagte sie. »Hatte er das im Sinn?«

»Ich kann es nicht bestätigen«, sagte Fisk. »Aber es spricht vieles dafür.«

»Dumm, dumm, dumm. Raucht jemand von Ihnen?«
Fisk und Gersten schüttelten den Kopf.

»Ich auch nicht«, sagte Maggie. »Mein Dad hat früher Zigarren geraucht. Irgendwie hätte ich jetzt gern eine. Fragen Sie mich nicht, warum. Typisch für mich nach so einer Nervenanspannung.«

»Sind Sie bereit für einen Heldenempfang?«, fragte Gersten.

»Warum nicht?«, sagte Maggie, lächelte und strich sich das kurze kastanienbraune Haar aus der Stirn. »Verdammt! Ich wünschte, Oprah hätte ihre Show noch!« Sie lachte, ein heiseres Knurren mit einem plötzlichen Einsaugen von Luft, wie es für diesen Teil der kanadischen Atlantikküste charakteristisch ist. Gersten lachte sogar noch heftiger als Maggie. Es war nicht schwer, die Flugbegleiterin zu mögen.

»Ich wünschte nur, ich hätte ihn einmal richtig gut erwischt«, sagte Maggie und ballte eine Hand zur Faust. »Genau in die Eier.«

Lauschen

Freitag, 2. Juli

Auf dem Rückflug nach New York saßen Fisk und Gersten Schulter an Schulter. Fisk hörte sich die unbereinigte erste Befragung von Awaan Abdulraheem an, die man ihm auf seinen iPod geladen hatte, während Gersten die Abschrift der Übersetzung auf ihrem Laptop las.

Als sie ihre Kopfhörer absetzten, waren beide zu derselben Schlussfolgerung gelangt.

»Der Kerl ist absolut der Falsche für so etwas«, sagte Fisk. »Das ergibt keinen Sinn.«

Gersten nickte. »Aber was hat das zu bedeuten?«

Fisk sah zu den Lichtern New Yorks hinaus, die unter ihnen vorbeizogen. »Eine Ablenkung?«, schlug er vor.

»Von was?«, sagte Gersten. »Von einem anderen Ereignis?«

»Nein. Ich denke, mehr von etwas im Flugzeug.«

»Im Flugzeug?« Sie dachte darüber nach. »Was zum Beispiel?«

»Ich weiß es nicht. Ich versuche, einen Grund zu finden. Einen Grund, warum jemand Ausbildung, Geld, Gehirnwäsche investiert, aber dann im Endergebnis diese Marionette in ein Flugzeug setzt, damit sie versuchen soll, es zu kapern.«

»Sag mir, wenn ich mich irre«, sagte Gersten, »aber in der Übersetzung hört es sich an, als wäre er überzeugt gewesen von dem, was er tat.«

Fisk nickte. »Er dachte, er würde mit dem Bomben-

Bluff ins Cockpit gelangen und die Maschine zum Absturz bringen. Er glaubte, er würde Erfolg haben, keine Frage. Aber die Sicherheitsmaßnahmen in der Luftfahrt dienen genau dem Zweck, Spinner wie ihn aufzuhalten.«

»Du bist überzeugt, dass er kein Einzeltäter ist.«

»Ich bin im Augenblick noch von gar nichts überzeugt. Aber ich neige stark zu dieser Ansicht.«

Gersten trank einen Schluck Wasser. »Die anderen Passagiere wurden alle überprüft und für unbedenklich erklärt.«

»Ich weiß. Fracht und Gepäck ebenfalls. Wir besorgen uns die Passagierliste vom Zoll in Newark und sehen uns noch einmal alle Leute in diesem Flugzeug genau an.«

Gersten seufzte. »Ich habe mich darauf gefreut, nach Hause zu kommen, ein heißes Bad zu nehmen …«

»Ein heißes Bad? Draußen hat es dreißig Grad.«

»Ich hatte nicht vor, allein in die Wanne zu steigen.«

Fisk lächelte. »Okay, ich schulde dir ein heißes Bad. Was hältst du davon?«

Sie beugte sich über Fisk, um einen Blick auf Flushing Bay und die Lichter zu werfen, die sie nach LaGuardia leiteten. Das erlaubte ihm, ihr rasch einen Kuss auf den Hals zu drücken. »Abgemacht«, sagte Gersten.

Sie brauchten fünfundvierzig Minuten, um vom Flughafen LaGuardia in einem Zivilfahrzeug Queens und Brooklyn zu durchqueren. Von Taxis und Streifenwagen abgesehen, herrschte um halb vier Uhr morgens kaum Verkehr. Leute ohne Klimaanlage saßen selbst zu dieser Nachtstunde noch auf ihren Eingangstreppen, weil es zu heiß zum Schlafen war. Es würde ein klassisches Unabhängigkeits-Wochenende in New York werden, mit

Temperaturen um fünfunddreißig Grad und einer Luftfeuchtigkeit wie in einem Treibhaus. Selbst kurz vor der Morgendämmerung lag die Temperatur noch bei fünfundzwanzig Grad.

Der Fahrer setzte sie hinter dem automatischen Tor von Intel ab, und sie machten sich rasch auf den Weg zu Fisks Büro.

Der vereitelte Terroranschlag war in der echten Welt angekommen. Es war das Ende des ersten Nachrichtenzyklus, die Morgenzeitungen waren bereits auf dem Weg zur Auslieferung, die Online-Ausgaben samt den Kommentaren dazu ins Netz gestellt, die Morgenmagazine der Fernsehsender bereiteten ihre Berichterstattung vor. Erfolg bedeutete ihnen nichts. Das vorhersehbare Thema würde sein, wie hundertfünfundzwanzig Detectives bei Intel, einige Dutzend kluge Analysten und Hunderte von Informanten genau wie FBI, CIA, NSA und der ganze Rest nicht das Geringste von dem Plan des Entführers mitbekommen konnten.

Der frühere Grenzschutz war nach dem 11. September zu einer kraftstrotzenden Polizeitruppe geworden, mit neuem Namen – Immigration and Customs Enforcement –, einer komplizierteren Bürokratie und jeder Menge Flugzeugen, Hubschraubern und Autos. ICE gehörte zum Heimatschutzministerium, der herausragenden Behörde Amerikas im Zeitalter des Terrors, mit dem zweitgrößten Etat nach dem Verteidigungsministerium.

Fisk und Gersten bekamen für jeden Passagier auf dem SAS-Flug 903 Fingerabdrücke, Netzhaut-Scans, Passkopien und Auskünfte zu früheren Reisen. Gersten nahm sich die obere Hälfte der alphabetischen Liste vor, Fisk die untere. Er spülte zwei Tassen aus und füllte sie mit Kaffee und Zucker. Sie hatten nur ein paar Stunden, bevor die Bosse ins Büro kamen und Sitzungen ihre Zeit in Anspruch nehmen würden.

Fisk überließ Gersten seinen Schreibtisch und zog sich die Kunstledercouch mit dem Chromgestell zu dem niederen Aktenschrank, auf dem er seinen Laptop stellte und die kopierten Seiten ausbreitete.

Ihre Suche hatte nichts Raffiniertes an sich, sie gingen schlicht und einfach nach einem Raster vor. Sie filterten Araber und Muslime heraus. Sie filterten alle heraus, deren Reisen sie irgendwann in ihrem Leben auch nur in die Nähe des Jemen, Pakistans oder Afghanistans geführt hatten. Andere Möglichkeiten hatten sie nicht.

Kurz nach fünf verglichen sie die Resultate.

»Ziemlich sauberes Flugzeug, alles in allem«, sagte Gersten. »Hauptsächlich Sommertouristen.«

»Hier das Gleiche. Fang du an.«

»Ich habe einen paschtunischen Autor, Nachname Chamkanni. Gibt an, er ist auf dem Weg zu einer Schriftstellerkolonie in New Hampshire, was stimmt. Dann habe ich eine pakistanische Familie, Eltern etwas über dreißig, zwei Kinder unter fünf. Nachname Jahangiri. Erklären, dass sie zu einer Familienzusammenkunft nach Seattle reisen. Sie scheinen in Ordnung zu sein, haben ihren Anschlussflug bereits hinter sich. Der Zweig der Familie, der in Seattle lebt, betreibt ein Squashcenter, und die Großeltern haben einen Blog mit Bildern der Enkelkinder gefüllt – scheint alles einwandfrei zu sein, lohnt sich aber wohl nachzuforschen. – Nur einer könnte infrage kommen. Saudischer Pass, Baada Bin-Hezam, zweiunddreißig Jahre alt. Er ist Kunsthändler und reist nach New York, um als Berater bei der Rückführung einer

Sammlung früher arabischer Kunstwerke mitzuwirken, die von den Briten geraubt wurden, als sie den Iran besetzten. Der Mann kommt viel herum. London und Berlin letzten Monat. In Stockholm ist er nur umgestiegen. Passt natürlich zu seiner Beschäftigung. Das ICE hat ermittelt, dass er vor drei Monaten von Sanaa nach Frankfurt gekommen ist, kurz nachdem bin Laden erwischt wurde.«

»Und er steht nicht auf der Liste der unerwünschten Passagiere?«

»Nein. Nichts an ihm wirkt sonderlich verdächtig, es sei denn, man sucht nach etwas.«

»Ja, der Geist des Profiling. Verwandelt Äpfel in Birnen.«

Gersten dehnte ihren Hals und hörte es knacksen. »Was hast du auf deiner Liste?«

Fisk rieb sich die müden Augen. »Nicht viel. Zwei Familien, eher unwahrscheinlich. Eigentlich nur einen Typ, den ich mir ein bisschen ansehen möchte. Ingenieurstudent an der Linnaeus Universität in Südschweden. Ursprünglich aus Tunesien. Lauwarm. Sein Lebenslauf ist stimmig. Er hat einwandfreie Arbeiten über Windturbinen veröffentlicht.«

»Ich denke, der Saudi ist einen gründlichen Blick wert.«

»Ja, würde ich auch sagen. Hast du eine Ahnung, wo er jetzt ist?«

Sie zog sein Blatt heraus. »Ist heute Morgen um halb eins in Newark durch den Zoll gegangen. Seither gibt es keine Spur mehr.«

»Hat er den Flug mit einer Kreditkarte bezahlt?«

Sie sah nach. »Ja.«

»Dann wollen wir doch mal den Patriot Act auf das Konto anwenden, was meinst du?«

Barry Dubin, der Leiter von Intel, traf wie an den meisten Tagen sehr früh ein. Er war kahlköpfig, ein Eierkopf mit einem gepflegten, fast grauen Ziegenbärtchen. Als früherer Geheimdienstmann war er zuverlässig und kompetent, aber humorlos. Er hängte sein Sakko über die Lehne seines Bürosessels wie immer. Fisk bemerkte, dass er seinen Flaggenanstecker verkehrt herum trug.

»Ich war gestern Abend beim Spiel der Mets. Bin nach fünf Innings gegangen, um ein bisschen Schlaf abzukriegen, aber zwischen den Innings haben sie den Fernsehbericht von der vereitelten Flugzeugentführung gezeigt, und das Stadion wäre von dem Jubel fast zusammengebrochen.«

»Das Problem ist«, sagte Fisk, »dass sie an Applaus von Fans dort nicht gewöhnt sind.«

Dubin lächelte und nickte, aber Fisk war klar, dass er den Witz nicht verstanden hatte. »Verdammt heiß war es auch. Was haben Sie auf dem Herzen?«

Gersten stand neben Fisk. Fisk konnte nicht feststellen, ob Dubin über sie beide Bescheid wusste oder nicht. Sie hatten sich große Mühe gegeben, ihre Beziehung geheim zu halten, hauptsächlich aus praktischen Gründen – aber immerhin war das ein Nachrichtendienst hier.

»Na ja«, sagte Fisk, »das FBI vollführt bereits Freudentänze, aber ich ... wir haben ein schlechtes Gefühl bei der Sache.«

»Ich nehme an, es ist mehr als nur eine Ahnung.«

»Inzwischen ja.«

Dubin hörte kommentarlos zu, während Fisk von der

Vernehmung erzählte, von der seinem Eindruck nach beschränkten Intelligenz des jemenitischen Entführers und wie schnell er im Verhör zusammengebrochen war.

»Es war zu leicht«, sagte Fisk. »Der Kerl ist so formbar. Das war für mich das Erschreckendste daran. Wir glauben, es könnte – ich betone: könnte – mehr dran sein.«

»Weitere Verdächtige?« Dubin dachte darüber nach. »Vielleicht waren Kollegen von seiner Terrorzelle mit an Bord? Und die haben die Sache sausen lassen, als es vor dem Cockpit schlecht lief, und beschlossen, auf einen besseren Tag zu warten?«

»Daran haben wir auch gedacht, aber dieser Abdulraheem ist nicht der Typ, der eisern dichthält. Natürlich könnte er ein Genie des Bösen und ein sagenhafter Schauspieler sein, aber das glaube ich nicht. Ich habe jemanden gehört, der Angst hatte und zugleich stolz war. Er hält sich für eine Erfolgsgeschichte, und er wird die nächste Phase seines Lebens in Guantanamo verbringen.«

»Okay. Wen haben Sie also im Auge?«

»Wir haben einen potenziellen Komplizen, einen Saudi, der …«

»Von welchem Schlag?«, unterbrach Dubin.

»Das weiß ich noch nicht. Der Name im Pass ist Baada Bin-Hezam.«

»Angenommen, es ist sein richtiger Name«, sagte Dubin, »dann klingt er nach der Volksgruppe der Yemeni Kindite.«

Fisk nickte. »Dieselbe wie bin Laden.«

»Es ist ein bisschen ein Gedankensprung, aber ich kann Ihnen noch folgen«, sagte Dubin. »Erklären Sie weiter.«

Fisk nickte und setzte die Puzzleteile während des Redens zusammen. »Wir wissen, dass bin Laden, bevor er ausgeschaltet wurde, definitiv nichts mehr wissen wollte von Bombenattentätern wie diesem Abdulraheem. Wir haben von der NSA großartiges Material bekommen, nachdem sie die Beute aus seinem Haus gesichtet hatten. Bin Laden interessierten hohe Opferzahlen nicht. Er wollte prominente Ziele mit hohem Symbolwert. Das, so erklärte er, sei der heilige Weg zu seinem letztendlichen Ziel – die Welt unter einer extremen islamischen Version von Gottes Gesetz und dem Koran zu vereinen.«

Dubin zuckte mit den Achseln. »Jetzt nach OBL liegt al-Qaida in Trümmern. Wer kann schon wissen, ob dieser Kerl nicht ein einsamer Cowboy ist, ein abtrünniger heiliger Krieger.«

»Sicher scheint zu sein, dass er ein Mudschaheddin ist, der ein Ausbildungslager absolviert hat. Sicher, er könnte also ein Komet sein, der durch das Dschihad-Universum irrlichtert. Oder aber er ist ein echtes Bauernopfer. Teil einer Operation, von der er möglicherweise keine Kenntnis hat und die immer noch läuft.«

»Sie meinen, die Speerspitze, die nicht weiß, dass sie zu einem Speer gehört?«, sagte Dubin.

»Woher hat ein Mango-Bauer aus dem Jemen das Geld für ein Businessclass-Ticket?«

Dubin zuckte mit den Schultern. »Sagen Sie es mir. Was äußert er dazu?«

»Er sagte etwas in die Richtung ›Gott sorgt für die Seinen‹.«

»Aber was hat es ihm eingebracht? Eine gescheiterte oder abgebrochene Entführung?«

»Er hat eine Menge Lärm gemacht«, sagte Fisk. »Viel

Aufmerksamkeit auf sich gezogen. Vielleicht hat ihn jemand dazu angestiftet, um den wahren Akteur sicher ins Land zu bringen.«

»Eine unwissentliche Ablenkung. Ein bisschen weit hergeholt, aber nun gut. Ich hoffe, Sie hatten keine Pläne für den Strand an diesem Wochenende. Sie leiten die Suche nach diesem Saudi. Ich mag keine unbeantworteten Fragen, nicht ausgerechnet um den 4. Juli herum.«

Fisk und Gersten nickten beide, sie wussten genau, was er meinte: den Freedom Tower.

»Wir haben die Einweihung von One World Trade Center und davor das Feuerwerk, das immer eine logistische Verrenkung ist. Ich will kein Drama erleben. Ich will keine unnötigen Störungen. Ich möchte, dass Sie ihn schnell aufspüren. Wenn er leicht zu finden ist, dann war nichts dahinter, und Sie haben sich einen Teil Ihres Wochenendes gerettet. Wenn er schwer zu finden ist …«

»Wir sind schon dran«, sagte Fisk, und die beiden wandten sich zum Gehen.

»Eigentlich wollte ich, dass Sie noch kurz bleiben, Gersten.«

Gersten blieb überrascht stehen. »Natürlich«, sagte sie ohne einen Blick zu Fisk, der nach kurzem Zögern hinausging und die Tür hinter sich schloss.

Drei Minuten später war Gersten bei ihm im Büro. Die Enttäuschung stand ihr im Gesicht geschrieben und hatte ihre ganze Erschöpfung zum Vorschein gebracht.

»Oh, verdammt«, sagte Fisk. »Was ist?«

»Abenteuer als Babysitterin. Typisch für mich. Die Passagiere und die Flugbegleiterin.«

»Du musst bei ihnen bleiben? Dubins Befehl?«

Sie ging von der Tür weg, damit sie niemand hörte. »Mädchen sind gut als Babysitter, oder?«

Fisk teilte ihre Enttäuschung. Dennoch versuchte er, es positiv hinzustellen. »Es ist notwendig«, sagte er. »Ich meine, sie sind die einzigen Zeugen in dieser Geschichte. Und wir brauchen die öffentliche Mitarbeit, deshalb ist die Darstellung in den Medien bei dieser Sache fast so wichtig wie die eigentliche Ermittlung.«

»Dann sollen sie es die Abteilung für Öffentlichkeitsarbeit machen lassen.« Sie fuchtelte in der Luft herum. »Ich sage dir...« Sie stützte die Hände in die Hüften. »Ich bin Polizistin, oder?«

»Du bist eine gute Polizistin. Wie lautet dein Auftrag genau?«

»Drei Wachen, rund um die Uhr. Patton und DeRosier sind mit dabei. Die Passagiere und die Flugbegleiterin sind im Hyatt neben der Grand Central Station untergebracht, und wir fangen heute Vormittag um zehn damit an, ihnen die Händchen zu halten. Dann ist ihre erste Pressekonferenz. Der Bürgermeister und der Polizeipräsident.«

»Okay, schau...«, fing er an.

»Erzähl mir nicht«, unterbrach sie ihn und schüttelte eigensinnig den Kopf, »dass ich überreagiere, weil zwei Männer ebenfalls zu dem Job eingeteilt wurden.«

Fisk stützte die Hände in die Hüften. »Was ich sagen wollte, ist, dass zwei Männer ebenfalls für den Job eingeteilt wurden und du vielleicht überreagierst.«

Sie wandte das Gesicht ab und stampfte mit dem Fuß auf.

»Du wärst lieber mit mir an dem Saudi dran«, sagte Fisk. »Glaub mir, genau das würde ich mir auch wünschen.«

Er bewegte sich auf sie zu, um sie zu trösten, und sie hob abwehrend die Arme und trat einen Schritt zurück. »Ich bin nicht überempfindlich, Jeremy. Ich bin verdammt noch mal stinksauer und sonst nichts. Ich will im Augenblick nicht getröstet werden.«

Fisk nickte. »Okay.«

»Ich habe es satt, hier wie eine Praktikantin behandelt zu werden.« Sie marschierte in Richtung Tür und fuhr noch einmal herum, ehe sie hinausging. »Aber Befehl ist Befehl, und weißt du was? Scheiß auf Dubin. Ich werde mir irgendwann an diesem Wochenende ein schönes heißes Bad einlassen und mich von der Minibar des Hyatt ernähren und lächeln und diese Helden herumführen wie eine Vorschullehrerin bei einem Ausflug zum Fernsehsender.«

Dann war sie aus der Tür. Fisk wusste, dass es am besten war, sie einfach gehen zu lassen. Sie mochte viele der Aufträge nicht, die sie bekam, aber zu gehorchen und sie herausragend zu erledigen, war dennoch nie ein Problem für sie.

»Meine Damen und Herren, der Bürgermeister von New York, der ehrenwerte Michael Bloomberg.«

Die Rathauspressechefin, eine junge Frau im roten Businesskostüm, klatschte und trat vom Rednerpult zurück, nicht ohne vorher das Mikrofon nach unten gebogen zu haben.

Bürgermeister Bloomberg nahm ihren Platz ein, lächelte und wartete, bis der Applaus abebbte. »Ich denke, man kann getrost sagen, dies ist ein Tag, den die New Yorker nicht vergessen werden«, begann er. »Er erinnert mich daran, dass die Stadt New York zwar die dunkelste

Stunde in der Geschichte unseres Landes erlebt hat, aber auch für einige seiner größten Augenblicke verantwortlich ist. Augenblicke des Triumphs und der Erhebung. Augenblicke reinsten Heldentums. Und den Reihen dieser Helden werden wir die Männer und Frauen hinzufügen, die heute hier bei mir sind.«

Gersten, die sich rasch umgezogen und eine Tasche für das Wochenende gepackt hatte, stand in den Kulissen auf der entgegengesetzten Seite der Bühne, von wo *Die Sechs* ihren Auftritt haben würden. Sie blickte auf das Pressekorps und die Zuschauer hinaus – unter ihnen Hotelangestellte und Bauarbeiter, die gerade mit der Renovierung des Hotels beschäftigt waren –, und sie spürte die Energie im Ballsaal. Der Augenblick war elektrisierend. Sie hatte die öffentliche Wirkung der Heldentat in dem Flugzeug unterschätzt.

»Wie Sie alle inzwischen wissen, hat ein mit einem Messer bewaffneter Entführer, der behauptete, im Besitz einer Bombe zu sein, gestern kurz nach Mittag versucht, das Cockpit des Scandinavian-Airline-Flugs 903 zu stürmen; die Maschine sollte dreißig Minuten später in Newark landen. Der aus dem Jemen stammende Verbrecher scheiterte, weil sechs Menschen unterschiedlicher Herkunft, Männer und Frauen aus drei Ländern, die sich sonst vielleicht nie begegnet wären, diesen Terror nicht hinnehmen wollten. Das FBI hat zusammen mit Beamten der Intelligence Division der New Yorker Polizei erhärtet, dass der Entführer vorhatte, beide Piloten zu ermorden und die Herrschaft über das Flugzeug mithilfe des Autopiloten an sich zu reißen. Dieser Mann wusste nicht, wie man ein Flugzeug landet, und er hatte auch gar nicht die Absicht dazu. Hätte er mit seinem Anschlag

Erfolg gehabt, würden wir heute vielleicht eine völlig andere Pressekonferenz abhalten. Wir würden die Zahl der Opfer und der zerstörten Gebäude zusammenzählen. Stattdessen feiern wir das Leben und den unbeugsamen Geist der Freiheit.« Er schob seine Papiere zusammen, dann legte er sie zur Seite. »Und deshalb, ohne weitere Umstände, die Helden von Flug 903.«

Ehe er den Satz auch nur zu Ende gesprochen hatte, brandete im Ballsaal des Hyatt Grand Central tosender Applaus auf. Gersten war auf die Gewalt der freigesetzten Emotionen nicht vorbereitet. Hurraschreie und Johlen von den Bauarbeitern im rückwärtigen Teil. Journalisten, die sich von ihren Plätzen erhoben. Sie hatte die intuitive Reaktion der Menge unterschätzt, und das in einem Maße, dass sie sich bloßgestellt vorkam, weil sie nicht klatschte. Deshalb fiel sie schließlich mit ein, und auf ihr Gesicht trat ein Lächeln.

Die sechs Helden von SAS 903 marschierten einzeln nach vorn, ebenfalls erkennbar wie betäubt von der Reaktion. Sie gingen an Polizeichef Ray Kelly vorbei, der so heftig klatschte, dass er Kohle zwischen seinen Händen zu Diamanten hätte verdichten können.

Bürgermeister Bloomberg trat vom Pult zurück, als der Jubel über die Bühne schwappte. Schließlich nahm er seinen Platz wieder ein und sagte: »Es ist mir eine große Freude, Ihnen diese Helden jetzt vorstellen zu dürfen. Wir haben kurze Biografien eines jeden von ihnen vorbereitet, die die meisten von Ihnen beim Hereingehen mitgenommen haben. Bitte halten Sie sich mit Ihrem Applaus zurück, bis ich meine Vorstellungsrunde abgeschlossen habe. – Als Erstes haben wir unmittelbar links von Polizeichef Kelly die Flugbegleiterin Margret Sullivan.«

Maggie trat auf Drängen der anderen nach vorn. Gersten sah, dass sie sich Mühe mit ihrem Make-up gegeben hatte, aber eine Nacht fast ohne Schlaf war ihr anzumerken. Sie hatte eine saubere Uniform von Scandinavian Airlines angezogen, und ihr Gesicht war fast so blass wie der Verband an ihrem Hals – ihr Lächeln allerdings war strahlend und aufrichtig.

»Dann Mr. Alain Nouvian, Musiker bei den New Yorker Philharmonikern und gebürtiger Long Islander.«

Nouvian vollführte eine Verbeugung wie am Ende einer wohlwollend angenommenen Vorstellung. Sie provozierte trotz Bloombergs Ermahnung donnernden Applaus.

»Neben Mr. Nouvian ist Joanne Sparks, die als Geschäftsführerin eines Ikea-Ladens drüben in New Jersey wahrscheinlich die Hälfte der Wohnungen in dieser Stadt möbliert hat.«

Dafür erntete er lautstarkes Gelächter. Sparks hatte ihre Reisekleidung gegen ein elegantes cremefarbenes Kostüm getauscht. Von den Hotelangestellten an der Rückseite des Raums kamen sogar ein paar anerkennende Pfiffe.

»Mr. Douglas Aldrich ist aus Albany, wo er dreißig Jahre lang einen Autoteilehandel besaß, ehe er sich zur Ruhe setzte, um seine Enkelkinder zu verwöhnen, von denen eins in Schweden lebt.«

Aldrich quittierte die Vorstellung mit einem halben Salut in Richtung Bloomberg und einem Winken ins Publikum.

»Neben ihm der Mann, der sich dem Terroristen als Erster entgegenstellte und ihm den vermeintlichen Zünder einer scharfen Bombe aus der Hand riss, wobei er sich selbst das Handgelenk brach: Mr. Magnus Jenssen aus Stockholm.«

Frenetischer Applaus brandete auf. Jenssen reagierte kaum darauf, nicht auf eine unhöfliche Weise, sondern eher bescheiden, er wandte den Blick von den Kamerablitzen ab und hielt sich den geschienten Arm. Sein Gesicht, das durch die Bartstoppel eine raue Note bekam, war leer und wirkte beinahe ratlos. Gersten hatte einmal gelesen, dass Mimik, wie Lächeln oder Stirnrunzeln, in Skandinavien so sparsam eingesetzt wird wie nirgendwo sonst auf der Welt. Jenssen trug noch die gleiche Freizeitkleidung, die er bei der Ankunft in Bangor getragen hatte, einen schwarzen Rollkragenpulli mit einem abgeschnittenen Ärmel, um Platz für den Gipsverband zu schaffen, braune Hose, graue Laufschuhe.

»Und zu guter Letzt«, fuhr der Bürgermeister fort, nachdem er auf das Mikrofon geklopft hatte, um Ruhe herzustellen, »Mr. Colin Frank. Er ist einer von Ihnen, ein gebürtiger New Yorker und von Beruf Journalist.«

Frank, der noch seinen schwarzen Anzug und das weiße Hemd mit dem offenen Kragenknopf trug, schien der Einzige zu sein, dem das Surreale des Augenblicks bewusst war. Er nahm seine Brille ab und winkte unbeholfen ins Publikum, mit einem Lächeln, das dieser Absurdität Rechnung trug.

»Meine Damen und Herren«, sagte Bürgermeister Bloomberg, »das sind Ihre sechs Helden.«

Gersten beobachtete, wie sie den Applaus aufnahmen. In ihrer Nähe stand ein Monitor auf einem Stativ, in dem sie den Kamerablick auf *Die Sechs* verfolgen konnte. Sie sah, wie diese Frauen und Männer der Welt in den nächsten rund achtundvierzig Stunden präsentiert werden würden, beinahe wie Teilnehmer einer Castingshow. Maggie, das beherzte Mädel. Nouvian, der Künstler. Sparks, die Geschäftsfrau. Jenssen, der gut aussehende Fremde. Frank, der Denker. Und Aldrich, der bescheidene Opa.

»Dann lasst die Show beginnen«, murmelte sie und wünschte, Fisk wäre hier, um es zu hören.

Polizeichef Kelly machte nun ein paar Bemerkungen. Er leitete geschickt vom Mut der *Sechs* zum Eintreten für Wachsamkeit als Teil des New Yorker Alltagslebens über. »Furcht ist eine Krankheit, die unser Leben lähmen kann«, sagte er. »Wachsamkeit ist das Gegenmittel.«

»Okay«, sagte Bloomberg, als er ans Rednerpult zurückkehrte. »Fragen? Andy, Sie zuerst.«

Bloomberg hatte einen Lokalreporter von NY1, dem beliebten New Yorker Fernsehsender ausgewählt.

»Mr. Jenssen, hier steht, Sie sind in die Vereinigten Staaten gekommen, um eine Radtour zu machen und anschließend den New-York-Marathon zu laufen. Werden Sie Ihre Pläne jetzt ändern?«

»Sieht so aus«, sagte Jenssen, nachdem ihn ein Hotelangestellter mit einem Mikrofon ausgestattet hatte. »Lange Strecken mit dem Rad zurückzulegen wird mit dem Ding hier kaum gehen.« Er tätschelte seinen Gipsverband. Das Publikum reagierte mit einer Art kindlicher Ehrfurcht auf seinen schwedischen Akzent. Akzente beeindrucken Amerikaner, und ein echter schwedischer Akzent war in den Massenmedien selten zu hören.

»Was werden Sie dann tun?«, hakte der NY1-Reporter nach.

Jenssen schien keine Lust auf das Spiel zu haben. »Ich

würde auf jeden Fall gern mit ein wenig Schlaf anfangen. Und dann zu Fuß gehen, würde ich sagen.«

»Sind Sie verheiratet?«, rief eine weibliche Stimme aus dem Hintergrund.

Jenssen spähte mit zusammengekniffenen Augen in die lachende Menge, antwortete aber nicht.

»Eine Frage noch«, sagte der Reporter und hob die Stimme leicht an, bevor der Bürgermeister dazwischengehen konnte. »Warum haben Sie – Sie alle – Ihr Leben und das Leben aller Menschen in dem Flugzeug riskiert, indem Sie aufsprangen und einen Mann angriffen, der behauptete, er habe eine Bombe?«

Jenssen legte den Kopf leicht schief und sah mit einer Miene aufrichtiger Verwirrung zu dem Reporter hinunter. »Es gibt keine Antwort darauf. Es ging zu schnell. Ich frage Sie, warum tragen Sie heute dieses Hemd?« Der Reporter sah an sich hinunter. »Genau«, fuhr Jenssen fort. »Es gab keine Entscheidung zu treffen. Nichts zu überlegen. Es gab nur die Notwendigkeit zu handeln.«

Der NY1-Reporter schwenkte den Arm, um eine weitere Frage zu stellen, aber Bloomberg schüttelte den Kopf. Jenssen war ohnehin bereits vom Mikrofon zurückgetreten.

»Da drüben, in dem gelben Kleid. Ja, Sie. Fragen Sie.«

»Die Frage geht an Miss Sullivan. Dachten Sie, Sie würden sterben, als Ihnen der Entführer das Messer an die Kehle gesetzt hat?«

Sullivan schluckte und schlug unter dem Klicken unzähliger Kameras die Hand vor den Mund. »Das werden wohl ein paar lange Tage«, sagte sie und lachte nervös. »Ich… ja, sicher, ich glaube, ich habe wirklich gedacht, dass ich sterben werde. Ist das nicht merkwürdig? Ich dachte, es würde in diesem Augenblick geschehen. Ich dachte, okay, so werde ich also sterben. Er hat mich sofort verletzt, und ich… ich habe es gespürt, aber ich wusste nicht, wie schlimm. Es war nicht so, als wäre mein Leben vor meinen Augen vorbeigezogen oder etwas in der Art. Das Einzige, was vor meinen Augen vorbeilief, war Mr. Jenssen, der diesen… Blödmann angriff.«

Die Presse lachte über die Selbstzensur, mit der sie ein kräftigeres Schimpfwort vermied.

»Er hat Ihnen das Leben gerettet«, sagte die Reporterin im gelben Kleid.

Maggie presste die Lippen aufeinander, um plötzlich aufwallende Tränen zu unterdrücken. Sie nickte nur. Jenssen schaute ein wenig verlegen drein.

»Nun, wir sind alle sehr froh, dass Sie noch hier sind«, sagte die Reporterin dann, statt eine weitere Frage zu stellen.

Gersten krümmte sich bei der zuckersüßen Gefühlsregung, aber das Publikum applaudierte. Solche Dinge wurden auf Pressekonferenzen mit Berühmtheiten gesagt – und genau das waren *Die Sechs* jetzt.

Ein weiterer Reporter fragte: »Freuen Sie sich darauf, jetzt nach Hause zu kommen, Maggie?«

»Sobald man uns lässt«, antwortete sie und lachte kurz. »Irgendwer hat etwas von Talkshows gesagt, aber in diesem Fall müsste ich vorab ernsthaft einige Zeit vor dem Spiegel verbringen.«

Weiteres Gelächter.

Es gab noch mehr Fragen und noch mehr halb gestotterte Antworten von konfusen Bürgern, die man buchstäblich ins Rampenlicht gezerrt hatte. Alles verlief herzlich und unbeschwert, und doch herrschte spürbare

Erleichterung, als Bürgermeister Bloomberg zur letzten Frage aufrief – hauptsächlich darüber, dass niemand etwas unerhört Dummes oder Beleidigendes gesagt und den ganzen PR-Effekt damit ad absurdum geführt hatte. Er deutete auf eine Fernsehreporterin, die von ihrer Kamera-Crew flankiert wurde.

»Hallo, Colin«, sagte sie.

»Hi, Jenny«, sagte Colin Frank und lächelte, weil er die Frau kannte.

»Der Journalist wird zur Story. Wie seltsam ist es, auf dieser Seite der Dinge zu stehen, und denkst du, bei der ganzen Sache könnte vielleicht ein Buch drin sein?«

Hilfreiches Lachen vom Rest des Pressekorps.

Frank gingen ein Dutzend prägnante Dinge durch den Kopf, die er sagen könnte, aber er verwarf sie alle. »Ich hätte nicht gedacht, dass ich mich das jemals sagen höre, Jenny, aber: kein Kommentar.«

Der Saal brach in Lachen aus, in das sogar der Bürgermeister einstimmte.

Fisk selbst traf im Grand Hyatt ein, als einige der Reporter eben die Lobby verließen, während andere unmittelbar innerhalb der Drehtür Videoaufnahmen machten. Er trat zur Seite und wedelte mit den Händen, um sich Luft zuzufächeln. Sein Hemd war feucht von Schweiß. Er konnte das Sakko nicht ausziehen, weil er seine Waffe trug. Wahrscheinlich würde er gerade zu trocknen anfangen, wenn er wieder ins Freie musste, dachte er.

Er fuhr die kurze Rolltreppe zur Rezeption hinauf und warf einen Blick zu den Aufzügen. Die Hälfte der geräumigen Hotelhalle war für Renovierungsarbeiten durch einen Vorhang abgetrennt. Er machte einen Umweg zum

Laden, um sich einen Apfel oder eine Banane zu kaufen, und kam, wie es seine Art war, stattdessen mit einem Schokoriegel wieder heraus.

Er nahm sein Smartphone zur Hand, um Gersten eine SMS zu schreiben, aber dann sah er Patton und DeRosier im selben Moment, in dem sie ihn sahen. »Alles in Ordnung?«, fragte DeRosier.

»Wir werden sehen. Im Augenblick gehen wir noch ein paar letzten Fragen nach. Welches Stockwerk?«

»Fünfundzwanzig. Es ist eins von denen, die noch renoviert werden. Wie gefällt dir die Hitze?«

Fisk verdrehte die Augen. »Wie gefällt euch die Klimaanlage?«

DeRosier drückte den Aufzugsknopf. »Sehr gut.«

Sie betraten einen der Aufzüge. Fisk drückte auf fünfundzwanzig, und nichts passierte. Patton schwenkte seine Schlüsselkarte, und kurz darauf setzte sich der Aufzug in Bewegung.

Mike DeRosier war kahl geschoren und breitschultrig, ein früherer Eishockeystar der Boston University, der drei Jahre in der AHL und in Europa gespielt hatte, ehe er diesen Traum aufgab, um seinen Plan B im Polizeidienst zu verfolgen.

Alan Patton war kleiner als DeRosier und unterschied sich zudem durch sein dichtes schwarzes Haar mit silbrigen Geheimratsecken, auf die er ungewöhnlicherweise stolz war.

»Gersten hat übrigens ganz tolle Laune«, sagte Patton.

Fisk lächelte für sich und spielte seine Rolle. »Es ist kein so übler Auftrag.«

»Für mich nicht«, sagte Patton. »Bei Gersten ertrage ich so ein Auftreten jedenfalls.« Er wandte sich an De-

Rosier. »Sie hat die braune Hose ohne Gesäßtaschen an.«

Fisk beobachtete sie in der Spiegelung der Aufzugstür.

DeRosier nickte. »Ich weiß genau, welche du meinst.«

»Ich glaube, ich würde zwanzig Dollar hinlegen, um sie in einer Yogahose zu sehen«, sagte Patton. »Himmel, ich liebe Yogahosen.«

»Ach ja?«, sagte Fisk. »Wie viel Stück hast du?«

DeRosier lachte.

Die Aufzugstür öffnete sich zur fünfundzwanzigsten Etage. Der Flur rechts war abgetrennt, abgebaute Gerüstteile und Farbdosen stapelten sich an der Wand – die Renovierung war vorläufig unterbrochen.

Sie wandten sich nach links. Zwei uniformierte Polizisten, die im Flur Wache standen, steckten rasch ihre Privathandys weg.

Zwei nebeneinanderliegende Zimmer waren geöffnet und in eine Besuchersuite für das Stockwerk verwandelt worden. Auf der linken Seite war ein kleines Büfett aufgebaut mit Kaffee, Croissants, alkoholfreien Getränken und Cupcakes aus dem Hotelladen. Ein Fernseher an der Wand lief, eine Gesprächsrunde kommentierte Bildmaterial von der Pressekonferenz der sechs Helden.

»Mein Gott, ich sehe absolut *beschissen* aus!«

Fisk erkannte die Stimme der Flugbegleiterin Maggie aus dem angrenzenden Raum. Dann Gelächter ihrer Mithelden. Fisk schaute hinein und sah, dass sie vor einem weiteren Fernseher standen oder saßen und Cola tranken, Tee umrührten oder von Snacks naschten.

Gersten wurde auf Fisk aufmerksam und kam zu ihm heraus. DeRosier und Patton drückten sich in Hörweite herum. Sie trug tatsächlich die braune Hose, ihre Dienstmarke war an die Gürtelschlaufe geklippt.

»Wie sieht's aus?«, fragte er.

Sie warf einen Blick zurück. »Sie entspannen sich langsam«, sagte sie. »Warten auf unseren nächsten Schritt. Wie willst du die Sache angehen?«

Er sah sich um. »Das Szenario ist wunderbar, wie es ist. Ich rede einfach reihum mit jedem von ihnen. Alles ganz locker und entspannt.«

»Du hast Glück, dass du jetzt schon da bist«, sagte Gersten. »Wenn sie erst merken, wie berühmt sie sind, wirst du es mit lauter Diven zu tun haben. Die Sache wird ein Knaller. Hast du die Pressekonferenz gesehen?«

»Teilweise«, sagte Fisk.

»Wenn ihre Wirkung nur halb so groß ist wie in dem Saal, dann steht uns ein arbeitsreiches Wochenende bevor.«

Fisk zog zwei Stühle heran. »Ich möchte nicht zu konkret werden in den Gesprächen mit ihnen, alles im Allgemeinen belassen.«

»Und«, fügte sie an, »ich würde darauf achten, auch nicht zu viele Fragen in ihren Köpfen aufkommen zu lassen. Das Büro des Bürgermeisters bereitet ein paar TV-Auftritte und solche Dinge vor, und sie sind keine Profis. Das Letzte, was wir brauchen können, ist, dass einer von uns sie mitten in einem Interview unterbrechen muss.«

Fisk stimmte ihr zu. »Eine Frage an jeden«, sagte er.

Pattons Handy läutete. Er ging zur Seite, und DeRosier ergriff die Gelegenheit, um sich auf die Suche nach einem Stück Blätterteiggebäck zu machen.

Da er für einen Moment mit Gersten allein war, fragte Fisk leise: »Alles in Ordnung?«

»Mir geht es gut«, antwortete sie und nickte in Richtung Tür. »Ihre Begeisterung ist ein bisschen ansteckend, muss ich sagen.«

»Gut. Ach ja – und Starsky und Hutch gefällt die Hose sehr, die du heute anhast.«

Sie verdrehte die Augen. »Arschglotzer.«

Fisk zuckte mit den Achseln. »Sie haben nicht unrecht.«

Darauf drehte sie sich um, und er durfte ihr hinterhersehen, wie sie in die angrenzende Suite marschierte. Fisk zwang das Lächeln aus seinem Gesicht und schaltete den Fernseher im Raum aus, damit es keine Ablenkung gab.

Gersten brachte ihm Maggie zuerst. Fisk stellte sich noch einmal vor und bot ihr den leeren Stuhl an, während er selbst vor der zugezogenen Jalousie stehen blieb.

»Nur eine rasche Frage noch«, sagte er. »Wir klären ein paar offene Punkte, und ich wollte wissen, ob Sie sich an einen saudischen Geschäftsmann auf dem Flug erinnern. Er saß auf 8H, Fensterplatz?« Er sah, wie sie überlegte. »Kaffeebrauner Anzug. Großes, flaches Mal auf der linken Seite des Kiefers.«

Maggie schloss die Augen und stellte sich die Kabine des Flugzeugs vor. »Ich erinnere mich … vage.« Sie öffnete die Augen. »Was wollen Sie wissen?«

Fisk schüttelte den Kopf. »Was Ihnen einfällt.«

»Ich habe ihn nicht bedient. Ich habe das Essen in der Economy serviert.« Sie dachte angestrengt nach, um ihm etwas sagen zu können. »Er war ruhig …«

Fisk nickte. Was es unbedingt zu verhindern galt, war, dass sie sich vor lauter Bestreben, einen Beitrag zu leisten, etwas ausdachte. Nur die Fakten, Ma'am. »Gut, in Ordnung, vielen Dank.«

»Das war's schon?« Sie stand überrascht auf. »Das war ja leicht.«

»Ich denke, angesichts dessen, was Sie gestern durchgemacht haben, wird Ihnen eine Weile alles leicht vorkommen«, sagte Fisk.

Das gefiel Maggie, und sie blinzelte Fisk zu, ehe sie in den angrenzenden Raum zurückging.

Ikea-Leiterin Sparks, Ex-Autoteilehändler Aldrich und Cellist Nouvian konnten sich allesamt nicht an den schlanken Araber auf 8H erinnern. Der Reporter Frank glaubte, in der Schlange zum Gate hinter ihm gestanden zu sein, wusste aber nichts weiter zu sagen, als dass der Mann sein eigenes Nackenkissen dabeigehabt hatte.

Fisk setzte nach. »Haben Sie ihn zufällig irgendwann mit dem Entführer zusammen oder in dessen Nähe gesehen, bevor Sie eingestiegen sind?«

Frank blickte zur Decke. Fisk hatte den Eindruck, er hätte nur zu gern an der Ermittlung mitgewirkt, schon aus professioneller Neugier. »Nein«, sagte er, von sich selbst enttäuscht. »Tut mir leid.«

»Ich glaube, ich habe ihn tatsächlich mit ihm gesehen«, antwortete Jenssen, der verletzte Schwede auf dieselbe Frage, während er nachdenklich auf eine Stehlampe blickte.

»Am Gate?«, fragte Fisk.

»In der Businessclass-Lounge in Stockholm. Ehrlich gesagt, erinnere ich mich überhaupt nicht, ihn im Flugzeug gesehen zu haben… aber definitiv in der Lounge.« Jenssen schwenkte den Tee in seiner fast leeren Porzellantasse. »Ich erinnere mich, dass ich auf heißes Wasser gewartet habe. Jetzt, da ich darüber nachdenke, glaube ich, dass sie an der Servicetheke kurz miteinander gesprochen haben.«

»Wer sie?«

»Der fragliche Mann und der Entführer.«

Fisk betrachtete Jenssen. Ihm gefiel die Sachlichkeit des Lehrers. Dieser Mann würde es genauso wenig hinnehmen, dass ein Entführer die Gewalt über sein Flugzeug übernahm, wie er es jemandem gestatten würde, sich vor ihn in eine Schlange zu drängen.

Aber das war ein wichtiger Moment. Fisk wollte ihm die Chance geben, seine Geschichte zu korrigieren, nur für alle Fälle. Er musste sicher sein. »Mr. Jenssen, wissen Sie das genau?«

»Ja. Ich nehme an, Sie fragen aus einem bestimmten Grund.«

Fisk nickte, ging aber nicht näher darauf ein. »Erinnern Sie sich an weitere Einzelheiten? Versuchen Sie es.«

Jenssen konzentrierte seinen Blick auf die nicht eingeschaltete Lampe, als würde er ein Bild im Kopf konstruieren und es prüfen. Es dauerte eine halbe Minute, bis er sprach.

»Etwas an der Art, wie sie beieinanderstanden, ließ mich denken, sie seien irgendwie verwandt. Oder zumindest Bekannte. Ein Fehlen von Förmlichkeit, glaube ich. Als wären sie sich vertraut. Als hätten sie einen kurzen Draht zueinander.« Er schloss die Augen. »Ich glaube, der Mann in dem braunen Anzug hat dem Entführer etwas in einer Zeitschrift gezeigt, in der er las. Unmittelbar danach wurde unser Flug aufgerufen.« Er öffnete die Augen wieder und sah Fisk an, als wollte er fragen: Noch etwas?

»Wie sicher sind Sie sich dessen, was Sie mir gerade erzählt haben? Würden Sie sagen fünfzig Prozent? Fünfundsiebzig Prozent? Hundert Prozent?«

»Wie sicher ich mir bin, die beiden Männer zusammen in der Lounge gesehen zu haben? Hundert Prozent.«

Fisk nickte. »Eine letzte Frage. Was macht das Handgelenk?«

Jenssen nickte und sah auf den Gips. »Das werde ich in drei, vier Wochen wissen.«

Baada Bin-Hezam war oft genug in New York gewesen, um zu wissen, dass man vom Flughafen Newark am schnellsten mit dem Zug in die Stadt kam, mit dem New Jersey Transit zur Pennsylvania Station. Er bahnte sich einen Weg durch die Hunderte von Menschen, die außerhalb der Einreisekontrolle auf die Passagiere von SAS-Flug 903 warteten. Manche hatten Kameras und Mikrofone bei sich, die sie jedem der erschöpften Ankömmlinge vor die Nase hielten, der auch nur im Geringsten zu erkennen gab, dass er eine solche Aufdringlichkeit hinnehmen würde. Bin-Hezam wich dem Auflauf nicht aus, sondern schritt durch ihn hindurch wie ein viel beschäftigter Geschäftsmann, dessen Flugzeug mit großer Verspätung gelandet war. Niemand interessierte sich für einen Mann arabischer Herkunft.

Einer der zur Begrüßung erschienenen Leute hatte ein Bündel roter, herzförmiger Luftballons dabei. Er war konservativ gekleidet und versuchte, sie den geretteten Passagieren zu überreichen. Andere hielten Schilder hoch, die sie in der irrigen Annahme gefertigt hatten, die Flugbegleiterin und die fünf Passagiere, die den Entführer überwältigt hatten, seien noch an Bord von Flug 903. Sie waren gekommen, sie als Helden zu empfangen.

VERGESST NIE DEN 11. SEPTEMBER 2001!!
WIR LIEBEN EUCH!!!
DANKE, HELDEN
USA USA USA

Bin-Hezam vermied direkten Blickkontakt, bis er die Menge durchquert hatte, hielt aber aus dem Augenwinkel Ausschau nach den verräterischen Anzeichen einer polizeilichen Überwachung. Ein Blick, der zu lange auf ihm verweilte… ein Knopf im Ohr… eine plötzliche Bewegung, als er sich der Rolltreppe zuwandte…

Er fuhr die steile Treppe nach oben zur Ankunftshalle und ging weiter zu dem Shuttle, der ihn zum Bahnhof bringen würde.

Niemand war bei ihm. Zumindest jetzt noch nicht.

Bis zum nächsten Zug musste er zwanzig Minuten warten. Er suchte sich die Anschlagsäule mit den Unterkünften, Dutzende beleuchtete Quadrate mit Werbung für die verschiedensten Hotels. Er hatte es für besser gehalten, nichts im Voraus zu buchen. Er wollte seinen elektronischen Fußabdruck so klein wie möglich halten. Seine einzige Anforderung war, die Nacht weitab von allen bekannten islamischen Stadtvierteln zu verbringen.

Er wählte das Hotel Indigo in der 28th Street West in Manhattan aus, ein kleines individuelles Boutique-Hotel, das versteckt mitten in einem Block lag, der als das Zentrum des Flower Districts bekannt war.

Wieder war er unauffällig wachsam während der Zugfahrt. Er stieg an der Pennsylvania Station aus, hielt sich noch einige Minuten in einem Buchladen auf, damit sich seine Mitreisenden zerstreuen konnten, und ging dann auf die Straße hinaus.

Die Hitze des Spätnachmittags war sofort unangenehm. Er war die Luftfeuchtigkeit nicht gewohnt. Für ihn symbolisierten Wasser und Feuchtigkeit Erleichterung und Wohltat, aber auf der Insel Manhattan waren sie bedrückend und ein bisschen irreführend.

Das Hotel lag nur drei Blocks von der Penn Station entfernt, aber Bin-Hezam machte für alle Fälle einen weiträumigen Umweg. Sein Gepäck war nicht schwer, aber alles, was die Beweglichkeit einschränkte, war bei der Hitze eine Last. Als er überzeugt war, dass ihm niemand folgte, ging er zum Hotel.

In der 28th Street kam er an vielen offenen Ladentüren und Blumenlieferwagen vorbei, die im Leerlauf auf der Straße standen, während die verschwitzten Verkäufer am letzten Tag der Arbeitswoche noch fleißig zugange waren.

Woran sie guttun, dachte Bin-Hezam. Noch vor dem Ende dieses Wochenendes würden viele Blumen zum Gedenken gebraucht werden.

Nach einem jungen Portier latinischer Abstammung an der Glastür des Hotels war die Angestellte am Empfang eine junge Frau mit dunklen Löckchen und einer aufgesetzten Heiterkeit, die Bin-Hezam ärgerlich fand. Eine Jüdin, natürlich. Das Viertel grenzte an den Kleider-Distrikt, ein altes zionistisches Bollwerk, das jetzt ins Asiatische abglitt.

Bin-Hezam maskierte sein Missfallen, indem er sich die Stirn mit einem Taschentuch abwischte und sich zum Einchecken vorstellte. »Ich hätte gern eine Suite für zwei Nächte«, sagte er mit seinem vornehmen britischen Kunsthändlerakzent.

»Haben Sie eine Reservierung?«

»Die habe ich nicht.«

»Wir sind nämlich so gut wie voll belegt an diesem Wochenende wegen der Feierlichkeiten zum 4. Juli.« Sie lächelte in sinnloser Begeisterung und klapperte auf der Suche nach einer Unterkunft auf ihrer Computertastatur herum. »Wir haben noch eine Junior Penthouse Suite im obersten Stockwerk«, sagte sie.

»Das geht in Ordnung.«

»Wunderbar«, frohlockte sie, als hätte er irgendwie eine große Leistung vollbracht, indem er ihrer Empfehlung folgte. »Kann ich eine Kreditkarte und einen Führerschein oder eine andere Art von Bildausweis haben?«

»Ich bezahle bar«, sagte Bin-Hezam.

Das Mädchen zögerte, da aus der üblichen Bahn geworfen.

»Oder ist das ein Problem?«, fragte Bin-Hezam.

»Nein, natürlich nicht.« Sie setzte ihr Lächeln wieder auf und kehrte zu ihrer Singsang-Stimme zurück. »Die Junior Penthouse Suite kostet achthundert Dollar. Wenn Sie uns keine Kreditkartennummer hinterlassen möchten, verlangen wir allerdings zweihundert Dollar in bar als Kaution, die Sie bei Ihrer Abreise – abzüglich etwaiger Nebenkosten – wieder ausbezahlt bekommen.«

Bin-Hezam griff in die Brusttasche seines zerknitterten, aber teuren braunen Sakkos und entnahm ihr eine flache schwarze Lederbrieftasche. Er zählte sechzehn neue Hundertdollarscheine heraus, legte sie in seinen hellgrünen saudi-arabischen Pass und gab ihr beides.

Sie lächelte und zählte die Scheine vor seinen Augen noch einmal. In Manhattan waren ausländische Reisende mit hohen Barbeständen amerikanischer Währung keineswegs ungewöhnlich. »Und die Kaution?«, fragte sie.

»Es wird keine Nebenkosten geben«, sagte Bin-Hezam; das gepresste Lächeln brachte zum Ausdruck, dass er nicht zu diskutieren gewillt war.

Sie zögerte wieder, blickte in seine teefarbenen Augen – eine geldgierige Jüdin, natürlich –, dann schob sie die vermutliche Politik des Hotels ohne weitere Klage beiseite. »Nun gut, Mr. Bin-Hezam. Das geht dann in Ordnung.« Sie zählte die sechzehnhundert Dollar abermals, ehe sie sie in eine Schublade unter dem Tisch steckte. »Möchten Sie an unserem Bonus-Programm teilnehmen?«

»Nein danke.«

Sie lächelte und nickte. »Kein Problem.« Einige weitere flinke Anschläge auf der Tastatur, dann druckte sie eine Quittung aus und gab Bin-Hezam seinen Pass zurück. »Wünschen Sie einen oder zwei Zimmerschlüssel?«, fragte sie.

»Nur einen.«

Sie fertigte den Schlüssel an, ließ ihn in eine kleine Mappe gleiten und schrieb die Zimmernummer darauf. »Ich wünsche einen angenehmen Aufenthalt.«

Bin-Hezam schlief, es war etwas, womit er nicht unbedingt gerechnet hatte. Er hatte bei seiner Zeitplanung einen längeren Zwangsaufenthalt in Bangor oder Newark berücksichtigt. Mehr Fragen, mehr Computerchecks. Er war gegen jede Art von Überprüfung immun.

Nun war er seinem Zeitplan um Stunden voraus. Der Schlaf würde ihn für die Arbeit des folgenden Tags stärken. *Inschallah* wird alles so glattgehen.

Sein Zimmer war derart schrill, dass es seiner Seele wehtat, Haute Decor von einer Art, die nach einem Wettstreit unter Designern roch, wer die scheußlichsten Farben in den abstoßendsten Mustern zusammenstellen konnte. In diesem Fall Purpurtöne mit roten Kontrapunkten und aquamarinblauen Details. Er sah aus dem Fenster, ehe er die Vorhänge zuzog; die Lichter der Stadt funkelten friedlich, nichts ahnend.

Bin-Hezam stellte seinen mit Rädern versehenen Bordkoffer auf den Gepäckständer. Er zog den Vorhang auf, packte aber nicht aus. Er ging ins Bad, ein weiterer Angriff der Form auf die Funktion, und zog sich aus. Er hängte den Anzug an eine Handtuchhalterung, während er duschte, und hoffte, Falten und Schweißgeruch würden ein wenig gemindert.

Anschließend zog er eine leichte Baumwoll-Kandora aus seinem Gepäck und kniete nieder, um zu beten, erbat Gottes Segen, damit er ruhig blieb inmitten dieser Höhle des Chaos. Dass er seine Pflicht mit Anstand und Schlauheit erfüllen möge. Und dass er am Ende tapfer sein möge.

Er stieg ins Bett. Dort, unter den Laken, überließ sich Bin-Hezam einer Erinnerung an die Nacht, in der er gerufen wurde. Es war dies sein allabendliches Ritual, wenn er auf den Schlaf wartete.

Wie viele vor ihm war Bin-Hezam einmal im Traum von Mohammed besucht worden. Der Prophet zeigte ihm, dass die Hölle so real war wie die Erde und dass der Junge nach seinem Tod dort landen würde, sollte er es je wagen, ungehorsam gegenüber seinem Vater zu sein.

Er zeigte Bin-Hezam Feuer, das hundertmal heißer war als die Mittagssonne. Es brannte seine Haut fort, die dunkler nachwuchs, nur um wieder und wieder weggebraten zu werden. Das Brennen tat schrecklich weh. Er hielt seine Innereien in den Händen, während er an Ketten aus Rasiermessern von der Decke hing, die Schwielen an seinen Füßen nur Zentimeter über der Erde, so tief, dass er von lachenden Skorpionen gestochen werden konnte.

Sein ausgetrockneter Mund gierte nach Wasser, aber das einzige Getränk, das er bekam, war sein eigenes Blut, das nie zu fließen aufhörte.

Am folgenden Morgen hatte der kleine Bin-Hezam überlegt, er müsse, da die Hölle echt war, nicht nur glauben, dass es nur den einen Gott gab und dass Mohammed sein Prophet war, sondern er dürfe auch niemanden dulden, der etwas anderes glaubte. Das zu tun, wäre eine Sünde. Er beschloss, er müsse alles in seiner Macht Stehende tun, um Ungläubige von der Erde zu verbannen, zum Wohle der ganzen Menschheit und um der Liebe Mohammeds willen.

Einige Jahre später träumte er den Traum erneut, seiner Überzeugung nach ausgelöst von den grauenhaften Fotobeweisen des Missbrauchs in Abu Ghraib. Junge Männer wie er selbst in diesem schrecklichen Gefängnis, vergewaltigt und beschmutzt, gefoltert von den amerikanischen Kreuzrittern, darunter amerikanische Frauen.

Es war ein Zeichen. Ihr Schmerz wurde zu seinem Schmerz, ihre Ketten wurden zu seinen Ketten.

Die Amerikaner hatten versucht, die Hölle auf diese Erde zu bringen. Die Glaubenskrieger in seiner Moschee in Harad lehrten ihn, dass die Kreuzritter und ihre jüdischen Herren nicht ruhen würden, ehe sie den letzten Moslem getötet und das Höllenfeuer freigesetzt hatten.

Zuletzt wandten sich seine Gedanken seinen lieben Eltern zu, und er dachte daran, wie sich seine Mutter jedes Mal gefreut hatte, wenn sie makellose Datteln auf dem Markt gefunden hatte, wie sein Vater Baada und seine fünf Geschwister mit fester Hand angeleitet hatte. Seine Mutter, eine Göttin der Güte, die das beste *Fatir* backte, das er je gegessen hatte – und sein Vater, ein Schuhmacher, ein tiefgläubiger Mann, der aber nie als Soldat des Dschihad gerufen wurde.

Bin-Hezam betete für sie. Seines Daseinszwecks gewiss und gerettet vor der Hölle, sank er, die Namen seiner Eltern murmelnd, in einen traumlosen Schlaf.

»Okay, Fisk«, sagte Dubin, kam an die Tür und schob ihn ins Büro. »Ich glaube, Sie kennen den Polizeichef, oder?«

Fisk schüttelte die Hand des untersetzten Ex-Marines mit dem militärischen Kurzhaarschnitt, der die gesamte New Yorker Polizei leitete. Polizeichef Kelly legte Wert darauf, jeden seiner sechsunddreißigtausend vereidigten Beamten persönlich kennenzulernen, und Fisk hatte ihm bereits drei, vier Mal zuvor die Hand gegeben. Aber das war das erste Mal, dass er den Polizeichef im Hauptquartier der Intelligence Division in Brooklyn sah.

»Schön, Sie wiederzusehen, Fisk«, sagte Kelly, setzte sich abrupt auf einen Stuhl und schlug die Beine übereinander. Er war bereit, zur Sache zu kommen.

Fisk nahm ebenfalls Platz. Dubin blieb auf seiner Schreibtischkante hocken.

»Ich wollte, dass Sie den Commissioner persönlich von dieser Sache mit Flug 903 unterrichten«, sagte Dubin. »Bei allem, was dieses Wochenende los ist, dürfen wir kein Risiko eingehen.«

Fisk nickte, er konnte nicht sagen, ob Dubin die Sache weiter oben ansiedeln oder schlicht den schwarzen Peter abgeben wollte. Sicherte er sich nur ab, oder glaubte er tatsächlich, die Beweislage rechtfertige es, Fisk den Rücken zu stärken?

»Erzählen Sie ihm, was Sie mir erzählt haben«, sagte Dubin. »Ihre Theorie. Die lange Version.«

Fisk wandte sich dem Polizeipräsidenten zu. »Es hat die Ebene einer Theorie noch nicht erreicht. Aber ich werde die verschiedenen Punkte für Sie umreißen, und ich denke, Sie werden mir zustimmen, dass es eine Verbindung zwischen ihnen geben könnte.«

»Seien Sie präzise«, sagte der Polizeichef. »Erzählen Sie mir, warum Sie glauben, dass das, was in diesem Flugzeug passiert ist, der Anfang von etwas gewesen sein könnte und nicht das Ende.«

Fisk sammelte sich, bevor er sprach. Er wusste, er bekam nur eine Chance, den Polizeichef von seinen Befürchtungen zu überzeugen.

»Erstens«, begann Fisk in gemessenem Tempo, um sicherzugehen, dass alles, was er sagte, vollständig ankam. »Der Blick auf das Ganze. Wenn der Entführer Awaan Abdulraheem allein handelte, dann war er auf einer Mission, deren Erfolgsaussichten zumindest sehr gering waren. Es ist heutzutage völlig ausgeschlossen, dass ein Mann allein mit einer Bombenattrappe und einem kleinen Messer ein Flugzeug über Amerika in seine Gewalt bringen kann. Ich lasse die Möglichkeit beiseite, dass dieser Mann möglicherweise nicht alle Tassen im Schrank hat und mehr Trottel als Terrorist ist.« Er hielt inne. Der Polizeipräsident ließ keine Reaktion erkennen. »Zweitens. Er ist allem Anschein nach ein Mudschaheddin, ausgebildet in Pakistan, versiert im Terror-Jargon – aber ohne eigene finanzielle Mittel. Wenn ihn jemand ausgebildet und finanziell unterstützt hat, warum war er dann nicht besser vorbereitet? – Drittens. Er hat gestanden. Er ist binnen zehn Minuten zusammengebrochen. Ich sage nicht, dass er uns untergeschoben wurde, aber sie tarnen diese Leute, sie trainieren sie dazu, uns standzuhalten; sie geben ihnen ein Skript. Es ist unsere Aufgabe, das zu erschüttern. Es ist normal und natürlich, dass sie die Kerle isolieren, damit sie nicht das ganze Netzwerk verraten können. Aber sie bereiten ihre heiligen Krieger vor, und dieser Abdulraheem hat gesungen wie ein Vögelchen. Wie ein verängstigtes Vögelchen. Ich würde gern einen IQ-Test mit dem Burschen machen. Ich glaube, er ist eine Marionette, ein leichtgläubiger Gimpel. Ich denke, er war absolut überzeugt, dass er mit seiner heroischen Märtyrernummer durchkommen würde – aber ich denke, er war der Einzige, der es glaubte.« Noch immer kein Wort von Kelly. Fisk sah Dubin an, der ihm keine Hilfe war. Deshalb fuhr er fort: »Viertens. Die Stammesverwandtschaft mit bin Laden. Mehr muss ich dazu nicht sagen. Und es gibt eine Stammesverwandtschaft mit einem weiteren Passagier auf dem Flug, einem Mann namens Baada Bin-Hezam. Bin-Hezam ist Saudi, Kunsthändler, oder zumindest behauptet er das.«

Diesmal gingen die Augenbrauen des Polizeichefs nach oben. »Woher haben Sie das mit der Stammesverbindung?«, fragte er.

»Von unserer eigenen Analyseeinheit. Haben sie im Lauf des Tags ermittelt.«

»Fahren Sie fort, Fisk«, sagte der Polizeichef.

»Sechstens. Ich habe bei der Inventur von bin Ladens Haus in Ramstein mitgearbeitet. Ich hatte Zugang zu dem gesamten Geheimdienstmaterial von NSA, CIA und allen anderen Diensten in diesem Zusammenhang. Ich war einer von denen, die bin Ladens Taschen umgestülpt und ausgeschüttelt haben. Bevor wir alles in die Staaten schafften, haben wir fehlerhaft codierten Klartext in Bildern von Sonnenblumen entdeckt. Die NSA hat noch viel mehr davon. Alles deutet darauf hin, dass sie von Operationen wie einem einsamen Flugzeugentführer abgekommen sind. Bin Laden war außer sich wegen des Versuchs von Bassam Shah und einzelner Bombenanschläge im Allgemeinen. Er sah es als Mangel an Disziplin. OBL wünschte sich ein Ziel von hohem symbolischem Wert. Er stellte offen die Frage, warum sie aus früheren Fehlern nichts gelernt haben und unseren Methoden nicht zuvorgekommen sind. Interpretiere ich zu viel hinein? Ich weiß es nicht. Aber ein jemenitisches Leichtgewicht mit einer Bombenattrappe kann nicht alles sein, was an dieser Geschichte dran ist. Das steht im Widerspruch zu allem, was bin Laden gepredigt hat. Ich denke, die Wahrscheinlichkeit, dass wir hinters Licht geführt werden sollen, liegt bei mehr als fünfzig Prozent.«

»Das ist eine schwerwiegende Behauptung, Fisk«, sagte der Polizeichef. »Haben wir eine eindeutige Verbindung zu al-Qaida? Und ehe Sie antworten, lassen Sie mich Folgendes sagen …« Kelly beugte sich vor. »Wenn Sie keine konkrete und direkte Verbindung haben, und wir werden in dieser Sache aktiv, werden wir eine der schwierigsten Personenfahndungen in der Geschichte dieser Stadt durchführen – und das in völliger Geheimhaltung. Denn wir werden die Medien nicht einbeziehen, da wir es uns auf keinen Fall leisten können, uns zu irren. Wir können keine regulären Polizeikräfte einsetzen, weil es sofort eine undichte Stelle gäbe. Wir dürfen nicht zehn Millionen Menschen in Panik versetzen, die wegen der Feierlichkeiten auf Ground Zero ohnehin schon nervös sind. Und – das ist einfach eine Tatsache – wir können und werden nicht alles an Optimismus und Zuversicht, was die vereitelte Flugzeugentführung dieser Stadt und dem ganzen Land gebracht hat, zum Fenster hinauswerfen. Ich werde diesen Ballon auf keinen Fall platzen lassen, solange ich mir nicht verdammt sicher bin, dass er es ohnehin tun wird. Die Menschen sind glücklicher, gesünder und zuversichtlicher, wenn sie sich für unbesiegbar halten. Nur damit Sie wissen, wo Sie stehen, Fisk.«

»Verstanden, Commissioner.«

»Also. Haben Sie eine Verbindung?«

»Wonach Sie im Grunde fragen, ist ein Beweis, und den habe ich nicht. Sie wissen, wie das hier läuft. Al-Qaida ist keine Organisation, die das hätte, was wir uns unter militärischen Einheiten vorstellen. Es ist mehr eine Methode, die von vielen geteilt wird, als eine ordentliche Gruppe von Soldaten, die zusammenarbeiten. Es gibt eine Hierarchie, aber kein Befehlsschema. Es ist immer wahnsinnig schwer, zwei ihrer Akteure zusammenzubringen. Wie bleiben wir ihnen also auf der Spur? Indem wir herausfinden, wer mit wem verwandt ist und welche Ausbildungslager sie besucht haben – wenn sie überhaupt welche besucht haben. Nun könnte Abdulraheem die Dinge, die er uns über seine Ausbildung in Pakistan erzählt hat, nicht gewusst haben, wenn er nicht dort gewesen wäre. Das Lager selbst war eins von al-Qaidas am besten gehüteten Geheimnissen. Wenn ich richtig informiert bin, wussten wir nicht einmal davon, bis wir bin Laden zur Strecke gebracht haben.«

Der Polizeichef nickte. »Wenn wir Kenntnis davon

hätten, dass dieser andere Passagier, dieser Saudi, im selben Lager war – dann wäre alles klar.«

»Das lässt sich unmöglich in Erfahrung bringen«, sagte Fisk. »Oder zumindest ist es höchst unwahrscheinlich. Aber die Sache ist die: Der Saudi – Baada Bin-Hezam – ist verschwunden. Er ist in Newark aus dem Flugzeug gestiegen und seitdem wie vom Erdboden verschluckt.«

Der Polizeichef machte ein langes Gesicht und blickte säuerlicher drein als sonst. »Was haben wir über diesen Saudi außer den Informationen in seinem Pass?«

»Was Bilder angeht, haben wir Fotos der Überwachungskamera am Boarding Gate in Stockholm. Bilder von der Ankunftshalle in Newark und das Video von der Passkontrolle müsste ich bis heute Abend bekommen.«

Der Polizeichef stand auf und stützte die Hände in die Hüften. »Okay, ich denke, wir haben keine andere Wahl, als ihn zu suchen. Wenn wir den Schleier von dem Kerl lüften und feststellen, dass da nichts war, werde ich trotzdem das Gefühl haben, dass es die Sache wert war. Das sind eben die Schlüsse, die wir ziehen müssen.«

Er sah Dubin an, der tief Luft holte und nickte. Fisk konnte beinahe spüren, wie das Räderwerk zu arbeiten begann.

»Es gefällt mir nicht, wie kalt wir von der Geschichte erwischt werden«, sagte Dubin.

»Aber genau deshalb machen wir es«, sagte der Polizeichef. »Weil wir kalt erwischt wurden. Weil der Typ jetzt unsichtbar für uns ist.« Er wandte sich an Fisk. »Sie leiten die Suche, Fisk – aber geräuschlos. Sie suchen einen Unsichtbaren, deshalb müssen Sie selbst auch unsichtbar bleiben. Denken Sie sich etwas aus, damit es für Ihre Informanten und sonstige Quellen wie eine Routinenachforschung aussieht. Bisher wissen nur wir drei, wie tief das Wasser hier ist. Dabei wollen wir es belassen. Teilen Sie Analysten für verschiedene Teile des Puzzles ein. Nur Intel-Beamte bekommen Fotos des Saudis zu ihrer eigenen Information. Keine Fotos in den Stadtvierteln herumzeigen – oder nur sehr eingeschränkt. Auf gar keinen Fall wird sein Name überall herumposaunt. Ich hätte gern das Gefühl, dass wir aus der Sache mit Shah etwas gelernt haben. Klar?«

»Es gibt noch eine Person, die Bescheid weiß«, sagte Fisk und sah Dubin an. »Gersten.«

»Krina Gersten?«, fragte der Polizeichef. Fisk sah ihn an und konnte seine Überraschung nur mit Mühe verbergen. »Ihr Vater war ein guter Freund von mir und ein großartiger Polizist. Und ihre Mutter ist eine tolle Frau. Welche Funktion hat sie bei der Sache?«

»Sie war mit mir in Bangor«, sagte Fisk. »Sie leitet die Intel-Einheit, die die Flugbegleiterin und die fünf Passagiere bewacht. Wir beschützen sie und passen zugleich darauf auf, was sie den Medien und allen anderen erzählen.«

»Gut, lassen Sie sie dort«, sagte Kelly. »Wir brauchen jemanden mit Grips in unmittelbarer Nähe der *Sechs*. Sagen Sie ihr, wonach sie Ausschau halten soll und dass sie es für sich behalten muss. Sie muss auf jeden Fall genug wissen, damit sie reagieren kann, falls einer dieser sechs herausfindet, was wir tun, und zu plaudern anfängt.«

Seit Chesley Sullenbergers »Wunder auf dem Hudson« hatte Amerika keine Helden mehr so schnell gesalbt. *Die Sechs*, wie sie nun allgemein hießen, fanden sich als Berühmtheiten wieder. Die Nachrichtensender hatten sich, hungrig nach Frühstücksmeldungen, ins Internet gestürzt und nach jeder kleinsten Einzelheit aus dem Leben der sechs Bürger geforscht, mit der sie ihre Sendezeit füllen konnten.

TMZ kam mit einem offenherzigen Bikini-Foto von Maggies Facebook-Seite heraus, das etwa zehn Jahre zuvor aufgenommen worden war. Als sie es sah, wurde sie rot und bedeckte ihr Gesicht bei der Reaktion der anderen – Frank, Nouvian und zwei der Polizisten johlten gutmütig –, aber sie konnte nicht aufhören zu lachen.

»Aruba«, sagte sie. »Damals habe ich Yoga gelehrt.« Dann legte sie den mit Cream Cheese bestrichenen Bagel diskret zur Seite, an dem sie gekaut hatte.

Bürgermeister Bloomberg hatte vier Zeitarbeiter aus seiner eigenen PR-Firma angeheuert und ihnen in einem der Zimmer auf dem Stockwerk ein Büro eingerichtet, damit sie Medienanfragen bearbeiteten. Ihre Chefin, eine hochgewachsene, fröhliche Frau mit gewandtem Auftreten, ergriff das Wort.

»Zuerst einmal lassen Sie mich sagen, welche Ehre es ist, einfach nur hier bei Ihnen sein zu dürfen. Was Sie getan haben, war fantastisch, und das ganze Land ist fasziniert und mehr oder weniger in Sie verliebt.«

Sie floss über vor echter Begeisterung, die von den meisten der Angesprochenen goutiert wurde. Nur Jenssen und Nouvian fielen dadurch auf, dass sie nicht ganz so von der Situation angetan zu sein schienen.

»Wir werden überschwemmt von Anfragen für Interviews und Auftritte – es ist die reinste Flut. Was ja auch nur angemessen ist. Es sind jedoch so viele, dass wir sie selbst in einem Monat nicht erfüllen könnten. Der Bürgermeister hat mich gebeten, alles für dieses Wochenende für Sie zu koordinieren und Sie durch diese außergewöhnlichen Umstände zu geleiten, in denen Sie sich plötzlich wiederfinden.«

»Oprah«, flüsterte Maggie den anderen zu, gefolgt von einem erstaunten Kichern.

»Noch haben wir nichts von Oprah gehört«, sagte die PR-Frau und lächelte, »ich wäre allerdings schockiert, wenn es nicht der Fall wäre. Wie gesagt, es gibt eine Menge Möglichkeiten, und langsam wird alles konkreter, aber ich wollte mich erst mit Ihnen treffen und über Ihre Wünsche und Erwartungen sprechen.«

»Zum Beispiel?«, fragte Frank, der Journalist.

»Nun, häufig wird in solchen Situationen jemand ernannt, der für die Gruppe spricht. Es vereinfacht alles, wenn man es mit einer Stimme zu tun hat statt mit sechs. Deshalb würde ich gern damit anfangen. Meldet sich jemand freiwillig?«

Sie sahen einander einen Moment lang an. Dann ging Jenssens gesunde Hand nach oben.

Die PR-Frau wirkte erstaunt. »Sie möchten der Sprecher sein?«

»Nein«, sagte Jenssen. »Ich würde es vorziehen, gar nicht mitzumachen.«

»Überhaupt nicht?«

»Richtig«, sagte er.

Nouvians Hand ging halb nach oben. »Ich… ich habe nichts dagegen, meinen Teil beizusteuern, aber ich gebe in sechs Tagen ein Konzert im Lincoln Center. Das bedeutet mindestens sechs Stunden Üben pro Tag. Das ist das Minimum.«

»Okay.« Die PR-Frau war jetzt verwirrt. Sie sah Gersten Rat suchend an.

Gersten trat vor. »Es ist sicher schwer zu begreifen für Sie alle, da Sie hier in Hotelzimmern in Midtown Manhattan eingesperrt sind. Aber Sie sind jetzt berühmt und wahrscheinlich auf dem Weg dazu, ein fester Begriff zu werden, Namen, die jedes Kind kennt. Ob Sie es glauben oder nicht, Sie sind Symbole für das Beste geworden, was in uns Amerikanern steckt, für Mut, für Unverwüstlichkeit. Anders ausgedrückt, Sie sind keine Privatpersonen mehr, das ist vorbei.« Sie beobachtete, wie sie es zu begreifen versuchten, jeder auf seine Weise. »Nun können Sie sagen, das kümmert mich nicht, Sie können Ihre Jalousien zuziehen, wenn Sie nach Hause kommen, Ihr Telefon ausstecken und Ihren Facebook-Account kappen. Oder Sie können, was weiß ich, die nächsten zwanzig Jahre zu Restaurant- und Nachtkluberöffnungen gehen. Die Welt ist im Augenblick eine Auster für Sie. Die Öffentlichkeit will Sie sehen, von Ihnen hören, von Ihnen inspiriert werden. Warum ihr also nicht geben, was sie will? Zumindest für dieses Wochenende.«

»Schaut«, sagte Colin Frank an seine Mithelden gewandt. »Ich habe noch nicht viel darüber gesagt, bis auf eine Unterhaltung, die ich mit Joanne geführt habe.« Er nickte der Ikea-Managerin zu. »Aber wir sind nicht nur berühmt, wir werden auch reich sein. Sehr, sehr reich, jeder von uns, wenn wir es geschickt anstellen. Ich will damit nicht sagen, dass wir etwas aufbauschen sollen. Im Gegenteil, die Wahrheit wird ans Licht kommen. Aber die Leute werden unsere Geschichten hören wollen. Sie werden unsere Bücher lesen wollen. Sie werden vielleicht …«, er zeigte auf Maggie, »… die Bikinis tragen wollen, die wir tragen.« Sie lachten. »Dieselben Frühstücksflocken essen wollen wie wir. In den Läden einkaufen, in denen wir einkaufen. Klingt verrückt, aber ... versteht ihr, worauf ich hinauswill?«

»Wie viel Geld?«, fragte Aldrich, der Ruheständler.

»Das weiß ich nicht. Niemand weiß es. Wir sollten noch genauer besprechen, wie wir dabei vorgehen wollen, zusammen und jeder für sich. Ich behaupte nicht, dass wir zu Kardashians werden. Ich schließe es allerdings auch nicht aus. Vielleicht gibt es eine Wohltätigkeitsorganisation, die ihr unterstützen wollt, was weiß ich. Und ihr könnt euren Arsch darauf verwetten, dass ich ein Buch über diese Geschichte schreiben werde. Leute werden sich an uns wenden, Geier und Opportunisten, und wir brauchen Rat und Beistand. Wir brauchen Anwälte und Manager – und ich weiß, das klingt verrückt. Aber ich habe über das Ganze nachgedacht, jetzt, da sich alles gesetzt hat. Wir haben etwas, das sehr wenig andere haben. Wir sind nicht nur Zeugen der Geschichte, sondern Mitwirkende.«

Die PR-Frau unterbrach ihn. »Und zu einem solchen Gespräch möchte ich Sie unbedingt alle ermuntern. Und falls ich Ihnen irgendwie helfen kann, wenn Sie loslegen wollen, können wir zu gegebener Zeit auch darüber sprechen. Aber Mr. ...«

»Jenssen«, antwortete er. Er saß an der rückwärtigen Wand seitlich auf einem Stuhl, die Beine über Kreuz, den eingegipsten Arm im Schoß.

»Was denken Sie jetzt? Sie haben sich vorhin ablehnend gezeigt.«

Jenssen blickte finster drein. »Ich teile diese Aufregung nicht. Nicht, dass ich etwas gegen Geld hätte. Jeder mag Geld, und wenn es einem zu viel wird, kann man es immer noch verschenken. Aber Ruhm – den kann man nicht kontrollieren. Wenn man in diesen Fahrstuhl zum Ruhm steigt und die Tür sich schließt, geht es entweder rauf oder runter, aber es geht nie seitwärts.«

»Gut«, sagte Sparks. »Ich könnte ein bisschen Aufregung brauchen.« Sie lächelte Jenssen zu. »Mir ist danach einzusteigen und alle Knöpfe gleichzeitig zu drücken.«

»Die Leute finden auch Heroin aufregend«, sagte Jenssen. »Am Anfang.«

Gersten mischte sich ein. »Ich denke, Sie müssen über all das nachdenken und miteinander reden, um sich über alles klar zu werden. Aber für heute Abend ...«

Sie sah zu der PR-Frau, die ihr Stichwort wie ein Profi aufnahm.

»Für heute Abend würden wir gern ein großes Interview mit Ihnen sechs ansetzen. Alle Sender haben massives Interesse bekundet, aber nur einer hat eine quotenstarke News Show am späten Abend, und das ist *Nightline.* Wir möchten gern, dass Sie heute Abend Ihr Fernsehdebüt geben.«

Nouvian hob die Hand wie ein Kind, das aufs Klo muss. »Was, wenn ich einfach nur nach Hause gehen möchte?«

Die anderen drehten sich überrascht zu ihm um, nur Jenssen nicht, der die Augenbrauen hochzog und auf die Antwort wartete.

Die PR-Frau sah Gersten an.

»Nach Hause zu gehen ist zum jetzigen Zeitpunkt nicht möglich«, sagte Gersten.

»Nicht möglich?«, sagte Nouvian. »Wieso nicht? Ich bin ein freier Mann.«

»Sie sind ein unentbehrlicher Zeuge im Fall eines versuchten Terroranschlags, bei dem noch aktiv ermittelt wird.«

»Zunächst einmal«, sagte Maggie, »sind wir keine Zeugen, sondern Beteiligte. Wir haben das Recht mitzureden. Und zweitens – wieso aktiv? Die Entführung ist vorüber.«

»Ich habe in der Angelegenheit nicht zu entscheiden«, sagte Gersten. »Ich befolge nur Befehle.«

»Und dasselbe erwartet man offenbar von uns«, sagte Jenssen.

Aldrich kniff die Augen zusammen, als würde etwas seltsam riechen. »Was ist hier los? Wollen Sie mir weismachen, wenn wir sechs jetzt aufstehen und zu dieser Tür hinausgehen würden, würde man uns verhaften oder in Gewahrsam nehmen?«

Gersten lächelte. Sie wollte nicht mit Ja antworten.

»Im Ernst?«, sagte Maggie schockiert.

»In wessen Verantwortung?«, fragte Aldrich. »Steckt da Obama dahinter? Ist das ein neuer Coup bei seiner Demontage der Verfassung?«

»Nach dem Gesetz«, sagte Gersten. »Der Patriot Act räumt uns weitreichende Macht bei einer Ermittlung ein.«

»Und für den ist nicht Obama verantwortlich«, sagte Frank an Aldrich gewandt. »Für den können Sie sich bei Bush bedanken.«

Das gefiel Aldrich nicht. Er lief zornesrot an, brachte aber nur heraus: »Kompletter Blödsinn!«

»Dann befinden wir uns also in Gewahrsam, wir sind Gefangene hier«, sagte Jenssen. »Außer wenn Sie uns ins Fernsehen schleifen wollen, damit wir für die Kameras lächeln.«

Maggie wandte sich an die Gruppe. »Kommt, lasst es nicht an ihr aus«, verteidigte sie Gersten. »Es ist schließlich nicht ihre Schuld. Sie hat sicher nicht ihren Freitagabend freiwillig geopfert, um sich von uns beschimpfen zu lassen.«

Gersten lächelte, sagte aber nichts.

Frank rieb sich das unrasierte Gesicht und sagte: »Hört zu, lasst uns das Spiel für heute Abend alle mitspielen. Es kostet uns nichts. Die Tatsache bleibt bestehen, dass wir eine bemerkenswerte Tat vollbracht haben, und wir sind, in Anführungszeichen, Helden. Also denken wir nicht zu viel darüber nach. Ich persönlich empfinde eine gewisse Verpflichtung, aber auch wer das nicht so sieht, kann es immer noch als eine Erfahrung betrachten, die man nur einmal im Leben macht. Fernsehen von innen ist faszinierend. Wir gehen heute Abend unsere Geschichte erzählen, dann holen wir unseren dringend benötigten Schlaf nach und überlegen uns alles andere morgen früh.«

Die PR-Frau klatschte in die Hände. »Ich denke, das ist eine ausgezeichnete Lösung.«

Sparks drehte sich zu Jenssen um, der noch immer mürrisch an der Wand saß, und griff ihm neckisch ans Knie. »Na, was meint unser Held?«

Gersten lächelte über die Ironie, dass ausgerechnet der Telegenste unter ihnen derjenige war, dem es am meisten widerstrebte, vor die Kamera zu gehen.

Ein Lächeln breitete sich langsam über Jenssens Gesicht aus, zum Teil für Sparks bestimmt, aber es blieb noch genug Strahlkraft für alle anderen übrig. »Ich schätze, ich habe nichts Besseres vor heute Abend.«

Die Stimmung stieg beträchtlich. »Wir können um 20.00 Uhr in ihrem Studio am Times Square aufzeichnen«, sagte die PR-Frau. »Dazu müssen wir um halb acht hier losfahren, bis dahin haben Sie Zeit für sich oder können mit Ihren Familien Kontakt aufnehmen. Der Zimmerservice weiß Bescheid und wird um halb sieben ein vollständiges Abendessen in Ihren Suiten servieren. Alles klar so weit?«

Nicken und Lächeln ringsum.

»Gibt es ein Fitnessstudio in diesem Hotel?«, wollte Jenssen wissen.

»Es gibt eins«, sagte Gersten, »aber wir können Sie heute Abend nicht hingehen lassen.«

»Wir können versuchen, in Ihren Plan für morgen etwas Zeit dafür einzubauen«, sagte die PR-Frau.

»Moment mal«, sagte Nouvian. »Es gibt bereits einen Zeitplan für morgen?«

Die PR-Frau erkannte, dass sie zu viel verraten hatte. »Möglicherweise«, sagte sie, während eine ihrer Assistentinnen mit einem Blatt Papier zu ihr kam.

»Wenn ich heute Abend im landesweiten Fernsehen auftrete, dann brauche ich ein bisschen Schönheitspflege. Und zwar sofort«, sagte Maggie.

»Dem kann ich nur zustimmen«, schloss sich Sparks an. »Und wie wäre es mit ein paar Klamotten, die nicht zwei Tage lang in einen Koffer gestopft waren?«

Die PR-Frau las die Seite zu Ende, die man ihr gereicht hatte, sah dann auf und lächelte. »Dann wird Ihnen das hier gefallen. Barneys New York lädt Sie alle zu einem kostenlosen Einkaufsbummel ein. Wir machen die Website auf, Sie geben Ihre Größen ein und bestellen online, und zwei meiner Mitarbeiter werden bis 18.00 Uhr alles für Sie hier im Hotel haben. Was Make-up betrifft – Sie werden heute Abend im Fernsehstudio professionell geschminkt. Sind die Damen damit zufriedengestellt?«

Maggie und Sparks sahen einander in stummem Frohlocken an. Sogar Nouvian grinste.

»Was zum Teufel ist ›Barneys‹?«, fragte Aldrich.

Die anderen lachten alle.

»Ich werde sofort die Website für Sie öffnen«, sagte die PR-Frau.

»Coyote« war der Codename für die Operation, die der Computer nach einem Zufallsprinzip ausspuckte. Dennoch kam er Fisk in gewisser Weise angemessen vor. Jede E-Mail und jedes Schriftstück würde diesen Stempel tragen. Er fing mit einem Abriss seines Aktionsplans für Dubins Unterlagen an. Wie er seine Leute zu organisieren gedachte, seine Such- und Identifizierungsparameter, Informationsschutz. Am besten, man brachte die bürokratischen Anforderungen frühzeitig hinter sich.

Er beherrschte sich und ließ den Kopf nicht auf die Schreibtischplatte sinken, bis die Fotos hereinkamen. Dubin hatte ihm befohlen, sich ein paar Stunden auf einer Pritsche im Ruheraum hinzulegen, aber es war nicht Fisks erstes langes Wochenende, und er wusste, wie viel er seinem Körper zumuten konnte.

Sein Computer klingelte die Töne, die er für dringende E-Mails einprogrammiert hatte. Die Fotos von der Überwachungskamera am Gate in Stockholm nahmen auf seinem Schirm Gestalt an.

Eine Collage aus sechs Schwarz-Weiß-Bildern zeigte einen schlanken Mann in einem dunklen Anzug, der gezielt nach unten blickte, als er unter der Kamera durchging. Einmal hatte ihn das Morgenlicht, das durch ein

Fenster in der Fluggastbrücke einfiel, erschreckt und ihn den Kopf heben lassen. Das war die beste Aufnahme.

Er war ein klassisch gut aussehender Araber. Dunkle Augenbrauen über einem scharf gezeichneten, kantigen Gesicht, breite Schultern. Der Körper eines Mannes, der später im Leben schwerer werden würde, der nun aber Kraft und Selbstbewusstsein verströmte.

Das Bild war zwar besser als Bin-Hezams vier Jahre altes Passfoto, auf dem er einen Bart trug, Fisk hoffte jedoch, die Einreisekontrolle in Newark würde noch bessere liefern, und beschloss, auf die Bilder von dort zu warten, ehe er sie an den Intel-Apparat weitergab.

Die Newark-Fotos kamen kurz darauf. Es waren ein Dutzend, die meisten zeigten den Saudi am Gepäckkarussell. Während die übrigen Passagiere sichtlich aufgeregt oder erleichtert waren, weil ihre unterbrochene Reise ein glückliches Ende gefunden hatte, wirkte Bin-Hezam wie jeder andere frisch angekommene Passagier auf jedem anderen Flughafen der Welt. Kein Gesichtsausdruck, kein Hin- und Herlaufen, kein Strecken. Mit gesenktem Kopf ignorierte er die Hochstimmung um ihn herum.

Die Aufnahme der Kamera auf Augenhöhe am Einreiseschalter war die beste von allen. Er sah nicht anders aus als Hunderte von jungen arabischen Männern, die Fisk kennengelernt hatte, allerdings – und vielleicht las er zu viel hinein – kamen ihm die schwarzen Augen des Mannes dunkler und abgründiger vor als bei den meisten.

Fisk vergrößerte das Bild auf hundertfünfzig Prozent. Der Saudi hatte ein Mal am linken Ende der Kinnlinie, etwa so groß wie ein Fünfcentstück, es sah aus wie eine dunkle Borte. Das Mal bot ihnen einen kleinen Vorteil als Identifizierungsmerkmal – trotzdem war der Heuhaufen immer noch irrsinnig groß.

Fisk bestellte jeweils fünfzig Ausdrucke von der vergrößerten Gesichtsaufnahme und der farbigen Ganzkörperaufnahme vom Gepäckkarussell. Sein Plan war unkompliziert und, wie er befürchtete, vermutlich hoffnungslos. Er musste jeden verdeckten Ermittler, jeden V-Mann und jeden Informanten von dem abziehen, was er gerade tat, und die islamischen Wohnviertel in Brooklyn und Queens durchforsten lassen. Das hieß, er setzte alles darauf, dass der Saudi wahrscheinlich dort auftauchen würde.

Bin-Hezam musste jemanden in New York kennen. Er musste irgendwo wohnen. Bei Freunden oder Verwandten? Die Analyseeinheit hatte keine einheimischen Angehörigen gefunden, aber häufig zeigte in solchen Fällen ein um hundert Ecken verwandter Cousin dieselbe Treue wie ein Elternteil oder ein Geschwister. Dennoch war auch ein Hotel nicht ausgeschlossen, und Dubin hatte Bin-Hezams Kreditkartenangaben an das FBI weitergeleitet.

Fisks beste Freunde waren jetzt Schuhsohlen und schieres Glück. Er holte sich die Informantenkartei auf den Schirm und schickte E-Mails an die Detectives, welche die rund dreißig Männer und Frauen in den Straßen New Yorks führten, mit der strikten Ermahnung, nichts davon weiterzuverbreiten. Anschließend zwang er sich wie ein Patient, der seine Medizin nimmt, dazu, eine Weile auszuruhen, und wurde fast augenblicklich vom Schlaf übermannt.

Fünfzig Minuten später erwachte er aus einem Traum, in dem ein Kojote durch die Büros der Intel Division streifte, und brauchte einen Moment, sich zu orientieren. Er stand auf, damit sein Blut zirkulieren konnte, und fühlte sich binnen einer Minute hellwach und erfrischt. Er holte sich einen Schokoriegel aus dem Automaten im Pausenraum und trank eine koffeinhaltige Brause.

Die Tagschicht hatte ihre Konsolen der Abendschicht überlassen, die bis Mitternacht arbeiten würde. Dubin hatte den Überstundenhahn weit aufgedreht und jeden in die Straßen geschickt, der bereit war zu arbeiten. Das bedeutete, dass dreimal so viele Polizisten nach Baada Bin-Hezam suchten, wie es bei einer normalen Schicht der Fall gewesen wäre.

Es war ein Freitagabend, kurz nach 18.00 Uhr. Das wöchentliche Freitagsgebet war vorbei. Viele der Familien, die die religiösen Vorschriften einhielten, blieben am Abend zu Hause oder in dessen Nähe, bis auf die Jungen, die einen westlichen Lebensstil angenommen hatten und wie der Rest New Yorks an diesem heißen Sommerabend in den Straßen unterwegs waren. Das Menschengedränge erleichterte es Fisks Leuten, sich unauffällig umzusehen; es machte es Bin-Hezam im Grunde allerdings auch leichter, sich zu verstecken. Doch die Hitze trieb die Leute generell auf die Straße, und das arbeitete eher für ihn.

Die Agents an ihren Computern schalteten sich durch wechselnde SMS und GPS-Koordinaten, die den Aufenthaltsort ihrer Leute zeigten, und gaben aktuelle Stände und Zusammenfassungen an Fisk weiter. Jahrelange Überwachungsarbeit in den Wohnvierteln hatte bei den V-Leuten einen sechsten Sinn dafür entstehen lassen, wer dazugehörte und wer nicht.

Bis jetzt hatte niemand irgendwelche ungewöhnlichen Aktivitäten gemeldet.

Nahezu eine Million von New Yorks acht Millionen Einwohnern sind Moslems. Jeder achte. Es gibt hundertdreißig Moscheen in den fünf Stadtbezirken. Vierzehn islamische Schulen. Spezielle Parkvorschriften in manchen Gegenden für religiöse Feiertage. Läden und Restaurants ahmten ihre Pendants in Bagdad, Jakarta, Riad, Kabul, Karatschi und Tausenden anderer Siedlungen rund um die Welt nach, in denen es keinen Gott außer dem einen Gott gibt.

Die Suche auf der Straße war das normale Klinkenputzen in der Nachbarschaft. Smartphones hatten die Regeln der Überwachung neu geschrieben. Vorbei die Zeiten heimlicher Treffen zwischen Spionen, Informanten und ihren Führungsoffizieren. Die Berichte flackerten aus muslimischen Gemeinden in Brooklyn, Queens und Lower Manhattan über Fisks Bildschirm.

Überall das Gleiche. Negativ, kein Kontakt.

Die demografische Landschaft New Yorks ist in ständigem Wandel begriffen. Die Viertel sind so pausenlos und gleichmäßig in Bewegung wie die uralten Gletscher, die das Terrain unter der Stadt geformt haben, Zu- und Abwanderung, Angst, Moden und Gier verändern ihre ethnische Zusammensetzung. Bay Ridge, Boerum Hill, Cobble Hill, Flatbush, Sunset Park und Greenwood Heights in Brooklyn beherbergten pulsierende Zusammenballungen von Arabern und Türken, weiter verfeinert durch Stammes- und Familienbande. Afghanen und Pakistani hatten sich im äußeren Queens niedergelassen, hauptsächlich um die beiden Moscheen in Flushing herum. Bosnier und Indonesier beanspruchten Astoria für sich.

Mit der Umschalttaste holte sich Fisk die Zuspielungen der Überwachungskameras auf den Schirm. Fünfhundert digitale Videokameras speisten Bilder in ein Kontrollzentrum im alten Navy Yard von Brooklyn. Die beiden Fotos von Bin-Hezam waren mit einem Vermerk »Priorität wg. nationalem Notfall«, aber ohne zusätzliche Information an das Kontrollzentrum gegangen. Nur die dienstältesten Kameratechniker hatten je ein Ersuchen um Priorität wegen nationalen Notfalls gesehen. Der Befehl bedeutete, sie mussten alles liegen und stehen lassen, mit Ausnahme eines Alarms wegen aktuell stattfindender Gewaltverbrechen, um sich ganz der Suche nach einem einzelnen Verdächtigen zu widmen.

Keinem von ihnen hatte man gesagt, warum. Keiner würde danach fragen. Alles, was sie taten, fand auf der Basis statt, dass sie nur erfuhren, was sie wissen mussten.

Für ein menschliches Augenpaar, das eine solche Kamerasuchbewegung über eine Menschenmenge bearbeitet, ist das Maß an Konzentration ähnlich dem eines Fluglotsen zur Rushhour. Einer der Software-Programmierer des Zentrums zog die acht Gesichtsmerkmale aus der Nahaufnahme vom Flughafen Newark heraus, die der Computer brauchte, um grobe Bilder der Kameras herauszufiltern. Der daraus resultierende Filteralgorithmus wurde dann auf alle eingehenden Videoaufnahmen angewandt. Das grenzte die Zahl der möglichen Aufnahmen eines bekannten Verdächtigen um den Faktor zehntausend zu eins ein.

Die Fotos, die infrage kamen, wurden im Dutzend zu diensthabenden Detectives bei Intel geschickt. Diese leiteten alle, die vielversprechend aussahen, zu Fisk weiter, der davon ausging, drei oder vier Bilder pro Stunde zu sehen.

Keins aus der ersten Ladung gehörte zu Bin-Hezam. Das war keine Überraschung. So einfach war Erfolg nie.

Fisk merkte, wie er in den geduldigen, zuversichtlichen Rhythmus intensiver Überwachung schlüpfte, während er den Input aus zahlreichen Quellen in ganz New York verdaute. Das vertraute Hochgefühl der Jagd tat ihm gut. Das waren Impulse, die er mit Krina Gersten teilte, und er dachte, dass er ihr einen Anruf schuldete, und wählte die Nummer ihres Handys.

»Hi«, sagte er.

»Hi, hi«, antwortete sie und klang ein wenig erleichtert.

»Alles gut?«

»Alles klar hier.« Er hörte, wie sie ging, und stellte sich vor, dass sie nach einem ruhigen Fleck für ihr Gespräch suchte. »Sie telefonieren mit Freunden oder Angehörigen oder sehen fern. In Kürze verfrachten wir sie in Autos und bringen sie zum Times Square, wo sie bei *Nightline* auftreten. Es gab eine Mini-Revolte oder die Saat für eine, aber fürs Erste spielen sie alle mit. Ich nehme nicht an, dass du anrufst, um mich von dieser Tagesbetreuung hier abzuziehen, oder?«

»Ganz im Gegenteil«, sagte Fisk. »Der Polizeichef findet dich gut dort. Er kannte dich namentlich. Ich wusste gar nicht, dass du einen direkten Draht zum Allerhöchsten hast.«

»Dafür kann ich mir was kaufen«, sagte sie. Er hörte, wie sie das Telefon absetzte und zu jemandem sagte: »Einen Moment noch.« Dann war sie wieder da. »Ja, er und mein Dad waren ein bisschen gemeinsam unterwegs. Damals in Staten Island.«

»Vielleicht kannst du dir das zunutze machen. Schick ihm eine Nachricht, dass du von dieser Hoteleinheit wegwillst. Oder ich könnte versuchen…«

»Zunächst einmal bekommt meine Mom jedes Jahr zu Weihnachten eine Karte von ihm, aber das ist auch schon das ganze Ausmaß unserer Beziehung. Und zweitens dient es auch nicht unseren Interessen, wenn wir uns über Dubins Kopf hinwegsetzen. Ich muss mich damit zufriedengeben, fürs Erste stellvertretend durch dich zu leben, und hoffen, dass später alles besser wird. Woran bist du gerade? Du gibst Gas bei Bin-Hezam, hoffe ich doch.«

»Vollgas. Der Deckel ist gelupft. Wir sehen Bilder von Überwachungskameras durch und belauschen Gespräche. Nichts bis jetzt. Selbst bei vollen Zugriffsrechten brauchen wir Glück, wenn das funktionieren soll.«

»Was kommt als Ziel infrage?«, überlegte sie laut. »Da sind natürlich die Feierlichkeiten an diesem Wochenende. Das Feuerwerk.«

»Drei Millionen Menschen werden zusehen, die sich auf die ganze West Side verteilen und über den Hudson River schauen. Und dann am nächsten Tag Einweihung von One World Trade Center.«

»Amerikas brandneues höchstes Gebäude.«

»Der Präsident ist zu diesem Anlass in der Stadt. Es sind nur noch sechsunddreißig Stunden bis zur Zeremonie.«

»Die Zuschauerzone für das Feuerwerk erstreckt sich von der 20. bis zur 55. Straße. Es dauert etwa zwanzig Minuten.«

»Fünfundzwanzig.«

»Ein Albtraum. Im Gegensatz dazu wird es bei der

Zeremonie eine breite Sicherheitszone geben, in die man nur mit Genehmigung kommt. Eine halbe Meile rund um das Gebäude, schätze ich.«

»Etwas in der Art. Zwei happige Ziele. Oder denk mal daran – wenn für die Zeremonie und die Würdenträger dort alle Sicherheitskräfte zusammengezogen werden, bleibt der Rest Manhattans ungewöhnlich verwundbar.«

»Großer Gott. Tut mir leid, dass ich gefragt habe.« Sie überlegte. »Muss etwas von hohem Symbolwert, von hoher Sichtbarkeit sein. Yankee Stadium?«

»Gott sei Dank spielen sie dieses Wochenende auswärts. Aber vergiss nicht – es wird eine gewaltige Wirkung haben, aber nicht unbedingt eine hohe Opferzahl. Bin Laden wollte verblüffen und Schaden anrichten.«

»Die Freiheitsstatue. Sie ist von Lower Manhattan aus zu sehen, von der Gegend um Ground Zero. Das wäre ein verdammt riesiger symbolischer Schlag.«

»Das ist schwer«, sagte Fisk. »Andererseits ist es als Ziel so gut wie jedes andere. Seien wir ehrlich, wir könnten wahrscheinlich die ganze Nacht New Yorks größte Attraktionen durchgehen. Jeder Tourist könnte es. Im Augenblick bringt uns das der Antwort auf die Frage nach dem Wo und Warum nicht näher. Alles, was wir wissen, ist, wer. Vielleicht. Wir müssen in diese Richtung gehen. Wir müssen eine Möglichkeit finden, seine Schritte vorauszusehen, und versuchen, ihn bei einem zu erwischen.«

»Anthrax«, sagte Gersten. »Oder ein anderer biologischer Kampfstoff.«

»Die Sorge besteht natürlich immer. Die Schnüffler am Flughafen haben allerdings nicht Alarm geschlagen. Aber wenn er hier Kontakte hat, und ich nehme an, die hat er – dann ist es möglich.«

»Er muss Hilfe haben, richtig? Bringt er jemandem etwas? Oder bekommt er eine Lieferung? Sein Gepäck wurde durchsucht, das scheidet also aus. Ist er hier, um etwas zu unterstützen?«

»Du weißt, ich hasse es, paranoide Vorstellungen zu fördern.« Er und Gersten hatten oft über die schiefe Weltsicht gesprochen, die entsteht, wenn man sieben Tage die Woche Phantomterroristen jagt. »Aber vielleicht ist er hier, um Schläfer zu wecken. Das klingt für mich einleuchtend. Ich komme immer wieder auf bin Ladens Worte vor seinem Tod zurück. Er wollte einen Plan umsetzen, der so clever ist, dass wir ihn nie durchschauen. Falls bin Laden das Räderwerk eines groß angelegten Vorhabens in Gang setzte, bevor er starb, dann wollte er sicher von allem nur das Beste einsetzen. Die am weitesten reichenden Kontakte, die intelligentesten Akteure. Er würde seine vorzüglichsten al-Qaida-Schläfer verwendet haben, damit der Plan gelingt.« Fisk hörte selbst, wie päpstlich er sich anhörte. »Oder aber, und ich schließe es noch immer nicht ganz aus, dieser Saudi ist nichts weiter als ein um die Welt reisender Kunsthändler, dem ein paranoider Intel-Agent demnächst vorübergehend die Lebensfreude verderben wird.«

»Zweifle nicht an dir, Jeremy. Da braut sich etwas zusammen, irgendetwas tut sich hier. Versuch, dich in den Mann hineinzuversetzen. Und denk dabei dran, wenn es etwas ist, dann ist es eine große Sache. Wo es um alles geht, nichts Gewöhnliches. Nichts Kleines. So hat es bin Laden geplant, oder? Etwas Außergewöhnliches. Was diesen Kampf auf die nächste Stufe hebt, die über 9/11 hinausgeht.«

Fisk nickte.

»Verdammt«, fuhr Gersten fort. »Ich hasse es, nicht richtig dabei zu sein.«

»Du bist dabei«, sagte Fisk. »Das war eine große Hilfe eben. Du hilfst mir, meinen Fokus zu finden.«

»Ja, ja«, tat sie seine Aufmunterung ab.

»Denk weiter für mich«, sagte er, verabschiedete sich und legte auf.

Er dachte einen Moment über ihre Unterhaltung nach und lächelte. Das NSA-Büro New York überwachte auf Bitte von Intel teilweise die Handykommunikation und leitete alles, was von Mobilfunkmasten in Flatbush, Cobble Hill, Astoria und Lower Manhattan rausging, zu den großen Apparaten in Fort Meade um. Sie konnten aus rechtlichen und praktischen Gründen nicht jeden Anruf bearbeiten, deshalb suchten sie digital nach arabischen Worten und gewissen Schlüsselbegriffen im Zusammenhang mit Terror. Nun lächelte er bei der Vorstellung, dass bei seinem Gespräch mit Gersten die roten Lichter aufleuchteten. Die Schlange fraß den eigenen Schwanz.

Paranoia.

Schläfer.

Sechsunddreißig Stunden.

Wenn es an diesem Wochenende einen Terroranschlag in New York City geben würde, hatte Fisk maximal zwei Nächte und einen Tag Zeit, einen einzelnen Mann in einer Millionenstadt zu finden.

Gersten hätte sich nach Ende ihrer Schicht vom Dienst abmelden können, aber das Gespräch mit Fisk hatte die pflichtbewusste Polizistin in ihr neu zum Leben erweckt. Sie beschloss, DeRosier, den erträglicheren ihrer beiden Partner, zur Fernsehaufzeichnung zu begleiten.

Das Hotel der *Sechs* war über Medien und Internet durchgesickert, das Erste, was ihnen – neben einem Schwall abendlicher Hitze – deshalb beim Verlassen des Hyatt begegnete, waren der Jubel und Applaus einer Menschenmenge, die die Straße verstopfte und zusah, wie sie den Gehsteig überquerten, um in die bereitstehenden Vans zu steigen. Der Tumult war derartig groß, dass Gersten auf volle Wachsamkeit schaltete und sich eher wie eine Mitarbeiterin des Secret Service fühlte als wie eine Polizistin.

Doch die Stimmung der Menge war überschäumend. Es war wahrhaftig ein Empfang für Helden. Die einzige Gefahr war, dass in der Begeisterung jemand zu Tode getrampelt wurde.

Als sie in ihrem klimatisierten Van saßen, blickten *Die Sechs* schockiert und erstaunt über ihre Fans aus den Fenstern.

Aldrich sank in seinen Sitz und erklärte die Menge für »verrückt«.

»Ich liebe es!«, sagte Maggie und winkte, als würde man sie durch die verdunkelten Fenster sehen können. »Wir lieben euch auch!«, sagte sie und lachte.

Frank öffnete das Notizbuch, das er bei sich trug, und notierte ein paar Beobachtungen. Nouvian stöhnte, als würde er von einem Tinnitus geplagt. Jenssen nahm im hinteren Teil des Vans Platz und schaute aus dem Fenster wie auf einer Safari. Sparks setzte sich rasch neben ihn, wie Gersten lächelnd bemerkte.

Die Eskorte des NYPD führte sie durch die Stadt, an jeder Kreuzung heulten die Sirenen schrill auf. Gersten fand es faszinierend, hinauszusehen und Fußgänger zu beobachten, die sich durch die Julihitze quälten, zu der

Polizeieskorte aufschauten und überlegten, wer in dem Van sein mochte. Viele hoben die Hand zum Gruß.

»Eine Konfettiparade würde mich auch nicht mehr überraschen«, sagte sie zu DeRosier.

Die beiden saßen zusammen vorn. Er stieß sie an, damit sie nach hinten schaute. »Sehen Sie das?«

Er meinte Sparks und Jenssen. Beide waren dank Barneys New York frisch eingekleidet, und Joanne Sparks spielte Fremdenführerin für ihn und zeigte ihm alles Mögliche, wenn sie eine Querstraße passierten. Jenssen war nicht uninteressiert, sowohl was die Stadt als auch was Miss Spark betraf, aber sie war eindeutig der forschere Teil des Paars.

»Zehn Dollar, dass es unschön endet«, sagte Gersten.

»Es endet immer unschön«, sagte DeRosier. »Aber was kümmert es ihn – als Schwede hier in New York? Kann jedoch sein, dass er Unterstützung braucht.«

»Glauben Sie, dass Ihre Frau sich dazu hergeben würde?«, fragte Gersten.

»Meine Frau?«, sagte DeRosier. »Sie wäre die Erste, die sich anstellen würde, um dem Kerl einen zu blasen. Sie wissen, was ich meine – rein patriotisch. Willkommen zu Hause, Soldat. Wussten Sie, dass ich früher ebenfalls blondes Haar hatte?«

»Und blaue Augen?«, fragte Gersten.

DeRosier runzelte die Stirn. »Ein verdammt gut aussehender Hurensohn.«

Gersten griff zum Telefon und ordnete weitere Sicherheitsvorkehrungen vor dem Hyatt an. Wellenbrecher genügten nicht. Sie brauchten eine richtige Absperrung und berittene Polizei, um die Menge zu kontrollieren. Außerdem erbat sie ein etwas unauffälligeres Transportmittel.

Dieser Van war wie ein Tourbus. Dann rief sie Patton an und bat ihn, den Lieferanteneingang des Hotels für ihre Rückkehr zu sichern.

Nightline wurde normalerweise in der Zentrale von ABC News am Lincoln Square auf der Upper West Side produziert. Doch für diese besondere Sendung mit den *Sechs* und einer Geschichte, in der New York im Mittelpunkt stand, kehrten sie zur Bildsprache ihres Times Square Studios zurück.

Die Produzenten, die vor dem Seiteneingang auf sie warteten, waren überwältigt von dem plötzlichen Ansturm von Touristen und gewitzten New Yorkern. *Die Sechs* wurden rasch ins Gebäude geschoben, aber vorher erhaschten sie noch rasch einen Blick auf die riesigen Bildschirme überall am Times Square, auf denen Ausschnitte von ihrer Pressekonferenz liefen.

Drinnen scharwenzelten Produzenten und verschiedene andere Leute, die mit dem Sender zu tun hatten, um sie herum. Die Wände waren gesäumt von Leuten, und es war offensichtlich für Gersten, dass nicht alle, die einen Blick auf die sechs Helden werfen wollten, unbedingt an diesem Abend im Sender gebraucht wurden. Selbst abgebrühte Fernsehleute wurden von der Begeisterung mitgerissen.

Die Sechs wurden geschminkt, mit Mikrofonen ausgestattet und in das Studio geführt, das den Broadway überblickte. Man stellte sie den Moderatoren Cynthia McFadden und Terry Moran vor, die das Fünfzehn-Minuten-Segment gemeinsam bestritten. Gersten stand hinter den Scheinwerfern auf dem glatten, glänzenden Boden, über den die riesigen Kameras glitten.

Als alle saßen, kam der Chef des Senders herein und

stellte sich bei jedem einzeln vor. Nachdem er wieder gegangen war, tauchte die Studiobeleuchtung *Die Sechs* in einen honigfarbenen Schein, als sie in einem weiten Halbkreis gegenüber von McFadden und Moran auf hochbeinigen Regiestühlen saßen. Moran studierte seine Notizen, während der Aufnahmeleiter auf null zählte, und McFadden eröffnete den Beitrag. In ihrer Einleitung erwähnte sie *Nightlines* Geburtsstunde während der iranischen Geiselkrise und verknüpfte diesen Terrorakt mit den Heldentaten von SAS-Flug 903. Dann leitete sie zu einer kurzen Videosequenz über, in der man das Flugzeug sicher in Bangor landen und Rettungsfahrzeuge auf es zurasen sah. Sie brachten Ausschnitte der eben freigegebenen Gespräche zwischen dem Captain und der Flugsicherung, dann gingen die roten Lichter wieder an, und das Live-Interview begann.

Wie zu erwarten, ließen die Moderatoren *Die Sechs* den Angriff in allen Einzelheiten schildern und ihre Gefühle dabei beschreiben. Gersten bemerkte, dass ihre Antworten im Lauf der letzten vierundzwanzig Stunden ein wenig aufpoliert worden waren, wie es bei allen guten Geschichten der Fall ist. Anstelle der zunächst behaupteten selbstlosen und das eigene Leben nicht achtenden, gedankenlosen Reaktion, nahmen ihre Heldengeschichten allmählich eine etwas entschlossenere Färbung an. Besonders Frank erklärte, er habe »gewusst, dass er etwas unternehmen müsse« und »dass der Verlust an Menschenleben tragisch sein würde«, wenn er es nicht tat.

Gersten bekam einen säuerlichen Geschmack im Mund, als sie sah, wie hier ein Journalist seine Geschichte verkaufte.

Im ergreifendsten Moment des Interviews traten Maggie Sullivan Tränen in die Augen, als sie ihre Ängste beschrieb, nachdem der Entführer sie überwältigt hatte. Sie sprach erneut überschwänglich von Jenssen und schilderte, wie er als Erster der Männer in den Vorraum gekommen war, sich auf den Jemeniten gestürzt und ihm den falschen Zünder entrissen hatte, wobei er sich selbst das Handgelenk brach. Als die Tränen flossen und sie sich nirgendwo anders hinwenden konnte, drehte sie sich in Richtung Jenssen, der neben ihr saß, und er legte ihr den Arm um die Schulter und tröstete sie lautlos.

DeRosier trat hinter Gersten und flüsterte: »Bin gespannt, wann sie ihre erste Hit-Single aufnehmen.«

Sie lächelte, aber Maggies Bedürfnis nach Trost berührte sie – und sie wusste, Millionen von Menschen, die an diesem Abend zusahen, und viele weitere Millionen auf der ganzen Welt, die den Clip im Lauf des Wochenendes online sehen würden, würden ebenfalls gerührt sein.

Baada Bin-Hezam kehrte in Jeans, schwarzen Lederhalbschuhen, einem T-Shirt und einem lässigen braunen Sakko zur Pennsylvania Station zurück. Er trug eine teure, schwarz gefasste Brille und einen gepflegten Schnauzbart, der perfekt entsprechend seiner Haare gefärbt war. Das Haar war kurz geschnitten, und mit einem modischen Halstuch lenkte er zusätzlich von seinem Gesicht ab. Die Hitze hatte nicht so stark nachgelassen wie erwartet, und er fühlte sich augenblicklich unwohl. Aber nach außen hin wirkte er wie ein junger, gut situierter Araber auf dem Weg zu einem Abend in der Stadt.

Er betrat die U-Bahn-Schächte unter dem ausgedehnten Bahnhof. Der A-Train, ein Expresszug, hielt nicht an der 116th Street, seinem gewünschten Ziel. Der Zug, den er brauchte, war einer der Linie C, der lokale Zug. Verwirrend, aber er hatte diesen Tag im Geist oft geprobt und alle seine Instruktionen auswendig gelernt.

Er wusste nicht, wen er treffen würde. Er hatte eine Handynummer und ein Passwort. Das Wort war *Helilmoya*: »Süße das Wasser.« Die Erwiderung sollte sein *Samak Allah alim*: »Der Fischgott versteht sich am besten darauf.«

Ein Zug der Linie C hielt vor ihm, und die Türen öffneten sich einladend.

Bin-Hezam schlang einen Arm um die Stange in der Mitte des überfüllten, ruckelnden U-Bahn-Waggons, während dieser in dem Tunnel unter der 8th Avenue nach Norden raste. Es war Rushhour am Ende der Woche. Jede einzelne Person hatte weniger als einen Viertel Quadratmeter, auf dem sie stehen konnte, der Wagen war so vollgepackt, dass es keine erkennbaren Grenzen mehr zwischen einem Körper und dem nächsten gab.

Bin-Hezam zwang sich, mit der Berührung durch verschwitzte Fremde zurechtzukommen, und wehrte sich gegen seine Klaustrophobie. Er schloss die Augen und stellte sich einen beruhigenden Nachthimmel vor, an dem ein Halbmond stand.

Er war dankbar, als der Zug die 116th Street erreichte und er aus dem Untergrund in ein Viertel hinaufstieg, das neuerdings als Le Petit Senegal bekannt war. Die Straße, die er nie zuvor besucht hatte, war ihm durch sein intensives Studium von Googles fantastischem Street View vertraut. Er hatte auch mithilfe des Internets nach nahe gelegenen Telefonzellen gesucht, die überall rapide ausstarben.

Die erste, zu der er kam, war kaputt, der Hörer war in der Mitte zerbrochen, und Drähte lagen frei. Er überquerte die Straße zu einer schmalen Markthalle mit einem Münztelefon über einem kleinen Geldautomaten, auf dessen Bildschirm Dollarzeichen aufleuchteten.

Er warf Vierteldollar in den Apparat und wählte die Nummer. Eine Männerstimme meldete sich barsch mit: »Hallo?«

»*Helilmoya.*« Bin-Hezam sprach jede einzelne Silbe sorgfältig aus, da er es für unwahrscheinlich hielt, dass am anderen Ende jemand sein würde, dessen Muttersprache Arabisch war.

»*Samak Allah alim.*« Er hatte sich geirrt. Der Akzent klang authentisch.

»Meine Anweisungen, bitte«, sagte Bin-Hezam.

Der Mann antwortete mit einer neuen Telefonnummer. Eine örtliche Nummer mit derselben Vorwahl. Bin-Hezam benutzte seinen Trick, sich eine Nummer bildlich vorzustellen, um sie sich einzuprägen, es war etwas, das er seit seiner Schulzeit gut beherrschte und worauf er stolz war.

»Wiederhole«, sagte der Mann.

Bin-Hezam sagte die Nummer auf. Dann war die Leitung tot.

Mit derartiger Unhöflichkeit hatte Bin-Hezam nicht gerechnet, aber sie brachte ihn nicht aus der Fassung. Vielleicht zeigte sie Vorsicht an, und Vorsicht war gut. Diese Leute kamen aus einer anderen Welt, sie waren bestenfalls Söldner. Wenn sie sich professionell verhielten, sollte es ihm recht sein.

Bin-Hezam warf weitere Vierteldollars ein und wählte die nächste Nummer. Er gab sein Codewort durch und wurde gebeten, es zu wiederholen, ehe es bestätigt wurde. Der Akzent war diesmal sehr viel weniger unzweifelhaft.

»Du gehst einen Block nach Osten zur Seventh Avenue. Du stellst dich an den Bordstein vor einem Friseurladen namens Meme Amour. Du stehst mit dem Rücken zum Laden und dem Gesicht zur Straße.«

Wieder wurde aufgelegt. Gut. Bin-Hezam verließ den Markt und ging nach Osten. Er fing sein Spiegelbild in einer Schaufensterscheibe ein und erschrak im ersten Moment über sein Aussehen, weil er vergessen hatte, dass er einen falschen Schnauzbart trug.

Wichtiger war jedoch, dass niemand ihm folgte.

Der Friseurladen war klein, im Fenster klebten Fotos lächelnder Männer verschiedener Herkunft. Bin-Hezam warf einen verstohlenen Blick hinein. Keine Lichter. Der Laden schien geschlossen zu sein.

Er tat wie befohlen und stellte sich mit dem Gesicht zur Straße nahe der Bordsteinkante auf. Sofort fühlte er sich sichtbar und verletzlich, deshalb zog er sein Handy hervor und wischte über verschiedene Apps, um so zu tun, als sei er beschäftigt.

Ein Auto näherte sich und verlangsamte, und in seiner Nervosität wäre Bin-Hezam fast einen Schritt nach vorn getreten. Das von einer Frau gesteuerte Auto beschleunigte wieder und fuhr weiter. Es war nicht sein Kontakt. Bin-Hezam war überzeugt, dass er die ganze Zeit von seinem Kontakt beobachtet, geprüft, beurteilt wurde.

Zehn Minuten vergingen und fühlten sich an wie dreißig. War das reine Vorsicht, oder war es eine Art Test? Sollte es Letzteres sein, wäre er zutiefst gekränkt. Würde sein Kontakt einen Test von ihm bestehen?

Dennoch blieb er. Höflichkeit war in diesem Fall nicht

nötig, genauso wenig wie seine Ungeduld. Er musste zulassen, der Gnade eines anderen ausgeliefert zu sein. Er vertraute auf Gott.

Hinter ihm ertönte eine Männerstimme.

»*Assalamu alaikum.*«

Als Bin-Hezam sich umdrehte, stand er einem finster dreinschauenden Schwarzen gegenüber, dessen beträchtliche Leibesfülle von einem einfarbig schwarzen Adidas-Trainingsanzug kaum verdeckt wurde.

»*Walaikum assalam*«, erwiderte Bin-Hezam.

Der Mann drehte sich ohne ein weiteres Wort um, und Bin-Hezam folgte ihm. Anstatt den Friseurladen zu betreten, führte er Bin-Hezam in einen Eingang direkt rechts daneben.

Sie betraten einen schmalen, von keinen Türen unterbrochenen Gang, der wie ein Tunnel ins Innere des Gebäudes war und nur von dem durch die Milchglasfenster an beiden Enden einfallenden Licht erhellt wurde. Bin-Hezam folgte dem Mann durch das Dunkel zu einem kleinen, eingezäunten Hof, der voll gebrauchter und weggeworfener Geräte war. Mikrowellenöfen, Fernseher, Toaster, Fahrradrahmen, Röhrenmonitore für Computer. Sie gingen zehn Meter auf einem gewundenen Weg durch diesen Schrott bis zur Rückseite einer niedrigen Garage.

Der dicke Mann sperrte das Schloss mit einem Schlüssel aus seiner Hosentasche auf und trat zur Seite, um Bin-Hezam einzulassen.

In der Garage trat an die Stelle des Schrotthofs eine penibel in Ordnung gehaltene Elektro- und Maschinenwerkstatt. Werkbänke standen links und rechts an den Wänden. Eine große Auswahl von Werkzeugen hing an Wandhalterungen und von den Deckenbalken.

Die laufenden Arbeiten des Schrottsammlers waren zu sehen: ein kleiner Motor, in seine Einzelteile zerlegt; ein Fernseher mit einem riesigen Bildschirm; zwei miteinander verbundene Laptops.

Bin-Hezam nahm sein dünnes Halstuch ab, steckte es in die Jackentasche und sah sich um. Er täuschte Neugier vor, aber in Wahrheit legte er eine Fluchtroute fest, falls er eine brauchte. Es roch nach Fett und gewürzter Tomate. Die Garage war fensterlos und kühl.

»Ein gutes Geschäft«, sagte der Mann schließlich, als er Bin-Hezams prüfende Blicke wahrnahm, und drehte sich zu ihm um. »Zu Hause in Dakar vergeuden wir nichts. Hier vergeuden sie alles. Sie lassen es auf der Straße liegen wie Geschenke. Ein Volk, das die Geräte, die es benutzt, nicht versteht, hat sie nicht verdient.« Der dicke Senegalese knüllte eine Lebensmittelverpackung zusammen und warf sie in einen Abfalleimer unter der Werkbank. »Jetzt zu unserem Geschäft.«

Er zog Latexhandschuhe aus einem Pappkarton und bot Bin-Hezam ein Paar an, das dieser annahm. Anschließend ging der Mann zur anderen Werkbank hinüber, entfernte einen Haufen grauer Lappen aus einem Fach darunter und zog eine verschließbare Kassette heraus. Er öffnete sie mit einem Schlüssel von seinem Schlüsselring, dann nahm er das oberste Fach weg, das Werkzeuge enthielt, und zog eine darunter liegende Stofftasche heraus. Er ließ eine mit Nickel überzogene Waffe mit schwarzem Gummigriff aus der Tasche gleiten und streckte sie Bin-Hezam auf der offenen Handfläche entgegen. »38er spezial. Ein Revolver. Hat nie Ladehemmung.« Der Mann ließ die Trommel herausspringen und zeigte Bin-Hezam, dass die Waffe nicht geladen war.

»So eine sollte ich für dich bereithalten, hat man mir gesagt.«

Bin-Hezam nahm die Waffe in die Hand. Ein gutes Gewicht, poliert, aber nicht brandneu. »Munition?«, fragte er.

Der Mann griff wieder in den Werkzeugkasten und zog eine Papiertüte mit Messingpatronen heraus.

»Sechs Stück, hat man mir gesagt. Das hier sind zwölf. Ich nehme an, du willst mehr, nur für alle Fälle.«

»Ich nehme genau die sechs«, sagte Bin-Hezam.

Der Mann gab ihm noch einen Moment, um es sich anders zu überlegen, und fügte sich schließlich. »Dann also sechs.« Er zählte sechs Kugeln aus der Tüte und stellte sie aufrecht auf die Werkbank.

Bin-Hezam legte die 38er daneben.

»Halfter«, sagte der Senegalese. Er zog es aus einem Regal. »Passt über die Schulter.« Pantomimisch ahmte er nach, wie er es anlegte – die Riemen waren viel zu kurz für seine Leibesfülle. »Der Griff der Waffe zeigt nach unten, damit man sauber ziehen kann.«

Bin-Hezam nickte und sah zu, wie der dicke Mann das Halfter auf die Werkbank legte. Er musste es weder berühren noch anprobieren.

»Achttausend«, sagte der dicke Mann.

Bin-Hezam legte den Kopf leicht schief. »Acht? Ich habe drei. Man hat mir gesagt, die Waffe kostet drei.«

»Das war der Grundpreis. Die Anforderung war ein neueres Modell, das sich nicht zurückverfolgen ließ. Kaliber 38 mit Gummigriff. Keine Seriennummer, nicht einmal eine, die sich durch Chemikalien sichtbar machen lässt. Das bedeutet, die Waffe musste direkt vom Hersteller besorgt werden. Sie musste getestet und erprobt werden, um Genauigkeit, Zuverlässigkeit und Haltbarkeit zu gewährleisten. Für ein Instrument mit solch präzisen Anforderungen verlange ich mindestens achttausend. Es ist ein fairer Preis.«

Bin-Hezam lächelte nicht, runzelte auch nicht die Stirn. »Du musst gewusst haben, dass ich nicht so viel dabeihaben würde.«

»Woher sollte ich das wissen, Bruder?«

Bin-Hezam war niemand, der Gefühle zeigte. Zur Vorbereitung auf diese Reise hatte Übung in Selbstbeherrschung gehört. Das zu tun, was er tun würde, erforderte ein Höchstmaß an Disziplin. Er war ein Muster an Beherrschtheit.

»Ich habe nicht so viel Geld«, sagte Bin-Hezam. »Du hast meine Zeit vergeudet.«

Der Senegalese zuckte mit den Schultern. »Ich werde den ganzen Abend hier sein. Sicher kannst du noch irgendwo fünftausend auftreiben.«

»Das kann ich«, sagte Bin-Hezam. »Mit fünftausend Fragen und fünftausend Beschwerden.«

Der Dicke zuckte erneut die Achseln. »Ich bin der Beste, und ich lasse mich entsprechend bezahlen.«

Bin-Hezam zog seine Latexhandschuhe aus und steckte sie in seine Sakkotasche. Er wandte sich zur Tür. »Soll ich allein hinausfinden?«

Der Dicke seufzte, watschelte an ihm vorbei und öffnete die Tür zu dem Schrotthof. Bin-Hezam ging an ihm vorbei und wartete, bis der Mann die Tür mit seinem Schlüssel abgesperrt hatte. Dann ging Bin-Hezam voraus, den Weg zurück zum Gebäude. Er öffnete die Tür selbst, betrat den Gang und wartete dort wieder auf den Dicken. Er hörte, wie die schwere Tür hinter ihm zufiel;

er war jetzt mit dem Senegalesen in dem tunnelartigen Gang eingeschlossen.

»Ich hoffe, du bist nicht beleidigt…«, begann der Dicke.

Bin-Hezam wirbelte mit angewinkeltem Arm herum und zertrümmerte dem Senegalesen mit dem Ellbogen Nase und Oberkiefer.

Darauf ließ er einen Handkantenschlag an die Kehle des Mannes folgen. Der Kopf des Senegalesen schlug gegen die Wand des Tunnels, und sein mächtiger Körper rutschte auf den Boden.

Er öffnete den Mund zu einem Schrei, aber der einzige Laut, den er aus seinem gebrochenen Gaumen herausbekam, war ein »Mmmuunnhh!«.

Bin-Hezam trat mit der Schuhsohle und unter Einsatz seines ganzen Körpergewichts gegen den ungeheuren Nacken des Mannes, wieder und wieder, mit kleinen Sprüngen dazwischen, bis er spürte, wie das Genick des Dicken brach. Schaum drang aus dessen Mund, eine rosa Mischung aus Blut und Speichel. Seine Augen waren offen, traten hervor und wurden starr.

Bin-Hezam kniete eine Weile neben dem Toten. Da er die Umgebung nicht kannte, lauschte er aufmerksam nach Geräuschen, die bedeuten konnten, dass man ihn entdeckt hatte.

Im Gebäude über ihm blieb es still. Er sah auf den Toten hinunter, der durch das Milchglasfenster in der Tür in sanftes Licht getaucht war.

In die schweißfeuchte Hosentasche des Dicken zu greifen, fand Bin-Hezam unangenehmer, als den Mord selbst zu begehen. Er entdeckte den Schlüsselring und zog ihn heraus. Dann zerrte er heftig am Arm des Dicken, bis dieser mit dem Gesicht nach unten in dem Gang lag. Der Mann war unfassbar schwer.

Bin-Hezam stand auf und stellte fest, dass sein eigenes Hemd ebenfalls schweißnass war. Er hatte nie zuvor einen Menschen getötet. Er war in jahrhundertealten Techniken gut dazu ausgebildet worden, hätte jedoch nie gedacht, dass er dazu fähig wäre. Aber er war jetzt ein neuer Mensch. Ein Mann auf einer Mission. Sich einer Sache zu verschreiben, sich Gott zu verschreiben, hatte seine Seele befreit.

Er verließ das Gebäude in Richtung der Werkstatt; den Türgriff berührte er durch die Jackentasche. Draußen lauschte er kurz, dann lief er durch den Schrotthof schnell zur Garage. Nach einigem Wackeln und Ziehen funktionierte der Schlüssel in dem Schloss. Wieder achtete er darauf, keine Fingerabdrücke zu hinterlassen.

In der Garagenwerkstatt zog Bin-Hezam dann sein Sakko aus und legte das Schulterhalfter an. Er schob die Waffe hinein und schloss den schmalen Klettverschluss, der sie festhielt. Dann zog er das Sakko wieder an und hatte den Eindruck, dass die Waffe angemessen verborgen war.

Die sechs Patronen steckte er in die Tasche und überprüfte den Sitz des Jacketts noch einmal. Dann murmelte er ein Dankgebet, verließ die Garage wieder und schloss die Tür ab.

Mit den Schlüsseln in der Hand betrat er erneut das Gebäude und betrachtete die Leiche des Dicken. Sie zu bewegen, würde schwierig sein, sie zu verstecken vielleicht unmöglich. Er entschied, dass es keine Rolle spielte, und schritt zügig durch den Gang zur Vordertür. Dort drehte er den Türknopf mit der Hand im Ärmel und trat auf den Gehsteig hinaus. Er hörte eine Sirene und setzte sich in Bewegung, blaue Lichter näherten sich in seiner Straße.

Der Heulton der Sirene erreichte einen Höhepunkt … und dann war der Wagen an ihm vorbei und schlängelte sich durch den Verkehr in Richtung Uptown.

Bin-Hezam konnte nicht mit der U-Bahn zurückfahren, nicht mit einer nicht registrierten Waffe in seinem Besitz. Er ließ den Schlüsselring und die benutzten Handschuhe in den ersten Mülleimer fallen, den er sah. Dann ging er zwei Blocks zum nächstgelegenen Hotel, das er sich ebenfalls durch Google Maps eingeprägt hatte. Dort nahm er ein Taxi, das ihn, wenn auch nicht auf direktem Weg, zum Hotel Indigo zurückbrachte.

Nachdem sie durch den Hintereingang ins Hyatt zurückgekehrt waren, begleitete Gersten *Die Sechs* in ihr Stockwerk hinauf. Die Hochstimmung, in der sie sich vor dem Interview befunden hatten, war auf der Rückfahrt in sich zusammengefallen wie ein Soufflé, und die Helden legten nahezu schweigend die wenigen Blocks vom Times Square zurück.

Oben blieben Frank und Sparks noch in der Besuchersuite, um jeder für sich abzuschalten. Im Fernseher lief ein Baseballspiel, aber außer Patton, der im Hotel geblieben war, sah niemand wirklich zu.

Maggie Sullivan gesellte sich ein paar Minuten später mit zwei Fläschchen Bacardi aus der Minibar ihres Zimmers dazu. Sie mischte sie mit Cola in zwei Gläser und bot eines davon Sparks an, die es nahm und wortlos trank. Maggie setzte sich ans Fenster, stützte das Kinn in die Hand und sah in die Nacht hinaus.

Jenssen, der gähnende Aldrich und Nouvian murmelten »Gute Nacht« und zogen sich still auf ihre Zimmer zurück.

Das war Gerstens Stichwort, um sie an DeRosier und Patton zu übergeben. Gerstens eigenes Zimmer war eins der letzten am anderen Ende des Flurs im fünfundzwanzigsten Stock. Sie hörte Cellomusik aus Nouvians Zimmer, als sie daran vorbeiging, und konnte sich mühelos vorstellen, wie er, das Instrument zwischen den Knien, in Unterwäsche auf seinem Bett saß und übte. Sie stellte sich vor, dass die starren Abläufe des Übens Balsam für einen Mann waren, dessen Leben auf Routine basierte. Sie wettete, er übte jeden Abend vor dem Zubettgehen. Gersten hatte einen Blick auf seine Frau geworfen, als diese vorhin zu Besuch war, ein Mäuschen von Frau, die nicht erschütterter hätte aussehen können, wenn ihr Mann gestorben wäre.

Gersten öffnete die Tür ihres Zimmers, löste Dienstmarke und Waffe vom Gürtel und legte alles auf die erstbeste Ablage, dann ging sie zurück, um die Zimmertür doppelt abzusperren.

Sie machte nur wenig Licht, räumte ihre Toilettenartikel auf den Rand des Waschbeckens und ließ dann Wasser in die Badewanne einlaufen. Auf ihrem Handy sah sie nach Nachrichten, und als sie keine fand, die sie sofort anhören oder beantworten wollte, legte sie ihre Kleidung ab. Sie warf sie aufs Bett, wo sie fast in Form einer in sich zusammengesackten Person liegen blieben. Dann holte sie den weichen, weißen Hyatt-Bademantel aus dem Schrank, schlüpfte hinein und seufzte wohlig. Nichts ging über weiches, frisch gewaschenes Frottee.

Als Hintergrundrauschen schaltete sie die Badezimmerlüftung an, weil sie für eine Weile alles andere ausblenden wollte. Der Dampf aus der heißen Wanne stieg wie Morgennebel zur Decke hinauf. Als die Wanne fast voll war, drehte sie den Hahn zu, aber anstatt sofort einzutauchen, blieb sie eine Weile auf dem Rand sitzen und fuhr mit der Hand eine Reihe träger Schleifen durch das Wasser. Sie hatte sich so lange auf dieses Bad gefreut, und jetzt… jetzt fühlte es sich einfach nicht richtig an. Sie schlug Wellen mit der Hand und hoffte, es handelte sich nur um ein momentanes Zögern, schließlich musste sie nichts weiter tun, als hineinzusteigen…

…aber es half nichts. Sie konnte es nicht. Stattdessen stand sie auf, ging ins Zimmer zurück und spazierte zum Fenster. Der fünfundzwanzigste Stock reichte nicht ganz für einen beherrschenden Blick über die Stadt, aber sie konnte das Gebäude gegenüber beobachten, die Menschen in den Fenstern und all die Autos und Fußgänger unten auf der Straße. Und ihr wurde klar, dass sie es waren, die sie davon abhielten, sich in der Wanne zu entspannen. Die Leute, die an einem heißen Juliabend in der Stadt unterwegs waren. Die Leute, an deren Stelle Gersten gern gewesen wäre.

Sie ging wieder zu ihrem Handy und schaute nach, ob es Mitteilungen gab. Es war so schwer loszulassen. Sie hoffte auf eine Nachricht von Fisk, auf etwas, das ihren rastlosen Geist beschäftigte. Sie hätte ihn wirklich gern angerufen, aber zu diesem Zeitpunkt würde sie nur stören. Sie aktivierte ihren Laptop auf dem Schreibtisch, aber es gab nichts Produktives zu tun für sie.

Manchmal hasste sie diesen Job, den sie so liebte.

Sie blickte auf ihre Kleidung auf dem Bett, den leeren Umriss einer Person, und dachte an ihre Zukunft bei Intel, an ihre Zukunft mit Fisk. Wohin ging ihr Weg?

Sie war im Wesentlichen glücklich, wenn auch nicht ganz ausgefüllt. Genau wie all diese Menschen auf den Straßen an diesem Abend. Sie musste lächeln bei dieser Erkenntnis. Alles fühlte sich richtig an, privat wie beruflich. Genügte das?

Das waren Gedanken von Menschen, so wurde ihr klar, die an einem Wochenendabend allein in einem Hotelzimmer festsaßen.

Sie merkte, dass sie den Gürtel ihres Bademantels zu Knoten verdrehte, und zwang sich, damit aufzuhören. Schließlich kehrte sie ans Fenster zurück wie eine Gefangene, die auf Inspiration hofft. Nach diesem Wochenende, versprach sie sich, würde sie einige Entscheidungen treffen. Sie würde einen Plan umreißen. Sie würde ihre Ziele definieren und entsprechend handeln.

Doch im Augenblick war sie zu besorgt um die unmittelbare Zukunft der Leute da unten auf der Straße, um viel tun zu können.

Irgendwo da draußen war der Mann, nach dem sie suchten.

Abgefangen

Samstag, 3. Juli

Um 6.00 Uhr morgens war Bin-Hezam geduscht, rasiert und in seine Kandora gekleidet.

Vor seiner Abreise aus Riad hatte er die Website mit den Gebetszeiten für New York City zurate gezogen. Fajr war um 6.03 Uhr. Er rollte seinen Teppich aus und schwelgte in der heiligen Verbindung des rituellen Gebets, das er in genau diesem Augenblick mit eineinhalb Milliarden Gläubigen rund um den Globus teilte.

Doch unter diesen eineinhalb Milliarden fühlte er das besondere Licht Gottes ganz allein auf sich scheinen.

Nach Beendigung des Gebets rollte Bin-Hezam seinen Teppich zusammen und kleidete sich für den Tag an. Jeans, ein kurzärmliger schwarzer Baumwollpulli, eine weite, dunkelblaue Windjacke und schwarze Adidas-Turnschuhe. Revolver, Munition und Schulterhalfter hatte er im Schranksafe seines Zimmers verstaut. Die Kombination war auf Monat und Jahr von Mohammeds Geburtstag eingestellt: 04570.

Bin-Hezam hatte noch genug Zeit, seine Pflichten zu erfüllen, ehe er um 12.35 Uhr zum Dhuhr-Gebet in sein Zimmer zurückkehren würde. Zu viel Zeit fast. Er wollte handeln, nicht denken. Die Zeit verging ihm zu langsam. Wenn das Ende nahte, würde alles anders aussehen, so hatte man ihn gewarnt. Und deshalb versuchte er, sich der merkwürdigen Erfahrung zu fügen, statt ihr Widerstand zu leisten. Aber es war wichtiger denn je für ihn, dass er seine Gebete und den Moment der Gemeinschaft nicht verpasste, die ihm Kraft gaben.

Als er fertig war, verließ er sein Zimmer, fuhr mit dem Aufzug zur Hotelhalle hinunter und verließ das Hotel, indem er rechts auf die 28th Street abbog. Die Hitze war auch frühmorgens schon da, aber nicht die Luftfeuchtigkeit – noch nicht.

An diesem Wochenendmorgen öffneten die Blumenläden gerade, und die Besitzer trugen Eimer auf den Gehsteig hinaus, um ihre Ware auszustellen. Die schmale Straße war eine Schlucht aus leuchtenden Farben und Duftaromen. Bin-Hezams Sinne waren weit offen, fast als wären Filter, die in seinem Alltagsleben vorhanden gewesen waren, nun entfernt worden. Er war so lebendig wie noch nie. Er bewegte sich, und die Welt schien sich mit ihm zu bewegen.

Bin-Hezam betrat ein Café. Er hatte kein Bedürfnis nach Nahrung, aber er wusste, dass er essen musste. Er zeigte auf ein Stück Gebäck in der Vitrine unter der Theke und vergewisserte sich, dass die Angestellte es mit einer Serviette anfasste. Er kaufte auch eine Tasse Tee und zahlte bar. Bin-Hezam war sich zweier Überwachungskameras bewusst, eine auf die Angestellte und die Kasse gerichtet, um Diebstähle zu reduzieren, die andere, die hinter der Ladentheke an der Decke hing, auf die Kunden. Mit geübter Selbstbeherrschung vermied es Bin-Hezam, direkt in die Kamera zu blicken, und er war froh, dass er an diesem Tag keine Verkleidung trug.

Er suchte sich einen freien Tisch in der Nähe des Stands mit Zuckerpäckchen und Rührstäbchen und setzte sich. Dann schob er sich das bröslige Croissant in den Mund, ohne Butter oder Marmelade. Er schaute nicht aus dem Fenster zu den Passanten hinaus, da er nicht die Aufmerksamkeit von Leuten wecken wollte, die möglicherweise herein sahen. Auch vermied er Augenkontakt mit den anderen Gästen des Cafés. Bin-Hezam stellte sich selbst als den Brennpunkt des Raums vor; der Rest waren unbedeutende Figuren wie Statisten in einem Film. Er schauspielerte in gewisser Weise.

Nur eine Sache durchdrang den Schleier seiner Selbstbezogenheit. Es war ein Fernsehschirm, der schräg an der Decke hing. Der Ton war leise gestellt und nur gelegentlich zu hören.

Nach einem weiteren Wetterbericht, der von der am Wochenende bevorstehenden Hitzewelle handelte, zeigten sie Bildmaterial von dem Flugzeug, in dem Bin-Hezam gekommen war. Dann ein Video von den fünf Passagieren und der Stewardess, die die Entführung gestoppt hatten und die nun vor den Kameras standen wie Patienten, die sich einer zwar schmerzlosen, doch intimen radiologischen Behandlungsprozedur unterzogen. Sie zeigten erneut den Jet, diesmal auf dem Boden in Newark, sowie aussteigende Passagiere.

Bin-Hezam schaute besorgt zu und erwartete halbwegs, sein eigenes Passbild auf dem Schirm zu sehen … aber dann war der Bericht zu Ende, und sie hatten ihn nicht gezeigt.

Er entnahm einer Einblendung, dass das, was er sah, in Wahrheit ein Teaser für einen bevorstehenden Studioauftritt der Gruppe von Helden war, die die Medien einfach *Die Sechs* nannten.

Nach außen hin ließ Bin-Hezam keinerlei Gefühlsregung erkennen. Innerlich jedoch lächelte er über die Berichterstattung. Es war ihm nicht möglich, das gesamte

Szenario zu durchschauen, aber intuitiv wusste er, dass bis jetzt alles genauso lief, wie es sollte.

Der Tee war zu stark gebrüht und schmeckte faulig. Er trank nur so viel, wie er hinunterbrachte, dann stand er auf und entsorgte Tasse und Serviette. Er verließ das Café und spazierte in einem weiten Bogen über die Eighth Avenue zur neunten. Jeder Anblick war ihm aus Googles Street View vertraut, es war, als würde er durch die Landschaft eines Ego-Shooter-Videospiels laufen, in dem er der Spieler war.

Man hatte Bin-Hezam gelehrt, dass jeder Augenblick die Summe seines Lebens war. Nie hatte es mehr zugetroffen als bei jedem Schritt, den er an diesem Tag machte.

Von der Website des Foto- und Videogeschäfts wusste Bin-Hezam, dass es Chassidim gehörte, ultraorthodoxen Juden, aus denen auch das Personal bestand. Dennoch war er beim Eintreten schockiert, wie viele es waren. Dutzende, so kam es ihm vor. Sie patrouillierten in den Gängen, besetzten die gläsernen Verkaufstheken, saßen auf hohen Hockern an den Kassen. Ein Nest von Hebräern.

Alle trugen zerknitterte weiße Hemden, schwarze Krawatten, schwarze Hosen und lachhafte Haarlöckchen, die ihnen seitlich am Gesicht herunterhingen. Bin-Hezam hatte Mühe, seine Abscheu zu bezwingen. Eine Welle tief verwurzelten Stammesmisstrauens erfasste ihn. Diese Chassidim waren die anderen. Sie waren geringere Menschen. Nur weil er überzeugt war, dass sein eigener Gott den ihren besiegen und sie so alle unter dem Islam vereinen konnte, war er in der Lage, sich zu fangen und diesen scheußlichen Spießrutenlauf fortzusetzen.

Er ging vorsichtig in dem riesigen Laden umher und

machte die Fototaschen und anderes Gepäck auf der rechten Seite ausfindig. Er fand genau, was er suchte, zwei schwarze Kuriertaschen, die in New York so gebräuchlich waren, dass sie niemand wahrnahm.

Der Angestellte an der Kasse nahm die Taschen wortlos entgegen. Er tippte den Barcode ein, statt ihn einzuscannen. Der Preis erschien im Display, und der Jude deutete darauf, weil er zu unhöflich war, um zu sprechen.

Bin-Hezam hätte gern geglaubt, dass es sich um eine ethnisch bedingte Beleidigung handelte, aber er war sich ziemlich sicher, dass der Bursche nicht einmal den Kopf gehoben hatte. Bin-Hezam schob ihm das Geld hin, und der Mann gab heraus und tütete die Sachen ein. Er schob die Tüte über den Ladentisch und stand sofort von seinem Hocker auf, um sich um andere Dinge zu kümmern.

Bin-Hezam war schwer enttäuscht. Er wollte seinen eigenen tiefen Hass widergespiegelt sehen. Er wollte etwas an dem Mann auszusetzen haben. Er wollte das Misstrauen des Juden spüren. Er wollte Befriedigung.

Er wollte alles, nur nicht ignoriert werden. Der Jude sollte in die Augen eines Mannes blicken, der als sein Feind gesegnet war.

Draußen auf dem Gehsteig fühlte er sich wie eine Spinne, die gerade unerkannt ein Nest Fliegen verlassen hat. Er schrieb ihre Unbekümmertheit kulturbedingter Feigheit zu und einer blasierten Selbstzufriedenheit, die für die Rasse typisch war. All das würde sich an diesem Wochenende zu Bin-Hezams Vorteil auswirken.

Sein nächster Halt war um die Ecke in der 30th Street. Ein Hobbyladen. Keine Chassidim hier. Ein kräftiger Mann in einem grauen Arbeitshemd und einer Eisenbahnermütze auf dem widerspenstigen weißen Haar saß an einer Registrierkasse. Von seinem erhöhten Platz hinter einer Glasvitrine auf einer Art Podium herrschte er allein über einen Raum voller Modelleisenbahnen, ferngesteuerte Flugzeuge und Hubschrauber, Bausätze für Flugzeuge, Boote und Autos. Ein kleiner, mit wehenden blauen Bändern geschmückter Ventilator blies warme Luft von hinten auf ihn.

An den Rohren und Leitungen unter der hohen Decke des schmalen Ladens hingen fertiggestellte Modelle von Düsenjägern, Helikoptern, Kriegsschiffen und – neu im Sortiment – militärischen Drohnen. An der Rückwand entdeckte Bin-Hezam eine Auswahl an Bausätzen und Zubehör für Modell-Raketenbau. Der Mann an der Kasse sah, wie Bin-Hezam diesen Teil des Ladens ins Auge fasste.

»Raketen?«, fragte er und zog die Augenbrauen in die Höhe, als wäre er im Begriff, Bin-Hezam in einem Geheimklub aufzunehmen.

»Ja. Ich möchte eine für meinen Sohn kaufen. Er wird nächste Woche neun Jahre alt. Sein Leben kreist um Dinosaurier und Raketenboote.«

»Wie groß?«

»Mein Sohn?«

»Die Rakete.«

»Wie groß gibt es sie?«

Der Mann lächelte. »Es gibt sie ziemlich groß.«

Bin-Hezam verbarg seine Verachtung für diesen ungewaschenen Mann und seinen unangenehmen Geruch. »Was würden Sie zu einem D-Motor sagen?«

»Groß genug. Schauen Sie selbst«, sagte der Mann, erfreut über Bin-Hezams Interesse, aber immer noch nicht gewillt, sich von seinem Ausguck zu erheben. »Wir haben so ziemlich alles. Rufen Sie, wenn Sie Hilfe brauchen.«

Bin-Hezam ging an den Klebern und den Tuben mit Rubber Cement vorbei nach hinten. Das Wandregal war riesig, und doch hatte er wenig Mühe zu finden, wonach er suchte.

Einen Estes Elektrozünder für Raketenmotoren. Eine Launch Control.

In einem seitlichen Regal entdeckte er Kartons mit Kaliumnitrat-Treibstoffpellets. Um in seiner Geschichte zu bleiben, wählte er einen teuren, vielteiligen Bausatz für dreihundertfünfzig Dollar aus. Er enthielt beide Komponenten plus eine Abschussrampe und die Rakete selbst, eine einen Meter lange, weiße Pappkartonröhre mit dreieckigen Heckflossen und einer roten Plastiknase.

Der Mann auf dem Hocker strahlte, als Bin-Hezam zurückkam. Ein rascher Verkauf ohne jeden Aufwand. »Das wären dann dreihundertfünfzig Dollar. Plus Mehrwertsteuer.«

Bin-Hezam zählte vier Hundertdollarnoten aus seiner Brieftasche und legte sie auf die Glastheke. Der Luftzug von dem Ventilator hinter dem Mann ließ sie flattern.

»Sind Sie ein Saudi?«, fragte der Mann interessiert und lächelte.

»Woran merken Sie das?«, fragte Bin-Hezam und nahm an, der Mann urteilte nach seinen großen Geldscheinen.

»Ich habe über zwanzig Jahre für Chevron gearbeitet. Hab viel Zeit da drüben verbracht. Hat eine Weile gedauert, bis ich mich an alles gewöhnt hatte, Mann, ihr habt jahrelang alle gleich ausgesehen für mich. Diese Einnahmen aus dem Ölgeschäft, die sind unschlagbar. Die Leute sagen immer, sie hätten Glück, dass sie hier in Amerika zur Welt gekommen sind. Ha! Darüber kann ich nur lachen. Glück ist eine Sache, aber wenn man richtig in der Lotterie gewinnen will, dann muss man in Saudi-Arabien zur Welt kommen, hab ich recht?«

Der Mann freute sich sehr über seine Bemerkung und lachte herzhaft.

»Sehr nett«, sagte Bin-Hezam und wartete auf sein Wechselgeld.

Der Ladenbesitzer zog eine große Tüte hervor. »Sie sollten darauf achten, dass Sie das Ganze überwachen. Neun Jahre sind ein bisschen jung, um mit diesem Ding zu spielen. Das Wichtigste ist, alle zehn Finger zu behalten. Sie wissen, wie die Sicherung funktioniert?«

Bin-Hezam gestattete dem Mann mit der Eisenbahnermütze, den Gebrauch des Sicherheitsstifts zu erklären, der in den Controller gesteckt wurde, um den Stromkreis zu vervollständigen, der den Zünder aufheizte und den Motor startete. Er zeigte ihm auch die Störsicherung, wo der Stift eingeführt und niedergehalten werden musste.

»Danke«, sagte Bin-Hezam.

»Gern geschehen, beehren Sie uns wieder«, sagte der Mann. »Und bleiben Sie cool da draußen.«

Er würde sich an Bin-Hezam erinnern, keine Frage.

Ein letzter Stopp an diesem Morgen, in einem Laden für medizinischen Bedarf in der 25th Street West – ein Profiladen für Krankenschwestern und Heimpflegepersonal. Er kaufte weiße, mit schnell trocknendem kalziniertem Gips imprägnierte Gaze, auch als medizinischer Gips bekannt. Außerdem nahm er eine Schachtel gerollte Baumwollwatte und ein leichtes Fiberglasvorgespinst, das zu einer etwa dreißig Zentimeter langen Röhre zusammengerollt war. Sein Gesamteinkauf belief sich auf achtunddreißig Dollar.

Anschließend kehrte Bin-Hezam in sein Hotelzimmer zurück. Es war bereits gemacht worden; alles schien in Ordnung zu sein.

Er hängte das »Do Not Disturb«-Schild an die Türklinke und zog rasch sein Sakko und die Turnschuhe aus, dann schaltete er den Fernseher an, drehte ihn laut und breitete seine Einkäufe auf dem Bett aus. Die geladene Pistole holte er aus dem Safe und legte sie auf das Kopfkissen.

Heilige Gegenstände. Geheiligte Totems. Er hatte diese überall erhältlichen Dinge aus dem Dunkel gepflückt, so wie Gott ihn auserwählt hatte. Bald würde er sie durch Vereinigung heilig machen.

Seine größte Pflicht stand noch bevor.

Er stellte den Fernseher auf stumm und verrichtete pünktlich sein Dhuhr-Gebet. Voller Dankbarkeit für den bisher reibungslosen Verlauf dieses Tages, erbat er Gottes Segen für den Rest davon. Bis jetzt hatte alles perfekt funktioniert, da Bin-Hezam in Gottes eigenen Fußstapfen unterwegs war. Mit dem Geschenk der Gnade würde es so weitergehen, und bald würden ihre Wege wahrhaftig zu einem werden.

Mitte des Vormittags, am Samstag, den 3. Juli, war Fisk bei der Suche nach dem Saudi von Flug 903 keinen Schritt weiter als am Tag zuvor. Baada Bin-Hezam war in – oder aus – New York verschwunden.

Um sieben Uhr morgens hatte Fisk ein Sonderkommando eilig zur Flatbush Avenue in Brooklyn geschickt. Ein Araber, der Bin-Hezams Beschreibung entsprach, war gesehen worden, wie er im eingeschränkten Halteverbot parkte und mit einem Beutel ein Gebäude betrat. Fisk leitete den Einsatz und hörte über Funk, wie Polizeieinheiten den Block abriegelten. Der Mann wurde ohne Zwischenfall überwältigt, als er das Gebäude verließ. Er behauptete, Juwelier zu sein und nach seiner hochbetagten Mutter gesehen zu haben, ehe er einen frühen Bus nach Atlantic City nahm, um bei einem Pokerturnier mit fünftausend Dollar Mindesteinsatz zu spielen. Seine Geschichte zu verifizieren dauerte fast zwei Stunden. In dieser Zeit rief die aufgebrachte Mutter des Mannes eine Freundin der Familie an, deren Tochter Anwältin in der Brooklyner Filiale der Bürgerrechtsunion war. Neben seiner Enttäuschung wegen der Verwechslung musste Fisk deshalb auch noch der Anwältin Rede und Antwort stehen, und es gelang ihm nur mit knapper Not, sie davon abzuhalten, sich umgehend an die Medien zu wenden.

Hoffte er jedenfalls. Denn Fisks einziger echter Erfolg bisher bestand darin, dass eine der größten Fahndungen in der Geschichte der Stadt immer noch unterhalb des Radars der Medien und somit der Öffentlichkeit stattfand.

Von seinen Leuten auf der Straße kam nichts. Zehn Uhr ging vorüber, und die stündlichen Berichte der Informanten aus den muslimischen Vierteln erbrachten alle nichts. Nicht zum ersten Mal fragte sich Fisk, ob er ein vollkommen sinnloses Unterfangen in Gang gesetzt hatte, das ihn die Karriere kosten konnte.

Vielleicht war der Entführer Abdulraheem tatsächlich nur ein Gotteskrieger, der nach einem Augenblick des Ruhms in einer Welt gestrebt hatte, die das Böse oft besser in Erinnerung behält als das Gute. Vielleicht war dieser Saudi Bin-Hezam wirklich nur ein Kunsthändler.

Natürlich hatten sie in seiner Vergangenheit geforscht. Sie waren noch am Anfang, aber sie hatten Geschäfte gefunden, die er vermittelt hatte. Bin-Hezams Name tauchte in einer Reihe von Transaktionen auf, nichts Großes, nichts im sechsstelligen oder auch nur hohen fünfstelligen Bereich. Seine Reisen stimmten mit den Verkäufen und Messen überein. Seine wenigen festen Kunden erwiesen sich in der Tat als Bildhauer, Maler und eine Handvoll Galerien.

Auf dem Papier war also alles in Ordnung. Die Frage war, handelte es sich um eine Scheinberufslaufbahn, die genau solche Nachforschungen zufriedenstellen sollte? Oder war Bin-Hezam schlicht ein kleiner Akteur im Spiel des Lebens, der wie die große Mehrheit seine eigenen Unzulänglichkeiten, Schwächen und Probleme hatte?

Das war ein wesentlicher Bestandteil von Fisks Job: Wie der Sucher einer Kamera ein Individuum im riesigen Meer der Menschheit ausfindig zu machen und so schnell wie möglich festzustellen, ob er wirklich zu den Friedfertigen gehörte.

Auf der einen Seite glaubte er nicht, dass die Stammesverwandtschaft zwischen Abdulraheem, Bin-Hezam und bin Laden reiner Zufall sein konnte. Natürlich war so ein Zufall möglich, aber – und hier durchbrach Fisk seine sich im Kreis drehende Logik einfach – realistisch gesehen höchst unwahrscheinlich.

Wenn ihn dreizehn Jahre als polizeilicher Ermittler etwas gelehrt hatten, dann, dass Zufall der Stoff russischer Romane und von Sitcoms im Fernsehen war. Wenn sich scheinbar ohne Grund Verbindungen zwischen Leuten auftaten, konnte der objektive Betrachter – Fisk – diesen Grund eben noch nicht feststellen.

Fisk fuhr fort, sich durch die Flut von Bildern aus den Polizeikameras in der Stadt zu klicken, die zu ihm weitergeleitet wurden. Die ganze Nacht und bis jetzt in den Vormittag hinein hatte er auf seinem Monitor Bilder von Männern angesehen, die Bin-Hezam vage ähnelten. Himmel, er ist wahrscheinlich verkleidet, dachte Fisk. Das würde er selbst jedenfalls tun.

Die Kameras konnten gewisse naheliegende Verkleidungen kompensieren: Perücken, Schnauzbärte, Sonnenbrillen. Aber er wusste, den Saudi einzig mittels Kameratechnik zu finden, war von seinen geringen Aussichten die geringste.

Ein paar Minuten später läutete Fisks Telefon endlich. Einer von Fisks besten Informanten berichtete von einem Taxifahrer, der behauptete, einen Mann, auf den Bin-Hezams Beschreibung passte, mitgenommen zu haben, allerdings trug der Mann eine Brille und einen gepflegten Schnauzbart. Es war nicht viel, aber an diesem Punkt war er für jeden Tipp dankbar.

Der Informant, der in der Telefonzentrale eines Taxiunternehmens in Brooklyn arbeitete, sagte, sein Fahrer sei ein kuweitischer Sikh gewesen. »Er hat einen Fahrgast in Uptown aufgegabelt. Ich kann Ihnen den Namen des Hotels geben, vor dem er stand. Der Fahrgast wohnte nicht im Hotel, denn er kam die Straße entlangmarschiert. Er hatte einen Schnurrbart und eine Sonnenbrille, aber er trug auch ein Sakko. Etwas stimmte nicht.«

»Weiter«, sagte Fisk.

»Normalerweise hätte er den Mann nicht einsteigen lassen, denn wenn man vor einem Hotel wartet, will man Fahrgäste für eine längere Fahrt, nicht eine kurze Besorgungsfahrt. Aber das war ein arabischer Landsmann. Er sagt, er erinnert sich, dass der Mann sichtlich erleichtert war, als er die Tür hinter sich schloss, er war jedoch nicht außer Atem oder etwas dergleichen. Er nannte ihm eine Adresse. Der Fahrer weiß sie nicht mehr. Sie kamen ohnehin nie dort an. Irgendwo in den East Sixties schob ihm der Fahrgast an einer roten Ampel Geld durch die Trennscheibe und stieg aus. Der Fahrer erinnert sich nicht mehr an die Kreuzung, weil sofort ein neuer Kunde zugestiegen ist.«

Höchstwahrscheinlich war der Saudi noch ein, zwei Blocks zu Fuß gegangen und hatte dann ein anderes Taxi aufgehalten. »Ich schicke jemanden mit Bildern, die sich Ihr Fahrer ansehen kann. Geben Sie mir inzwischen den Namen des Hotels.«

Fisks Adrenalin floss. Da konnte was dran sein.

In der Lobby des Hotels Capricorn hingen orientalische Teppiche an den Wänden. Es gab kein angegliedertes Restaurant, nur eine kleine Bar, in der um diese Uhrzeit noch ein kleines Frühstück serviert wurde.

Fisk zeigte seine Dienstmarke und erklärte, warum sie hier waren. Seine Erklärung war von der Wahrheit nicht allzu weit entfernt. Seine Leute druckten das Gästeverzeichnis aus und gaben rasch alle Namen in die Datenbank von Intel ein. Fisk postierte für alle Fälle zwei Männer in der Hotelhalle. Keiner der angemeldeten Gäste entsprach Bin-Hezams Beschreibung, und niemand vom Personal reagierte positiv auf Bin-Hezams Passbild oder ein Bild, in dem man ihm digital einen Schnauzbart und eine Sonnenbrille verpasst hatte.

Der Taxifahrer andererseits identifizierte ihn eindeutig.

Fisk liebte Taxifahrer als Zeugen. Alle Polizisten liebten sie. Jurys ebenfalls.

Fisk ging zum Taxistand hinaus, der um diese Vormittagsstunde leer war. Er beobachtete die Passanten und die vorbeifahrenden Autos und kniff die Augen gegen die aufgehende Sonne zu.

Baada Bin-Hezam hatte vor rund zwölf bis fünfzehn Stunden hier gestanden.

Die Frage war nun: Wo war er hergekommen, und was hatte er vor?

Gersten war am Samstagmorgen früh wach, ihr bewährter Handywecker läutete sie aus dem Schlaf. Sie schaute nach, ob es über Nacht Nachrichten von Fisk gegeben hatte, aber da waren keine.

Er war stark beschäftigt, sagte sie sich. Er hatte richtige Arbeit zu erledigen.

Sie selbst durfte sich auf einen weiteren Tag als Lagerbetreuerin freuen.

Sie zog Jogginghose, Laufschuhe und eine Windjacke an und kramte ihre Ohrhörer aus der Reisetasche. Ihre Handfeuerwaffe verstaute sie im Hotelsafe, ehe sie mit dem Aufzug nach unten fuhr. Selbst zu dieser frühen Stunde stand die klebrige Julihitze drückend in den Straßen. An jedem anderen Tag hätte sie sich vielleicht überlegt, ob sie lieber in ein Taxi steigen und zu ihrem Fitnessstudio fahren sollte, aber sie brauchte die Straßen, die Entfernung, die Anstrengung.

Die *Weekend Edition* des National Public Radios trug sie zur Park Avenue und direkt hinauf zur 61st Street, wo sie links abbog und dann wieder nördlich auf die Fifth Avenue, wo sie auf dem breiten Gehsteig vor einer der besten Wohnadressen der Stadt gegenüber dem Central Park nach Norden lief.

An der 79th bog sie links in den Park selbst ab und wandte sich entlang des East Drive wieder nach Süden. Wenn sie konnte, lief sie im Schatten. Sie wechselte den Radiosender, bis sie einen fand, auf dem eine Summer-of-76-Disco-Rückblende lief, und es war genau das, was sie brauchte. Der Groove trug sie nach Süden durch den Park.

Ein typischer Samstagmorgen: Jogger, Nordic Walker, Kindermädchen, Radfahrer. Der Himmel war klar und blau, die aufgehende Sonne würde in wenigen Stunden gnadenlos werden. Einer der Tage, für die man Klimaanlagen erfunden hatte.

Sie verließ den Park an der 59th und lief weiter nach Süden; vor der Grand Central Station hielt sie für einen kalten Proteindrink an, ehe sie die Chrom-Glas-Lobby des Grand Hyatt betrat und in den fünfundzwanzigsten Stock hinauffuhr.

Noch gerötet vom Laufen, doch schon abgekühlt durch die künstlich kalte Luft, nickte sie den beiden neuen uniformierten Beamten zu, die im Gang Wache standen, und stapfte an der offenen Suite vorbei in Richtung ihres Zimmers am Ende des Flurs.

Weiter hinten ging eine Tür auf, als sie gerade vorbeikam, und Gersten sah Maggie Sullivan in den Flur schlüpfen, ihr Haar war zerzaust, sie trug noch die Sachen vom Vorabend und hatte ihre Schuhe in der Hand.

»Äh … guten Morgen«, sagte Maggie und sah sie merkwürdig an, halb verlegen, halb glückstrahlend.

Gersten begriff, dass die Flugbegleiterin nicht aus ihrem eigenen Zimmer kam. Sie wandte im Vorbeigehen den Kopf und erhaschte einen kurzen Blick auf Magnus Jenssen, der nur mit Boxershorts bekleidet am Fußende seines Betts stand.

Sein Blick war kühl und ungerührt, er ließ weder das Schuldgefühl noch die Freude erkennen, die Maggie gezeigt hatte.

Dann fiel die Tür zu.

Gersten blieb stehen, drehte sich um und sah zu, wie Maggie ihren Walk of Shame zu Ende brachte, ihre Karte in den Schlitz am Türschloss fummelte und in ihr Zimmer schlüpfte. Gersten lächelte, angemessen entrüstet. Was war aus Joanne Sparks geworden? Die Ikea-Managerin hatte sich am Abend zuvor ziemlich an Jenssen rangeschmissen, aber offenbar den Kürzeren gegen die Kleinstadt-Stewardess gezogen.

Gersten ging weiter zu ihrem eigenen Zimmer und wünschte sich, sie hätte jemanden, dem sie diesen unterhaltsamen Tratsch weitererzählen konnte. Als Erstes sah sie auf ihrem Handy nach, hatte aber noch immer keine Nachrichten außer den üblichen dienstlichen E-Mails, die sie lieber an ihrem Laptop bearbeiten würde.

Gut für Maggie mit dem Strubbelhaar, dachte Gersten und betrachtete sich im Spiegel, während sie sich auszog, um zu duschen. Nicht nur hatte sie sich einen heißen, gut gebauten Schweden geschnappt, sie hatte außerdem mit dem Mann geschlafen, der ihr das Leben gerettet hatte. Als würde sie, statt Liebesromane zu lesen, plötzlich selbst in einem leben.

Die Dusche war wundervoll, und Gersten ließ ihre Gedanken ebenso schweifen wie ihre Hand und brachte sich mit einer kleinen Fantasie über den hemdlosen Jenssen und ein abgesperrtes Hotelzimmer mit Jacuzzi und

Champagner zum Orgasmus. Dann raus aus der Dusche und in den Bademantel, und schon machte sie sich über die Intel-Berichte in ihrem Laptop her, die während der Nacht eingegangen waren.

Nichts Neues über die Jagd auf Bin-Hezam. Ohne Fisk wäre sie hier in diesem Hotel in Midtown von allen Informationen abgeschnitten.

Sie zog sich an und ging vor zur Suite, um zu frühstücken und Patton abzulösen. An einer Wand war ein Büfett aufgebaut, und die erste Person, die Gersten sah, war Maggie. Auch sie hatte geduscht und sich umgezogen, und trotz der Ringe unter den Augen sah sie erfrischt und wie neu belebt aus. Sie waren allein.

»Guten Morgen«, sagte Gersten und lächelte.

»O mein Gott«, antwortete Maggie und schüttelte den Kopf. Ihr Lächeln drückte Komplizenschaft aus.

»Gut geschlafen?«, fragte Gersten.

»Wunderbar«, sagte Maggie und lud sich Eier und Toast auf den Teller. »Ungefähr zwei Stunden lang.«

»Was ist passiert?«, wollte Gersten wissen.

»Zu viel Rum«, sagte Maggie. »Zu viel Aufregung, zu viele Emotionen.«

»Verstehen Sie mich nicht falsch«, sagte Gersten und blickte sich rasch um, »aber ich dachte, die Ikea-Geschäftsführerin …«

»Das dachte ich auch«, sagte Maggie. »Das … das ist eigentlich nicht meine Art, wissen Sie. Ich glaube, sie ist eingenickt oder so, keine Ahnung. Er machte den ersten Schritt, und ich habe mich praktisch kampflos ergeben.« Sie lachte, als sie sich das sagen hörte. »O mein Gott.«

»Er hat Ihnen bestimmt nur leidgetan. Mit seinem Gipsverband und allem.«

Maggie lächelte. »Ich war nicht ich selbst letzte Nacht. Aber die Person, die ich war, ist heute Morgen sehr, sehr glücklich. Sollte ich es dabei belassen?«

»Nein«, sagte Gersten. »Sie sollten mir jede kleinste Einzelheit erzählen.«

Maggie lachte und entfernte sich, um ihr bitter benötigtes Frühstück zu verspeisen.

Patton kam zu Gersten; er konnte es kaum erwarten, nach Hause zu gehen. »Worum ging es denn gerade?«

»Ach, Frauenthemen, würde Sie nicht interessieren.«

»Fragen Sie mich, wie ich geschlafen habe«, sagte er.

»Bestimmt wie ein Baby.«

»Genau. Überhaupt nicht.«

»Ist es noch ein bisschen turbulent geworden hier drin letzte Nacht?«

»Ein bisschen. Ein Haufen Gekichere in diesem einen Zimmer. Dann Schnarchen. Ich hab die Yankees geguckt, ein Abendspiel an der Westküste.«

»Haben sie gewonnen?«

»Drei zu vier verloren.«

Gersten sah zu Maggie hinüber, die ihr Frühstück verschlang. »Na ja, wir können nicht alles gewinnen.«

»Doch, das können wir«, sagte Patton. »Wir sind die Yankees.« Er nahm sich ein Muffin vom Büfett. »Hey, da ist noch jemand, den Sie kennenlernen müssen, bevor ich von hier verschwinde.« Patton führte sie zu einem Mann in einem Sakko, das eine Spur zu groß war. Er sah aus, als würde er täglich seinen Teil an Zeit in einem Fitnessstudio verbringen, doch die Brust wölbte sich ein bisschen mehr als normal vor. Gersten identifizierte ihn als Angehörigen des Secret Service, bevor sie ihm auch nur die Hand geschüttelt hatte.

»Tim Harrelson«, sagte er.

Gersten stellte sich vor. »Wenn ich recht verstehe, wird es hier demnächst ein wenig interessanter«, sagte sie.

»Sieht so aus«, sagte er mit selbstbewusstem Lächeln.

Patton rieb sich die Hände und machte sich auf den Weg zur Tür. »Viel Spaß, Kinder. Wir sehen uns später.«

Gersten entschuldigte sich und kehrte zum Büfetttisch zurück. Sie schmierte Frischkäse auf einen halben Sesam-Bagel und ging damit in den anderen Raum hinüber. Auf CNN liefen Ausschnitte vom Auftritt der *Sechs* bei *Nightline,* aber der Ton war leise gestellt. Nouvian stand am Fenster, die Hände in den Taschen seiner wollenen Hose. Aldrich bearbeitete ein Stück Bacon und sah mürrisch drein wie immer. Frank scrollte durch sein Handy, möglicherweise war er schon dabei, seine Fühler auszustrecken und das Interesse an einem Buch zu sondieren.

Joanne Sparks, die hinreißend aussah in ihrer ausgestellten Hose und einer engen Bluse, saß auf der gepolsterten Lehne von Jenssens Sessel und knabberte an einem englischen Muffin. Jenssen blickte auf, als Gersten hereinkam, er lächelte nicht, grüßte nicht einmal, sondern schaute nur.

Gersten konnte Sparks nicht ansehen. Offenbar wusste sie nichts von Jenssens Besucherin in der letzten Nacht. Maggie saß in der Nähe des Fensters, hatte die Beine übereinandergeschlagen und nippte von einem Orangensaft. Es schien so, als sollte es tatsächlich bald interessant werden.

Die PR-Frau aus Bürgermeister Bloombergs Büro sah aus, als würde sie in einer Ecke Selbstgespräche führen, aber in Wirklichkeit beendete sie gerade ein Telefonat mittels ihres Ohrclips.

»Okay«, verkündete die Frau und trat vor. »Ich habe Ihren Zeitplan für heute, und es wird ein Tag werden, an den Sie sich alle für den Rest Ihres Lebens erinnern werden.«

Die Reaktion war eher Skepsis als Begeisterung. Aldrich und Nouvian sahen argwöhnisch zu Harrelson, der in die Tür zwischen den beiden Zimmern getreten war.

»Wir brechen in einer halben Stunde hier auf und fahren ein paar Blocks hinüber zum Studio der Sendung *Today* für ein Live-Interview mit Matt Lauer; er kommt eigens am Wochenende für euch herein, was er sonst nie tut, wie man mir gesagt hat. Weil ihr eben große Stars seid, die nur das Beste verdient haben.«

Sparks drückte aufgeregt den Rücken durch, aber die meisten anderen warteten nur, was noch kommen würde.

»Sie sollen wissen, dass wir haufenweise Angebote abgelehnt haben, verrückte wie interessante. Aber wir wollen Sie nicht überfrachten oder überstrapazieren. Deshalb werden wir nach *Today* zu einem der Veranstaltungsräume hier im Hotel zurückkehren, den wir bis dahin für ein Sammelinterview mit Print-Journalisten hergerichtet haben. Das heißt, die *New York Times*, das *Wall Street Journal* und so weiter werden jeweils einen Vertreter schicken, die Sie alle gleichzeitig interviewen, sodass Sie Ihre Geschichte nicht auf zehn, zwölf oder gar zwanzig kleine Interviews verteilen müssen. Nach so etwas fühlt sich Ihr Gehirn hinterher wie Brei an, glauben Sie mir.«

»Ich rede mit dem *Wall Street Journal*«, sagte Aldrich. »Aber nicht mit der *New York Times.*«

Die PR-Frau nickte und hörte nicht auf zu lächeln.

»Und natürlich können Sie antworten oder nicht antworten, wie es Ihnen beliebt. Ihre Antworten werden jedoch allen teilnehmenden Presseorganen zur Verfügung stehen.«

Aldrich blickte finster drein, schien sich aber damit zufriedenzugeben, dass er seine Meinung kundgetan hatte.

»Und jetzt zum Höhepunkt des heutigen Tages«, sagte die PR-Frau. »Egal, wo Ihre politischen Präferenzen liegen, ich denke, Sie alle werden sich stolz und geehrt fühlen, heute Nachmittag Gast des Präsidenten der Vereinigten Staaten zu sein.« Sie sprach rasch weiter, bevor jemand – Aldrich – sie unterbrechen konnte. »Er lädt Sie dazu ein, ihn und Mrs. Obama an Bord des Flugzeugträgers *Intrepid* zu treffen, der, wie Sie vielleicht wissen, auf Dauer auf der West Side im Hudson River vertäut liegt. Präsident Obama wird die Männer und Frauen der bewaffneten Streitkräfte an diesem Unabhängigkeitswochenende ehren. Sie wissen natürlich, dass er zur Einweihung von One World Trade Center, morgen, am 4. Juli, in der Stadt ist.«

Anschließend stellte sie Agent Harrelson vor, der mit der Ruhe und Gelassenheit eines Mannes neben sie trat, der es gewohnt ist, mit Gruppen von Fremden umzugehen. »Zunächst einmal lassen Sie mich einfach sagen, dass ich vor Ihnen allen den Hut ziehe«, begann er. »Als ein Mann, der sein Geld damit verdient, Leute zu beschützen, weiß ich, dass das, was Sie in dem Flugzeug getan haben, sehr viel Mut erforderte. Deshalb will ich mich zuerst all den anderen Stimmen im Land anschließen und Ihnen persönlich danken für Ihre Tapferkeit, Ihre Selbstlosigkeit und weil Sie sich als Menschen der Tat erwiesen haben. Mein Respekt ist Ihnen sicher.«

Die Sechs waren völlig von den Socken von Agent Harrelsons aufrichtigen Gefühlen, von der Ehre, die seine Worte ihnen erwies. Gersten glaubte, eine Spur Schmeichelei in ihnen zu entdecken, was ihm vermutlich half zu bekommen, was er von ihnen brauchte.

Zu diesem Zweck hielt er sechs Blatt Papier in die Höhe. »Jeder von Ihnen muss ein Formular zu seinem persönlichen Hintergrund ausfüllen, das ist das übliche Verfahren für alle, die in die unmittelbare Nähe des Präsidenten gelangen. Ja, ich weiß, Sie haben Fragen beantwortet und vielleicht ähnliche Formulare ausgefüllt, seit das alles passiert ist, und dennoch muss ich Sie bitten, es ein weiteres Mal zu tun. Eine Seite nur, Standardformular. Wir müssen nichts weiter wissen als Ihren vollständigen Namen, Geburtsdatum und -ort, die Namen Ihrer Eltern und Kinder, Beruf, Wohnadressen der letzten zwölf Jahre und die Namen von drei Menschen, mit denen Sie nicht verwandt sind und die Sie seit mindestens zehn Jahren kennen.«

Agent Harrelson verteilte die Blätter, während er sprach. Alle nahmen kommentarlos ein Formular. Insbesondere Aldrich war von Agent Harrelsons Lob offenbar so besänftigt worden, dass er keine Einwände gegen eine Audienz beim demokratischen Oberbefehlshaber äußerte.

»Wegen des knappen Zeitfensters müssten Sie mir diese Formulare jetzt sofort ausfüllen, damit wir Sie alle bis heute Nachmittag für unbedenklich erklären können. Die Rede soll um 15.00 Uhr stattfinden, glaube ich …?« Er drehte sich zur Bestätigung nach der PR-Frau um.

»Wir werden spätestens um 13.30 hier aufbrechen«, sagte sie. »Agent Harrelson wird von nun an zu unserem

Team gehören, bis wir am späten Nachmittag von der Veranstaltung zurückkommen.«

»Die hier sind vielleicht auch noch ganz nützlich«, fügte Agent Harrelson an und verteilte Hotelkugelschreiber, als wären es Zigarren zu einem besonderen Anlass.

Aldrich, dessen patriotische Gefühle geweckt worden waren, machte sich sofort ans Ausfüllen des Formulars. Die anderen lasen es durch, bevor sie anfingen. Überraschenderweise war es Alain Nouvian, der Cellist, der Einwände erhob. Seine Stimme bebte leicht, sei es aus Erregung oder aus Unsicherheit.

»Was ist, wenn wir… ich bei alldem nicht mehr mitmachen will?«

Harrelson und die PR-Frau sahen einander an. Die Frau von Bloomberg sprach zuerst.

»Mr. Nouvian, ob es Ihnen gefällt oder nicht, Sie sind zu einer öffentlichen Figur geworden. Ich denke, politische Differenzen sollten in Zeiten wie diesen beiseite…«

»Es ist kein politisches Problem«, sagte er und rieb sich die Stirn mit dem Handballen. »Ich habe mit Freuden für Mr. Obama gestimmt. Aber ich…« Er schüttelte das Blatt Papier. »Wozu das alles?«

Harrelson ließ eine Spur professionellen Argwohn erkennen. »Weil ich es verlange, Sir. Die Sorgfalt gebietet es.«

»Und wenn ich einfach nach Hause gehen möchte?« Das richtete Nouvian an Gersten. »Wie ich schon sagte, muss ich mich auf einen Auftritt vorbereiten, und ich bin sehr müde und… Das ist immer noch ein freies Land, oder?«

Jenssen blickte von seinem Formular auf und warf in

seinem schwedischen Akzent ein: »Es sei denn, es will etwas von Ihnen haben, wie es aussieht.«

Sparks sah Jenssen überrascht und leicht vorwurfsvoll an. »Ich habe wirklich kein Problem damit, meinen Teil beizutragen«, sagte sie. »Allerdings finde ich ebenfalls, dass das mit dem Patriot Act Blödsinn ist. Ehrlich. Ich meine, schauen Sie uns an.«

»Wie viel von unserem Hintergrund müssen wir…?«, fragte Nouvian und brach kopfschüttelnd ab. »Wir kommen an einen Punkt, wo man uns dafür bestraft, dass wir eine Flugzeugentführung verhindert haben.«

»Bestraft?«, sagte Frank und sah ihn über seine Brille hinweg an.

Nouvian schüttelte den Kopf und appellierte direkt an Gersten. »Ich mag es nicht, im Fernsehen zu sein. Ich brauche kein Treffen mit dem Präsidenten. Was ich brauche, ist Zeit, um auf meinem Instrument zu üben, Zeit, um allein zu sein. Ist das so schwer zu verstehen?«

»Natürlich steht es Ihnen frei, den Rat eines Anwalts einzuholen, Mr. Nouvian«, sagte Gersten. »Vielleicht auf eine gerichtliche Anordnung hinzuwirken. Aber selbst das würde Zeit erfordern. Bis zu einem Gerichtsbeschluss hat sich nichts geändert. Die Zeremonie an Bord der *Intrepid* heute Nachmittag ist natürlich eine große Sache. Und wie bei allem, was mit dem Präsidenten zu tun hat, ist Sicherheit oberstes Gebot. Sie können wählen, ob Sie bei der Gruppe bleiben und den Nachmittag genießen wollen oder hier im Hotel warten, würde ich sagen. Aber um offen zu Ihnen zu sein – nicht mitzukommen wird die Wirkung haben, dass man sich noch genauer mit Ihnen beschäftigt, besonders um zu klären, warum Sie sich weigern mitzumachen.« Gersten sah kurz zu Harrelson, als sie fortfuhr: »Und davon abgesehen, würden wir diese Hintergrundüberprüfung immer noch brauchen.«

Harrelson nickte ernst. »Ist das das Problem, Mr. Nouvian?«

»Nein.« Nouvian schüttelte wieder den Kopf. »Es ist die generelle Inbesitznahme...«

»Tut mir leid, aber es geht nicht anders. Wir haben ein volles Vormittags- und Nachmittagsprogramm, aber der Abend ist bis jetzt noch komplett frei.«

Frank, der Journalist, hatte seine Brille abgenommen und sprach Nouvian und Jenssen an. »Wenn ich kurz einwerfen darf.« Er stand auf, um sich an alle zu wenden. »Es ist ein Wochenende. Eine feierliche Gelegenheit, und wir finden uns – kaum zu glauben – als die Helden dieser Stadt wieder. Ich plädiere stark dafür, dass wir mitspielen, die Erwartungen der Leute erfüllen und nehmen, was man uns anbietet... und am Ende kann es gut sein, dass wir alle für den Rest unseres Lebens ausgesorgt haben. Haben Sie Kinder, Nouvian?«

Der Cellist nickte.

»Sie?«, fragte Frank Jenssen.

Jenssen schüttelte den Kopf und lächelte. Das Lächeln schien eine Reaktion auf Franks Geschäftstüchtigkeit zu sein.

»Es kostet uns nichts mitzumachen, aber der Gewinn könnte gewaltig sein.« Dann wandte er sich an Gersten. »Aber ich habe eine Frage. Wegen dieser Zeitungsinterviews. Wie sehr werden sie in die Tiefe gehen?«

Gersten zuckte mit den Achseln. »Das ist nicht mein Fach«, sagte sie.

Er sah die PR-Frau an. »So tief, wie jeder einzelne von Ihnen es erlaubt«, sagte sie.

Frank tat es mit einer Handbewegung ab. »Egal. Wir können uns vorab untereinander beraten. Ich denke, wir sollten die persönlichen Geschichten auf ein Minimum beschränken. Genau darüber wird man etwas hören wollen – wie wir wirklich sind, die Menschen hinter den Helden. Aber das ist im Augenblick nicht so wichtig. Erledigen wir erst einmal dieses Zeug hier.«

Er machte sich wieder daran, sein Formular auszufüllen. Nouvian sah aus dem Fenster und seufzte, dann griff er nach seinem Kugelschreiber und begann ebenfalls mit dem Blatt.

Ein Arzt und eine Schwester betraten den angrenzenden Raum, und Gersten erriet, warum sie hier waren. »Sieht aus, als müsste Ihr Arm wieder untersucht werden, Mr. Jenssen«, sagte sie. »Vielleicht können Sie das Formular mitnehmen?«

Jenssen blickte auf sein blau eingepacktes Handgelenk, dann stand er auf und folgte Gersten zu dem Arzt.

»Haben Sie Schmerzen?«, fragte sie.

»Kaum«, antwortete er. »Es juckt allerdings.«

»Das wird bei der Hitze heute unangenehm werden«, sagte sie und ging mit ihm auf die andere Seite des Flurs, wo die Mediziner einen kleinen Behandlungsbereich aufgebaut hatten. Gersten trat zur Seite und ließ ihn zuerst hineingehen. So aus der Nähe waren seine Größe und seine Statur beeindruckend. Er hielt sich mühelos.

»Sie laufen?«, fragte er und blieb im Eingang stehen.

»Ein bisschen«, antwortete sie; er bezog sich offenbar auf ihre morgendliche Begegnung, als sie gesehen hatte, wie Maggie sein Zimmer verließ.

»Schon mal Marathon gelaufen?«

»Nein, noch nie. Das ist nichts für mich. Triathlons sind eher mein Ding.«

Er nickte anerkennend. »Man sieht Ihnen an, dass Sie in ausgezeichneter Form sind.«

Gersten lächelte über das Kompliment und den offenkundigen Versuch, ihr zu schmeicheln.

Jenssen hielt seinen Gipsverband in die Höhe. »Ein Triathlon ist leider ausgeschlossen. Aber vielleicht gehen wir mal zusammen laufen, bevor wir hier fertig sind.«

Wieder hätte sie gern gelächelt, dieses Mal weil er so schamlos mit ihr flirtete, aber sie durfte es nicht. Sie hoffte, er bemerkte das Leuchten in ihren Augen nicht. »Lieber nicht«, antwortete sie höflich, aber bestimmt.

Er lächelte schief. Aus der Nähe waren seine eisblauen Augen wie gespiegelte Linsen. Dahinter, so erkannte sie, steckte ein schalkhafter kleiner Junge. »Ich suche nur nach einer guten Trainingspartnerin«, sagte er.

»Ich dachte, Sie haben schon eine gefunden«, erwiderte sie.

»Ich variiere mein Training gern«, sagte er und ging in den Behandlungsraum.

Gersten kehrte in die Besuchersuite zurück, geschmeichelt, aber auch verwirrt von Jenssens plötzlichem Interesse. Vielleicht hatte es damit zu tun, dass sie ihn in der Folge seiner Nacht mit Maggie gesehen hatte. Sie hatte ihn bei etwas erwischt. Er hatte sich – im Gegensatz zu seinem Auftreten – als kleiner Schlawiner zu erkennen gegeben. Vielleicht machte ihn das an.

Die anderen füllten ihre Formulare schweigend aus, man hörte nichts bis auf das gelegentliche Klappern eines Löffels in einer Kaffeetasse. Gersten lehnte an der mit Goldbrokat verzierten Wand und schüttelte das merkwürdige Gefühl ab, das sie nach ihrer Unterhaltung mit Jenssen erfasst hatte. Als er den Blick aus seinen blauen Augen von ihr genommen hatte, hatte sie sich befreit gefühlt. Seine Anziehungskraft war beunruhigend.

Gersten schaute wieder in ihrem Handy nach, aber noch immer gab es nichts Neues von Fisk. Daraufhin schickte sie ihm eine SMS, ein Wort nur: »Hallo?« Erst als es zu spät war, kam ihr zu Bewusstsein, dass sie sich anhörte wie eine vernachlässigte Freundin.

Fisk war wieder in seinem Wagen und fuhr gerade mit hochgestellter Klimaanlage vom Hotel Capricorn ab, als er den Anruf bekam. Wenige Minuten später war er an der Kreuzung der 116th Street und der 7th Avenue.

Eine Bewohnerin hatte die Notrufnummer gewählt, nachdem sie aus ihrem Badezimmerfenster gesehen hatte, wie ein Kind offenbar versuchte, einen Mann über einen kleinen, eingezäunten Hof voller Schrott zu zerren. Der Junge, sagte sie, mühte sich ab, den Körper des Mannes zu einer Garage zu schleifen. Der Mann schien bewusstlos oder tot zu sein.

Kurz bevor die Polizei eintraf, kam ein zweiter Notruf, diesmal vom Handy eines Manns, der vor dem Friseurladen Meme Amour in der 116th Street wartete. Der Mann berichtete, eine Schlange von Kunden warte auf ihren samstäglichen Haarschnitt, aber der Laden sei geschlossen. Er sagte, in den sechzehn Jahren, seit er einmal die Woche hierherkomme, um sich die Haare schneiden zu lassen, sei das noch nie passiert, und die Kunden würden sich Sorgen machen.

Die eintreffenden Beamten konnten wegen des geschlossenen Ladens nichts machen, aber sie verschafften sich rasch durch eine nebenan gelegene Tür und einen schmalen, tunnelartigen Gang Zutritt zu dem Hinterhof. Dort trafen sie einen eins fünfundzwanzig großen und siebenunddreißig Jahre alten senegalesischen Zwerg namens Leo an, der sich sein Geld als Friseur verdiente. Er schwitzte, und seine Augen waren gerötet, und als er die Beamten sah, nahm er die kurzen Arme hoch.

Er führte sie zu der Garage, die verschlossen war, dann weiter zur westlichen Ecke des Hofs, wohin er die Leiche des dicken Senegalesen, der das Gebäude verwaltete und die Garage als Mieter nutzte, geschleppt hatte. Leo hatte ihn fürs Erste mit Pappkartons zugedeckt und sich bei der ganzen Sache völlig verausgabt.

Fisk traf kurz danach ein und erfuhr von Leo, dass er den Dicken zuletzt am Nachmittag zuvor lebend gesehen hatte, als der Friseurladen Feierabend machte. Leo hatte sein Leiche entdeckt, als er am Morgen eintraf.

Leo räumte ein, dass sein Freund, der als Malick bekannt war, vermutlich in einige etwas zwielichtige Aktivitäten verwickelt war, beharrte aber darauf, er sei insgesamt ein sehr, sehr guter Mensch.

Ein Detective des Morddezernats traf ein, und Fisk vergeudete ein paar Minuten damit, seine Anwesenheit als Intel-Beamter am Tatort zu erklären, ohne eigentlich wirklich etwas zu erklären. Er fragte Leo, was sich in der abgeschlossenen Garage befand. Leo, dessen kurze, stämmige Arme kaum lang genug waren, dass er sie verschränken konnte, sagte, das wisse er nicht, aber Malick habe den Schlüssel stets bei sich getragen.

Fisk schickte sich an, Handschuhe anzuziehen, um die Taschen des Trainingsanzugs des Toten zu durchsuchen, als Leo zugab, er habe bereits nach dem Schlüssel gesucht, und dieser sei verschwunden.

Der Detective stimmte mit Fisk darin überein, dass ein hinreichender Grund vorlag, sich Zutritt zu der Garage zu verschaffen. Fisk fand ein Stück von einer Metallstange in dem Schrotthof und hebelte die Tür damit auf.

Der Anblick ordentlicher Werkbänke in dem Raum überraschte ihn. Maschinenwerkzeuge hingen an Stecktafeln über Elektrogeräten in verschiedenen Reparaturzuständen. Fisk zog Handschuhe an, ehe er ins Innere trat, und befahl allen anderen, von der Tür wegzubleiben. Er befürchtete Sprengfallen, das Morgenlicht gestattete ihm allerdings einen klaren Blick auf das Innere der Garage.

Er ging allein hinein. Die Werkstatt schien nicht geplündert worden zu sein, jedoch stand eine verschließbare Kassette offen auf der Arbeitsfläche, ein leerer Stoffsack lag halb auf ihr. Fisk hielt sich den Beutel an die Nase und roch Politur und Lösungsmittel. Der Geruch war ihm auf Anhieb vertraut: Es roch nach der Pflege von Handfeuerwaffen.

Fisk ging wieder hinaus, wo Leo im Schneidersitz auf dem Boden saß und einen Zigarillo rauchte, während er die Fragen des Detective beantwortete.

Fisk kauerte sich zu ihm. »Also, es sieht folgendermaßen aus, Leo«, sagte er. »Ich brauche ehrliche Antworten, und ich brauche sie schnell. Sie haben versucht, einen Mord zu vertuschen, und Sie haben sich offenbar an einem Tatort zu schaffen gemacht. Es könnte durchaus sein, dass Sie den Mann getötet haben.« Fisk wusste, dass das nicht stimmte – die Gefühle des Zwergs waren nur zu offensichtlich –, aber er musste sofort zur Sache kommen. »Warum haben Sie versucht, die Leiche zu verstecken?«

»Ich … Ich bin in Panik geraten. Ich will keinen Ärger. Ich wusste nicht, was ich tun sollte.«

»Die meisten Leute rufen einen Rettungswagen oder die Polizei.«

Leo nickte. »Aber ich bin nicht die meisten Leute.«

»Wart ihr beide Zimmergenossen, ein Liebespaar oder so was?«

»Nein! Nichts davon. Wir haben hier gearbeitet.«

»Sein Tod, seine Ermordung – das überrascht Sie anscheinend nicht.«

Leo nahm einen kräftigen Zug von dem Zigarillo. »Er gehörte nicht zu der Sorte Mann, die man warnen kann.«

Fisk nickte. »Ihr verstorbener Freund Malick – mit welcher Art Waffen hat er gehandelt?«

Leo sah überrascht aus, aber nicht schockiert. »Er war ein Bastler. Er konnte alles auseinandernehmen und besser als zuvor wieder zusammenbauen.«

»Aber ich rede hier nicht von Elektrorasierern«, sagte Fisk. »Malick wurde von jemandem getötet, den er gestern nach Arbeitsschluss hier traf. Jemand, der für irgendetwas entweder nicht bezahlen wollte oder nicht bezahlen konnte. Malick hat Waffen verkauft. Was noch?«

Leo schüttelte den Kopf, er hatte Tränen in den Augen. »Ich weiß nichts darüber, ehrlich. Ich schneide Haare.«

Fisk glaubte ihm, was ihn noch mehr frustrierte. »Was war das Letzte, was er gestern zu Ihnen gesagt hat?«

Leo dachte nach. »Es war: ›Au revoir.‹ Er hatte den Mund voll. Er hatte immer den Mund voll.«

»Letzte Frage«, sagte Fisk. »Antworten Sie direkt. Haben Sie jemals Chemikalien hier durchkommen sehen? Merkwürdige Gerüche festgestellt?«

Leo schüttelte wieder den Kopf. »Nein. Nur Essen.« Er drückte den Zigarillo auf dem Boden aus und fing zu weinen an. »Wird man mich wegbringen?«

»Nein«, sagte Fisk. »Ihnen geschieht nichts, Sie gehen nirgendwohin. Solange Sie uns jede Kleinigkeit sagen, die Sie über Malick und seine Komplizen wissen.«

»Ich habe ihm prophezeit, er würde Ärger bekommen.«

»Er hat ihn bekommen«, sagte Fisk, richtete sich auf und ging zurück zu dem Toten in dem schwarzen Trainingsanzug. Er sah sich auf dem Schrottplatz um, die Hände in die Hüften gestützt. Ein Mord nur zwei Blocks von der einzigen bestätigten Sichtung des getarnten Baada Bin-Hezam entfernt. Das konnte kein Zufall sein.

Aber eine Handfeuerwaffe? Das war eine idiotische Waffe, für Terror in einer Großstadt praktisch sinnlos. Es musste mehr dahinterstecken.

Sein Telefon vibrierte an der Hüfte. Die Intel-Zentrale. »Fisk«, meldete er sich.

Es war jemand von der Überwachungsabteilung. »Wir haben ein Bild von einer Straßenkamera, bei dem es sich um Ihre Zielperson handeln könnte. Ich habe es Ihnen gemailt, für eine bessere Auflösung sollten Sie es sich jedoch vielleicht auf Ihrem Laptop ansehen.«

»Volles Gesicht? Schnauzer und Brille?«

»Negativ für Schnauzer und Brille.«

»Wo und wann?«, fragte Fisk.

»Ecke dreißigste und neunte. Vor etwas mehr als einer Stunde.«

Fisk rannte bereits zurück zu seinem Wagen.

Die Karawane aus drei schwarzen Chevrolets Suburban zwischen Streifenwagen mit Blaulicht strich an den abgesperrten Straßen vorbei und verschwand in einem VIP-Parkbereich unterhalb der Rockefeller Plaza. Dort wurden sie von einer Produzentin und ihrer Assistentin begrüßt, die sie durch ein mit Fotos von Prominenten geschmücktes Gewirr von Fluren zur Maske führten, einem Raum direkt neben dem Studio im Erdgeschoss.

Als *Die Sechs* den langen, schmalen Raum mit seinen Spiegelwänden betraten, applaudierten die Angestellten. Auch wenn die Gruppe noch nicht direkt an spontanen Applaus gewöhnt war, fiel Gersten auf, dass sie zumindest nicht mehr darüber erschraken und mit dem Salut gut fertigwurden.

Für *Nightline* waren sie am Vorabend hastig gekämmt und gepudert worden, aber hier bei *Today* saßen sie jeweils zu dritt gleichzeitig in schwarzen Ledersesseln vor einem hell erleuchteten, zehn Meter langen Spiegel und wurden gründlich zurechtgemacht.

Sie beäugten einander im Spiegel, die Frauen feixten und taten, als würden sie die Aufmerksamkeit nicht genießen. Doug Aldrich brummte, als ihm eine Frau mit einem Diamantenstecker in der Nase Papiertücher in den Kragen stopfte. »Soll ich das Rouge kräftig auftragen oder eher leicht?«, fragte sie, und Aldrich umklammerte die Armlehne des Stuhls, als wollte er jeden Moment aufspringen. »Ich mache nur Spaß!«, sagte die Visagistin und legte ihm beruhigend eine Hand auf den Arm. »Sie bekommen nur eine leichte Grundierung, damit Sie vor zehn Millionen Leuten nicht wie ein Gespenst aussehen.«

»Zehn Millionen?«, fragte Joanne Sparks und besah sich im Spiegel, welche Fortschritte sie machte.

»Wahrscheinlich sogar mehr, was glauben Sie denn«, sagte die Visagistin und fuhr mit dem Pinsel über Sparks' Wange. »Alle interessieren sich nur noch für euch. Meine Mutter hat mich heute angerufen, als sie hörte, dass ihr hier sein werdet. Meine Mutter ruft sonst nie an.«

»Hoffentlich schauen ein paar von meinen Exfreunden zu«, sagte Sparks.

Colin Frank saß ruhig da und las einen Artikel in der *New York Times* über sich und seine Kollegen, die Beine übereinandergeschlagen, als wäre es Routine für ihn, für das Fernsehen geschminkt zu werden. Von ihnen allen war er am meisten daran interessiert, wie ihre Geschichte von den Medien dargestellt wurde.

Maggie Sullivan konnte nicht aufhören zu lächeln, es gefiel ihr, was sie mit ihrem widerspenstigen Haar machten, und sie bat um Profitipps. Alle paar Augenblicke sah sie im Spiegel nach Jenssen, ob er auch zu ihr schaute.

Als Nouvian an die Reihe kam, griff er nach einem Schwamm und erledigte den Bereich um seine Augen selbst. Als professioneller Bühnenkünstler war er es gewohnt, ein leichtes Make-up zu tragen.

Jenssen schloss erheitert die Augen, während zwei der Visagistinnen lautlos darum stritten, wer ihn zurechtmachen durfte. Sparks, die auf ihrem Sessel unter einer schwarzen Schürze gefangen war, warf ihnen feindselige Blicke zu.

Der Stylist schob den Ellbogen dazwischen und trennte die beiden Frauen elegant. Er zupfte an Jenssens kurzem Haar. »Großartiges Fernseh-Haar«, sagte er.

Jenssen, der die Augen immer noch geschlossen hatte, erwiderte: »Kommt wahrscheinlich vom jahrelangen Fernsehen.«

Der Stylist und das Schminkteam lachten, als wäre es das Lustigste, was sie je in diesem Raum gehört hatten. Jenssen öffnete die Augen und sah sich um, als würde er veräppelt.

Gersten lächelte für sich. Zumindest eine Zeit lang würde alles, was *Die Sechs* sagten und taten, erstaunlich, lustig oder tiefgründig sein.

Nachdem sie mit Mikrofonen ausgestattet waren, führte man die Gruppe hinaus auf die abgesperrte Spur des Rockefeller Centers um einen Beitrag im Freien zu drehen. Bis auf Jenssen, der nie in den Vereinigten Staaten gelebt hatte, waren die Touristen, die hier ihren Freunden und Verwandten zu Hause zuwinkten, für alle ein vertrauter Anblick. An diesem Morgen hatten viele der Schaulustigen ihnen zu Ehren selbst gemalte Schilder mitgebracht.

GOTT SEGNE EUCH! GOTT SEGNE AMERIKA!
USA USA USA!
WIR HALTEN ZUSAMMEN!

Der Platz lag im Schatten der Gebäude, die ihn umgaben, aber die Hitze war dennoch ein Problem. Manche Leute hatten nichtsdestoweniger schon seit Tagesanbruch hier gewartet. Sie rasten und tobten, als die sechs Helden hinter dem Produzenten in die Wärme des Tages hinaustraten. Blitzlichter und Geschrei. Gersten rechnete für einen Moment damit, dass jemand versuchen könnte, die Absperrung zu durchbrechen.

Dieser Moment ging vorüber, nicht jedoch der Applaus. Die Menge jubelte sogar noch, nachdem Matt Lauer erschienen und das rote Kameralicht angegangen war. Sieben Regiestühle standen bereit, aber niemand setzte sich. Die Begeisterung der Menge störte den Fluss der Vorstellungen, und das Interview begann, als alle noch standen. Lauer ließ sie noch einmal die verhinderte Entführung schildern und hielt mit gezielten Fragen die Erzählung in Gang, bevor er jedem Einzelnen einen leichten Ball zuspielte.

»Hatten Sie Angst?«

»Haben Sie überlegt, bevor Sie gehandelt haben?«

»Würden Sie es wieder tun?«

Im Anschluss daran hatten sich die Produzenten eine überraschende und großartig inszenierte Wiedervereinigung ausgedacht: Kapitän Elof Granberg und Copilot Anders Bendiksen, die Piloten von SAS-Flug 903, wurden unter Maggies freudigem Kreischen herausgeführt. Es gab tränenreiche Umarmungen und kräftige Händedrücke. Die Geschichten der Piloten wurden kurz erzählt, verstärkt durch die Aufzeichnung von Granbergs Notruf. Dann bekamen auch die beiden das Stichwort, um in den allgemeinen Lobeschor für *Die Sechs* einzustimmen.

Der Auftritt schweißte die Gruppe wieder zusammen. Gersten erkannte diesbezüglich ein ständiges Auf und Ab, und sie empfand Mitleid mit den sechs Helden wegen der emotionalen Achterbahnfahrt, die sie durchmachten. Es war faszinierend, die öffentliche Beweihräucherung mit anzusehen, und obwohl Gersten ihnen so nahe war, konnte sie nur ahnen, wie es sein musste, in ihrem Zentrum zu stehen. In diesen Augenblicken ließen die Gruppenmitglieder ihren individuellen Charakter außen vor und wurden zu dem verschworenen Haufen von Alltagshelden, den das Publikum in ihnen sehen wollte.

Den einzigen Missklang gab es, als Matt Lauer die Tatsache ansprach, dass ein Mitglied des Secret Service zu ihrer Entourage gehörte. »Wollen Sie Ihre Kandidatur für den US-Senat bekannt geben?«, witzelte er.

Überraschenderweise war es Jenssen, der antwortete: »Wir treffen später noch Präsident Obama«, sagte er.

»Bei der Zeremonie auf der *USS Intrepid*?«, fragte Lauer.

»Genau.«

Gersten sah, wie sich Harrelson über die Bekanntmachung dieser Information ärgerte.

»Wie ist das«, fragte Matt Lauer, »wenn man binnen wenigen Tagen vom normalen Bürger zu jemandem wird, der den Präsidenten trifft?«

Während die Übrigen um Worte verlegen waren, antwortete Jenssen: »Es ist eine große Ehre, obwohl es natürlich nett gewesen wäre, wenn wir dabei etwas mitzureden gehabt hätten.«

Lauer hakte sofort nach: »Wollen Sie damit sagen, Sie würden den Präsidenten lieber nicht treffen?«

»Nein, ganz und gar nicht. Aber manche von uns genießen ihr Privatleben und freuen sich darauf, es möglichst bald wieder aufzunehmen. Bis auf Auftritte wie diesen hier, stehen wir in unserem Hotel unter Bewachung, ob Sie es glauben oder nicht. Ich bin kein amerikanischer Bürger, aber die meisten von uns sind es, und offenbar darf man selbst gehorsame Bürger – selbst ›Helden‹ – in Gewahrsam nehmen.«

Matt Lauer verschränkte die Arme und beugte sich zum tödlichen Schlag vor. »Sie alle werden gegen Ihren Willen festgehalten?«

Colin Frank eilte zu Hilfe, als würde Jenssen brennen, und er selbst hätte als Einziger einen Eimer Wasser.

»Nein, nein. Es sind einzigartige Umstände, Matt. Ich glaube, was mein Freund Magnus hier sagen will, ist, dass wir in unserer gegenwärtigen Situation gewissen Zwängen unterliegen, denen wir aber, wie ich betonen möchte, bereitwillig und freudig nachkommen.« Er lächelte. »Es ist alles so neu für uns. Es war ein wilder Ritt, Matt.«

Gersten sah, wie die PR-Frau des Bürgermeisters den Blick zum Himmel richtete, als betete sie um einen Blitzeinschlag – alles, was sie von diesem Thema wegbrachte. Die Frau griff nach ihrem Handy, bevor es läuten konnte.

Matt Lauer beendete den Beitrag mit einem Dank an alle und verband die mutige Tat mit dem Jahrestag der Unabhängigkeit des Landes. Der Applaus des Publikums wurde zu anhaltendem Jubel, und Gersten sah in einem Monitor, wie die Kameraeinstellung lange gehalten wurde. Die Kameras schwenkten über die Menge, fingen Tränen auf und kehrten dann zu der Gruppe zurück. Maggie Sullivan nahm spontan Colin Franks Hand, dann die von Doug Aldrich und riss beide in die Höhe. Sie verbeugten sich wie Schauspieler einer Broadway-Vorstellung, und der Augenblick wurde an eine dankbare Nation hinausgesendet.

Die anderen schlossen sich der Kette an, selbst Magnus Jenssen, der um die Gruppe herumging, um seine gesunde Hand auf Alain Nouvians Schulter legen zu können. Die Regie hielt die Einstellung länger als eine Minute – im Fernsehen eine Ewigkeit –, bis sie schließlich für einen Werbespot unterbrach.

Manche Straßenkameras sehen aus wie Radarpistolen oder Strahlungsdetektoren. Diese stationären Kameras dienen hauptsächlich der Verkehrsüberwachung, sie sind nützlich, um Kennzeichen, Wagentypen und Gesichter von Fahrern einzufangen. Andere sind schwenkbar und über Fernbedienungen zu steuern. Meistens werden sie in Gebieten mit hohem Fußgängeraufkommen eingesetzt, wie am Times Square, um wichtige Sehenswürdigkeiten herum und am Ground Zero.

Der dritte Typ von Überwachungskamera der New Yorker Polizei ist die Kugel. Diese Geräte ähneln den Blasen, die zur Abschreckung von Ladendieben von den Decken in Kaufhäusern hängen. In den Straßen New Yorks hängen sie meist an Straßenlaternen und sehen aus wie abgeschirmte Augäpfel.

Fisk blickte zu der hinauf, die an der Kreuzung 30th Street und Ninth Avenue hing, nicht weit von der Pennsylvania Station. Die Kugel hing gut sichtbar dort. Er sah auf den Farbaufdruck in seiner Hand, mit dem NYPD-Siegel in der linken unteren Ecke und einer Zeitangabe am unteren Rand.

Baada Bin-Hezam war vor weniger als drei Stunden genau an dieser Stelle gestanden.

Es gab keinen Zweifel. Fisk besaß auch eine Zoomaufnahme seines Gesichts. Keine Tarnung. Fisk konnte sogar das Mal links an seinem Kiefer erkennen. Bin-Hezam trug eine dunkelblaue oder schwarze Windjacke, Bluejeans und schwarze Turnschuhe. Er hatte eine große Einkaufstüte aus Kunststoff in der Hand, die aufgedruckten Worte THANK YOU waren deutlich sichtbar.

Fisk hatte zwölf Intel-Beamte mit einem kleinen Stapel Fotos, darunter einem nur von der Einkaufstüte, losgeschickt, die die Läden in der unmittelbaren Nachbarschaft abklappern sollten. Sie sollten den Angestellten in den Läden das Bild der Tasche zeigen, und nur wenn bestätigt wurde, dass sie aus dem Laden stammte, ein Bild von Bin-Hezams Gesicht. Er rechnete damit, dass die Tasche einige Male erkannt wurde, und er hoffte, Bin-Hezams Gesicht zumindest einmal.

Aber er hätte nie erwartet, dass er derjenige sein würde, der die positive Identifizierung schaffte. Sie kam nicht aus dem Laden, aus dem die Tüte stammte, sondern vielmehr von einem Ladenbesitzer, der sich an einen Kunden erinnerte, auf den Bin-Hezams Beschreibung passte und der eine solche Tüte bei sich hatte.

Es geschah in einem kleinen Bastelladen namens To The Moon, der zwischen einem Irish Pub und einem Thai-Imbiss lag, nur wenige Schritte von der Überwachungskamera entfernt. Der Besitzer, ein stämmiger Mann mit einer schwarz-weiß gestreiften Eisenbahnermütze auf dem dichten weißen Haar, sah von seiner dampfenden Schale Nudeln und seiner Modelleisenbahnzeitschrift auf und stieß fast seine Essstäbchen in das Bild von der THANK-YOU-Tasche.

»Der Saudi«, sagte er.

Fisk riss erstaunt die Augen auf. »Wie bitte?«

Der Mann schaute noch einmal auf Fisks Dienstmarke. »O Mann. Sagen Sie bloß nicht, das ist ein Verbrecher.«

Der Ladenbesitzer erkannte Bin-Hezam eindeutig auf dem Foto. Er behauptete sogar zu wissen, was in der Plastiktüte gewesen war. »Eine Art Beutel oder Schultertasche. Lederimitat, glaube ich. Ich konnte direkt hineinsehen. Bitte sagen Sie mir, dass der Kerl nicht ein verrückter Bombenleger oder so etwas ist.«

»Ich weiß nicht, was er ist«, sagte Fisk. »Ich versuche nur, ihn zu identifizieren.« Fisk entschuldigte sich kurz und forderte Verstärkung an, dann kehrte er zu dem Mann zurück. »Wann würden Sie sagen, war er hier?«

»Oh, ich würde sagen, vor etwa drei Stunden? Kurz nachdem ich aufgemacht habe. Das ist normalerweise um neun, aber heute war ich ein bisschen zu spät dran, weil ich noch bis in die Nacht irgendwelchen Mist im Fernsehen angeschaut habe.«

Dieser Mann war kein Spinner. Fisk hatte damit eine positive Identifizierung.

»Ich muss, soweit Sie sich erinnern, alles wissen, was er gesagt, berührt und gekauft hat«, sagte Fisk.

Der Ladenbesitzer schlürfte noch einen Mund voll Nudeln. »Gekauft ist einfach.« Er kam hinter der hohen Glastheke hervor und führte Fisk zur rückwärtigen Wand mit den Raketenbausätzen. »Er hat einen von diesen fetten Dingern ausgesucht. Mit allem Drum und Dran. Sagte, der sei für seinen Sohn.«

Der Bausatz, von dem der Mann sprach, war für eine Rakete von etwa einem Meter Länge und acht Zentimeter Durchmesser.

»Ich habe ihm die Verwendung des Sicherheitsstifts erklärt, im Interesse seines Jungen. Er schien ansonsten nicht viel reden zu wollen. Drückte sich gewählt aus. Bezahlte bar. Hunderter.«

Fisk stand vor der Auswahl an Raketen und ging verschiedene Szenarien im Geist durch. Ein Gedanke tauchte ständig in seinem Kopf auf: das Feuerwerk.

»Der Kerl hat gar keinen Sohn, stimmt's?«, sagte der Ladeninhaber.

In ihrer Wohnung in Bay Ridge, Brooklyn, saß Aminah bint Mohammed am Küchentisch und hörte ihr Handy auf der Tischplatte vibrieren. Sie starrte darauf, als wäre es eine riesige mechanische Küchenschabe, die plötzlich zum Leben erwacht war.

Im ersten Moment wurde sie von einer Mischung aus Angst und Überraschung gelähmt. Zweimal schon hatte sie die Anweisung bekommen, sich das Wochenende frei zu halten, um eventuell zu Diensten sein zu können. Zweimal hatte sie es getan, war allein mit dem Telefon, das man ihr gegeben hatte, in der Wohnung geblieben und hatte darauf gewartet, dass es läutete.

Zweimal war das Wochenende ohne jede Kontaktaufnahme verstrichen.

Weit entfernt davon zu klagen, war sie jedoch überzeugt gewesen, dass dieser dritte Wochenendalarm nicht umsonst sein würde. Schon zu Beginn der Woche hatte man ihr genaueste Anweisungen erteilt. Dennoch, als das Handy nun aufleuchtete und sich bewegte, musste sie ein Gefühl von Panik unterdrücken.

Sie hoffte nur, sie würde sich des Vertrauens als würdig erweisen, das man in sie setzte.

Der strikte Befehl lautete, nicht an das Telefon zu gehen. Sie sollte warten, bis eine Nachricht aufgezeichnet worden war und diese dann abhören.

Das Handy hörte auf zu vibrieren, doch Aminah umklammerte weiter die Tischkante. Sie beobachtete das Gerät.

Eine kleine Weile später begann ein blaues Licht zu blinken, das anzeigte, dass eine Nachricht aufgezeichnet war.

Sie stand auf und wrang die Hände, lief aus der Küche hinaus und wieder zurück. Die Fenster standen offen, und ihr Ventilator bewegte heiße Luft durch die Wohnung. Großstadtgeräusche trieben herein. Das ganze Wochenende hindurch war ihr unangenehm heiß gewesen, doch jetzt fröstelte sie.

In einer Schublade kramte sie nach Papier und Kugelschreiber, um keine Fehler zu machen, doch dann überlegte sie es sich anders. Sie schloss die Schublade wieder und wischte sich die feuchtkalten Hände an ihrem langen Gewand ab. Anschließend ging sie zu dem Telefon und nahm es zur Hand. Als sie die Mailbox anwählte, hinterließen ihre Fingerspitzen einen feuchten Fleck auf dem Touchscreen.

Es läutete, und sie wurde nach ihrem Zugangscode gefragt. Sie gab die sechs Ziffern ein, die ihrem Vornamen entsprachen.

Es war die Stimme eines Mannes, er sprach keinen Text, sondern gab nur eine Rückrufnummer durch. Aminah hörte sich die Nachricht zweimal an, machte sich aber nicht die Mühe, die Nummer auswendig zu lernen. Das übernahm das Gerät für sie.

Sie wählte die Nummer aus ihrer Anruferliste. Es war der einzige Anruf, den sie je auf diesem Telefon erhalten hatte.

Es läutete einmal.

»Du bist bereit?«, vernahm sie dieselbe Stimme. Der Mann sprach mit zielgerichteter Direktheit und im ehrfurchtsvollen Ton eines Gebets.

»Ich bin bereit«, sagte sie. Amerikanisches Englisch war ihre Muttersprache.

»Hotel Indigo, 28th Street West. Zwischen siebter und achter Avenue. Oberster Stock, Penthouse Suite. Komm nicht verschleiert, trag nicht einmal einen Hidschab. Sprich nur Englisch. Und bring mit, was du hast.«

Sie suchte noch nach einer angemessenen Antwort, als er auflegte. Die Leitung war tot, das Gespräch zu Ende.

Sie setzte das Telefon erstaunt ab. Es hatte angefangen.

Fisk sprach über eine sichere Verbindung aus dem Revier Midtown South an der 35th Street West mit Barry Dubin, dem Leiter der Intel Division. Er schluckte rasch hinunter und schob den Rest seines Truthahn-Sandwichs außerhalb des Kamerabereichs.

Sein Monitor zeigte eine Ansicht des Briefing-Raums bei Intel von einer Tischecke aus. Außer Dubin waren weitere Personen anwesend; der Chef saß so bequem in seinem Sessel, als würde er Energie für das restliche Wochenende sparen.

»Also, was wissen wir?«, fragte Dubin, der Exspion. »Die Sache ist jetzt in der echten Welt angekommen. Die Situation ist brandgefährlich.«

»Bin-Hezam ist in Manhattan«, sagte Fisk, »und er ist unterwegs. Wahrscheinlich wohnt er hier irgendwo, zumindest haben wir außerhalb nirgendwo etwas von ihm entdeckt. Entweder er ist als Barzahler in einem Hotel abgestiegen oder bei Komplizen untergekommen.«

»Ich würde meinen, er muss Komplizen haben. Aber an dieser Front hat sich bisher nichts ergeben, oder?«

»Nichts«, sagte Fisk.

Sie hatten versteckte Kameras in einem Radius von drei Blocks geprüft und nach weiteren Bildern von Bin-Hezam gesucht. Zweimal war er noch aufgetaucht, aber an Informationen hatte sich nichts Neues ergeben. Er war der gleiche Saudi mit einer Plastiktüte in der Hand.

Was sich jedoch zeigte, war, dass die Technik nicht unfehlbar war. Die Gesichtserkennungsprogramme hatten ihn nicht herausgefiltert und die Bilder an Intel weitergeleitet. Darüber wollte jedoch niemand sprechen. Manchmal wollten die Wächter so gern an die Illusion absoluter Sicherheit glauben wie die Leute, die sie zu beschützen versuchten.

Das andere Problem war, dass trotz gegenteiliger Gerüchte viele der Tausende von Blocks in New York noch nicht von Kameras überwacht wurden. Im Internet kursierten Karten mit den Standorten von Kameras, sodass eine unerwünschte Person sich leicht ein Hotel oder eine Wohnung auf Zeit in einer Straße ohne elektronische Augen aussuchen konnte.

»Wir haben im Vorfeld des 4. Juli und der Einweihung von One World Trade Center alle unsere fragwürdigen Kunden aus der Stadt gejagt. Vielleicht waren ein paar von seinen potenziellen Helfern dabei. Ich hoffe es jedenfalls. Vielleicht läuft er deshalb selbst herum und erledigt Besorgungen. Denn warum sonst sollte er dieses Risiko eingehen, anstatt sich verborgen zu halten? Die ganze Mühe, ihn einzuschleusen… Er kann unmöglich ein einsamer Wolf sein.«

»Dem stimme ich im Prinzip zu«, sagte Fisk.

»So.« An dieser Stelle schaute Dubin zu den anderen Personen im Raum, die Fisk nicht sah. Er nahm an, dass FBI-Agenten unter ihnen waren, und war froh, dass er nur per Video an dieser Besprechung teilnahm. »Die große Frage ist, machen wir die Jagd auf Bin-Hezam öffentlich? Senden wir es heute Nachmittag und Abend über sämtliche Kanäle und lassen die Stadt für uns arbeiten?«

»Oder lösen wir damit eine Panik aus, die gegen uns arbeitet?«, sagte Fisk.

»Auf genau diesem schwankenden Seil stehen wir jetzt«, sagte Dubin. »Genug tun, aber nicht zu viel tun.«

»Nicht meine Entscheidung«, sagte Fisk, »aber ich denke, es verbessert unsere Chancen nicht wesentlich, wenn wir uns an das Fernsehen wenden.«

»Und was würde unsere Chancen wesentlich verbessern, Fisk?«

Fisk zuckte mit den Achseln; Dubin hatte natürlich recht. »Tja…«

»Nachdem das gesagt ist«, fuhr Dubin fort, »neige ich dennoch Ihrer Ansicht zu. Es gibt die Überlegung, dass es das gesamte Feuerwerk verdirbt, wenn wir damit an die Öffentlichkeit gehen. Wenn wir die Leute verschrecken, und es gibt am Ende gar keine echte Gefahr oder eine Verhaftung, dann wird genau das zum Thema. Das Feuerwerk hat eine verdammt große symbolische Bedeutung.«

Fisk nickte. Wenn er richtig zwischen den Zeilen las, dann war jemand aus dem Büro des Bürgermeisters anwesend, vielleicht sogar des Gouverneurs. Fisk kannte Dubin gut genug, um zu wissen, dass er seinen politischen Aufsehern gern nach dem Mund redete – um dann schnurstracks kehrtzumachen und das zu tun, was getan werden musste.

»Unterm Strich«, sagte Dubin, »ist es doch so: Wenn wir das Gesicht dieses Kerls ins Fernsehen bringen, dann führen wir ihm Sauerstoff zu, wir kreieren einen Superschurken. Wir geben dem Terror eine Plattform und eine Stimme bei der Veranstaltung heute Abend. Wir erschaffen einen Erzfeind – und ich denke, diese Schwelle haben wir in Bezug auf Fakten einfach noch nicht überschritten.«

Fisk gab ihm recht. »Bei der Handyüberwachung hat sich noch nichts ergeben?«

Wie bei den Kameras wurde die Überwachung des Handyverkehrs durch die NSA per Computer durchgeführt. Der Gerichtsbeschluss, der die digitale Überwachung von Handytürmen erlaubte, war mit konkreten Auflagen verbunden, von denen manche sogar eingehalten wurden. Doch die schiere Menge an arabisch geführten Gesprächen in den fünf Stadtbezirken zu jedem beliebigen Zeitpunkt war überwältigend. Alle fünf großen Anbieter hatten die richterliche Anordnung des Lauschangriffs elektronisch durch eine Verbindung für Krisenzeiten zugestellt bekommen, die man nach dem Kommunikationschaos am 11. September 2001 eingerichtet hatte.

Dubin erzählte Fisk, was er bereits wusste. »Keine Spuren. Jede Menge Müll. Ich habe sie gebeten, langsam zu machen und die Aufzeichnungen vom Vormittag, vor und nachdem ihn die Kameras erfasst hatten, noch einmal durchzugehen. Für den Fall, dass wir etwas übersehen haben, was auch beim besten Computersystem der Welt durchaus vorkommen kann. Ich wünschte, wir hätten ein Bild von ihm, wie er in ein Handy spricht, dann könnten wir den Zeitpunkt genau bestimmen. Ich sollte Ihnen sagen, Fisk, dass davon die Rede war, dem FBI die Federführung bei der Sache zu übertragen, aber ich denke, Sie stimmen mit mir darin überein, dass wir am besten dafür gerüstet sind.«

Wieder spielte er für die anderen Personen im Raum. Fisks Rolle war der zuverlässige Mitarbeiter. Und so nickte er erneut.

Darin war Dubin ein Meister. Wenn es darum ging,

Druck oder Kritik abzulenken, bestand der Mann selbst in der angespanntesten Lage zu hundert Prozent aus Teflon.

»Das ist in vielerlei Hinsicht eine statistische Übung«, sagte Fisk. »Wenn wir lange genug dranbleiben, stehen die Chancen gut, dass wir einen Treffer landen.«

»Aber lange genug hilft uns nichts für heute Abend. Oder für morgen Vormittag. Also, was ist mit dieser Rakete?«

»Er hat dreihundertfünfzig Dollar für einen Raketenbausatz hingelegt. Und er hatte einen Beutel oder eine Tasche aus Lederimitat bei sich.«

»Ist das ein Spielzeug für Kinder, oder reden wir hier von einem Luftangriff?«

»Es ist ein Kinderspielzeug«, sagte Fisk, »aber ob wir von einem Angriff reden, weiß ich nicht. Das Ding erreicht einige Höhe. Wenn man es von einem Gebäude abschießt, kommt man richtig hoch, allerdings fehlt die Durchschlagskraft.«

Dubin verzog das Gesicht. »Das riecht für mich nach biologischem Kampfstoff.«

»Das sehe ich auch so. Eine kleine Bombe würde einmal peng machen, und das war's.«

»Millionen von Leuten werden heute Abend um neun an einer zwei Meilen langen Strecke auf der West Side aufgereiht stehen. Ein leichtes Ziel. Es ist in einem normalen Jahr schon eine gewaltige Aufgabe, das Gelände zu sichern, und jetzt sollen wir auch noch eine Attacke aus der Luft ins Kalkül ziehen? Wird er sie von einem Fenster oder von einem Dach abfeuern wie einer von diesen Gleitschirmfliegern, die im Aufwind vom Hudson segeln?«

»Wenn ja, ist es schwer zu verhindern.«

»Oder hat er den Sonntagmorgen unten im Battery Park im Auge? Ground Zero? Will er eine Ladung von was weiß ich über der feierlichen Veranstaltung niedergehen lassen?« Dubin hörte sich jetzt wütend an.

»Als Angriffswaffe ist die Rakete nicht präzise genug. Sie kann weit fliegen, aber das muss sie gar nicht. Sie scheint allerdings auf ein Interesse an großer Höhe hinzuweisen. Wenn sie überhaupt auf etwas hinweist.«

»Was soll das heißen?«

»Das heißt, wir wissen nur, dass wir noch immer nicht viel wissen. Noch haben wir es mit keinem Bio-Kampfstoff zu tun.«

»Es gibt allerdings ein paar Dinge, die wir sehr wohl wissen«, sagte Dubin und beugte sich vor. »Wir haben heute Nachmittag eine Zeremonie auf der *USS Intrepid* mit dem Präsidenten. Wir haben heute Abend das Feuerwerk mit potenziellen Opfern, die wie auf einem Büfett entlang der 11th Avenue aufgereiht stehen. Dann morgen Vormittag die Einweihung von One World Trade Center mit nicht einem, sondern zwei US-Präsidenten, dem amtierenden und seinem Vorgänger, außerdem der Vizepräsident, der Gouverneur von New York und dessen Vorgänger, der Bürgermeister und sein Vorgänger, ausländische Würdenträger, Angehörige von Opfern des 11. September, Millionen von Zuschauern. Um acht Uhr morgen früh, also in etwa zwanzig Stunden. – Wir diskutieren seit eineinhalb Stunden darüber, wie wir all das mit Anstand absagen können, wenn wir diesen Saudi vorher nicht kriegen. Das heißt – wie wir es absagen, ohne dass es so aussieht, als würden wir es absagen, denn wie Sie wissen, würden weder der Präsident noch sein Stab jemals mitziehen. Es ist nicht seine Aufgabe, uns die Arbeit zu erleichtern, es läuft andersherum. Also überlegen wir, wie wir die Sicherheitsvorkehrungen für heute Nachmittag und Abend und morgen Vormittag weiter verschärfen können. Aber wissen Sie was? Die Sicherheitsvorkehrungen sind bereits bei einem Maximum. Wir brauchen also neue Ideen.«

»Wir müssen diesen Kerl erwischen«, sagte Fisk. »Sie haben auf Ihrer Liste übrigens jemanden vergessen.«

»Nämlich?«, fragte Dubin.

»*Die Sechs*. Die Leute, die die Flugzeugentführung verhindert haben, die uns von Bin-Hezam ablenken sollte.«

»Was ist mit ihnen?«

Fisk sah sich selbst in dem kleineren Fenster auf seinem Monitor. Er überprüfte seine Logik noch einmal, er wollte nicht für verrückt gehalten werden. Doch nein – es war ihm zwar gerade erst eingefallen, aber es ergab einen Sinn. »Was, wenn es um sie geht?«, sagte er. »Was, wenn … überlegen Sie doch einen Moment. Schauen Sie, wo wir stehen. Sie sind, wie soll ich sagen … ein Symbol der Hoffnung. Der Widerstandskraft, des Heldenmuts. Es ist weit hergeholt, aber bin Laden wünschte sich symbolische Ziele. Er strebte nach etwas, das groß und neu war. Was also, wenn die Flugzeugentführung nicht nur ein Ablenkungsmanöver war … sondern ein Trick?«

Dubin wurde ungeduldig. »Ich kann Ihnen nicht folgen.«

»Der Entführer hatte eine Waffe, er hatte einen Auslöser und Drähte am Leib, aber er hatte keine Bombe. Weil er ein Spinner ist, richtig? Und das ist er wirklich. Aber das gab den Passagieren Zeit und Gelegenheit, den

Kerl anzugreifen, ihn zu überwältigen, das Flugzeug zu retten.«

»Sie wollen sie nicht etwa in den Schmutz ziehen, oder?«

»Nein. Ich will sagen, dass durch diese stümperhafte Entführung Helden entstehen konnten. Was, wenn genau das der Plan war? Vielleicht haben sie – und ich spreche hier von al-Qaida – angenommen, es würden ein, zwei, höchstens drei Passagiere sein, die handelten. Wahrscheinlich nicht sechs. Aber egal – alles, was sie brauchten, war einer. Ein mutiger Bürger, den man an diesem Wochenende des Feuerwerks und der Wiedergeburt mit Lobeshymnen überschütten, feiern und berühmt machen würde. Eine Garantie für maximale Aufmerksamkeit.«

Dubin begriff es jetzt. »Sie wollten eine Situation schaffen, in der ein Held erwächst …«

»… und zwar eigens zu dem Zweck, ihn oder sie zu Fall zu bringen. Wie könnte man Zuversicht besser untergraben, als dass man ein Symbol des Triumphs liefert – und es dann wieder wegnimmt?«

Fisk fand seine Argumentation stichhaltig. Dubin war weniger überzeugt, dachte aber zumindest darüber nach.

»Wir haben mit einer Menge sonderbarer Aspekte zu tun bei dieser Geschichte«, sagte Dubin. »Raketen, Helden und Entführer. Ein Wochenende voll potenzieller Ziele. Was steht für *Die Sechs* als Nächstes auf dem Plan?«

»Ich weiß es nicht«, sagte Fisk. »Ich kenne ihren genauen Zeitplan nicht. Darum kümmert sich Gersten.«

Nachdem er geantwortet hatte, wurde Fisk klar, dass

Dubin mit jemandem bei ihm im Raum gesprochen hatte. »Heute Nachmittag kommt die Sache auf der *Intrepid*«, hörte er nun.

»Verdammter Mist«, sagte Dubin.

»Was ist?«, fragte Fisk.

»Sie sind heute Nachmittag Ehrengäste des Präsidenten an Bord der *USS Intrepid*. Ein militärischer Salut.«

»Dann werden die Sicherheitsvorkehrungen ohnehin extrem scharf sein«, sagte Dubin. »Metalldetektoren, Hunde, Leibesvisitation.«

»Für uns werden Gersten, Patton und DeRosier dort sein. Wir müssen Bin-Hezams neues Foto an den Secret Service weitergeben. Die Bilder von heute Morgen.« Fisk sah auf die Uhr. »Ich kann sofort zum Hyatt hinüberfahren und Gerstens Team persönlich briefen.«

»Tun Sie das, Fisk. Wir müssen diesen Kerl kriegen, daran führt kein Weg vorbei. Wir brauchen sehr bald sehr viel Glück.«

Fisk nickte und griff sich sein Sandwich. »Er hat sich einmal gezeigt, er wird es wieder tun.«

Fisk bahnte sich mithilfe seines Dienstausweises seinen Weg in den fünfundzwanzigsten Stock, nur um zu erfahren, dass *Die Sechs* im ersten Stock ein Sammelinterview gaben.

Er fuhr wieder nach unten, wo Gersten, Patton und DeRosier in dem hohen Raum Kaffee tranken, während die Helden an einem langen Tisch aufgereiht saßen und Fragen von einem halben Dutzend Journalisten beantworteten, die sich Notizen machten und ihre Aufnahmegeräte zwischen den Sprechern hin und her schwenkten. Die Vorhänge des Saals waren zugezogen, und an beiden

Enden des Tischs standen Bedienungen, um *Die Sechs* mit Essen und Trinken zu versorgen.

»Na, beschwert ihr euch immer noch über diesen Auftrag?«, flüsterte Fisk.

Die Intel-Detectives drehten sich um. Patton und DeRosier lächelten und zuckten mit den Achseln, Gersten ließ sich keine Reaktion anmerken.

»Die Superhelden essen Filet Mignon und Rahmspinat von Smith und Wollensky«, sagte DeRosier. »Und skandinavische Spezialitäten, die das Restaurant Aquavit geschickt hat. Jenssen hat Fleischbällchen, Preiselbeeren und Hering verlangt.«

»Und die *New York Times* isst Scampi und Pasta aus der Hotelküche.«

Gersten streckte ihre Tasse vor. »Wir kriegen Kaffee.«

Fisk lächelte sie kurz an, ehe er ernst wurde. »Wie es aussieht, kann es gut sein, dass ihr euch eure Gehaltsschecks in Kürze tatsächlich verdienen müsst.«

»Was ist los?«, fragte Gersten.

Fisk fasste die Neuigkeiten über Bin-Hezam für sie zusammen. Manches davon war bereits als Meldung bei ihnen gelandet, aber er wollte, dass sie einen vollständigen Bericht bekamen. Er gab ihnen Ausdrucke der neuen Fotos und wies sie an, sie niemandem zu zeigen.

»Ich tippe auf Anthrax«, sagte DeRosier in Bezug auf den Raketenkauf.

»Erinnert ihr euch an das Übungsszenario, das wir vor etwa zwei Jahren durchgespielt haben? Ein Kerl bringt genveränderte Pocken und Hopfen per Flugzeug ins Land und fängt dann einfach an, durch die Straßen zu spazieren und in Restaurants zu essen. Ohne sich die Hände zu waschen. Das könnte dieser Typ sein.«

»Ich habe noch eine andere Theorie«, sagte Fisk. »Und es ist bisher nur eine Theorie.« Er sprach über die Flugzeugentführung und die allgemein akzeptierte Ansicht, dass Abdulraheems Erfolgsaussichten praktisch gleich null gewesen waren. »Vielleicht diente sie nicht nur zur Ablenkung, sondern hatte eine zweite Funktion.«

»Welche zweite Funktion?«, fragte Gersten.

»Man muss nicht den Präsidenten erledigen, um das Land zu schockieren. Man muss kein Wahrzeichen in die Luft jagen. Es reicht, die Leute in ihrem Bauchgefühl zu treffen. Darum ging es bin Laden.« Fisk zeigte auf *Die Sechs*. »Normale Menschen. Bürger wie alle anderen. Diese Leute sind die Wohlfühlstory des Jahres. Wenn man Helden erzeugen kann, kann man sie auch wieder auslöschen. Der ultimative Schlag aus heiterem Himmel.«

Gersten blieb der Mund offen. »Das wäre ein echter Drahtseilakt.«

»Die Sache ist die: Sie brauchten die Entführung nicht, um Bin-Hezam ins Land zu bringen. Er stand nicht auf der No-Fly-Liste. Er hätte fliegen dürfen. Gut, vielleicht wussten sie das nicht. Vielleicht wollten sie auf Nummer sicher gehen. Oder aber … die Entführung war nur die Rauchwolke des Zauberkünstlers, während der eigentliche Trick mit der anderen Hand passiert.«

DeRosier nickte. »Leuchtet mir ein.«

»Es gibt null Beweise dafür«, sagte Fisk. »Ich erwähne es nur, damit ihr auf der Hut seid. Macht es euch nicht zu gemütlich hier. Was diese Sache mit dem Präsidenten auf der *USS Intrepid* angeht – verhaltet euch clever. Ich weiß, der Termin wurde kurzfristig für die *Sechs* anberaumt, und die Sicherheitsvorkehrungen sind ohnehin streng. Ich sage nur, verlasst euch nicht darauf.«

»Natürlich sollen wir ihnen nichts davon sagen«, bemerkte Gersten.

»Auf keinen Fall. Ich habe gehört, was dieser Jenssen in *Today* gesagt hat.«

»Über den Patriot Act«, sagte Gersten und nickte. »Ja. Jetzt gibt es Druck, sie die Flügel ein wenig spreizen zu lassen. Kommt aus dem Büro des Bürgermeisters. Er darf nicht als der Böse dastehen. Man will den Eindruck vermeiden, wir würden sie hinter Schloss und Riegel halten.«

Fisk verschränkte die Arme. »Die Sache ist ganz einfach die: Wir müssen sie durch die Zeremonie morgen bringen, als wären sie sechs zerbrechliche Eier. Wenn das vorbei ist, haben wir es geschafft. Wenn dieser Bin-Hezam nächsten Donnerstag anfinge, wie ein Agatha-Christie-Schurke einen nach dem anderen aus der Gruppe abzumurksen, hätte es nicht mehr so viel Wirkung. Er muss dieses Wochenende zuschlagen oder gar nicht. Kurz und gut – sie stehen jetzt auf der Liste der möglichen Ziele. Der Ziele eines Mannes, den wir nicht finden können.«

»Wie wäre es, wenn wir unsere Schichten zusammenlegen würden?«, schlug Gersten vor. »Immer zwei von uns im Dienst. Davon einer unten in der Hotellobby, der nach Bin-Hezam Ausschau hält.«

»Klingt vernünftig«, sagte Fisk.

Die Journalisten hatten ihre Sachen zusammengepackt und waren aufgestanden, da das Interview zu Ende war. Alle schüttelten sich die Hände.

DeRosier und Patton sahen auf ihre Armbanduhren. »Wir brechen bald zum Flugzeugträger auf.«

»Okay«, sagte Fisk. »Haltet sie zusammen. Haltet sie in Bewegung.«

DeRosier und Patton warfen ihre Kaffeebecher in den

Abfalleimer und gingen, um die sechs Helden nach oben zu begleiten. Fisk wies mit einer knappen Kopfbewegung zum Flur, und Gersten folgte ihm nach draußen. Er ging zum Ende des Korridors, bog um die Ecke und schlüpfte nicht weit von den Toiletten in eine kleine Nische, die früher Münztelefone beherbergt hatte.

Dort umarmten sie sich, wenn auch nicht allzu leidenschaftlich. Es fühlte sich nie ganz richtig an, wenn sie im Dienst waren.

»Eine ehrliche Einschätzung«, sagte er.

»Weit hergeholt«, antwortete sie und schaute auf seine Hand, die ihre hielt. »Aber das waren Flugzeuge, die in Wolkenkratzer fliegen, vor zehn Jahren auch.«

»Genau«, sagte er.

»Verlier nur nicht aus den Augen, dass der Entführer mit einem Messer in Richtung Cockpit vorgedrungen ist. Er hat eine Flugbegleiterin in den Hals geschnitten. Das war echt. Er hat nichts gespielt, jedenfalls nicht so, dass es ihm bewusst gewesen wäre. Abdulraheem war überzeugt, dass er dieses Flugzeug zum Absturz bringen würde. Und diese Leute haben ihr Leben riskiert, um ihn aufzuhalten.«

Fisk nickte. »Du hast recht. Und ich versuche auch gar nicht, die Geschichte umzuschreiben. Ich versuche nur, die ganze Sache zu verstehen. Da steckt etwas Größeres dahinter, oder? Ich meine, erzähl mir nicht, dass ich einem Hirngespinst nachjage, weil ich mir zu viele Gedanken mache.«

»Nein, tust du nicht. Was meint Dubin?«

»Schwer zu sagen. Er wirft alle Kräfte auf die Angelegenheit. Damit dürfte alles gesagt sein.«

»Und dir geht es gut?«

»Jetzt besser. Heute Morgen, als wir noch nichts gehört und keine Spur von Bin-Hezam hatten, war ich keine so angenehme Gesellschaft.«

»Hast du dich deshalb die ganze Nacht nicht bei mir gemeldet?«

Er zuckte zusammen. »Ja. Deshalb und … Du weißt, wie es zugeht.«

»Ich weiß genau, wie es zugeht«, sagte sie rasch und hoffte, die schrille, nur aus einem Wort bestehende SMS, die sie ihm am Morgen geschickt hatte, zu neutralisieren. »Ich fühle mich hier nur ein bisschen gestrandet.«

»Verstehe. Ich wünschte, ich hätte dich da draußen, das kannst du mir glauben.« Er sah auf die Uhr. »Apropos …«

»Ich weiß«, sagte sie.

»Wenn hier irgendetwas verdächtig aussieht, dann zögere nicht«, sagte Fisk. »Und ich meine wirklich jede Kleinigkeit. Noch ist alles möglich.«

»Ich halte die Augen offen«, sagte sie und löste sich von ihm.

»Sonntagabend, wenn wir das alles hinter uns haben, so Gott will, machen wir uns eine Flasche Rotwein auf, ja?«

»Eine große Flasche«, sagte sie. »Aber erst einmal müssen wir es bis dahin schaffen.«

Er warf ihr eine Kusshand zu, bevor er in den Flur eilte und um die Ecke verschwand. Gersten blieb noch einen Moment, teils damit man sie nicht zusammen sah, teils weil sie allein sein wollte.

Vielleicht waren wirklich *Die Sechs* das Ziel. Die Sicherheitsmaßnahmen im Hyatt sollten Medien und Schaulustige fernhalten, nicht Terroristen. Der fünfundzwanzigste Stock war insofern einigermaßen sicher, als jeder, der den Aufzug benutzte, zumindest gesehen wurde. Das Hotel als solches war jedoch ein offenes Geheimnis. Und bei *Today* am Vormittag waren sie im Freien gewesen, von allen Seiten angreifbar. Die Gruppe war leicht auszumachen.

Sie fühlte sich besser, da sie jetzt aktiv etwas unternehmen konnte. Vielleicht ergab sich doch noch etwas für sie.

Gersten fuhr mit einer zänkischen Familie deutscher Touristen, die in einer der höheren Etagen wohnten, zum fünfundzwanzigsten Stock hinauf. Sie ging in die Besuchersuite, und Patton sah sie sofort komisch an, als wäre er überrascht, dass sie allein kam. Sie nahm an, er hatte Fisk erwartet.

»Wo ist Nouvian?«, fragte Patton.

»Woher soll ich das wissen?«, erwiderte Gersten.

»Er war nicht in meinem Aufzug. Ich dachte, er sei mit DeRosier gefahren, aber das war nicht der Fall.«

DeRosier kam zu ihnen. »Nouvian ist nicht bei Ihnen?«

»Wo waren Sie?«, fragte Patton.

Gersten ging in Richtung Flur. »Ihr seid sicher, dass er nicht hier oben ist?«

Patton sah sie mit einem Blick an, der ihr sagte, dass seine Besorgnis nicht unbegründet war.

»Mist«, sagte sie, ebenso wütend auf die beiden wie auf sich selbst. Und das unmittelbar nach Fisks Warnung. »Ich fahre in die Lobby hinunter. Versucht, ihn auf seinem Handy zu erreichen.«

»Schon geschehen«, sagte DeRosier.

Sie ging zu den Aufzügen im Flur, drückte den Knopf

und wartete ungewöhnlich lange. Die Tür ging auf, und sie wurde von derselben deutschen Familie erwartet, die nun wieder auf dem Weg nach unten war. Sie fuhren in düsterem Schweigen abwärts. Gersten tippte unablässig mit dem Fuß auf.

Sie sprang im ersten Stock heraus, wo die Säle waren, und lief den Korridor beinahe im Laufschritt auf und ab. Sie ging noch einmal zu dem Seitenflur mit den Toiletten, dort, wo sie und Fisk sich unterhalten hatten. Sie klopfte an die Tür zur Herrentoilette und sah hinein, dann kontrollierte sie die Damentoilette, um nichts dem Zufall zu überlassen. Kein Alain Nouvian.

Sie rannte zur Treppe zurück und hinunter zur Hotelhalle. Auch beim Eingang zur Straße mit seiner Drehtür war nichts von Nouvian zu sehen.

Nun eilte sie zum Barbereich, der ein Stockwerk über dem Gehsteig aus der Fassade ragte. Wände, Decke und selbst der Fußboden waren aus Glas und gestatteten ihr einen anständigen Blick auf die 42nd Street über einen halben Block in jede Richtung. Keine Spur von einem einundfünfzigjährigen Cellisten mit schwarz gefärbtem Haar, das eine beginnende Glatze verdecken sollte.

Dann wieder nach unten zur Rezeption, wo sie die Schlangen der eintreffenden Gäste absuchte. In dem kleinen Laden, der Kaffee und Süßigkeiten verkaufte, war um diese Uhrzeit nicht viel los, und dort war er nicht. Sie bog hinter den Aufzugsschacht ab, in einen Gang mit weiteren kleinen Hotelläden, und überlegte, was sie als Nächstes tun sollte. Fisk anrufen? Nicht jetzt schon; überhaupt nicht, wenn es sich vermeiden ließ. Doch er war ihr Vorgesetzter und der Mann, bei dem bei diesem Einsatz alle Fäden zusammenliefen.

Sie hatten über solche Dinge einmal gesprochen. Dass er sie in Ausübung ihrer Pflicht vielleicht bitten müsste, ihr Leben zu riskieren. Sie hatte damals geantwortet und empfand es immer noch so: Sie würde nicht zögern, die schwierige Entscheidung zu treffen, und er sollte es ebenfalls nicht tun.

Und jetzt dachte sie, dass wohl dasselbe galt, wenn sie Mist gebaut hatte.

Gerade als sie aufgeben und wieder nach oben fahren wollte, um sich ihren Anschiss abzuholen, sah sie Nouvian auf sich zuspazieren. Er erkannte sie, und für einen Moment sah er überrascht, beinahe erschrocken aus, ehe er sich sofort wieder fing. Sie wusste nicht, was es zu bedeuten hatte. Es konnte die pure Verlegenheit sein, weil er die Gruppe verloren hatte.

»Was ist passiert?«, fragte Gersten, bemüht, weder zu verärgert noch zu erleichtert zu klingen.

Er war aufgeregt und sofort in der Defensive. »Ich bin wohl in den falschen Aufzug gestiegen oder habe den falschen Knopf gedrückt oder so.«

»Nun… Sie wissen doch wohl, dass man in einem Hotel nach oben fährt, oder?«

»Natürlich. Es war nur… Die Tür ging zur Eingangshalle auf, und ich wusste nicht, wo alle anderen geblieben waren… also dachte ich mir, ich vertrete mir die Beine.«

Sie waren jetzt direkt hinter den Aufzügen, in einer kleinen Halle mit Läden. »Waren Sie einkaufen?«

»Nein, nein. Hauptsächlich wollte ich einen klaren Kopf bekommen.«

»Beine vertreten, klaren Kopf bekommen…« Sie fasste ihn am Arm und führte ihn um den Aufzugsschacht herum. »Wir haben versucht, Sie anzurufen.«

»Mein Handy ist noch oben. Ich habe es für das Interview nicht gebraucht.«

Gersten drückte den Aufzugsknopf. Sie rief rasch DeRosier an und hoffte, die beiden hatten ihr Missgeschick noch nicht gemeldet. »Hab ihn gefunden, bin auf dem Weg nach oben«, sagte sie, als DeRosier sich meldete, und legte wieder auf. Dann schwieg sie, um zu sehen, was Nouvian sagen würde.

»Ich wollte nicht … Ich hoffe, ich habe niemanden beunruhigt.«

»Ein bisschen«, sagte sie, während ein leerer Aufzug eintraf.

Sie stiegen ein und stellten sich nebeneinander. Gersten betrachtete ihn in der spiegelnden Tür, was ihn ein wenig schwitzen ließ. Sie fragte sich, ob er nur ein bisschen sonderbar war oder ob mehr dahintersteckte.

Er hielt den Blick auf den Boden gerichtet, als wären sie Fremde – und sehr viel mehr waren sie ja tatsächlich nicht –, und als die Tür aufging, ließ er ihr automatisch den Vortritt. Sie revanchierte sich, als sie an den beiden uniformierten Polizisten in den Flur einbogen. Sie begleitete ihn in die Suite, wo er Patton und DeRosier begegnete, die ihn nicht ansprachen, sondern ohne ein Wort in das angrenzende Zimmer gehen ließen.

Gersten sah die beiden an, zuckte die Achseln und sagte: »Ich weiß nicht.« Dann machte sie kehrt und ging zurück zum Aufzug. Sie fuhr wieder nach unten in die Hotelhalle und ging zu den kleinen Läden hinter den Aufzügen, wo sie ihn gefunden hatte. Er war neben einem Juwelierladen für mittelschwer betuchte Touristen und einem Souvenirladen mit dem üblichen New-York-Kitsch wie kleinen Freiheitsstatuen aufgetaucht.

Gegenüber davon gab es zwei Münztelefone – falls sie noch funktionierten, eine Rarität im heutigen Manhattan.

Gersten nahm jeweils den Hörer ab und erhielt beide Male ein Freizeichen.

Komm nicht verhüllt. Trag nicht einmal einen Hidschab.

Aminah bint Mohammed zog die Laibe aus dem Kühlschrank. Beide waren in Wachspapier und Frischhaltefolie verpackt. Sie polsterte den Boden einer großen Einkaufstasche von Macy's – blau mit einem großen roten Stern – mit Geschirrtüchern aus Baumwolle aus, legte die gekühlten Laibe darauf und deckte sie mit einer alten braunen Strickweste aus ihrem Schlafzimmerschrank zu.

Aminah betete, während sie packte, sie dankte, dass das Warten endlich vorbei war. Sie setzte ihre Gebete fort, als sie sich auszog. Sie hatte sich so an ihre schwarze Burka gewöhnt, die sie seit fast drei Jahren täglich trug – wenn sie nicht im Dienst ihre Schwesterntracht anhatte –, dass sie sich in normaler westlicher Kleidung nackt fühlte.

Es war das zweite Mal in dieser Woche, dass sie ihre angenehme gegenwärtige Identität gegen die ihr fremd gewordene frühere tauschte. Als sie drei Tage zuvor die Zutaten eingekauft hatte, trug sie Bluejeans, ein T-Shirt und eine Jacke. Und es war, als wäre sie verschwunden. Keine argwöhnischen Blicke auf dem Gehsteig. Keine abschätzigen Mienen. Keine ausgestreckten Zeigefinger von Kindern. Ihre alte Art, sich zu kleiden, hatte sich wie eine Tarnung angefühlt und den Abschluss ihrer dreijährigen Reise von Kathleen Burnett zu Aminah bint Mohammed symbolisiert.

Kathleen Burnett war als Tochter eines methodistischen Geistlichen und seiner Frau in New Bedford, Massachusetts, zur Welt gekommen. Als jüngstes von fünf Kindern hatte sie eine normale Schulbildung erhalten, den Beruf einer Krankenschwester erlernt und am Krankenhaus in ihrem Heimatort zu arbeiten begonnen.

Neunundzwanzig Jahre lang war sie Kathleen Burnett gewesen. Jetzt war sie zweiunddreißig, sie war eins achtundsechzig groß und hatte ihr Leben lang gegen Übergewicht zu kämpfen gehabt. Sie hatte dunkles gelocktes Haar, das sie für ihr attraktivstes Merkmal hielt. Sie hatte nie geheiratet. Sie war keine Jungfrau, aber nur aufgrund einer traumatisierenden Vergewaltigung durch einen Jungen, mit dem sie im Sommer vor ihrem letzten Highschool-Jahr einmal ausgegangen war.

Nach dem Tod ihrer Mutter, keine zwölf Monate nach der ersten Diagnose Nierenkrebs, klapperte Kathleen Jobangebote aus anderen Bundesstaaten ab und nahm spontan eine Stelle als Schwester in der Notaufnahme des St Vincent Hospitals in Greenwich Village an. In ihr Apartment in Bay Ridge war sie vor fünf Jahren gezogen. Sie begann ihr neues Leben mit großer Vorfreude und wurde eine leidenschaftliche Lebensretterin. Sie war stolz darauf, dass jedes Mal, wenn sie zur Arbeit ging, jemand, der ohne sie gestorben wäre, am Leben blieb.

Ihre erste und beste Freundin im Krankenhaus war eine Assistenzärztin namens Na'ilah Al-Mehalel, eine Muslimin mit Wurzeln in Jordanien, die einen westlichen Lebensstil pflegte. Kathleen erlebte eine Art Verliebtheit in die ältere, klügere Frau. Als sie eine Einladung Na'ilahs annahm, sie in die Masjid-Ar-Rahman-Moschee in der

29th Street zu begleiten, war es ihr zunächst mehr um Kameradschaft als um Religion gegangen. Die religiösen Schranken zwischen Männern und Frauen erschreckten sie erst, aber sie hatte sie rasch als ein Zeichen von Respekt und Schutz und nicht von Unterdrückung zu würdigen gelernt.

Was als halb ernstes Werben um Na'ilah Al-Mehalel begonnen hatte – das unerwidert und Kathleens Geheimnis blieb –, führte zu etwas wesentlich Tieferem. Zwei Jahre später trat sie zum Islam über. Der Imam stellte ihr drei Fragen:

»Glaubst du an den einen Gott?«

»Glaubst du, dass Jesus ein Prophet war, aber nicht der Sohn Gottes?«

»Bist du bereit, Mohammed als Propheten zu akzeptieren?«

Kathleen Burnett beantwortete alle drei Fragen mit Ja. Sie wurde Angehörige der islamischen Religion, indem sie die nächsten Worte des Imam wiederholte.

»Es gibt keinen Gott außer Allah, und Mohammed ist sein Prophet.«

Wie viele westliche Konvertiten zum Islam nahm sie einen muslimischen Namen an: Aminah – das bedeutet »vertrauenswürdig« – und bint Mohammed – Tochter des Mohammed.

Gegen eine kleine Gebühr beim Standesamt wurde Kathleen Burnetts Verwandlung in Aminah bint Mohammend amtlich beglaubigt und ihre Wiedergeburt abgeschlossen.

Einige Monate später wurde Na'ilahs Bruder Robeel von Männern, die sich als Polizei ausgaben, aus seiner Wohnung in Queens geholt, allerdings ohne offiziellen

Haftbefehl. Na'ilah war untröstlich, und Aminah leistete ihr tagelang Beistand.

Sechs Monate später erhielten Na'ilahs Eltern einen Brief der US-Regierung mit der Frage, wohin sie die sterblichen Überreste ihres Sohnes schicken sollten. Robeel hatte im Gefängnis in Guantanamo Bay Selbstmord begangen – zumindest stand es so in dem Brief.

Einige Monate später verschwand der Vater einer weiteren Freundin Aminahs aus der Moschee spurlos. Na'ilah wurde paranoid und verbittert und redete pausenlos vom Krieg der Vereinigten Staaten gegen den Islam. Aminah war am Boden zerstört, als Na'ilah und ihre Familie nach Jordanien zurückkehrten und sie selbst wütend und wieder allein zurückließen.

Sie gelangte zu der Überzeugung, dass sie durch ihre Geburt auf der falschen Seite dieses Konflikts gelandet war. Als sich eine andere amerikanische Frau aus der Moschee mit ihr anfreundete und ihr die Gelegenheit bot, sich der Armee Gottes anzuschließen, wusste Aminah, dass sie nicht ablehnen konnte. Sie traf sich heimlich mit dieser Frau, die sie aufforderte, der Masjid-Ar-Rahman-Moschee fernzubleiben, weil diese von der amerikanischen Polizei überwacht werde. Man sagte ihr, wenn auch natürlich nicht so deutlich, dass sie als Schläferin am wertvollsten für den Dschihad sein würde. Sie solle ihr Leben ruhig fortführen und nicht auffallen, bis der Augenblick kam, da ihre Anwesenheit in New York der Schlacht die entscheidende Wendung geben konnte. Gefragt, ob sie bereit sei, ihr Leben für Mohammed zu geben, antwortete sie mit Ja, aber sie dachte dabei nicht an Mohammed, sondern an Na'ilah.

Nichts hatte Aminah bint Mohammeds Dasein je so

viel Sinn verliehen wie ihr Engagement für diese berauschende Sache. Das Leben von Unfall- und Verbrechensopfern im St Vincent Hospital zu retten, verblasste im Vergleich dazu, dass sie nun mithalf, Gottes Plan in dieser Welt zu verwirklichen. Nachdem das St Vincent im April 2010 schloss und Aminahs Arbeitslosengeld ausgelaufen war, bot die Frau aus der Moschee an, ihr Einkommen auszugleichen, damit sie die Wohnung in Bay Ridge problemlos behalten konnte. Das Wichtigste, sagte die Frau, sei, dass Aminah verfügbar und unbelastet sei, wenn der Ruf zu dienen sie ereilte.

Der erste Anruf war zu Beginn der Woche gekommen. Die Stimme eines anderen Mannes. Ein anderes Codewort.

Er hatte Anweisungen für sie. Sie sollte sechs 330-ml-Flaschen Wasserstoffperoxid kaufen, sechs Halbliterdosen Aceton und vier Liter Salzsäure. Jeder Artikel musste einzeln in verschiedenen Läden in verschiedenen Stadtteilen gekauft werden.

Die Stimme hatte langsam die Internetadresse einer Seite vorgelesen, wo sie Anweisungen zum Mischen der Zutaten finden würde. Sie schrieb sie auf und las sie dem Mann noch einmal vor, ehe sie das Gespräch beendete und die fremdartige Verkleidung ihres früheren Lebens anlegte.

Chemie war Aminahs Lieblingsfach bei der Schwesternausbildung gewesen. Ein Herstellungsverfahren sorgfältig und exakt zu befolgen lag ihr im Blut.

Wasserstoffperoxid war ein gebräuchliches Antiseptikum für den Haushalt. Das Aceton war identisch mit Nagellackentferner. Mit Wasser vermischt und vorsichtig mit Gummihandschuhen benutzt, wirkte Salzsäure Wunder bei schmutzigem Mauerwerk.

Sie brauchte drei Tage, um den Sprengstoff zu mischen. Auf der Arbeitsfläche ihrer winzigen Kochnische legte sie ihr Zubehör aus. Weiße, becherförmige Kaffeefilter aus Papier. Ein Messbecher. Eine 60-ml-Spritze. Eine Halbliterflasche Haushaltsammoniak. Zwei Ein-Liter-Einmachgläser, die mit ihren Zutaten in der Tiefkühltruhe gewesen waren, da man ihre Temperatur auf den Gefrierpunkt bringen musste.

Mit Spritze und Messbecher mischte sie Wasserstoffperoxid und Aceton im Verhältnis 3:1 in dem großen Glas, dann stellte sie die Mischung in die Kühltruhe. Sie mischte die pulverisierte Salzsäure mit Wasser, um 120 ml einer dreißigprozentigen Lösung herzustellen, und stellte diese ebenfalls in den Tiefkühlschrank. Eine halbe Stunde später mischte sie das Wasserstoffperoxid, das Aceton und die Säure in einem der Einmachgläser und stellte es über Nacht in ihren Kühlschrank.

Am Morgen sah sie genau das, was sie der Anleitung zufolge sehen sollte: feine weiße Kristalle auf dem Boden des Glases. Sie hatte etwa ein Drittel der benötigten Menge gewonnen. Sie passierte die Flüssigkeit durch einen Kaffeefilter in das leere Glas, wobei eine weiße Paste zurückblieb. Das war der Sprengstoff, bekannt als Acetonperoxid oder APEX beziehungsweise TATP. Zuletzt goss sie das Ammoniak über die weiße Paste, bis sie aufhörte, Blasen zu bilden und zu schäumen, und klärte sie auf diese Weise noch weiter. Diesen Prozess wiederholte sie, bis keine Flüssigkeit mehr im Glas war, dann stellte sie die Kaffeefilter mit dem TATP zum Trocknen auf eine Zeitung.

Am nächsten und am übernächsten Tag wiederholte sie das Verfahren, bis sie exakt ein Pfund Sprengstoff gewonnen hatte. Die leeren Flaschen und Kanister entsorgte sie nachts im Abfalleimer einer Tankstelle, und in ihrer Wohnung ließ sie bei offenem Fenster Ventilatoren laufen, um den Geruch zu zerstreuen. Sie reinigte den Messbecher, die Gläser und die Spritze sorgfältig, warf sie jedoch nicht weg, falls sie irgendwann noch mehr Sprengstoff mischen musste. Die gereinigte Ausrüstung bewahrte sie in ihrem Kühlschrank auf, im selben Fach wie die Sprengstoff-Laibe.

Die Frau, die Aminah nun im Spiegelschrank ihres Schlafzimmers sah, erschreckte sie. Sie trug einen langen Rock, einen blauen Wickelrock aus Baumwolle, der ihre Beine bis zu den Knöcheln verdeckte, und einen beigen Pullover. Flache braune Schuhe vervollständigten die Verkleidung.

Wie seltsam es war, ihrem alten Ich an diesem schicksalhaften Tag zu begegnen.

Sie fühlte sich nicht so mutig oder so heilig wie erhofft. Sie wusste nichts über den Gesamtplan. Tatsächlich glaubte sie, dass es viele Glieder wie sie selbst in dieser herrlichen Kette gab, von denen keines mehr als seine eigene heilige Pflicht kannte. Und aus irgendeinem Grund beruhigte sie das.

Als Aminah mit der Einkaufstasche in der Hand unten auf der Straße war, erledigte sie eine weitere Aufgabe. Sie ging noch einmal zu der zwei Straßen entfernten Tankstelle, ließ diskret den Akku ihres Handys herausspringen und warf beides in den Müll. Sich von diesem Gerät zu trennen war ein weiterer tiefgründiger Moment für sie, ein Ausdruck ihrer Überzeugung, dass es kein Zurück gab.

Zwei Straßen weiter hielt sie ein Taxi an. Sie nannte dem Fahrer die Adresse des Hotels Indigo in Manhattan, und als er losfuhr, sank Aminah in den Ledersitz zurück und begann wieder zu beten. Als der Fahrer auf die Brooklyn Bridge nach Manhattan hinüber beschleunigte, schloss sie die Augen, da sie die Stadt der Ungläubigen nicht sehen wollte, die sich wie eine Festung gegen den einen, wahren Gott erhob.

Die Sechs kleideten sich förmlich für die Veranstaltung auf dem Flugzeugträger. Vier Motorradpolizisten des NYPD eskortierten ihren SUV-Konvoi durch Manhattan zum Pier 86 am Hudson River, am westlichen Ende der 46th Street.

Wie ihre Kollegen Patton und DeRosier war Gersten noch nie auf einem Flugzeugträger gewesen. Von der Straße sah die *USS Intrepid* gewaltig aus, wie sie bis zur Höhe eines zwanzigstöckigen Gebäudes vor ihnen aufragte. Das Heck war eine Viertelmeile vom Bug entfernt. Die schwimmende Stadt und Waffe löste pure Ehrfurcht aus.

Die Sicherheitsmaßnahmen waren beruhigend streng. Endlose Menschenschlangen schlurften in der brütenden Nachmittagshitze die beiden Gangways zur Mitte des Schiffs hinauf. Am Fuß der Gangways warteten weitere Besucher in Zickzackschlangen vor den Metalldetektoren.

Als VIPs wurde den sechs Helden die Kontrolle außerhalb des Schiffs erspart. Hinter den Gangways löste sich die Motorradeskorte und bildete eine Absperrung zwischen den SUVs und der Menschenmenge. Sie blieben fünf Minuten lang im Leerlauf in ihren kühlen Autos sitzen, bis sich einer der riesigen Flugzeugaufzüge auf sechs Meter Abstand zum Dock herabgesenkt hatte. Dann wurde eine breite Rampe ausgefahren, die die restliche Entfernung überbrückte.

Die SUVs fuhren direkt in den Bauch des Schiffs, auf das Hangardeck, das die gesamte Länge und Breite des Trägers einnahm.

Uniformierte Marinesoldaten salutierten, als *Die Sechs* ausstiegen. Die Gruppe erwiderte die Salute unbeholfen, bis auf Aldrich, der seinen Salut schneidig und präzise absolvierte.

Sie warteten fast eine Stunde lang in einer gemütlichen Offiziersmesse auf dem Hangardeck. Der Secret Service Agent Harrelson entschuldigte sich für die Verzögerung, erklärte jedoch, diese sei Routine. »Wir müssen den Bereich mindestens eine halbe Stunde vor Eintreffen des Präsidenten stabil halten. Sie mögen die Helden sein, aber er ist der Oberbefehlshaber. Das militärische Protokoll verlangt, dass der ranghöchste Offizier als Letzter eintrifft.«

Sie saßen schweigend da und drohten von ihrer zunehmenden Aufgeregtheit überwältigt zu werden. Barack und Michelle Obama zu begegnen war bis jetzt ein abstrakter Gedanke gewesen. Nun würden sie dem Präsidenten tatsächlich bald die Hand schütteln, ihm in die Augen sehen, seinen Dank entgegennehmen. Gersten sah, wie sie es langsam begriffen.

»Ich gebe ihm die Hand«, sagte Aldrich. »Aber ich werde nicht für ihn stimmen.«

Maggie rieb ihm den Arm und zog ihn gutmütig auf. »Wem wollen Sie etwas vormachen, Doug? Sie schmelzen doch dahin wie das Eis am Pol. Wenn ich Sie oben in Albany besuchen komme, werden Sie ein großes Schild in Ihrem Vorgarten stehen haben – Yes We Can.«

Die anderen lachten – bis auf Joanne Sparks, die seit dem Morgen ihrer Mitheldin gegenüber bemerkenswert kühl gewesen war. Gersten fragte sich, ob sie mutmaßte, was zwischen Maggie und Jenssen letzte Nacht vorgefallen war. Sparks benahm sich auch nicht so aufmerksam und kokett gegenüber dem Schweden, überhaupt nicht wie am Vortag.

Nouvian wandte den Blick ab, als er bemerkte, dass ihn Gersten ansah. Ihr fiel auf, dass er ständig die Hände wrang.

Zwei Männer in Anzügen wurden in den Raum geführt und als der kanadische Botschafter Gary Doer und sein schwedischer Amtskollege Jonas Hafstrom vorgestellt. Botschafter Doer umarmte eine geschmeichelte Maggie Sullivan, die kanadische Bürgerin war. Botschafter Hafstrom schüttelte Jenssen die Hand, dann steckten die beiden in einer Ecke die Köpfe zusammen. Gersten lächelte für sich, sie hatte den Eindruck, dass man den schwedischen Botschafter nach Jenssens Worten in der Sendung *Today* beauftragt hatte, ihn auf Linie zu bringen. Jenssen war mit seinem guten Aussehen auch für Schweden eine erstklassige PR-Chance, speziell, um weibliche Touristen anzulocken.

Jenssen wirkte zunächst misstrauisch, aber nachdem sie einige Sätze gewechselt hatten, sah Gersten, wie er seinen angeborenen Charme entfaltete. Sie unterhielten sich in herzlichem Ton auf Schwedisch.

Als es an der Zeit war, wurden *Die Sechs* und die beiden Botschafter aus der Offiziersmesse geführt und traten schließlich von dem hochaufragenden Kommandoturm in die sengende Hitze auf dem riesigen Flugdeck. Links von ihnen floss der breite, blau-braune Hudson, rechts ragte die Gebäudemasse von Midtown Manhattan auf, in deren Fenstern sich das Sonnenlicht spiegelte. Ein flirrender Hitzefilm schwebte wie aufsteigender Dampf über der City.

Sobald *Die Sechs* auf ihrem Weg zu einer Tribüne erkannt wurden, brachen zweitausend Menschen auf dem anderthalb Hektar großen Flugdeck in Jubel aus. Fernsehkameras verfolgten, wie sie im Gehen winkten, die Zeremonie wurde von allen Sendern übertragen.

Die Gruppe nahm ihre Plätze unter den Ehrengästen ein, während Gersten, Patton und DeRosier in einen von den Kameras nicht erfassten Bereich nicht weit von ihnen verbannt wurden.

Das Geräusch eines Hubschraubers ließ alle Anwesenden nach oben blicken. Ein großer grünweißer Sikorsky kam von Norden, die Nase hoch erhoben, die beiden Turbinen so laut, dass sie alle anderen Geräusche ausblendeten.

Die Maschine setzte sanft in dem weißen Kreis mit dem Buchstaben H in der Mitte auf, fünfzig Meter von der Menge entfernt, der Luftzug von den Rotoren brachte den unter der Hitze leidenden Zuschauern einen Moment der Erleichterung.

Zwei Marines in blauen Paradeuniformen standen in Habtachtstellung am Rand eines roten Teppichs, der exakt zur Tür des Hubschraubers direkt hinter dem Cockpit führte. Die Menge jubelte und wartete darauf, dass der Präsident und die First Lady aussteigen würden.

Doch stattdessen fuhren die Motoren des riesigen

Hubschraubers zur allgemeinen Verwirrung wieder hoch, als hätte es sich der Pilot anders überlegt. Die Maschine stieg abrupt auf rund dreißig Meter Höhe, wendete auf der Stelle und flog den Weg zurück, den sie gekommen war, auf die George-Washington-Bridge in der Ferne zu.

Als das Rotorgeräusch des Helikopters verklungen war, hörte man die Menge besorgt murmeln, viele befürchteten einen Notfall. Dann zeigten Finger zum Himmel.

Ein zweiter, identischer Hubschrauber tauchte von New Jersey kommend über dem Fluss auf und hielt auf den Flugzeugträger zu. Das war, wie nun allen klar wurde, der echte Marine One, der Hubschrauber, der den Präsidenten an Bord hatte.

Der erste Hubschrauber war ein Ablenkungsmanöver gewesen. Da der Saudi noch frei in New York herumlief, ging der Secret Service kein Risiko ein.

Der zweite Hubschrauber landete, und die Menge tobte vor Erleichterung und Begeisterung, als Barack und Michelle Obama ausstiegen. Zu der Schlange der Personen, die zu ihrem Empfang bereitstanden, gehörten zwei Admirale, ein General, Bürgermeister Bloomberg, die Botschafter Hafstrom und Doer und *Die Sechs* – sie alle standen auf dem Podium, von dem Obama zum Publikum sprechen würde.

Der Präsident und seine Frau gaben allen die Hand. Barack Obama plauderte der Reihe nach mit jedem der sechs Helden ein wenig. Er war gründlich vorbereitet worden, da er sie alle mit Namen kannte und ein wenig aus ihrem Leben wusste. Gersten konnte die Unterhaltungen von ihrem Platz aus nicht hören, aber der Präsident schien Wert auf einen persönlichen Kontakt mit jedem Einzelnen zu legen, wobei er selbst von der Verbindung mit den Helden des Augenblicks natürlich ebenfalls profitierte.

Alle aus der Gruppe verhielten sich einwandfrei höflich, wenn auch nicht immer elegant. Aldrich schüttelte dem Präsidenten kräftig die Hand und nickte, wie Gersten bemerkte, sagte aber nichts. Dennoch war seine Brust stolzgeschwellt. Jenssen lächelte, als er an der Reihe war, und beantwortete anschließend eine Frage. Maggie wischte sich Tränen aus den Augen und lachte über sich selbst dafür, während der Präsident lächelte und ihr auf die Schulter klopfte, ehe er sie umarmte. Sparks lachte mit Michelle Obama. Nouvian tauschte Höflichkeiten mit ihr aus, anscheinend über das Cello. Und Frank lächelte die ganze Zeit herzlich, als würde er für das Umschlagfotomotiv seines Buchs posieren.

Der Präsident wirkte zwar adrett und fit, aber selbst aus ihrem Abstand sah Gersten das Grau in seinem Haar. Der Job hatte ihn altern lassen wie jeden anderen Präsidenten auch.

Er verwandte rund fünf Minuten seiner fünfundzwanzigminütigen Rede darauf, die Helden zu ehren.

»Wir sind heute hier versammelt, um die Angehörigen unserer bewaffneten Streitkräfte zu ehren, die in den zehn Jahren seit den Angriffen vom 11. September 2001 ihr Leben in der Verteidigung dieses Landes gegeben haben. Es lohnt sich jedoch, daran zu erinnern, dass im Kampf gegen den internationalen Terrorismus jeder von uns in jedem Augenblick zum Kämpfer werden kann. Vor gerade einmal achtundvierzig Stunden haben sich diese sechs Männer und Frauen, Passagiere und Besatzungsmitglieder einer Verkehrsmaschine auf dem Weg in diese großartige Stadt, zusammengetan, um einen Entführer zu überwältigen, der das Flugzeug in seine Gewalt bringen und über Manhattan abstürzen lassen wollte. Ihr Handeln zeugt von Mut, Entschlossenheit und dem festen Willen, nicht vor Angst zu kapitulieren. Sie haben für uns alle gehandelt. Und dies ist nun unsere Gelegenheit, ihnen zu danken. Ich möchte sie einladen, mich und Michelle morgen Vormittag zu begleiten, wenn wir ein neues Wahrzeichen in der historischen Skyline dieser Stadt einweihen, ein Symbol der Widerstandskraft und der Erneuerung …«

Der Präsident hatte seine Rede kaum beendet, als Gerstens Handy vibrierte. Sie schlüpfte beiseite, um den Anruf entgegenzunehmen; sie war froh, ein wenig Schatten abzubekommen, dafür hatte sie Mühe, Fisks Stimme im Wind, der vom Fluss herwehte, zu verstehen.

»Wie sieht es bei euch aus?«, fragte er.

»Alles Roger. Hast du die Rede gehört?«

»Nein. Ich hab auf stumm gestellt.«

»Ich weiß nicht, ob es schon bestätigt ist, aber *Die Sechs* haben gerade eine persönliche Einladung für die große Feierlichkeit morgen Vormittag erhalten. Eigentlich keine Überraschung, aber sie stehen auf der Gästeliste des Präsidenten.«

»Das bedeutet, dass du dort auch einen ziemlich guten Sitzplatz haben solltest.«

»Ich stehe auf der Gästeliste der *Sechs*. Gibt es etwas über die Münztelefone im Hyatt?«

»Ein Anruf, etwa zu der Zeit, als Nouvian deiner Schätzung nach dort war. Die Nummer kam eben herein. Wir haben sie natürlich nicht über einen Richterbeschluss bekommen, sondern aus Gefälligkeit. Es ist ein Handy aus New York, wir ermitteln den Besitzer gerade. Ich nehme an, du willst der Sache gern selbst weiter nachgehen…«

Sie nickte heftig, auch wenn Fisk sie nicht sehen konnte. »Auf jeden Fall.«

»Wie verhält sich Nouvian jetzt?«

»Genau wie die anderen«, sagte sie. »Vielleicht spinnt er nur ein bisschen. Ich weiß nicht, was er getrieben hat. Aber es kam mir vor, als würde er etwas im Schilde führen.«

»Was denkst du, wen er angerufen haben könnte?«

»Er hat sein eigenes Handy, das ist ja das Merkwürdige. Warum schleicht er sich davon, um ein öffentliches Telefon zu benutzen?«

»Es ist jedenfalls nicht astrein«, sagte Fisk. »Sonderbar genug, um der Sache nachzugehen. Ich sage dir Bescheid, sobald wir Genaueres wissen. Und ich erzähle Dubin, wie du dahintergekommen bist. Ich melde mich bald wieder.«

Gersten legte auf und kehrte auf ihren Posten in der prallen Sonne zurück, als das Podium gerade geräumt wurde. Sie achtete besonders auf Nouvian, als er die Stufen herunterkam, er sah gerötet und aufgeregt aus wie die Übrigen.

Möglicherweise war er es gar nicht gewesen, der das Telefon benutzt hatte. Doch wie auch immer: Es reichte, um sie für eine Weile von diesem beschissenen Einsatz wegzubringen. Selbst eine sinnlose Nachforschung war eine willkommene Abwechslung.

Gersten bemerkte, dass Botschafter Hafstrom Jenssen noch einmal zur Seite nahm, bevor die Gruppe sich auf den Rückweg zum Hyatt machte. Sie schienen Probleme zu haben, sich einig zu werden, aber da sie Schwedisch sprachen, war sich Gersten nicht ganz sicher. Sie verabschiedeten sich jedoch auf Englisch, ehe der Botschafter Jenssen vor der ganzen Gruppe die Hand schüttelte. »Es wird eine wunderbare Zeremonie werden, Magnus, und wenn Sie dann wieder nach Hause zurückkehren, werden wir uns an vielen weiteren Feierlichkeiten erfreuen.«

Hafstrom hielt direkten Augenkontakt zu dem Lehrer, als wollte er ihn zwingen, sich anständig zu benehmen. Sein gewelltes silberblondes Haar und die markanten Gesichtszüge wirkten patrizierhaft, was ihm in der Vergangenheit wahrscheinlich schon oft gute Dienste geleistet hatte. Jenssen verabschiedete sich freundlich, und der Botschafter wünschte alles Gute und sagte, er freue sich darauf, sie am nächsten Morgen wiederzusehen.

»*Politikar*«, stieß Jenssen aus, als sie im Lift zum Hangardeck hinunter waren.

»So wie du es sagst, klingt es wie ein Schimpfwort«, sagte Maggie und lächelte.

»Es ist eins«, erwiderte Jenssen und hatte offenbar Mühe, höflich zu bleiben, während er mit gesenktem Blick auf die geschlossene Tür starrte. »Es ist eins …«

Aminah bint Mohammed wusste nicht, womit sie rechnen, was sie sagen, was sie denken sollte. Normalerweise begegnete sie anstrengenden Situationen, indem sie ihre Emotionen im Vorhinein probte, um sie unter Kontrolle zu haben, aber hier wusste sie nicht, was auf sie wartete.

Alles wäre leichter für sie gewesen, hätte sie sich die nachmittägliche Taxifahrt über die Brooklyn Bridge nach Manhattan vorstellen können, wie sie ruckartig und unter viel Hupen die Second Avenue hinaufhetzten, langsam quer durch die Stadt krochen und einmal rund um den Block bogen, um dann in östlicher Richtung auf die 298th Street zu fahren. So wie die Dinge lagen, erschien es ihr wie ein wahlloses Umherkurven, das sie nervös machte und verwirrte.

Sie bezahlte den Fahrer bar. Dem Portier, der ihr die Glastür aufhielt, nickte sie unbeholfen zu. Als sie an der Rezeption des Hotel Indigo vorbeiging, zögerte sie kurz und überlegte, ob sie etwas sagen musste oder ob man sie einfach zu den Aufzügen würde spazieren lassen. Der Angestellte an der Rezeption blickte auf, lächelte und wandte sich ab. Aminah betrat den offenen Aufzug, drehte sich um und wartete scheinbar ewig, bis sich die Tür schloss. Als sie es endlich tat, atmete sie tief durch und betete.

In ihrer Einkaufstasche hatte sie ein Pfund hochexplosiven Sprengstoff.

Der Flur auf der Penthouse-Etage war überraschend kurz. Aminah drückte die Klingel zur Tür A – und die Tür ging sofort auf.

Ein Saudi mit hübschen Gesichtszügen und einem Mal von der Größe eines Fünfcentstücks an der linken Kieferseite stand vor ihr und musterte sie aus seinen schwarzen Augen.

Baada Bin-Hezam seinerseits dachte beim Anblick der rotgesichtigen, untersetzten Frau im ersten Moment, es sei das Zimmermädchen. Dann sah er die Einkaufstasche in ihrer Hand. Sie war nicht das, was er erwartet hatte, als man ihn informierte, er werde in den Vereinigten Staaten mit einem Schläfer Kontakt aufnehmen. Die Amerikanerin wirkte nicht sehr interessant.

Es gab keine Passwörter für dieses Treffen. Bin-Hezam

trat zur Seite, damit sie hereinkommen konnte, dann schloss er die Tür und verriegelte sie.

Aminah ging einige Schritte nach innen, dann blieb sie stehen. Sie war seit langer Zeit nicht mit einem Mann allein in einem Raum gewesen. Noch unbehaglicher fühlte sie sich wegen der Art, wie sie angezogen war. Verglichen mit ihrer normalen Kleidung lenkte noch die sittsamste westliche Aufmachung den Blick auf die weibliche Figur.

Sie blickte ihm wieder ins Gesicht und sah, dass er die Augen unter den schweren Lidern niedergeschlagen hatte und es aus Respekt vermied, ihr Gesicht und ihren Körper zu betrachten. Sie nahm es mit Erleichterung auf.

»*Assalamu alaikum*«, sagte er.

Sie wusste nicht, ob sie weitergehen oder seine Anweisungen abwarten sollte. »*Walaikum assalam*«, erwiderte sie.

»Bitte«, sagte Bin-Hezam und ging tiefer in das Zimmer. Er streckte die Hand aus, um ihr die Einkaufstasche abzunehmen. Dann stellte er sich formell vor. »Ich bin Baada Bin-Hezam.«

»Ich bin Aminah bint Mohammed. Bitte verzeih meine Anwesenheit und …« Sie wusste nicht, wie sie es sonst sagen sollte. Sie wusste, er hatte einen Mann erwartet. Sie hatte es seiner Stimme am Telefon angehört. Sie wollte sich irgendwie entschuldigen, nicht für ihr Geschlecht, sondern für die Verlegenheit, die ihre Anwesenheit auslöste.

Er ging um sie herum ins Wohnzimmer der Suite. Der Raum beleidigte Aminahs Augen mit seinem aufdringlichen Dekor selbst im spärlichen Licht einer einzelnen Stehlampe und der Kugelleuchte in der Eingangsdiele.

Die Vorhänge waren zugezogen, ein schmaler Streifen Sonnenlicht drang durch den Schlitz, wo sie sich nicht ganz trafen.

Es war in der Tat ein Rahmen, um verbotene Dinge zu tun, wenn auch nicht von der Art, die man gemeinhin mit Hotelzimmern in Verbindung bringt.

Auf einem kleinen runden Esstisch sah sie zwei schwarze Kuriertaschen, eine große Plastiktüte mit gefalteter weißer Gaze, eine kleine blaue Schachtel, eine eingerollte Plastikfolie und ein paar Dinge, die nach Elektronik aussahen. Durch die offene Tür zu einem zweiten Raum entdeckte sie ein Bett, auf dem Sakko und Hose eines kaffeebraunen Anzugs sowie ein gefaltetes weißes Hemd sorgfältig wie in einer Sakristei zurechtgelegt waren.

»Setz dich«, sagte Bin-Hezam und wies auf einen von zwei Schalensesseln. Er nahm die Strickjacke aus der Einkaufstasche und legte sie beiseite, dann holte er vorsichtig die beiden eingewickelten Sprengstoff-Laibe heraus und legte sie auf den Tisch. Zärtlich, als würde er ein Neugeborenes auswickeln, öffnete er eins der Päckchen. Er berührte es, um die Konsistenz zu prüfen. Es bewahrte den Fingerabdruck, als er hineindrückte. Der frische Sprengstoff war formbar wie Kitt. »Ja, das hast du gut gemacht«, sagte Bin-Hezam zu Aminah.

Sie freute sich. »Ich habe die Anweisungen befolgt. Ist es gut?«

»Sehr gut.«

Sie wollte nur nützlich sein. Gott hatte dafür gesorgt, dass sie der heutigen Herausforderung gewachsen war. Dieses Gefühl würde sie erheben und durch den restlichen Tag tragen.

Bin-Hezam betrachtete den Fingerabdruck, den er auf

dem Sprengstoff hinterlassen hatte. Jeder der beiden halbpfündigen Laibe verfügte über genug Sprengkraft, um ein mittelgroßes Einfamilienhaus in einen Haufen Kleinholz zu verwandeln. Die Explosion würde jeden Menschen im Umkreis von fünfzig Meter töten und bis hundert Meter für schwere Verletzungen sorgen. Auf freiem Gelände gezündet, würde er einen Krater von zehn Meter Durchmesser und drei Meter Tiefe erzeugen. Er wickelte den Laib mit seinem Fingerabdruck darauf behutsam wieder ein und steckte ihn in eine der schwarzen Kuriertaschen, die er dann beiseitestellte.

Das andere Stück verstaute er in der zweiten Kuriertasche, gefolgt von der Gaze, einer Schachtel Watte, der Plastikfolie, den Treibstoff-Pellets für die Modellrakete und den Komponenten des Elektrozünders. Er hob die Tasche vorsichtig an, damit sich alles setzen konnte, dann überzeugte er sich noch einmal, ob er sie gut genug gepackt hatte, damit sie nicht versehentlich in die Luft flog. Unwahrscheinlich, aber möglich. Alles zusammengenommen wog die Kuriertasche mit ihrem Inhalt rund fünf Pfund.

»Die ist für dich«, sagte er.

Aminah war überrascht, nur eine zu bekommen. Doch sie hinterfragte seinen Befehl nicht.

»Die Dinge, die ich dir mitgebe, sind sehr wichtig. Das entscheidende Element hast du selbst beigesteuert.« Bin-Hezam holte tief Luft. Seine wichtigste Aufgabe waren die Anweisungen, die er ihr nun geben würde. Alles hing jetzt von dieser Amerikanerin ab. »Du wirst diese Tasche per Taxi zum Eingang des Central Parks an der 85th Street East bringen. Von dort gehst du in den Park und zum Südende des Reservoirs. Dort findest du ein

Pumpenhaus aus Granit. Du wartest davor, bis du gegrüßt wirst. Ist das klar? Bis du gegrüßt wirst.«

»Wird es ein Mann sein?«, fragte sie.

Bin-Hezam zögerte mit seiner Antwort. »Es ist besser, wenn du es nicht weißt.«

»Woher werde ich wissen, dass es ... die Person ist?«

»Man wird dich dort finden und aufrufen, und du wirst sie erkennen, wie du Allah erkennen würdest. Du wirst den Anweisungen folgen, die du erhältst. Du wirst vielleicht einige Zeit warten müssen bis zu der Begegnung. Wirst du geduldig sein?«

Aminah nickte aufrichtig.

»Vielleicht solltest du ein Buch mitnehmen – ein westliches Buch –, damit du beschäftigt wirkst. Dein Kontakt wird sehr wenig Zeit haben, deshalb ist es von entscheidender Bedeutung, dass du zur Verfügung stehst.«

Aminah war überzeugt, dass es ein Mann sein würde. Bin-Hezam hätte es ihr bestimmt gesagt, wenn es eine Frau wäre, denn er würde wissen, dass es eine beruhigende Wirkung auf sie hätte.

»Erst ein Hotelzimmer, dann ein Rendezvous im Park. Nach Jahren des strikten Gehorsams bin ich am Ende noch ungehorsam.« Sie machte einen Scherz, aber sie sagte auch die Wahrheit. Zum ersten Mal, seit die Tür aufgegangen war, sah sie Bin-Hezam direkt in die Augen.

Er nickte väterlich. Er akzeptierte sie. Das genügte. »Du warst nie gehorsamer als heute«, sagte er.

»Bitte verzeih mir, aber ... Kannst du mir sagen, was wir erreichen werden?«, fragte sie.

»Dieser Plan ist so perfekt, weil keiner von uns außer der letzten Person weiß, was kommen wird.«

Aminah nickte, dann senkte sie den Kopf. »*Inschallah*«, sagte sie.

»Du hast keinen Grund zu trödeln«, sagte Bin-Hezam.

»Eine Bitte habe ich«, sagte sie, und ihr Herz raste.

Bin-Hezam musterte sie zweifelnd. »Und die wäre?«

»Dürfen wir zusammen beten, bevor ich gehe? Ist es erlaubt im selben Raum?«

Dieses Zeichen der Hingabe schien Bin-Hezams Herz zu erwärmen. »Es ist erlaubt.« Er streckte den Arm aus, um zu zeigen, wo Osten war. »Du musst nur hinter mir knien.«

Er verließ den Raum und kam kurz darauf mit seinem Gebetteppich und einer Badematte für Aminah wieder. Dann schoben sie zwei Sessel beiseite, damit sie Platz hatten.

»Kennst du die Passage?«, fragte Aminah.

»Ich habe sie als Junge auswendig gelernt«, antwortete Bin-Hezam. »Als Kind, als dieser große Tag nur ein Traum war.«

»Ich bin dir dankbar, Baada Bin-Hezam«, sagte Aminah. Sie schloss die Augen und wartete darauf, dass Gott in sie floss, während Bin-Hezam laut betete.

»Stellt euch jene, die in Allahs Sinn gemordet werden, nicht als tot vor«, intonierte er in leisem, fast wie Gesang klingendem Arabisch, die Handflächen offen und nach oben gewandt, die Augen geschlossen. »Nein, sie leben und finden ihren Unterhalt in der Gegenwart des Herrn. Sie frohlocken in der Mildtätigkeit, mit der Allah gibt. Er, in dessen Hand mein Leben ist! Gern würde ich zum Märtyrer für die Sache Allahs werden und dann wiederauferstehen und dann zum Märtyrer werden und dann wiederauferstehen und dann zum Märtyrer werden.«

Als Bin-Hezam zu sprechen aufhörte, drückten beide den Kopf auf den Boden. Aminahs Wangen waren nass vor Tränen. Es war wunderschön.

Jeder für sich und doch zusammen sprachen sie dann noch ihre persönlichen Gebete, in denen sie Kraft und Mut erbaten.

Bin-Hezam blieb noch eine ganze Weile stehen, nachdem Aminah gegangen war, er horchte nach dem Klingelton des Aufzugs und hörte, wie die Tür auf- und wieder zuging; erst dann ließ er sich in einen der purpurnen Sessel sinken. Minutenlang betete er still weiter. Er war dankbar, diesen Punkt seiner Mission erreicht zu haben.

Aminah bint Mohammed hatte einen fähigen Eindruck auf ihn gemacht. Er ging alle seine Schritte wiederholt durch und überzeugte sich, dass er jeden einzelnen ausgeführt und damit nichts vergessen oder dem Zufall überlassen hatte. Schließlich stand Bin-Hezam auf und ging zum Schrank. Er gab Monat und Jahr der Geburt des Propheten Mohammed in das Nummernfeld des Zimmersafes ein und holte die nickelverkleidete Pistole und das Schulterhalfter heraus. Er entlud die Waffe und lud sie neu.

Im Schlafzimmer der Suite legte er Halfter und Pistole aufs Bett. Er zog sich bis auf die weiße Unterwäsche aus, dann schlüpfte er in das frisch gewaschene weiße Hemd und genoss das Gefühl der sauberen Baumwolle auf der Haut.

Dann die Hose. Er dachte daran, wie er sie drei Tage zuvor in Stockholm eingepackt hatte, an die Vorfreude, ehe er in das Flugzeug gestiegen war. Er schnallte den Gürtel um seine Taille zu und lächelte für sich. Alles wurde jetzt zu einem Totem.

Er begann das Gebet laut aufzusagen, seine eigene Stimme war eine beruhigende Begleitung zum rauen Kratzen der Klettverschlüsse, mit denen er das Schulterhalfter befestigte.

»Stellt euch jene, die in Allahs Sinn gemordet werden, nicht als tot vor …«

Das Halfter passte perfekt, der Griff der Waffe saß genau unter seinem linken Rippenbogen. Um sie zu ziehen, musste er die Hand nur unter das Sakko schieben.

Bin-Hezam nahm das dunkelbraune Jackett von der Bettdecke, zog es an und drehte sich zu dem Spiegel über der Kommode um.

Perfekt, dachte er.

Dann holte er sein Handy hervor. Erst erschrak er, als er die Schreibtischschubladen aufzog und sie alle leer vorfand, aber dann entdeckte er die Telefonbücher für New York im obersten Fach des Wandschranks.

Er schlug das entsprechende Buch in der Mitte auf und blätterte, bis er einen Eintrag von Saudi Arabian Airlines fand. Er rief in ihrer Filiale in der Kew Gardens Road in Queens an und erkundigte sich nach dem nächsten verfügbaren Flug nach Saudi-Arabien. Er sprach Arabisch mit der Fluggesellschaft und erwähnte, dass er bar zahlen würde.

Der Mann am anderen Ende las ihm Flugnummer und weitere Angaben vor, doch Bin-Hezam machte sich nicht die Mühe, sie aufzuschreiben. Er beendete das Gespräch und legte sein Handy dann auf den Sims vor dem hohen Fenster.

Fisk raste zu Intel zurück, an roten Ampeln setzte er Sirene und Blinklicht ein, um schneller voranzukommen.

An seinem Schreibtisch blickte er gerade über eine Auswahl an Bin-Hezam-Fotos, die das Gesicht des Mannes aus verschiedenen Blickwinkeln zeigten, als in seinem Computer ein einprogrammierter Signalton für das E-Mail-Netzwerk der Joint Terrorism Task Force ertönte.

Es war eine verschlüsselte Nachricht, eine Kennnummer und die Anweisung, den JTTF-Kontakt bei der NSA anzurufen. Fisk rief über eine sichere Festnetzleitung an.

Die Stimme am anderen Ende bat um seinen Namen und seine Kennnummer.

»Wir hatten gerade einen interessanten Treffer bei einem arabisch geführten Handygespräch, das wir auf Ihren Wunsch hin abhören, Detective Fisk.«

»Ich höre.«

»Der Anruf ging von Midtown Manhattan zu Saudi Arabian Airlines in Queens«, sagte der NSA-Agent. »Wir ermitteln gerade den Ausgangspunkt.«

»Was hat das rote Lämpchen leuchten lassen?«

»Der Anrufer erkundigte sich nach Flügen und möchte bar bezahlen.«

Fisk nickte. »Ein Flug heute Abend?«

»In fünf Stunden. Von JFK.«

»Wann war das?«

»Vor etwa vier Minuten. Deshalb haben wir die Quelle noch nicht.«

»Kann ich es anhören?«

»Nicht über Telefon. Ich kann Ihnen die Audio-Datei mailen, aber es ist, wie gesagt, auf Arabisch.«

»Ja, kein Problem. Bitte schicken Sie es sofort.«

Fisk legte auf und wartete. Eine E-Mail unbekannten Ursprungs landete in seinem Spam-Ordner. Er öffnete sie. Die Audio-Datei war angehängt.

Fisk klickte sie an, und das Gespräch ertönte aus den Lautsprechern. Er setzte sich rasch Kopfhörer auf, um sich besser konzentrieren zu können.

Sie hatten keine Aufzeichnung von Bin-Hezams Stimme zum Vergleich. Er konnte es durchaus sein. Wenn ja, warum beabsichtigte er, das Land so schnell wie möglich zu verlassen? Weil seine Arbeit hier beendet war? Oder weil ihn etwas erschreckt hatte und er fliehen musste?

Fisks sichere Leitung läutete. Er setzte den Kopfhörer ab, um das Gespräch anzunehmen.

»Detective Fisk?« Es war derselbe NSA-Agent wie eben.

»Woher haben Sie diese … egal.«

»Wenn Sie mir die Kennnummer noch einmal geben könnten.«

Fisk suchte sie in seiner E-Mail heraus und wiederholte sie.

»Ich habe einen Treffer, was das andere Ende dieses Anrufs angeht. Er ging von der Mitte des Blocks auf der Nordseite der 28th Street West und der Seventh Avenue raus. GPS zeigt das Hotel Indigo an.«

Fisk kannte das Hotel nicht, aber er kannte den Block.

»Sie haben nicht zufällig noch eine Zimmernummer für mich?«, sagte er.

»Ha«, sagte der NSA-Agent. Kein Lachen, sondern die gesprochene Silbe. »Viel Glück, Detective.«

Fisk stürmte in Dubins Büro, um ihn zu unterrichten. Dubin stellte in aller Eile ein Einsatzkommando in voller Kampfmontur zusammen. Es gab keine Diskussion, sich erst einen richterlichen Beschluss zu besorgen.

»Ich gehe mit«, sagte Fisk. »Dann sind wir schon in Manhattan, falls sich an der Foto-Front etwas tut.«

Die Hitzewelle machte Frankie D'Aquilas Geschäft schwer zu schaffen. Der Juli war normalerweise ein ruhiger Monat, aber er hatte viele große Aufträge für Lieferungen zum One World Trade Center an diesem Abend, und die Hitze war nur eins von vielen Hindernissen. Der Sicherheitsbereich wurde erst um Mitternacht geschlossen, doch er wollte nicht in den Verkehr wegen des Feuerwerks geraten, deshalb musste er einen Weg finden, seine Blumen zum Battery Park zu schaffen, und er musste sich etwas überlegen, damit sie nicht über Nacht verwelkten.

Er mietete Kühlboxen in der ganzen Stadt. Er war sogar an zwei Zerstäuber herangekommen, wie sie im Mittleren Westen in Gebrauch waren. Er hatte zusätzliche Arbeitskräfte engagiert, die ihm beim Beladen und beim Transport halfen.

Frankie hatte sich seine Zigarette verdient. Er trat auf den Gehsteig hinaus und zündete sich eine an. Es war erst seine fünfte an diesem Tag – nein, die sechste, stellte er fest, als er die verbliebenen Kippen in der Packung nachzählte –, und er war seit halb sechs im Laden. Nicht schlecht. Seine Frau würde sich freuen, vorausgesetzt, sie glaubte ihm. Den Samstagabend verbrachten sie normalerweise zusammen. Der beste Abend der Woche. Er hoffte, er würde rechtzeitig zu Hause sein, um die Übertragung des Feuerwerks im Fernsehen mitzubekommen.

Fast alle anderen Läden in der 28th machten schon dicht. Nur die Spanier nicht, die bis acht Uhr geöffnet hatten. Frankie atmete den ersten satten Zug über die Reihen der Katzenpalmen und Zwergbambus-Töpfe auf dem Gehsteig aus, die ihm den Blick auf die Straße teilweise versperrten. Er bemerkte, dass die anderen Händler inzwischen größtenteils keine Bäumchen mehr führten. Zu viel Verlust durch eingegangene Exemplare, zu viel Arbeit. Sie nutzten ihre Gehsteig-Fläche für Touristenfarben, für die großen Sträuße Inkalilien, Rosen und Chrysanthemen, die dem Viertel seinen verbliebenen Charme verliehen. Frankie war der Saison immer voraus. Eine Hitzewelle zum 4. Juli, und er dachte über Zimmerpflanzen und Schmuck für den Herbst nach.

Frankie zupfte einen vertrockneten braunen Wedel von einer der Palmen und warf ihn in den Rinnstein. Auf der anderen Straßenseite fuhren die Jungs von dem Seidenblumenladen bereits ihre Markise ein. An Tagen wie diesen beneidete Frankie sie, weil sie nicht die Sklaven lebender Pflanzen waren. Und er würde es gegenüber einem Kunden niemals zugeben, aber er fand es unglaublich, wie schön manche dieser falschen Blüten und Früchte heutzutage waren. Es gab sogar welche mit falschem Duft. Genau wie echte Blumen, solange man sie nicht berührte. Der menschliche Tastsinn kann tote Dinge immer von lebendigen unterscheiden.

Frankie beendete seine Zigarette mit einem letzten, tiefen Zug. Er zertrat die Kippe gerade, als er einen blauweißen Streifenwagen quer über der Kreuzung 28th und 6th Avenue halten und dieses Ende des Blocks abriegeln sah.

Frankie zog die Augenbrauen in die Höhe, wandte den Kopf in die andere Richtung und sah gerade noch einen zweiten Streifenwagen halten.

Kein Blaulicht, keine Sirenen.

Mist, dachte Frankie. Das war's dann wohl mit Fernsehabend.

Binnen Sekunden waren die uniformierten Beamten

aus den Wagen gesprungen, hatten jeweils den Kofferraum aufschnappen lassen und Absperrgitter montiert, um die Straße und den Gehsteig weiter abzuriegeln. Der Selbsterhaltungstrieb des typischen New Yorkers ließ Frankie in den breiten Eingang seines Ladens zurücktreten, von wo er jedoch weiter beobachtete.

Von beiden Enden des Blocks schwärmten Männer und Frauen in Khakihosen und schwarzen Windjacken über die Gehsteige vor den Läden aus. Eindeutig Polizisten, möglicherweise FBI.

Frankie verschwand rasch in seinem Laden. »Packt zusammen!«, rief er. »Sperrt die Kassen ab. Da ist eine Art Razzia im Gange.« Er ging los und schloss die Registrierkassen selbst ab, nachdem er die großen Scheine zuerst herausgezogen und sich in die Taschen gestopft hatte. »Polizei ist überall in der Straße.«

Von den Eigentümern abgesehen, war die Hälfte der Frauen und Männer im Flower District illegal beschäftigt. Ihre größte Angst war eine Razzia der Einwanderungsbehörde.

Erie ging als Erster, er holte die Mütze aus seiner Gesäßtasche und zog sie sich tief in die Stirn. Dann Flacco, Marie und ihre Tochter Jean, dann die Asiaten von den Tischen im hinteren Teil des Ladens, wo sie die Sträuße und Kränze zusammenstellten.

Frankie scheuchte alle hinaus, einschließlich des einzigen Kunden, dann zog er das eiserne Rollgitter hinunter und ließ dessen Schlösser zuschnappen. Er schloss die Heckklappe des Lieferwagens und sperrte ihn ab.

Vielleicht würde seine Frau heute länger aufbleiben für ihn, dachte Frankie. In der Zwischenzeit machte er sich Sorgen wegen der Blumen und hoffte, sie würden kühl genug bleiben im Wagen. Hier stand sein Lebensunterhalt auf dem Spiel.

Frankie schloss sich dem Exodus in Richtung Seventh Avenue an. Dort wurde der Nachmittagsverkehr durch Schaulustige noch weiter gebremst.

Etwas Großes war im Gange. Er bog um die Ecke bei der alten Pelzfabrik und sah einen blau-weißen Polizeihubschrauber hoch über der Kreuzung schweben. Das ist nicht gut, dachte Frankie, als er sich zwischen den im Stau steckenden Taxis durchschlängelte. Gar nicht gut.

Fisk sah den Hubschrauber, den er nicht angefordert hatte. Er tippte rasch eine Telefonnummer ein, die ihn mit dem taktischen Funkkanal verband. Strenge Kommunikationsdisziplin war in Kraft. Gesprochen wurde nur, was absolut nötig war. Er wartete auf grünes Licht von dem Scharfschützenteam, das dabei war, auf der Straßenseite gegenüber dem Hotel Indigo Positionen auf Dächern zu beziehen.

Das Festnahmeteam bestand aus drei Beamten in voller Schutzkleidung, bewaffnet mit Sturmgewehren und einem Megafon. Die uniformierten Polizisten an den Engstellen in der Straße hörten mit, sagten aber nichts. Ihre Aufgabe war einfach: So viele Zivilisten wie möglich von der Straße bringen, falls die Sache heiß wurde.

»Sky, hier ist Detective Jeremy Fisk von Intel. Sie müssen sich zurückziehen. Weit zurück.« Er spähte mit zusammengekniffenen Augen zu dem Hubschrauber hinauf.

»Äh, Roger«, kam die Antwort des Piloten. »Scharfschützen haben Position bezogen und bereiten sich vor.«

»An alle Einheiten«, sagte Fisk. »Haltet euch zurück.

Wir wissen nicht, ob wir offiziell Zugriff haben oder nicht. Vorerst nicht scharf schießen. Ich wiederhole«, er hob die Stimme zur Betonung, »nicht scharf schießen. Wenn wir grünes Licht bekommen, wollen wir den Kerl möglichst noch vernehmen.«

»Roger«, sagten das Festnahmeteam und die beiden Scharfschützen und wiederholten ihre Befehle. »Vorerst nicht scharf schießen.«

Fisk betrat die Hotelhalle durch die gläserne Eingangstür. Ein junger Hipster in kariertem Hemd und Turnschuhen saß rechts auf einer Bank und bearbeitete mit dem Daumen den Touchscreen seines Smartphones. Man sah keinen Pagen. Ein Läufer führte zu einem angrenzenden Restaurant, das leer war.

Fisk hatte nicht vorher angerufen, um Bin-Hezams Reservierung zu überprüfen. Er durfte nicht das Risiko eingehen, irgendwen im Hotel zu warnen, da immer die – wenn auch geringe – Möglichkeit bestand, dass sie mit Bin-Hezam sympathisierten. Genau das war das Problem mit dem Hubschrauber: Er ruinierte den Überraschungseffekt.

Er ging zu dem Angestellten an der kleinen Rezeption, der gerade eine telefonische Reservierung aufnahm. Fisk winkte, um auf sich aufmerksam zu machen. Der Angestellte nahm Fisks Drängen nicht wahr, sondern hielt einen Finger in die Höhe, ehe er sich wieder seiner Tastatur widmete.

Fisk holte seine Dienstmarke hervor und hielt sie dem Angestellten vors Gesicht. Der Mann betrachtete sie interessiert, jedoch nicht beunruhigt, als wäre es die erste polizeiliche Dienstmarke, die er je aus der Nähe gesehen hatte. Erst dann schaute er in Fisks Gesicht.

»Darf ich Sie kurz in die Warteschleife legen?«, sagte er ins Telefon.

Er drückte die Pausentaste und wandte Fisk seine ganze Aufmerksamkeit zu.

»Ich muss Ihre Reservierungen überprüfen«, sagte Fisk.

»Okay. Wie ist der Name?«

Anstatt ihm den Namen zu nennen, zog Fisk eine Kopie von Bin-Hezams Passfoto und Ausweis aus der Tasche und entfaltete sie. »Erkennen Sie das Gesicht wieder?«, fragte er.

»Nein, Sir«, sagte der Angestellte. »Aber ich habe erst um 14.00 Uhr meinen Dienst begonnen.«

»Okay, sehen Sie nach, ob er registriert ist. Bin-Hezam könnte unter B oder unter H stehen. Wenn sich der Name nicht findet, dann sehen Sie unter den Kunden nach, die bar bezahlt haben. Und wenn das nicht funktioniert, dann werden wir Ihr Hotel dichtmachen und Zimmer für Zimmer absuchen müssen. Es könnte sein, dass er sich bei einem anderen Gast aufhält.«

Der Angestellte verzog das Gesicht so gequält, als wäre er derjenige, der in Schwierigkeiten steckte. »Dann wollen wir mal nachsehen.«

Während er mit gesenktem Kopf in seinen Monitor unterhalb der Theke schaute, klingelte der Aufzug bei der Ankunft in der Halle.

Baada Bin-Hezam sah die Zahlen auf der Digitalanzeige im Aufzug abwärts zählen, während er betete.

Zehn … neun … acht …

»… und dann wiederauferstehen und dann zum Märtyrer werden und dann wiederauferstehen …«

Sieben … sechs … fünf … vier …

»… und dann zum Märtyrer werden und dann wiederauferstehen …«

Er betete, um alle anderen Gedanken in seinem Kopf auszusperren.

In den Rachen des Löwen. Erhobenen Hauptes.

Er rückte den Riemen der Kuriertasche über seiner Brust zurecht und stieß dabei an den Griff des Revolvers in seinem Halfter. Das erinnerte ihn an den Dicken, den Senegalesen, der ihn betrügen wollte und den er in die Ewigkeit entlassen musste.

Würde er dem Mann im Leben nach dem Tod begegnen? Bin-Hezam glaubte es nicht.

Drei … zwei …

Oben in seiner Penthouse-Suite hatte ihn der Hubschrauber aufgeschreckt, bevor er wirklich bereit war. Er hatte auf ein wenig mehr Zeit gehofft, um seine Gedanken zu ordnen. Sich vorzubereiten.

Doch als er nach draußen spähte und auf der anderen Straßenseite Männer auf dem Dach sah, von denen einer einen länglichen Koffer trug, wusste er, dass seine Zeit gekommen war.

Sie kamen ihn holen. Es war alles vorhergesagt gewesen.

Sein Dienst war fast abgeschlossen. Dies war die letzte seiner Anweisungen. Der Ausgang. Der Abgang.

Der Aufzug blieb stehen.

Die Tür glitt auf. Er sah sofort einen jungen Mann, der auf einem Smartphone in seiner Hand scrollte. Dieser Mann war keine Gefahr.

Dann entdeckte er den Mann am Empfang, der den Kopf wandte und Bin-Hezam ansah … und ihn erkannte.

Er erkannte ihn. Die Augen des Mannes reagierten, auch wenn seine Miene teilnahmslos blieb.

Damit war für Bin-Hezam klar, dass ein Polizist bereits in der Lobby war.

Der Polizist wandte sich wieder dem Mann am Empfang zu. Bin-Hezam ging los. Seine Beine trugen ihn aus dem Aufzug hinaus und in Richtung Tür, während ihm unablässig Gebete durch den Kopf gingen. Er ging nur wenig mehr als drei Meter an dem Polizisten vorbei, der von ihm abgewandt stand, aber sich seiner Anwesenheit mehr als deutlich bewusst war – Bin-Hezam spürte es.

Die Straße wirkte still und friedlich durch die Glastür vor ihm. Kein Verkehr. Kein Portier. Keine Taxis, die auf Fahrgäste warteten, keine Autos im Leerlauf am Straßenrand.

Ein unschuldiger Sommernachmittag. Bin-Hezam legte die Hand an die kühle Glastür und stieß sie auf.

Fisk hatte Bin-Hezam auf Anhieb erkannt. Es kostete ihn große Mühe, sich seine Überraschung nicht anmerken zu lassen, als der Saudi direkt auf ihn zuspazierte.

Hatte er den Hubschrauber nicht gesehen? Bin-Hezam lief nicht, noch zögerte er.

Fisk gefiel die Kunstledertasche über dem Rücken des Mannes nicht. Keine Tarnung, nichts in den Händen.

Fisk hatte in einem Sekundenbruchteil die Entscheidung gefällt, sich wieder zum Empfang umzudrehen. Er ließ den Saudi vorbeigehen. Er wollte ihn außerhalb des Hotels haben. Das Einsatzkommando hatte draußen Stellung bezogen, die Straße war abgeriegelt. Im Hotel wären der Angestellte an der Rezeption und der junge Gast direkt in der Schusslinie gewesen.

Fisk fixierte den Angestellten, er befürchtete, er könnte aufblicken und ihm Bin-Hezam als den Mann zeigen, dessen Foto er vor sich liegen hatte. Die Augenblicke schlichen dahin. Fisk hörte die Schritte des Terroristen, der hinter ihm die Hotelhalle durchquerte.

Sobald der Saudi vorbeigegangen war, warf Fisk einen Blick über die Schulter. Er konzentrierte sich auf die Tasche, die er umhängen hatte. Sie konnte alles enthalten, angefangen mit der Handfeuerwaffe, die er von dem ermordeten Senegalesen erworben hatte. Bin-Hezam trug außerdem ein Sakko, in dem ebenfalls eine Waffe verborgen sein konnte.

Fisk zog sein Handy aus der Tasche.

Der Verdächtige stieß die Tür nach draußen auf.

Die Tür fiel sanft hinter ihm zu, und Bin-Hezam stand auf dem Gehsteig der merkwürdig ruhigen Straße.

»Das ist er, der da rauskommt«, sagte Fisk. »Ich wiederhole – Zielperson verlässt Hotel.«

Der Angestellte sah verwirrt zu ihm auf. »Verzeihung…?«

»Runter auf den Boden, sofort!«, sagte Fisk. Er drehte sich um, packte den jungen Hipster an der Schulter und stieß ihn zu Boden. »Runter!«

Der junge Mann, der sein Handy inzwischen am Ohr hatte, behielt es dort, während er schwer gekränkt zu Fisk aufsah. »Irgendein Arschloch hat mich gerade zu Boden geschubst«, sagte er in das Gerät.

»Bleiben Sie unten!«, sagte Fisk und rannte bereits zur Tür.

Bin-Hezam trat in die Hitze des Spätnachmittags hinaus. Er bemerkte augenblicklich, wie still die Straßenschlucht der 28th West war.

Schweigen im Tal. Er genoss es.

Alles für ihn.

Auf den Gehsteigen standen Gestelle mit Pflanzen und Blumen, aber die Verkäufer waren alle fort. Wasser aus Schläuchen tropfte in den Rinnstein.

Bin-Hezam murmelte ein Dankgebet, nur seine Lippen bewegten sich.

Dann spürte er, wie eine Person hinter ihm durch die Glastür kam.

»Bin-Hezam!«

Sie kannten seinen Namen. Zu Bin-Hezams Überraschung, da er das Gesicht des Mannes in der Lobby gesehen hatte, schrie ihn die Stimme hinter ihm auf Arabisch an, er solle sich mit dem Gesicht nach unten auf den glühend heißen Gehsteig legen.

Freude erblühte in Bin-Hezam. Er trat vom Gehsteig und blieb stehen.

Dort, links von ihm in einer Nische in einem der Läden auf der anderen Straßenseite, tauchten zwei Männer in schwarzen Helmen und Jacken auf. Und hinter einem geparkten Wagen rechts von ihm noch einmal zwei. Sie erhoben sich wie Geister, die ihn grüßten.

Er hörte die Stimme des Polizisten hinter ihm wieder, der ihm befahl, sich auf den Boden zu legen.

Bin-Hezam hob beide Arme in der universellen Geste der Kapitulation.

Der Mann hinter dem Wagen richtete sich auf und zielte mit einer großen Automatikwaffe auf Bin-Hezam. Die beiden aus der Nische rückten langsam vor.

Bin-Hezam sagte sein Gebet auf. Er wusste, Allah würde ihm verzeihen, dass er dabeistand.

Fisk sah Bin-Hezams Arme in die Höhe gehen, die Kuriertasche schob sich an seinem Rücken nach oben. Er war stehen geblieben und hatte sich ergeben, aber er machte keine Anstalten, sich auf den Boden zu legen.

»Es gibt keinen Gott außer Allah«, sagte Bin-Hezam. Es war kein Schrei, nur eine Feststellung. Eine Erklärung.

Fisk wiederholte seine Befehle. Die schwarz gepanzerten Beamten des Einsatzkommandos rückten noch einige Schritte zum gegenüberliegenden Rinnstein vor, ihre schweren Schuhe hallten wie Trommelschläge auf dem Pflaster.

»Runter!«, brüllte Fisk, diesmal auf Englisch.

»Mohammed ist sein Prophet!«, erwiderte Bin-Hezam und schrie jetzt ebenfalls. Das gefiel Fisk nicht.

Bin-Hezam ließ seine Hände sinken. Fisk begann instinktiv, von hinten auf ihn zuzugehen.

In einer einzigen Bewegung hob Bin-Hezam die Kuriertasche von der Schulter und langte quer über die Brust in sein Sakko. Er zog etwas hervor, das mit Nickel verkleidet war und glänzte.

»Nein!«, rief Fisk, sowohl an Bin-Hezam als auch an das Kommando gerichtet.

Bin-Hezam richtete die Waffe zuerst auf den Polizisten, der hinter dem Wagen hervorkam. Er drückte ab, der Revolver ruckte in seiner Hand.

Er kam kaum dazu, einen zweiten Schuss abzugeben, bevor ein Vollmantelgeschoss aus einem Scharfschützengewehr in seinem Gehirn explodierte.

Gleichzeitig hatte einer der Beamten des Sondereinsatzkommandos das Feuer auf den Saudi eröffnet. Der doppelte Einschlag trieb Bin-Hezam rückwärts und ließ ihn als zuckendes Häufchen auf dem Gehsteig zusammenbrechen.

Was von Bin-Hezams Leben übrig war, floss aus der klaffenden Wunde in seinem Kopf, sein Blut vermischte sich mit dem Wasser, das in den Rinnstein lief, und färbte es rot.

Die Kuriertasche, die ihm aus der Hand geflogen war, lag einige Schritte entfernt.

Fisk stand wie benommen da. Erst später wurde ihm klar, dass er unklugerweise genau in der Schusslinie des Einsatzkommandos gestanden war. Hätten sie ihr Ziel verfehlt, wäre er selbst als blutiges Häufchen auf dem Gehsteig gelandet.

So jedoch ging Fisk zu dem toten Terroristen und sah auf ihn hinunter. Sie würden keine weiteren Informationen von ihm erhalten. Bin-Hezam hatte sterben wollen. Er hätte sich niemals lebend fangen lassen.

Über ihm tauchte der Hubschrauber wieder auf. Die Einsatzbeamten traten neben Fisk und blickten auf den Saudi, dessen Augen längst nichts mehr sahen.

Doppelzüngigkeit

Das Taxi kroch im dichten frühabendlichen Verkehr auf der 6th Avenue nach Norden. Wegen der vielen Fußgänger an diesem Samstagabend erwischten sie sämtliche Ampeln bei Rot. Der Fahrer hatte das Radio laufen, 1010 WINS New York. Ein reiner Nachrichtenkanal.

Sie brachten eine Eilmeldung. An einer Straßensperre in Chelsea war es zu einer Schießerei gekommen. Erste Berichte deuteten auf einen Antiterroreinsatz hin, aber es war unklar, ob man auf eine bestätigte Bedrohung oder die Tat eines geistig labilen Einzelgängers reagiert hatte. Der Sprecher gab eine Verkehrswarnung für die Gegend um die 28th Street zwischen 6th und 7th Avenue durch.

»Diese Hitze macht die Leute verrückt«, murmelte der Fahrer.

Auf dem Rücksitz spürte Aminah bint Mohammed, wie sie sich in Kathleen Burnett zurückzog. So vollständig sie ihr Leben auch Allah verschrieben hatte, auf das hier hatte sie ihr dürftiges Training nicht vorbereitet.

Der Mann, den sie an diesem Nachmittag getroffen hatte, war gestorben. Er hatte den Märtyrertod auf dem Schlachtfeld erlitten – so viel war ihr klar. Baada Bin-Hezam hatte gewusst, dass er in den Tod ging, das wurde ihr jetzt bewusst. Er ging tapfer. Er ging, ohne Fragen zu stellen.

Wie sie es jetzt auch tun musste.

So war sie zu ihrer Arbeit als Krankenschwester gekommen, bei der sie die Kranken und Sterbenden pflegte. Es war dem sehr ähnlich, was sie jetzt tat – sie rettete die Welt vor der Gottlosigkeit, sie bewahrte sie davor, Unschuldige weiter zu foltern.

Seit einiger Zeit führte sie nun schon leidenschaftlich ihr Leben als islamische Gotteskriegerin. Das hatte genügt, ihre Unsicherheiten und Ängste zu besänftigen. Doch das Gefäß, in dem sie sich selbst bewahrte, zerbrach nun, da sie begriff, dass sie einen Mann in den Tod hatte gehen lassen.

Sie war sein letzter menschlicher Kontakt gewesen. Sie trug die Dinge in der Tasche, die er ihr gegeben hatte. Sie handelte jetzt für ihn.

Er hatte seinen Tod akzeptiert. Er hatte seine Kraft zusammen mit der Tasche und dem Auftrag an sie weitergegeben. Sie war wie nie zuvor eine geheiligte Botin.

Und doch auch eine verängstigte.

Das Taxi bog rechts ab in eine der größeren Ost-West-Durchfahrten, dann links auf die Madison Avenue in Richtung Park hinauf. Sie hatte dem Fahrer das Metropolitan Museum of Art als Ziel genannt. Das Museum war nur einen kurzen Spaziergang von dem eingezäunten künstlichen See entfernt, der offiziell Jacqueline Kennedy Onassis Reservoir hieß.

Aminah sah auf die roten Leuchtziffern des Taxameters, dann fiel ihr Blick auf den Ausweis des Fahrers darunter. »Aaqib bin Mohammed.«

Im Rückspiegel sah sie die Augen eines Mannes in den Fünfzigern, der Kummer und Sorgen erlebt hatte. Er warf ihr einen kurzen Blick zu und bemerkte, dass sie ihn ansah. Was erkannte er wohl in seinem Fahrgast? Eine jener typischen weißen New Yorkerinnen, die voll

Unbehagen ihren mittleren Jahren entgegengingen? Und die nichts wissen von den Privilegien, die sie durch ihre Geburt genossen.

»Kann ich Ihnen helfen, Miss?«, fragte er. »Sie weinen.«

Es war Aminah nicht bewusst gewesen. Sie wischte die Tränen fort, die ihr über die Wangen liefen. »Nein, es geht mir gut. Eigentlich.« Sie tat, als würde sie aus dem Fenster blicken. So viele Menschen. So viele Gebäude und Türen. So viel Leben. »Vielleicht … Vielleicht können Sie mir doch helfen. Sie sind Moslem?«

Er sah sie wieder an, diesmal argwöhnisch. »Ja, Miss. So gut ich kann, was nicht viel ist dieser Tage. Es ist schlimmer, jetzt, da uns alle misstrauen. Aber ich … ich habe meinen Glauben in der Hitze seiner Gewalttätigkeit verloren.«

Aminah fröstelte. »Die Welt ist gewalttätig«, sprach sie eine der primitivsten Wahrheiten aus. »Oder nicht?«

»Ja. Aber ich erinnere mich an eine Zeit, da uns Religion Frieden ohne Gewalt brachte. Es ist jetzt sehr viel einfacher, nicht zu glauben. Einfacher und gesünder. Also schließe ich die Fenster und fahre.« Er lachte, ein müder Raucherhusten, der Aminah aus dem Krankenhaus nur allzu vertraut war.

»Sie sollten Ihre Lunge untersuchen lassen«, sagte sie.

»Ja.« Er hupte zweimal ein langsames Fahrzeug vor ihm an. »Ja, ich weiß.« Dann warf er wieder einen Blick in den Rückspiegel. »Sie würden sich wundern, wie viele Menschen in Taxis weinen. Aber außer Ihnen hat sich noch nie jemand wegen meines Hustens besorgt gezeigt. Interessiert keinen.«

»Darf ich Ihnen dann noch eine Frage stellen?« Sie

hatte Mühe, es herauszubringen. »Wenn Sie Ihren Glauben verloren haben, haben Sie dann auch Gott verloren?«

»Ich habe Gott nicht verloren, Miss. Was ich verloren habe, ist die Vorstellung, dass ich je wissen kann, was Gott ist. Deshalb ist Religion zu einem Fluch auf Erden geworden. Niemand kann es wissen. Aber alle tun so. Viele sind bereit zu töten, ohne es zu wissen. Ohne überhaupt darüber nachzudenken.«

Ihr wurde schlecht von seiner Blasphemie, denn sie berührte die Zweifel, die ihr Gemüt bedrängten. Sie verkroch sich tiefer in sich selbst, um Kraft zu finden.

Beten war wie ein Zaun, der sich nach außen erweiterte. Der ihren Glauben schützte.

Natürlich war dieser Taxifahrer eine Prüfung, die ihr Gott im Augenblick der Wahrheit geschickt hatte. Sie frohlockte, weil Allah ihre Entschlossenheit auf diese Weise stärkte. So wichtig war ihre Mission.

»Das Museum«, sagte der Fahrer und überquerte beide Fahrbahnen der 5th Avenue, um vor dem gewaltigen Kunsttempel zu halten.

Aminah griff in die Tasche ihres Rocks. Sie hatte keine Ausweispapiere bei sich, nur Bargeld wie angewiesen. Sie reichte einen Zwanziger nach vorn. Die Fahrt kostete zwölf Dollar. »Sechs zurück«, sagte sie im Kennerton zu dem Ungläubigen.

Er nickte, vielleicht hatte er wahrgenommen, wie abrupt sie die Unterhaltung abgebrochen hatte. Er gab ihr heraus und behielt seine zwei Dollar Trinkgeld. »Danke, Miss.«

Sie sah ihn ein letztes Mal über den Rückspiegel an und bildete sich ein, einen Hinweis auf den verborgenen

Gott in seinen Augen gesehen zu haben. Sie nickte ihm zu, der Wortwechsel hatte sie aufgeladen, Dankbarkeit für Gottes Größe durchflutete sie. Aminah öffnete die Tür des Wagens, die Kuriertasche im Schoß, zögerte dann aber und klopfte an die Plexiglasscheibe, die den Vordersitz zum Teil vom Fond trennte. »Friede sei mit dir«, sagte sie auf Englisch zu dem Fahrer. Dann stieg sie aus und sah, wie sich das gelbe Taxi in den Strom des Verkehrs einfädelte. Als sie schließlich vor dem Museum stand, fühlte sie, wie ihre Sinne neu erwachten, nachdem sie vorübergehend von Furcht gelähmt gewesen waren.

Es war ein schöner Abend, historisch, heilig. Der Gehsteig war voller Menschen, deren grundsätzlich gute Laune unverkennbar war. Ihre Gespräche hallten von dem langen Gebäude wider, als sie an Aminah vorbeigingen. Die Luft war gewürzt vom Aroma der Imbissbuden mit Hotdogs und Brezeln – Gerüche ihrer Jugend. Sie sah Gott im Gesicht jeder einzelnen Person um sie herum.

Aminah hängte sich die Kuriertasche über die rechte Schulter und machte sich entlang der 5th Avenue auf den Weg zu dem kaum hundert Meter entfernten Eingang zum Central Park.

Gersten läutete am Hauseingang bei der im dritten Stock gelegenen Wohnung. Es war früher Abend im alten Viertel Hell's Kitchen in Midtown West. Sie befand sich direkt um die Ecke von der Feuerwache 48th Street und 8th Avenue, die von allen Feuerwachen New Yorks am 11. September 2001 die meisten Opfer zu beklagen gehabt hatte, und wurde von zwei Streifenbeamten begleitet. Sie machte ihnen ein Zeichen, dicht an dem

Vorkriegsgebäude zu bleiben, sodass sie von oben nicht zu sehen waren. Es gab keine Kamera in der Lobby.

»Ja?«, ertönte eine männliche Stimme.

»Mr. Pierrepont?«

»Ja. Sind Sie von Scandinavian Airlines?«

»Wir haben vor einer Weile miteinander gesprochen?«, erwiderte sie.

»Ja. Kommen Sie herauf.«

Die verschlossene Eingangstür summte, Gersten zog sie auf, und die Beamten folgten ihr in das Haus. Sie verzichtete auf den Aufzug – in diesen alten Gebäuden wartete man oft eine Ewigkeit darauf – und stieg die mit Teppich ausgelegte Treppe in den zweiten Stock hinauf.

Der Mann in den Zwanzigern, der an der Tür wartete, trug eine Strickjacke über einem T-Shirt, eine Anzughose und einen braunen Schnauzbart. Sein Lächeln erstarb, als er die uniformierten Beamten die Treppe heraufkommen sah.

»Gibt es ein Problem, Miss …«

»Gersten«, sagte sie und zeigte ihm ihre Dienstmarke. »Krina Gersten. Die Wahrheit ist, Mr. Pierrepont, ich bin nicht von Scandinavian Airlines, sondern von der New Yorker Polizei.« Die beiden Beamten schlossen zu ihr auf. »Dürfen wir eintreten?«

Er hielt einen Moment den Atem an, dann trat er zur Seite und ließ sie ein.

Die kleine Zweizimmerwohnung war ein Juwel mit eingebauten Bücherschränken, einer Musizierecke unter einer Oberlichte mit einem Notenständer auf einem Orientteppich und gerahmten Plakaten des New York Philharmonic Orchestras an den Wänden.

»Ich verstehe nicht, worum es geht«, sagte der Mann. Er war blass, kurzatmig.

»Sind Sie allein, Mr. Pierrepont?«

»Ja.«

Einer der Beamten lugte ins Schlafzimmer und in die Küche, um sich zu vergewissern. »Sie waren an Bord von Flug 903, der Maschine, die am Donnerstag beinahe entführt wurde?«

»Das stimmt, ja. Sie riefen an und sagten, Sie hätten ein Geschenk für mich wegen der Unannehmlichkeiten.«

»Tatsächlich habe ich ein paar Fragen wegen Ihres Sitznachbarn auf dem Flug an Sie.«

Pierrepont reagierte langsam, überlegte. Dann schüttelte er allzu beiläufig den Kopf. »Ich denke, ich habe alle Fragen wegen des Flugs bereits beantwortet.«

»Es geht um Mr. Alain Nouvian. Er saß unmittelbar links von Ihnen. Er war einer der fünf Passagiere, die eingegriffen haben, um den Entführer zu stoppen.«

Pierrepont schluckte. »Ja?«, sagte er.

Gersten deutete zu der Musikecke. »Wie ich sehe, sind Sie selbst Geiger?«

»Bratschist. Ich spiele Bratsche. Größer als eine Geige, kleiner als ein Cello.«

»Sie spielen professionell?«

»Ja und nein. Ich spiele professionell, aber nicht Vollzeit. Ich würde es allerdings gern tun.«

Gersten nickte. »Und unterstützt Sie Mr. Nouvian in dieser Hinsicht?«

Pierrepont setzte zu einer Antwort an, dann hielt er inne. »Ich bin mir über meine Rechte im Moment nicht klar.«

»Er hat heute Nachmittag versucht, mit Ihnen Kontakt

aufzunehmen. Er hat Ihnen eine Nachricht hinterlassen, die sich möglicherweise noch in Ihrer Mailbox findet.«

Sie setzte ihm zu, aber noch gab er den Versuch nicht auf, sich dumm zu stellen.

Gersten ließ ein wenig locker. »Würden Sie Mr. Pierrepont bitte seine Rechte vorlesen, Officer?«, sagte sie.

Es war schmerzlich mit anzusehen, wie der Musiker die Fassung zu bewahren versuchte, während der Polizist seine Rechte herunterratterte.

»Ja«, beantwortete er die Frage, ob er seine Rechte verstanden hatte. Er sagte es in einem Ton, der unausgesprochen die Frage enthielt: Wieso ausgerechnet ich?

»Mr. Pierrepont«, sagte Gersten, »ich will Sie nicht verhaften.« In Wahrheit hatte sie nicht das Geringste, wofür sie ihn verhaften konnte. »Ich will Sie keiner unnötigen öffentlichen Durchleuchtung aussetzen. Ich will Ihnen nicht einmal allzu viel Ihrer Zeit stehlen. Was ich aber will, ist, dass Sie meine Fragen beantworten.«

»Das ist genau das, was er *unbedingt* vermeiden wollte«, sagte Pierrepont plötzlich. »Genau das, wovor er Angst hatte.«

»Okay«, sagte Gersten. »Vielleicht haben Sie gehört, was mit einem anderen Ihrer Mitpassagiere passiert ist. Vor weniger als einer Stunde, unten im Flower District?«

Pierreponts erschrockene Miene verriet ihr, dass er davon gehört hatte. »Sie meinen, dieser Mann … der war ebenfalls in der Maschine?«

»Ein zweiter Terrorist, ja. Ich brauche Antworten, Mr. Pierrepont. Ich muss wissen, worüber Sie beide und Mr. Nouvian gesprochen haben.«

Dubin hatte die Füße auf den Schreibtisch gelegt und seinen großen ledernen Richterstuhl nach hinten gekippt. Er war die Entspannung in Person. Dass sie den Saudi aufgehalten hatten, nahm Druck aus ungefähr acht verschiedenen Richtungen von ihm.

»Also, was möchten Sie haben, Fisk? Ein größeres Büro?«

Fisk lächelte und spielte mit. »Das hier wäre nett.«

Dubin schwenkte den Zeigefinger hin und her. »Nichts da. Vielleicht, wenn Sie den Schweinehund lebend erwischt hätten.«

»Ich weiß«, sagte Fisk.

»Er hat auf Polizeibeamte geschossen. Dieser Kamikazemist ist immer knifflig. Jetzt darf ich das Team beurlauben, bis die Untersuchung der Schüsse abgeschlossen ist. Unmöglich, die Sache unter Verschluss zu halten, Fisk. Das wird als großer Sieg durch die Medien gehen.«

Fisk nickte, auch wenn es sich für ihn nicht so anfühlte.

»Genau wird man es erst wissen, wenn es untersucht ist«, fuhr Dubin fort, »aber so wie es aussieht, hatte er ein halbes Pfund TATP in der Schultertasche. Das Zeug, das sie Satansmutter nennen. Erinnern Sie sich an das versuchte Attentat dieses Shah am Times Square? Das gleiche Zeug. Sie lieben es. Kommen sich vor wie irre Wissenschaftler, wenn sie es zusammenmischen.«

»Aber woher hatte er es? Es gibt Spuren davon in seinem Hotelzimmer, aber dort hat er es nicht hergestellt. Er war noch nicht lange genug in der Stadt, um es zu mischen und abkühlen zu lassen.«

»Die Penthouse-Suite, hm? Nicht sehr muslimisch von ihm.« Dubin nahm die Füße vom Schreibtisch und setzte sich aufrecht hin. »Ich würde sagen, jemand hat es ihm gegeben.«

»Ein halbes Pfund selbst gemachter Sprengstoff ist auch nicht allzu viel. Wohin wollte er damit? Und mit einer geladenen Waffe?«

»Lauter drängende Fragen.«

»Und ohne Zünder.«

»Ja, das gefällt mir gar nicht. Vielleicht wäre das sein nächster Halt gewesen. Oder aber … Man kann das Zeug doch auch mit einer Waffe zur Explosion bringen, nicht? Selbst durch einen heftigen Schlag. So gesehen, hatte er einen Zünder in seinem Schulterhalfter stecken. Unter seinem Bett lag die Hülle der Rakete. Ich glaube, er hatte das Feuerwerk im Visier. Vierzigtausend Feuerwerkskörper für Amerika, eine explodierende Rakete von al-Qaida. Vermutlich wollte er möglichst viel Schaden anrichten – wir wissen noch nicht, wo – und dann versuchen, einen späten Flug zurück nach Saudi-Arabien zu bekommen.«

»Wir haben die Zündladung der Rakete nicht gefunden«, erinnerte ihn Fisk. »Seit achtundvierzig Stunden haben wir nach dem Kerl gesucht, ohne echten Beweis, dass er etwas Böses im Schild führt. Jetzt haben wir den Beweis – aber wir wissen eigentlich noch immer nicht, was hier gespielt wird.«

»Das Bild dürfte im Lauf der nächsten vierundzwanzig Stunden klarer werden. Tatsache ist, wir haben ihn. Wir haben unseren Job erledigt. Das gibt Intel gewaltig Auftrieb und sollte die Zweifler zum Verstummen bringen – wenigstens für eine Weile.«

Fisk ließ Dubin mit seinem Sieg allein. Er sank in seinen Bürosessel, fuhr seinen Laptop hoch und schloss in der

Zwischenzeit einige Momente die Augen, um über die Geschehnisse nachzusinnen.

Ein Jemenit hatte versucht, eine Verkehrsmaschine mit Ziel New York in seine Gewalt zu bringen. Eine Flugbegleiterin und einige Passagiere hatten es verhindert. Im Verhör gestand der Jemenit, dass er beabsichtigt habe, das Flugzeug in Midtown Manhattan abstürzen zu lassen, zur Rushhour am Vorabend des Ferienwochenendes zum Unabhängigkeitstag. Dann hatte er dichtgemacht.

Vor dem Abflug in Stockholm hatte mindestens ein Passagier beobachtet, wie der Jemenit mit einem gut gekleideten saudi-arabischen Geschäftsmann gesprochen hatte, der für die Businessclass gebucht war. Nach seiner Ankunft in New York mied der Saudi die muslimischen Viertel und versteckte sich stattdessen in Chelsea. Er tötete am Freitagabend einen Kontaktmann in Harlem und kaufte am Samstagmorgen eine Rakete und eine Kuriertasche. Die Raketenhülle wurde unter dem Hotelbett entdeckt. Der Saudi hatte Sprengstoff bei sich, als er getötet wurde, allerdings nicht genug für einen großen Anschlag.

Aber sie wussten immer noch nicht, wie oder wo er an den Sprengstoff gekommen war. Oder wo die Zündladung der Rakete geblieben war.

Fisk öffnete die Augen und langte nach seinem Telefon. Er musste Gersten auf den neuesten Stand bringen, vor allem aber brauchte er jemanden, der ihm half, dieses Durcheinander zu entwirren.

Gersten ignorierte ihr läutendes Telefon, während sie mit den *Sechs* vor dem Fernseher in der Besuchersuite stand und die neuesten Nachrichten verfolgte.

Die Sprecherin kommentierte Bildmaterial, das von

der Ecke der 28th Street und der 7th Avenue aufgenommen worden war und Ermittler und Mitarbeiter des Coroners – alle in weißen Schutzanzügen – zeigte, die vor dem Hotel Indigo den Gehsteig absuchten. Gersten glaubte, links im Bild Fisk erkannt zu haben, der mit jemandem vom Hotel sprach.

»Das Büro von New Yorks Polizeichef Raymond W. Kelly hat bestätigt, dass ein Terroranschlag vereitelt wurde. Ein saudi-arabischer Staatsangehöriger, der eine geladene Handfeuerwaffe und eine Tasche mit Sprengstoff bei sich hatte, wurde vor Kurzem vor einem Hotel in Chelsea von Scharfschützen der Polizei erschossen. Vorausgegangen war nach Polizeiangaben eine intensive Suche nach dem Mann. Einem unbestätigten Bericht zufolge war der Mann an Bord von Scandinavian Airlines Flug 903 gewesen, jenes Flugzeugs, dessen Entführung am Donnerstag von heldenhaften Passagieren vereitelt wurde. Wir werden Sie weiter über die Entwicklung in dem Fall auf dem Laufenden halten.«

DeRosier stellte das Gerät mit der Fernbedienung auf stumm.

Die Gruppe war schockiert.

»Was zum Teufel bedeutet das?«, fragte Flugbegleiterin Maggie.

Colin Franks Augen funkelten vor Aufregung. »Das bedeutet, dass da eine größere Sache im Gange war.«

Gersten hob die Hand, um sie zu beruhigen. »Wir wissen es noch nicht sicher, aber eine Theorie lautet, dass dieser Mann eine Art Plan B war, für den Fall, dass die Entführung scheitert. Für eine Weile gab es heute sogar die Befürchtung, dieser Mann könnte es auf Sie alle hier abgesehen haben.«

»Auf uns?«, fragte Maggie und sah die anderen an.

»Reine Spekulation«, sagte Gersten, »aber es ergab einen Sinn. Terroristen müssen heute keine Bürogebäude mehr zerstören. Sie wollen Symbole treffen. Das ist zu einem guten Teil psychologische Kriegsführung. Und Sie sind das menschliche Gegenstück zu dem Turm, der morgen eingeweiht wird. Ikonen des neuen Amerika nach dem 11. September.«

»Himmel, Arsch und Zwirn«, sagte Aldrich, der Autoteilehändler im Ruhestand. »Diese Bestien.«

Nouvian sah ebenfalls schockiert aus. Jenssen dagegen schien die ganze Sache zu bezweifeln.

»Und was bedeutet das nun für uns?«, fragte Sparks.

»Für Sie bedeutet es sehr wenig«, sagte Gersten. »Heute haben wir um 21.00 Uhr das Feuerwerk. Einige von Ihnen haben Interesse bekundet, es anzusehen. Morgen früh um acht Uhr erfolgt dann die Einweihung von One World Trade Center – aber ansonsten, und das kommt direkt vom Büro des Bürgermeisters, gehört der Abend Ihnen. Wenn Sie etwas essen gehen wollen, wenn Sie sich mit Angehörigen treffen wollen – wunderbar. Wir bitten nur darum – und das allerdings *sehr* nachdrücklich –, dass Sie einem von uns gestatten, Sie zu begleiten, wenn Sie das Hotel verlassen wollen. Weil es nämlich unser Job ist, Sie morgen gesund und wohlbehalten bei der Zeremonie auf Ground Zero abzuliefern – und Sie wollen doch nicht, dass wir unseren Job verlieren, oder?«

»Und dann?«, fragte Jenssen.

»Nach der Zeremonie morgen Vormittag? Dann sind Sie uns los. Dann werden Sie in die freie Wildbahn entlassen.«

Einige der *Sechs* lächelten.

Frank ergriff das Wort. »Wir müssen uns auf jeden Fall noch irgendwann zusammensetzen, bevor jeder seiner Wege geht, damit wir uns auf einen groben Plan einigen. Ich möchte nur darauf hinweisen, dass unsere Verhandlungsposition sehr viel stärker ist, wenn wir als Team zusammenbleiben, und nicht sechs kleinere Bücher zum selben Thema machen, alle möglichst schnell, um als Erster auf dem Markt zu sein. Einige von uns haben sich bereits auf einen Drink unten in der Hotelhalle nach dem Feuerwerk verabredet – das scheint mir ein wunderbarer Zeitpunkt zu sein, um auf die Zukunft anzustoßen und sich abzusprechen. Wenn nicht, dann morgen früh, vor der großen Show.«

Gersten nickte. »Diejenigen von Ihnen, die zur West Side hinüberfahren wollen, um das Feuerwerk zu sehen, müssen in Kürze zum Aufbruch bereit sein. Wir haben als Überraschung einen Aussichtspunkt, der Ihnen sicher gefallen wird.«

Gersten blieb in der Mitte des Flurs im fünfundzwanzigsten Stock vor Nouvians Zimmer stehen. Sie wunderte sich, dass sie nichts hörte, kein Cello-Üben. Sie klopfte.

Nouvian machte ihr auf. Er trug einen weißen Hyatt-Bademantel, sein Haar war nass.

»Sie üben nicht?«

»Doch, jetzt gleich. Man hat mich gebeten, morgen bei der Zeremonie zu spielen. Maggies Vorschlag. Und das noch obendrein zu allem anderen. Aber wie hätte ich ablehnen können?«

Gersten nickte freundlich. »Darf ich kurz hereinkommen?«

»Natürlich«, sagte er überrascht und trat zur Seite,

um sie einzulassen. Die Stores waren zugezogen, nicht aber die schweren Vorhänge, was einen vernebelten Blick auf die Skyline bei Sonnenuntergang gewährte. Der Eingangsbereich war feucht von Nouvians Dusche, im Bad roch es nach Aftershave.

»Nehmen Sie ruhig Platz«, schlug Gersten vor.

Er gehorchte und ließ sich auf der Ecke seines Betts nieder. Sein Cellokasten stand neben ihm an der Wand. Er schaute ein wenig verwirrt drein.

»Folgendes«, sagte Gersten. »Sie wissen wahrscheinlich, dass Sie sich verdächtig benommen haben.«

Seine interessierte Miene war schlagartig verschwunden.

»Sie waren vorhin nicht auffindbar, und als ich Sie schließlich entdeckt habe, schienen Sie nicht Sie selbst zu sein«, fuhr sie fort. »Das hat uns alarmiert, und ich habe nachgeforscht, was Sie möglicherweise getan haben, und bin dabei auf einige Münztelefone hinter dem Aufzugschacht gestoßen.«

Er wusste nicht, wie er reagieren sollte, und blieb deshalb stumm.

»Ich bin der Sache nachgegangen, weil das mein Job ist. Vor nicht einmal einer Stunde habe ich Mr. Pierrepont in seiner Wohnung besucht und ihn vernommen.«

Nouvian wusste nicht, wie er damit umgehen sollte. »Ich weiß nicht, was Sie …«, fing er an, aber dann beließ er es bei: »Das ist ungeheuerlich!«

Sie legte den Kopf schief und versuchte, die Situation zu entschärfen. »Er hat mir alles erzählt.«

Nouvian senkte den Blick, während er das verarbeitete. Dann musterte er ihre Miene, suchte nach Anzeichen von Missbilligung, die er aber nicht fand. »Wenn er das hat, was wollen Sie dann von mir hören?«

»Sie haben Ihr eigenes Handy.« Sie deutete auf das Gerät, das auf dem Nachttisch gerade aufgeladen wurde. »Warum haben Sie nicht von dem angerufen?«

Nouvian zuckte mit den Achseln, seine Augen waren feucht. »Ich bin davon ausgegangen, dass Sie die angezapft haben oder was Sie immer so machen.«

Sie lächelte verständnisvoll und schüttelte den Kopf. »Wir sind wirklich hier, um auf Sie aufzupassen. Aber wenn Sie anfangen, sich verdächtig ...«

»Er hatte panische Angst, dass es jemand erfahren könnte.«

»Ja? Komisch. Er sagte, Sie wären derjenige gewesen, der Panik hatte.«

Nouvian seufzte und blickte zur Seite. »Na ja, ich bin derjenige mit Frau und Familie. Ich bin derjenige, der sich jetzt unter einem Mikroskop bewegt.« Er wrang die Hände. »Die Überprüfung durch den Secret Service. All die Fragen oben in Bangor. Ich dachte, wenn ich einfach nur durchhalte... wenn wir diese Geschichte überstehen ...«

»Bei diesen Background-Checks ging es nur um Alarmsignale. In einer Situation wie dieser sollte man immer hundertprozentig ehrlich sein, glauben Sie mir. Andernfalls – wie bei Ihnen geschehen – wendet sich der Apparat gegen einen.«

Er schüttelte den Kopf. »Sie haben leicht reden.«

Sie kam ein Stück näher, um ihn zu beruhigen. »Es ist nicht nötig, dass ich diese Sache weiterverfolge. Ich dachte, Sie würden es gern von mir hören. Und das mit Ihnen und Mr. Pierrepont geht niemanden etwas an. Außer Ihre Frau und die Kinder.«

Nouvian seufzte und nickte. »Ich befinde mich an einem Scheideweg, Officer Gersten.«

»Detective Gersten«, sagte sie. »Aber Sie können mich Krina nennen.«

»Krina. Ich weiß, was Sie denken, und glauben Sie mir, genau darüber zerbreche ich mir seit fast einem Jahr den Kopf. Ich war in keiner Weise vorbereitet auf das, was mit … ihm passiert ist. Auf diese Affäre. Denn so eine ist es. Ich weiß, ich muss Ihnen nichts erklären, aber ich liebe meine Kinder, daran hat sich nichts geändert. Und daran wird sich nie etwas ändern.« Er wandte den Blick ab. So schwer das Ganze auch für ihn war – und für Gersten –, er schien es jemandem Unbeteiligten erzählen zu wollen. »Was sich verändert hat, ist meine Einstellung. Dieser Zwischenfall … meine sogenannte Heldentat … das hat in vielerlei Hinsicht alles entschieden. Ich muss handeln, und ich weiß das jetzt. Und jetzt weiß ich auch, dass ich es *kann*, verstehen Sie? Aber auf eine Weise, die meiner Familie eine bestmögliche Zukunft sichert.«

Gersten hob die Hände. »Noch einmal – das ist Ihre persönliche Angelegenheit, Ihre Privatsache, und ich denke, Sie werden das Richtige tun. Aber tun Sie mir einen Gefallen? Oder vielmehr keinen Gefallen – ich bestehe darauf.«

Er wartete, was sie sagen wollte.

»Jagen Sie mir nicht noch einmal so einen Schrecken ein, okay? Lassen Sie mich und meine Kollegen unsere Arbeit hier zu Ende machen, dann können Sie sich Ihren Entscheidungen stellen, wie und wann Sie wollen.«

Nouvian nickte. »Hört sich vernünftig an.«

Gersten lächelte. »Nicht wahr?« Sie drehte sich um und ging zur Tür.

Nouvian stand nicht von seinem Bett auf. »Krina«, sagte er, bevor sie die Tür geöffnet hatte.

»Ja?«

»Ich will kein Buch schreiben, und ich will kein Geld mit dieser Geschichte verdienen. Ich will nur meine Musik machen und meine Kinder großziehen. Und damit hat es sich so ziemlich.«

Gersten nickte, sie fühlte mit ihm. »Tja, dann wäre mein Rat an Sie zu warten, bis morgen alles vorbei ist, bevor Sie es Colin Frank erzählen. Es wird ihm nämlich sein gieriges kleines Herz brechen.«

Zurück in ihrem eigenen Zimmer, streifte Gersten sich die Schuhe von den Füßen und schaute NY1 ohne Ton, während sie gleichzeitig das Handy am Ohr hatte.

»Bin-Hezam war nur wenige Blocks von der Pennsylvania Station entfernt, Krina«, sagte Fisk. »Er war in unmittelbarer Nähe. Unglaublich, oder?«

»Du hast sein Gesicht gesehen«, sagte sie. »Was hast du darin gelesen?«

»Großartige Frage.« Sie lächelte, während er überlegte. »Weißt du, was sein Gesicht ausgedrückt hat? Dass er wusste, er würde sterben. Er wusste, er ging in den Tod. Er hat sich nicht einfach in sein Schicksal ergeben, sondern er hat die Bedingungen diktiert.«

»Moment mal. Nachdem er draußen war?«

»Nein. Draußen habe ich sein Gesicht nicht mehr gesehen, er hatte mir auf dem Gehsteig den Rücken zugekehrt. Aber in der Hotelhalle. Die Tür des Aufzugs ging auf, ich sah ihn an – und es war, als wäre er bereits an der Himmelspforte eingetroffen. Er meldete sich zum Sterben. Du hast mir eben geholfen, es mir klarzumachen.«

»Was sagt dir das?«

»Dubin meint, er war unterwegs, um noch etwas zu erledigen, aber das glaube ich nicht. Ich glaube, er ging in den Tod. Deshalb ist er nach unten gekommen.«

»Mit einem halben Pfund selbst gekochtem TATP in einer Tasche?«

»Mit dem Sprengstoff in der Tasche und der Waffe in der Hand. Ich glaube, er hat diesen Hubschrauber gehört... Vielleicht stand der Entschluss auch schon vorher fest, ich weiß nicht... Ich meine, er hat Saudi Air von seinem eigenen Handy angerufen und Arabisch gesprochen. Das erste Mal am ganzen Wochenende, dass er seine Muttersprache am Telefon benutzte. Er wusste, wir würden das herausfiltern können. Er muss es gewusst haben.«

Gersten dachte darüber nach. »Vielleicht hat ihm der Hubschrauber über dem Hotel verraten, dass das Spiel aus ist. Das hätte er mir jedenfalls verraten. Wenn er wusste, er würde das Hotel nicht als freier Mensch verlassen, was blieb ihm dann noch? Statt auf eine Zyankalikapsel zu beißen, ging er auf die harte Tour.«

Fisk schwieg wieder. »Gut«, sagte er dann. »Ist nicht auszuschließen. Vielleicht interpretiere ich zu viel hinein. Hey, weißt du, was ich vermisse? Räuber und Gendarm. Warum können diese Blödmänner nicht einfach eine Bank ausrauben?«

»Der Übeltäter ist ausgeschaltet. Konzentrier dich darauf. Du hast ihn gefunden – es spielt jetzt keine Rolle mehr, wie. Verbuche es als Sieg.«

»Das möchte ich ja«, sagte Fisk. »Aber was soll ich machen? Ich habe kein gutes Gefühl dabei, ein gutes Gefühl zu haben. Das bleibt unter dem Strich. Vielleicht sollte ich eine Weile nicht mehr darüber nachdenken.

Wie sieht es bei dir aus? Wie ist der Stand der Dinge bei Nouvian?«

Sie berichtete. Fisk hörte zu.

»Ich glaube, er macht einen großen Fehler«, sagte Fisk schließlich. »Nach dem, was du mir gerade erzählt hast, würde sich sein Buch garantiert besser verkaufen als alle andern.«

»Es war aber irgendwie faszinierend. Er sieht die vereitelte Entführung und seine Rolle dabei als Erlaubnis, sich zu verändern. Wie bei einem Nahtoderlebnis.«

»Hm.« Fisk wartete auf mehr. »Was sagt dir das?«

Sie lächelte. Sie würde es sagen. »Ich überlege mir, vielleicht bei Intel auszusteigen.«

»Wie bitte?«

»Wie du gerade gesagt hast. Ich vermisse Räuber und Gendarm spielen. Schau mich an hier. Solche beschissenen Jobs könnte ich auch in einem normalen Revier bekommen.«

»Du meinst es ernst«, sagte Fisk.

»Ich komme allmählich dahin«, sagte Gersten. »Vielleicht wäre es besser für uns.«

»Für uns?« Er dachte darüber nach. »Aber vielleicht auch nicht.«

»Wenn es nicht rund um die Uhr so geht?«

»Hör zu«, sagte er, da er begriff, dass sie nicht nur herumkeifte, sondern es wirklich ernst meinte. »Das war ein hartes Wochenende bisher. Wir müssen uns irgendwo treffen, damit ich dir diese Geschichte ausreden kann.«

»Du kannst es gern versuchen. Angeblich treffen wir uns später mit der Gruppe auf einen Absacker in der Hotellounge. Nach dem Feuerwerk.«

»Hört sich total unprofessionell an«, sagte er. »Ich

werde da sein. Vorausgesetzt, in den nächsten Stunden tut sich sonst nichts. Was hast du jetzt vor?«

»Nichts. Der ganze Papierkram wartet noch auf mich. Ich muss alles von den letzten beiden Tagen aufschreiben. Ich werde Musik spielen und mich daranmachen.«

»Kein Feuerwerk?«

»Hängt von dir ab. Ich habe ein hübsches Hotelzimmer ganz für mich allein hier.«

»Ah, du bringst mich um. Ich habe noch so viel wegen dieser Bin-Hezam-Sache zu erledigen.«

»Ich weiß, ich weiß. Sieh zu, dass du es zu dem Drink schaffst.«

»Sonntagabend«, sagte er. »Das ist mein Ziel.«

»Woran denkst du? Café Luxembourg?«

»Wie zwei ganz normale Menschen.«

»Klingt wundervoll. Das Problem ist nur, dass wir wahrscheinlich beide einschlafen, ehe wir aus der Tür sind.«

»Heimservice geht auch in Ordnung«, sagte er.

Sie lächelte. Es tat gut, mit ihm zu reden. »Hey – ich glaube, sein Auftrag war, sich in die Luft zu sprengen und ein paar Polizisten dabei mitzunehmen. Also sei vorsichtiger, ja?«

»Ja, ja. Wir sehen uns später.«

Sie legte auf, dachte noch ein wenig über das Gespräch nach und schob es dann beiseite.

Erst der Papierkram. Dann diesen Auftrag zu Ende bringen. Alles andere musste sie bis Sonntagabend zurückstellen.

Im Hyatt saß Colin Frank allein mit seinem Laptop im Gemeinschaftsraum. Er entwarf einen Abriss der Geschichte für ein Buch und weitere Medienverwertung. Er kannte einige Dokumentarfilmer und dachte daran, zunächst diesen Weg zu beschreiten, ein Videodokument, das in sechs bis acht Monaten zeitgleich mit dem Buch erscheinen würde, sodass das eine jeweils für das andere warb.

Er machte ein zweites Fläschchen Bacardi auf und kippte die Hälfte davon in sein Cola, dann schob er seine Baseballmütze in den Nacken, ging E-Mails von potenziellen Literaturagenten und Managern durch und las eine Handvoll persönliche Vorstellungen verschiedener bekannter Filmproduzenten.

Als es alles zu viel wurde, sprang Frank plötzlich auf, stieß die Faust nach Sportlerart auf und ab und jubelte lautlos in dem leeren Hotelzimmer.

Joanne Sparks legte letzte Hand an ihr Gesicht vor dem Badezimmerspiegel und glättete die Sprünge im Lippenstift an den Mundwinkeln. Maggie Sullivan, dieses Miststück, ging zum Feuerwerk, und das war Sparks' erste – und vielleicht letzte – Chance auf den Schweden, ohne dass alle anderen als Publikum fungierten.

Sie überprüfte den Sitz ihres Rocks noch einmal – der eng anlag, aber nicht so eng, dass es schon verzweifelt aussah –, zog das Gewebe über ihre schlanken Hüften nach unten und schnappte sich dann ihre Handtasche, um sich zu Jenssens Zimmer aufzumachen.

Sie hielt inne, ehe sie halb aus der Tür war, da sie Jenssen in Laufhose und Netz-T-Shirt am anderen Ende des Flurs mit jemandem sprechen sah. Sparks spähte den Flur entlang, noch hatte sie niemand gesehen. Dort hinten, wurde ihr klar, waren die Zimmer der Polizisten.

Detective Gersten.

Sparks sah noch eine Weile zu – lange genug –, dann ging sie zurück in ihr Zimmer und ließ die Tür zuschnappen.

Sie drehte sich um und schleuderte ihre Handtasche an die Wand über dem Bett. Sie prallte vom Kopfteil ab, landete auf dem Nachttisch und warf ihren Wecker um.

Sparks kehrte vor den Badezimmerspiegel zurück und stand Auge in Auge mit ihrem wütenden Spiegelbild.

»Schwanzlutscher«, sagte sie und umklammerte das Waschbecken. Sie war fertig mit Jenssen. Oder zumindest würde sie sich ab jetzt so benehmen.

Gersten stand ohne Schuhe in der Tür zu ihrem Zimmer und kam sich klein vor. Jenssen überragte sie fast um Haupteslänge. Eine Sporthandelskette hatte ein paar Sachen geschickt, und er trug ein blau-weißes Adidas-Hemd, Shorts und Laufschuhe.

»Bestimmt?«, sagte er. »Ich kann Sie nicht überreden?«

Ein sehr gefährlicher Mann, dachte Gersten. Er wusste genau, wie er es sagen musste, gerade spielerisch genug, damit sie sich irgendwie idiotisch vorkam, weil sie ablehnte.

Gleichzeitig gefiel ihr der Versuch, sie zu manipulieren, kein bisschen.

»Zu viel Arbeit leider«, sagte sie. »Ich weiß die Einladung aber zu schätzen. Es geht nichts über abendliches Joggen.«

»Eigentlich ist die kühle Dusche danach noch befriedigender.«

Gersten lächelte, über die Vorstellung ebenso sehr wie über die Frechheit.

»Und ich kann Sie wirklich nicht umstimmen?«, fragte er. »Was, wenn ich mich verlaufe?«

»Wissen Sie was?« Sie hatte ihr Smartphone in der Hand und wählte rasch DeRosiers Nummer. »Detective DeRosier? Mr. Jenssen braucht einen Partner für eine nächtliche Joggingrunde.«

»Ach, du Scheiße«, sagte DeRosier. »Ich habe gerade gegessen.«

Gersten lächelte Jenssen an. »Er freut sich wahnsinnig darauf, Sie zu begleiten.«

Jenssen lächelte matt zurück. »Die Freude ist ganz meinerseits.«

Diesmal lächelte Gersten von Herzen. Sie hatte den Eindruck, als Siegerin aus ihrem kleinen Geplänkel hervorzugehen. »Seien Sie vorsichtig im Dunkeln«, sagte sie und schloss die Tür.

Sie fühlte sich ein wenig außer Atem. Jenssens Aufmerksamkeit schmeichelte ihr, und sie fragte sich kurz, was für eine Ausstrahlung hier von ihr ausging.

»Hoffentlich habe ich meine Laufschuhe überhaupt eingepackt.« Die Stimme überraschte sie. DeRosier war immer noch am Telefon.

»Viel Glück«, sagte sie und legte auf.

Da sich Nouvian Exil auferlegt hatte und in seinem Hotelzimmer Cello übte, waren Maggie Sullivan und Doug Aldrich die Einzigen, die das Feuerwerk sehen wollten.

Sie verließen das Hotel in einem einsamen Van, ohne Motorradeskorte, nur mit einem Polizisten als Fahrer und der PR-Frau des Bürgermeisters. Der Fahrer setzte sein Blaulicht nur ein, als sie die Sperre an der 10th Avenue erreichten.

»Wird schwer werden, wieder ein normaler Bürger zu sein«, sagte Maggie, als sie zu den Leuten hinaussah, die in Feierstimmung in Richtung Wasser marschierten.

»Ich wünschte, ich könnte meine Enkel jetzt mitnehmen«, sagte Aldrich.

Der Van hielt an einem mobilen Checkpoint des NYPD. An der Ecke gab es einen rechtwinkligen Kasten mit Fenstern, nicht viel größer als ein SUV. Oben auf dem Kasten befanden sich Überwachungskameras und Satellitenschüsseln.

»Da wären wir«, sagte die PR-Frau.

Sie hielt ihnen die Tür auf und führte sie zu dem Gehäuse. Leute schauten in ihre Richtung, aber niemand war nahe genug, um Maggie und Aldrich zu erkennen.

»Da hinein?«, fragte Maggie.

»Sie zuerst«, sagte die PR-Frau.

Maggie ging hinein. Aldrich folgte, dann die Angestellte des Bürgermeisters. Sie hatte ihr Handy gezückt, aber um Fotos zu machen, nicht um zu telefonieren.

Die Tür ging zu, und der Kasten begann zu steigen. Maggie erinnerte sich jetzt, dass sie diese Dinger zuvor schon am Times Square gesehen hatte. Es war wie eine hydraulische Hebebühne, ein Ausguck, der eine gute Sicht auf die Straße bot ... und eine noch bessere auf den Nachthimmel.

»Besser als jeder Fensterplatz«, sagte die PR-Frau.

Maggie lachte und umarmte Aldrich. »Die anderen werden sich ohrfeigen, wenn sie das hören!«

Jenssen wartete bei den Aufzügen im fünfundzwanzigsten Stock. Der Polizeischutz war von zwei Beamten auf nur noch einen reduziert worden, wie er bemerkte.

Es war inzwischen kurz nach 20.00 Uhr. Jenssen konnte es kaum erwarten loszulaufen.

Er hörte Cellomusik aus Nouvians Zimmer. Jenssen erkannte das Stück: »America the Beautiful.« Interessant insofern, als es ein patriotisches Lied nicht über Schlachten, Sieg oder Gott war, sondern ein Lied über Schönheit. Jenssen dachte für sich, dass diese Empfindung im heutigen Amerika nur ironisch aufgefasst werden konnte.

Die Aufzugstür öffnete sich, aber er musste noch auf den Detective warten. Er bemerkte die Kamera in dem Fahrstuhlkorb. Es war eine Tatsache, dass Überwachungskameras in Hotels zwar ständig aufzeichneten, die Bilder aber kaum von jemandem angeschaut wurden.

Jenssen war sich noch immer unsicher wegen Detective Gersten. Sie beobachtete ihn gelegentlich, aber es war schwer, ihre Absicht einzuschätzen. Hätte sie seine Einladung angenommen, wäre er eine leichte Runde über drei, vier Kilometer gelaufen und fertig. Nach den Jahren als Polizeibeamtin hatte sie ein gewisses Selbstbewusstsein, aber er glaubte, dass sie immer noch unsicher wegen ihres wildfanghaften Aussehens war. Sie war keine Lesbe, dessen war er sich sicher. Er erinnerte sich deutlich an ihr Verhalten gegenüber dem Detective, mit dem sie in Maine war. Er hatte damals gedacht, dass die beiden möglicherweise ein Paar waren. Vielleicht war es also schlicht sexuelles Verlangen ihrerseits. Noch so eine Amerikanerin mit lockerer Moral. Er musste es natürlich genau wissen. Er hatte die Besorgnis ihrer Aufpasser wegen Nouvians kurzer Abwesenheit mitbekommen und bemerkt, dass Gersten anschließend für einige Zeit verschwunden gewesen war; er nahm an, sie hatte etwas erledigt, das mit dem Verhalten des Cellisten in Zusammenhang stand.

Zu diesem Zeitpunkt war höchste Vorsicht geboten.

DeRosier, der kahlköpfige Detective, kam endlich aus seinem Zimmer und näherte sich in einer leichten Nylonhose und einem Softball-T-Shirt des NYPD.

»Sie schonen mich aber ein bisschen, ja?«, sagte er.

»Mach ich«, sagte Jenssen. »Am Anfang.«

Sie fuhren zusammen zur geschäftigen Lobby des Hyatt hinunter. DeRosier sah noch einmal auf seinem Handy nach, dann steckte er es in die Reißverschlusstasche seiner Hose. Unten angekommen, gingen sie an der Rezeption vorbei und sahen zur Lounge hinauf.

»Wir könnten einfach auf einen Drink gehen«, sagte DeRosier nur halb im Scherz.

Jenssen lächelte. Genau wie in Schweden drängten sich die Leute, die vor dem Abendessen noch rasch einen Drink nahmen, an der Theke.

In den Fenstern spiegelten sich die Fernsehschirme der Lounge, einige zeigten ein Footballspiel, auf anderen waren Hubschrauberbilder von den Ermittlungen der Polizei nach der Erschießung des Terroristen Baada Bin-Hezam zu sehen.

»Den Scheißkerl haben wir erledigt«, sagte DeRosier. »Gutes Wochenende für die Guten, was?«

»Ein sehr gutes«, sagte Jenssen und trat auf die kurze Rolltreppe hinunter zum Haupteingang.

»Uff«, sagte DeRosier, als sie nach der Drehtür in die Hitze der Straße hinauskamen. »Das wird ein Spaß.«

»Ich habe kein Problem damit, wenn Sie lieber hierbleiben. Die Stadt ist nach einem nummerierten Gittermuster angelegt, oder?«

»Nein, nein«, sagte DeRosier und ließ die Arme kreisen, um seine Blutzirkulation anzuregen. »Wahrscheinlich brauche ich das.«

»Wissen Sie was«, sagte Jenssen. »Lassen Sie uns ein Stück mit der U-Bahn fahren und nur den Rückweg laufen. Ich möchte den Park sehen.«

»Hört sich gut an.«

Das nächtliche Manhattan hat seinen ganz eigenen Rhythmus. Es war Jenssens erster Besuch in den Vereinigten Staaten. Er folgte dem Detective mit dem Strom der Fußgänger, die auf der 42nd Street nach Osten unterwegs waren. Nach einem halben Block stiegen sie in eine weiß gekachelte Höhle hinunter, die als U-Bahn-Station Lexington Avenue bekannt war. DeRosier suchte sich einen Angestellten und schleuste sie mithilfe seines Dienstausweises durch die Schranke.

Jenssen trabte eine weitere Treppe zum Bahnsteig Richtung Norden hinunter. Der Geruch ließ ihn würgen, eine scheußliche Mischung aus Urin und toten Tieren. Die Menschen drängten sich an der gelben Linie, alle vollkommen gleichgültig gegenüber den ekelerregenden Umständen, in denen sie sich hier wiederfanden.

Seine Disziplin bewahrte Jenssen davor, auf jede kleine Störung in seiner Umgebung zu reagieren. Wie immer beruhigte es ihn, sich Dinge vorzustellen. Er beschwor Bilder der prächtigen U-Bahn-Station Radhuset auf Stockholms Blauer Linie herauf, deren Rolltreppen von den breiten, sauberen Bahnsteigen durch dramatisch beleuchteten massiven Fels nach oben führten. Er stellte sich vor, wie er einen Ausflug von Stockholm nach Malmö machte, zu seiner verwitweten Mutter Hadzeera.

Jenssen kannte seinen leiblichen Vater nicht. Seine

Mutter hatte seinen Stiefvater Jonas kennengelernt, als dieser Angehöriger einer UN-Friedenstruppe in Srebrenica war. Als Jonas Hadzeera entdeckte, war sie Stunden zuvor von serbischen Soldaten vergewaltigt und als vermeintlich tot zurückgelassen worden, nachdem sie ihren achtjährigen Sohn angewiesen hatte, sich unter Kleidung und Decken in einem Schlafzimmerschrank zu verstecken. Gegen sein besseres Wissen und den Rat seines Kommandeurs verliebte sich Jonas Jenssen in die geschändete, alleinerziehende Mutter. Die beiden lösten einen Beschützerinstinkt in ihm aus, dem er schlicht nicht widerstehen konnte. Aus Sympathie und Liebe konvertierte sein Vater zum Islam. Aber das Schicksal gewährte ihrer Ehe nur zwei Jahre. Jonas kam bei einem Autounfall ums Leben, als er vom Freitagsgebet in der Moschee in Malmö nach Hause fuhr. Das war der Tag, an dem Jenssen beschloss, der Mann im Leben seiner Mutter zu sein.

»Zum ersten Mal in New York, oder?«, sagte DeRosier. Es war ein Versuch, Konversation zu machen. Jenssen nickte, ging aber nicht weiter darauf ein, sondern täuschte Interesse an der Ankunft eines Zugs der Linie 5 vor, der kreischend aus dem Tunnel unter der Lexington Avenue auftauchte und am Bahnsteig hielt.

Zusammen betraten sie den überfüllten Waggon und blieben zwei Sitze voneinander getrennt stehen. Die Fahrgäste schaukelten schweigend. Nach einem Nicken DeRosiers stiegen die beiden Männer an der 86th Street aus und tauchten wieder in die Hitze der Straßen ein.

Jenssen studierte die Straßenschilder, um sich zu orientieren. Westen war links. DeRosier wollte Dehnübungen machen, also machte Jenssen pro forma mit und hielt dabei Ausschau nach einem Wagen, der sie beschattete. Tatsächlich entdeckte er Patton, den anderen Detective, in einem Zivilfahrzeug, das auf der anderen Straßenseite in zweiter Reihe hielt. Dann richtete sich DeRosier auf und verkündete, er sei bereit.

Sie liefen mit langsamen, federnden Schritten los wie all die anderen abendlichen Jogger auf dem Weg zum Central Park. Nach zwei Minuten spürte Jenssen, wie sein Arm im Gipsverband zu pochen anfing.

Als Jenssen im Vorraum von Flug 903 den Bombenzünder aus der Hand von Awaan Abdulraheem gerissen hatte, hatte seine Vorwärtsbewegung zusammen mit dem Aufprall auf dem Boden zu einer Fraktur der linken Speiche geführt. Der einfache Bruch hatte lediglich Ruhigstellung erfordert, sodass der Arzt nur den Unterarm sowie den Handrücken eingipste und die Handfläche durch eine weiche Auflage stabilisierte. Jenssen hatte etwas gegen die Schwellung bekommen, aber Ibuprofen, das verschriebene Schmerzmittel, nicht eingenommen. Der Schmerz war erträglich.

Er verschärfte das Tempo, DeRosier schnaufte schwer hinter ihm. Nach fünf Minuten hatte Jenssen die 5th Avenue erreicht. Er trabte auf der Stelle, bis die Ampel umschaltete und DeRosier ihn eingeholt hatte. Das Zivilfahrzeug wartete ein Stück weiter hinten vor der Ampel. DeRosier kam keuchend angerannt.

»Okay?«, erkundigte sich Jenssen.

DeRosier bedeutete ihm mit einer Handbewegung weiterzulaufen, als wäre alles kein Problem.

Sie überquerten den vierspurigen Boulevard bei Grün und betraten zwischen Steinsäulen den Park. Nach links und rechts führten Wege zum Reservoir hinauf. Jenssen verschärfte das Tempo und rief sich die Karte ins Gedächtnis, die er sich auswendig eingeprägt hatte. Er musste sich links halten. Er blickte zweimal zurück und sah DeRosier im Abenddunst zurückbleiben.

»Warten Sie!«, rief DeRosier und winkte.

»Also gut, bis dann!«, gab Jenssen vor, ihn falsch verstanden zu haben.

Er lief auf dem linken Weg weiter. Nach der ersten Biegung legte er einen Spurt ein. Die Bewegung und die frische Brise fühlten sich nach dem Stillstand der letzten Tage hervorragend an.

Er verließ den Weg, sobald er es gefahrlos tun konnte, und rannte zwischen den Bäumen hindurch, bis er auf einer Anhöhe auf einen anderen Weg stieß. In der Gewissheit, DeRosier und Patton abgehängt zu haben, verlangsamte er so weit, dass er kein Aufsehen erregte, und trabte in gleichmäßigem Tempo an Dutzenden von New Yorkern und Touristen vorbei, die im Park unterwegs waren.

Die Schleife um das Reservoir verschaffte nicht nur Bewegung, sondern auch einige der prächtigsten Ausblicke auf die Stadt, besonders bei Nacht. Die bunten Lichtexplosionen über den Bäumen im Südwesten verrieten Jenssen, dass das Feuerwerk begonnen hatte. Fußgänger blieben stehen, um zuzuschauen, Liebespaare hielten sich an den Händen.

Er lief weiter. Vor ihm machten die Rasenflächen des Parks den Wolkenkratzern von Midtown Platz. In der Mitte erhob sich der beleuchtete Monolith des Empire State Buildings. Seit dem Einsturz des World Trade Centers hatte es wieder seine Rolle als höchstes Gebäude New Yorks eingenommen. Morgen, wenn One World Trade

Center offiziell eröffnet wurde, würde es auf den zweiten Platz zurückfallen.

Für Jenssen dienten diese spektakulären Stadtansichten nur als Orientierungspunkte bei seiner Umrundung des Wasserbeckens. Das Reservoir speiste kein Trinkwasser mehr ins Wassernetz Manhattans. Es war 1997 wegen seiner Anfälligkeit für Terroranschläge außer Dienst gestellt worden. Jetzt speisten seine vier Milliarden Liter andere Teiche im Park durch ein glitzerndes Pumpenhaus aus Schiefer und Granit am südlichen Ende.

Er lief noch einige Hundert Meter, ehe er den Kiesweg erneut verließ, dieses Mal auf einen unbeleuchteten Pfad links von ihm. Der Pfad führte ihn zu einem von Kiefernnadeln bedeckten Reitweg unter überhängenden Bäumen. Jenssen folgte ihm zweihundert Meter weit und bog dann am südlichen Ende des Reservoirs nach rechts ab.

Links von ihm waren die früheren Ställe, die jetzt als Geräteschuppen für die Gärtner benutzt wurden. Jenssen versteckte sich im Halbdunkel zwischen zwei Schuppen. Von seinem Aussichtspunkt hatte er einen uneingeschränkten Blick auf die Vorderseite des Pumpenhauses, die vom Zifferblatt einer Uhr gekrönt wurde.

Jenssen sah sie sofort als Silhouette. Er erkannte die Kuriertasche über ihrer Schulter, die sie unter dem Ellbogen dicht an den Körper presste. Er sah den Umriss ihres Rocks. Selbst aus dieser Entfernung nahm er ihre Nervosität wahr. Was nicht erstaunte – sie hatte einige Zeit gewartet. Sie sah von der Uhr zu den hellen Explosionen im Westen.

Jenssen ging zu der breiten Betontreppe, die vom Reitweg nach oben führte. Die Frau war übergewichtig, ansonsten aber außerordentlich schlicht. Er wartete, bis ihr suchender Blick über ihn strich.

Sie hatte ihn gesehen. Jenssen nickte. Sie schaute sich um, eine Karikatur an Heimlichtuerei. Jenssen zuckte innerlich zusammen und winkte sie zu sich.

Sie kam voller Befangenheit die Treppe herunter wie eine Frau, die in einem üblen Stadtviertel ihre Handtasche an sich drückt. Er wartete, bis er sicher war, dass sie tatsächlich kam, dann zog er sich wieder zwischen die Schuppen zurück, damit sie ihm folgte.

Im schwachen Licht auf der Rückseite der Geräteschuppen wartete er auf sie. Hier waren sie vom Weg um das Reservoir und vom Reitweg nicht zu sehen.

Sie näherte sich wie eine Sünderin, zögernd, Erlösung suchend.

»*Assalamu alaiku*«, sagte sie mit kläglicher Stimme.

»*Walaidum assalam*«, erwiderte er.

»Es tut mir leid«, sagte sie. »Ich war so nervös, weil ich so lange gewartet habe. Und das Feuerwerk ...«

»Du bist in der Tat gesegnet«, sagte Jenssen, dann drehte er sie rasch herum und drückte ihr den eingegipsten Unterarm an die Kehle.

Jenssen war ein großer, kräftiger Mann, sein Griff schien sie vollständig einzuschließen. Sie bebte, führte die Hände an den Gipsarm und zerrte an seinem gebrochenen Handgelenk. Der Schmerz war heftig und heiß, doch als er nicht nachgab, löste sie ihre Hände wieder und streckte sie von sich. Auf diese Weise ergab sie sich ihm. Er stellte sich vor, sie blickte zu den farbigen Explosionen am Nachthimmel.

Sie verstand, was zu geschehen hatte, und lieferte sich Gott aus.

Ein Gurgeln drang aus ihrer Kehle, ihre Hände sanken seitlich an den Körper, ihre Beine gaben nach, sie erschlaffte in seinem Griff.

Er ließ erst locker, als er sich sicher war, dass sie nicht mehr lebte, dann legte er sie auf der Erde ab. Er nahm ihr die Kuriertasche ab und schleifte sie in die dunkelste Nische zwischen den beiden Schuppen.

Dann drehte er unter enormer Mühe und großen Schmerzen seinen Gipsverband wieder zurecht, der verrutscht war. Der Schmerz loderte heiß auf und ließ dann langsam nach. Schließlich hob er die Kuriertasche auf und machte sich auf den Weg unter die Bäume.

Jenssen zog die Einkaufstüte einer Drogeriekette aus einer Mülltonne, ehe er an der 5th Avenue ein Taxi anhielt. Er wäre gern die ganzen vierzig Blocks zurückgelaufen, aber er durfte sich nicht verausgaben. Unweit des Rockefeller Centers ließ er sich von dem Taxi absetzen und trabte die letzten zehn Blocks zurück zum Hyatt.

Er ging zum Lieferanteneingang auf der Rückseite, den *Die Sechs* mit ihrer Motorradeskorte benutzt hatten. Ein paar junge Angestellte der Hotelwerkstatt sahen auf, einer erkannte Jenssen als einen der Helden und winkte. Jenssen gab ihnen die Hand und entschuldigte sich, dass er so verschwitzt war. Niemand fand etwas dabei, dass er den Hintereingang benutzte. Er lief die Treppe hinauf, die sie damals benutzt hatten, und fuhr in einem Serviceaufzug nach oben, der im selben Schacht untergebracht war wie die Gästeaufzüge, aber zur Seite hin aufging.

Im fünfundzwanzigsten Stock stieg Jenssen mit seiner Drogerietasche aus und nickte dem Polizeibeamten zu, der auf einem Stuhl beim Eingang zum Flur saß.

Der Gang war leer. Es war ihm gelungen, früher als die beiden Detectives im Hotel zurück zu sein. Jenssen marschierte schnell an der Besuchersuite vorbei, damit ihn niemand hineinrufen konnte. Doch dort saß nur der Journalist Frank, der auf seinem Laptop tippte.

Vor seiner Tür zog Jenssen die Schlüsselkarte aus der verschwitzten Socke, schwenkte sie vor dem Sensor und wartete auf das grüne Licht und das Klicken.

Am anderen Ende des Flurs ging eine Tür auf. Jenssen erstarrte kurz, dann musste er sich umdrehen.

Es war Detective Gersten, sie rollte einen Servierwagen aus dem Zimmer.

Sie war drei Türen entfernt. Jenssen blieb nichts übrig, als sie zu grüßen. Er winkte mit seiner Schlüsselkarte.

»Wie war das Laufen?«, fragte sie.

»Gut, gut.«

»Wie ist es DeRosier gegangen?«

»Das frage ich ihn, wenn er wieder da ist.«

Sie lachte, und Jenssen stieß nach seiner scherzhaften Bemerkung die Tür auf – doch vorher fiel der Blick der Detective noch auf die weiße Plastiktüte in seiner Hand.

Jenssen betrat sein Zimmer und schloss die Tür hinter sich. Er verstaute die Tüte rasch in seinem Hotelsafe, dann ging er auf den Flur zurück, der jetzt wieder still und leer dalag, um seine ungebrochene Kooperationsbereitschaft zu demonstrieren.

Er trank seine zweite Flasche Wasser und machte leichte Dehnübungen, als die Detectives DeRosier und Patton die Besuchersuite betraten. DeRosier schwitzte, und Patton sah wütend aus. Jenssen fragte sich, ob Gersten die beiden nach ihrem Gespräch mit ihm im Flur angerufen hatte.

»Was ist passiert?«, fragte DeRosier.

»Nichts«, sagte Jenssen und tat verwundert.

»Warum haben Sie nicht gewartet?«

»Ich hätte warten sollen? Warum haben Sie mein Tempo nicht gehalten?«

DeRosier griff nach einer Wasserflasche. »Weil ich es nicht konnte.«

»Wunderbarer Abend, nicht?«, sagte Jenssen.

»Nein«, erwiderte DeRosier zwischen zwei kräftigen Schlucken.

Vielleicht hatte Gersten sie doch nicht angerufen. Vielleicht hatte sie sich bei der Tasche oder deren möglichem Inhalt nichts gedacht. Jenssen würde sie genau im Auge behalten, um sicherzugehen.

Fisk wachte plötzlich auf, weil er seinen Wecker läuten hörte.

Nur dass er nicht im Bett lag. Er war an seinem Schreibtisch eingenickt.

Mist.

Und es war auch nicht sein Wecker, der da läutete. Es war sein Telefon.

Er stand auf und versuchte, seine Benommenheit abzuschütteln. Es kam ihm vor, als hätte er Stunden geschlafen, nur dass er sich nicht erfrischt fühlte.

Er sah auf die Uhr. Es waren vielleicht zwanzig Minuten vergangen, seit ihm der Kopf auf die Schreibtischplatte gesunken war.

Er nahm den Hörer ab, bevor die Mailbox ansprang.

»Hallo, hier ist Reg. Toller Fang heute.«

Reg war ein Detective des NYPD, der zur Terroristen-Task-Force abkommandiert war.

»Wir hatten Glück«, sagte Fisk. »Dank der NSA.«

»Ach was, ich habe gehört, du warst dem Kerl von Anfang an auf der Spur. Und deshalb rufe ich an. Wir haben uns das Handy dieses Bombenlegers angesehen. Er hat vor der Buchungsanfrage bei Saudi Air noch einen Anruf gemacht. Von Handy zu Handy. Die Nummer ist unter einer gewissen Kathleen Burnett registriert. Wir haben eine Rechnungsadresse in Bay Ridge. Ich wollte dich nur vorab informieren, falls du vorbeischauen willst.«

»Bay Ridge? Wer ist sie?«

»Weiß ich noch nicht. Gewöhnlicher Name, aber niemand ist in Bay Ridge unter ihm gemeldet. Aber wir stehen ja ganz am Anfang mit unseren Ermittlungen. Erst mussten wir das Handy auf Sprengfallen untersuchen.«

»Mail mir die Adresse«, sagte Fisk. »Wir treffen uns dort.«

Hinter der doppelt verschlossenen Tür seines Hotelzimmers zog Jenssen die schweren Vorhänge zu. Er inspizierte das Zimmer noch einmal genau, Lampen, Telefon, Rauchmelder – alles, wo eine Kamera oder ein anderes Aufzeichnungsgerät während seiner Abwesenheit installiert worden sein konnte. Offenbar war nichts dergleichen geschehen.

Er öffnete den Zimmersafe und zog die Tasche heraus. In weniger als zwei Stunden würden sie ihn holen kommen. Die Zusammenkunft in der Lounge ausfallen zu lassen, würde Verdacht erregen, was in diesem späten Stadium nicht ratsam war. Er konnte sie eine Weile hinhalten, und er würde es auch tun müssen. Zeit war von entscheidender Bedeutung.

Nach Monaten der Planung, der Ausbildung und der

Geheimhaltung, die Leben gekostet und Ruhm eingebracht hatten, war die Stunde des Handelns für ihn gekommen. Jenssen war die Spitze einer heiligen Pyramide, deren Bau begonnen hatte, als Osama bin Laden zum Sieg im Namen des Islam und des wahabitischen Kalifats aufgerufen hatte. Sein Opfertod förderte die Mission und die Entschlossenheit jener, die berufen waren, sie zu erfüllen, nur noch mehr.

Jenssens vorrangige Sorge galt dem Schutz des Sprengstoffs. Als Erstes holte er das wie ein Brotlaib geformte Päckchen heraus und wickelte es aus der Folie und dem Wachspapier. Das TATP war formbar und schien gut vorbereitet worden zu sein. Er hatte mit der Substanz geübt, der Umgang damit war ihm vertraut. Wenn man vorsichtig zu Werke ging, ließ es sich in jede gewünschte Form bringen.

Er ging rasch den restlichen Inhalt der Drogerietüte durch, die ihm die Frau gegeben hatte. Zunächst einen verschlossenen Gefrierbeutel voll Gaze, die mit Gips imprägniert war. Damit würde er seinen jetzigen Gips ersetzen. Dann eine Schachtel Wattekugeln. Ein Stück feine Plastikfolie, etwa dreißig auf dreißig Zentimeter, aus der er eine Trennschicht zwischen dem Sprengstoff und der Gaze formen würde. Der neue Gips würde einige Stunden zum Trocknen brauchen. Doch wenn das TATP feucht wurde, hatte es nur die halbe Sprengkraft im Vergleich zum trockenen Zustand. Zudem eine in Papiertücher gehüllte Kapsel, aus der ein kunststoffbeschichteter Antennendraht ragte. Der Zünder. Und ein drahtloser Auslöser von der Größe einer Sardinendose.

Alles, was er brauchte.

Er stand auf, zog sich aus und warf die Laufkleidung

in die Zimmerecke. Im Badezimmer schaltete er den Deckenventilator ein und drehte die Dusche auf. Dann zog er das scharfe Steakmesser, das er bei ihrem mittäglichen Interview geklaut hatte, aus dem Versteck unter dem Waschbecken und begann, an seinem Gips zu sägen. Er arbeitete von oben nach unten. Die hart gewordene Baumwolle ließ sich sauber durchtrennen, aber die blaue Außenhaut erwies sich als wesentlich schwerere Aufgabe. Sein Handgelenk schmerzte, als er schließlich heftig daran herumarbeitete.

Eine Sache, die sie nicht abgedeckt hatten, war die Farbe des Gipses. Jenssen hatte um einen schlicht weißen gebeten, aber der Orthopäde hatte ihm einen blauen Verband angelegt. Es war eine Auffälligkeit, die er eventuell erklären musste.

Blaue Späne landeten auf dem Waschbeckentisch, als Jenssen daran herumsägte. Ein paar Mal ritzte er sich den Unterarm, aber es floss nur wenig Blut. Als er halb durch war, legte er den gesprungenen Gipsverband auf den Waschbeckenrand und drückte.

Das einzige Ergebnis war Schmerz.

Jenssen spürte aber, wie die Schale ein wenig nachgab, deshalb stopfte er sich ein frisches Handtuch in den Mund, platzierte die offene Naht des Gipses auf die scharfe Kante des Waschbeckentischs und warf sich mit seinem ganzen Gewicht darauf.

Der Gipsverband brach mit einem entsetzlichen Knirschen entzwei. Jenssens Schrei wurde vom Frotteestoff des Handtuchs geschluckt, das er nach einigen Momenten anhaltenden Schmerzes auf den Boden spuckte.

Sein Handgelenk pochte. Er befürchtete, er könnte den Knochen neu gebrochen haben, und er würde wieder anschwellen. Er hielt sich den Arm und hoffte, der Lärm des brechenden Verbands hatte niemanden aufgeschreckt.

Jenssen erinnerte sich an die Begegnung mit dem Arzt in den Stunden vor dem Abflug von 903 in Stockholm. Man hatte ihm eine Aderpresse direkt unterhalb der Schulter angelegt und den Arm so binnen Minuten völlig taub werden lassen. Der Arzt – wenn es denn überhaupt ein zugelassener Arzt war – nahm seinen Arm und legte ihn auf die massive Werkbank, die Hand baumelte über den Rand. »Schau lieber weg«, sagte der Arzt mit mehr als einem nur angedeuteten Lächeln hinter der Brille. Vielleicht war der Mann eher ein erfahrener Folterknecht gewesen. Jenssen hatte die Augen geschlossen. Er hörte das Knirschen und fühlte die Werkbank erzittern. Aber er spürte nichts. Ein Lokalanästhetikum wurde ihm gespritzt – wovon er wiederum nichts spürte –, und nach einigen Minuten, als seine Finger rot und geschwollen waren, nahm man ihm die Aderpresse ab. Er war schweißgebadet in Erwartung des Schmerzes, aber nachdem das Ameisenkribbeln des zurückfließenden Bluts aufgehört hatte, erwies sich das Anästhetikum als sehr wirksam. Er bekam ein entzündungshemmendes Medikament gegen die Schwellung und ließ sich den Hemdsärmel herunterrollen und zuknöpfen. Dann ging er zu dem Wagen hinaus, der ihn zum Flughafen brachte.

Als nun im Hotelzimmer der neue Schmerz nachließ, warf er die Reste seines Gipses in den Abfalleimer und fegte die blauen Späne vom Waschtisch. Er stellte sich unter die Dusche und wusch sich vorsichtig, aber zügig, der Wasserstrahl brannte auf der Schwellung des linken Handgelenks.

Er lenkte sich von dem Schmerz ab, indem er in Gedanken die nächsten Stunden durchging. Er hakte alle möglichen Katastrophen ab, die den Plan scheitern lassen konnten, und bereitete sich darauf vor, sie zu vermeiden.

Ich bin perfekt getarnt, rief er sich ins Gedächtnis. Ich werde nicht scheitern.

Inschallah.

Fisk hatte geraume Zeit als Intel-Polizist in Bay Ridge verbracht. Die Straßen dort waren so ländlich wie nur irgendwelche in den fünf Stadtbezirken. Eine leichte abendliche Brise von den Verrazano Narrows verschaffte ein klein wenig Erleichterung von der Hitze des Tages. Diese Ecke Brooklyns hatte Einwandererwellen von Iren, Italienern und Norwegern aufgenommen – und in jüngerer Zeit Araber.

Die Adresse war mit Blaulicht und Sirene nur fünfzehn Minuten entfernt, in einem Viertel, das seit Kurzem »Klein-Palästina« genannt wurde. Die Task Force rief vorab beim 68. Revier an. Von dort warteten zwei Wagen an der Ecke 79th Street und Shore Road, nur einen Block entfernt. Keine Lichter, keine Show. Kein Absperren der Gegend, aber einsatzbereit, falls notwendig. Reg traf mit seinem eigenen Sondereinsatzkommando in voller Montur sowie zwei FBI-Agenten und einem Dolmetscher ein.

Die Wohnung lag in einem umgewandelten Backsteinbau, Licht in den Fenstern der ersten beiden Etagen. Die Eingangstür war nicht abgesperrt. Auf dem Klingelschild für die im zweiten Stock gelegene fragliche Wohnung stand »bint Mohammed«, nicht Burnett.

Fisk wartete, während Reg und die FBI-Agenten mit dem Dolmetscher an den Türen der drei Erdgeschosswohnungen und dann der beiden Wohnungen im ersten Stock klopften. Die einzige Person, die ihnen Schwierigkeiten machte, war eine ältere Frau, die sich weigerte, unverschleiert aus dem Haus zu gehen. Sie nahm mürrisch ihren Platz auf dem Gehsteig vor der Eingangstreppe ein und drehte den FBI-Agenten und Detectives demonstrativ den Rücken zu.

»Was denken Sie?«, sagte Reg zu Fisk. »Schloss knacken oder Tür eintreten?«

»Wenn sie zu Hause ist, weiß sie wahrscheinlich ohnehin schon, dass wir hier sind. Bin-Hezam hatte Selbstmord per Polizei im Sinn und seinen Willen bekommen. Also treten Sie die Tür ein. Kräftig.«

Reg gab das Zeichen, und das vierköpfige Team des Sondereinsatzkommandos rückte in Kampfformation die Treppe hinauf. Sie setzten die Stiefel leise auf dem Holzboden auf, Kommandos wurden lautlos durch Pantomime gegeben. Fisk, Reg und einer der FBI-Agenten folgten mit einem Stockwerk Abstand, der Dolmetscher blieb mit dem zweiten FBI-Mann auf der Straße.

Vor der Wohnung im zweiten Stock löste einer der SEK-Beamten das schwere Stahlrohr von seinem Rücken und packte es an den Griffen. Ein anderer Mann richtete zur Absicherung ein Gewehr auf die Tür und zählte lautlos bis null.

Der erste Beamte schwang das Stahlrohr kräftig und traf das Schloss über dem Türgriff. Tür und Rahmen splitterten, und die Tür flog auf.

Die anderen drei Männer strömten hinein. Binnen Sekunden hatten sie die winzige Wohnung gesichert. Der vierte Beamte machte Reg ein Zeichen. Niemand war zu Hause.

Das Team schaltete das Licht ein. Ihre Hauptsorge galt jetzt Sprengfallen. Sie überzeugten sich, dass es nirgendwo Stolperdrähte gab, erst dann wurden Fisk und Reg hineingelassen.

Reg ging sofort zu einem Stapel Post auf einem kleinen Schreibtisch in der Ecke, Fisk direkt ins Schlafzimmer.

Dort hing über einem Stuhl neben einem Einzelbett mit Paisley-Decke eine dunkelblaue Burka. Der Raum war klösterlich karg. Am Fußende des Betts lag ordentlich gefaltet ein abgenutzter roter Gebetsteppich.

Fisk holte sein Handy hervor und rief bei Intel an. Da ihm einfiel, dass er den Namen der Frau buchstabieren musste, ging er zu Reg hinaus.

»Ich brauche Informationen aus dem Melderegister der Stadt«, sagte er zu dem Beamten, der sich meldete. Er buchstabierte die Namen »Kathleen Burnett« anhand ihrer Telefonrechnung und las von einem Katalogaufkleber »Aminah bint Mohammed« ab. »Vermutlich handelt es sich um eine Namensänderung, aber ich brauche eine Bestätigung, dass es tatsächlich dieselbe Person ist. Und ich brauche schnellstmöglich ein Foto von ihr.«

Er legte auf und machte sich selbst auf die Suche nach Fotos. Das Einzelbett und das spartanische Erscheinungsbild der Wohnung ließen darauf schließen, dass die Bewohnerin Single war, und solche Leute stellten selten Bilder von sich selbst auf.

Im vorderen Raum gab es zwischen zwei zu weich gepolsterten Sesseln vor einem kleinen Flachbildfernseher auf einem Rolltisch ein einzelnes Bücherregal. Korane auf Englisch und Arabisch und das Foto eines Paars, das formell gekleidet neben einem Buick aus den 1980ern stand. Die Eltern. Wahrscheinlich verstorben.

Zwei Fenster, eines halb offen. Ein Stapel Rundbriefe auf Arabisch und einige Zeitungen. Reg fuhr ein kleines Notebook hoch, das mit einer Steckdose verbunden war.

»Was denkst du?«, sagte Reg. »Freundin? Führungsagentin?«

Fisk drehte sich langsam im Kreis und nahm alles auf. Er ging in die Küche. Keine Spülmaschine, ein Trockengestell in der Spüle. Halbhoher Kühlschrank.

Das SEK-Team brachte ein Bungee-Seil an und öffnete den Kühlschrank vom angrenzenden Zimmer aus. Kein Knall. Fisk ging hinein, er wünschte, er würde Handschuhe tragen. Er zog sich den Hemdsärmel über die Faust und schob Joghurtbehälter und eine Schale Datteln umher.

Zwei leere Einmachgläser. Fisk hockte sich hin, um von unten auf die Gläser zu blicken, und glaubte, einen weißen verkrusteten Rückstand im Gewinde des Deckels zu erkennen.

Er scheuchte alle aus dem Raum. »Lass sofort einen Hund kommen«, sagte er zu Reg.

Einen Gips am Arm einer fremden Person anzubringen, ist eine relativ unkomplizierte Sache. Sich selbst einen anzulegen ist so schwierig wie eine einhändige Operation. Aber Jenssen hatte es mehrfach geübt. Allerdings nur einmal mit echtem Sprengstoff. Und nie mit einem gebrochenen Handgelenk.

Er setzte sich an den Tisch. Sein geschwollener Arm sah gräulichrosa aus wie tote Haut, die mit feinem Sandpapier abgeschmirgelt wurde. Er rieb sanft daran, einen Moment lang linderte es das Jucken; die Empfindlichkeit seines Handgelenks und die gerinnenden Schnitte auf seiner Haut von dem Steakmesser ließen ihn vorsichtig zu Werke gehen.

Der neue Gips würde drei Stunden brauchen, um vollständig hart zu werden. Bei seinem ersten Versuch hatte er die getränkte Gaze zu eng angelegt und den Schmerz nicht einmal eine Stunde lang ausgehalten, ehe er sich alles wieder herunterriss. Jetzt, mit dem geschwollenen Handgelenk musste er äußerst behutsam sein.

Andererseits würde er den pochenden Schmerz nur einige Stunden lang aushalten müssen.

Jenssen ging den Augenblick der größten Gefahr als Erstes an. Er packte das TATP aus und hielt es in seiner gesunden Hand. Zum Üben hatte er gewöhnlichen Kitt von ähnlicher Konsistenz benutzt und einmal eine professionell hergestellte Portion echten Sprengstoff. Diese Substanz hier war gummiartiger und klebriger. Sie blieb an den Fingern haften.

Er machte sich im Kopf frei und ging an die Arbeit. Ein Fehler konnte monatelange Vorbereitung und das Engagement vieler Menschen in einem einzigen Moment vernichten.

Mit beiden Händen begann er, das halbe Pfund weißgrauen Sprengstoff zu bearbeiten. Er dehnte die Substanz auf etwa die Länge seines Unterarms. Zu viel Druck mit der linken Hand löste einen stechenden Schmerz aus, und er hielt inne, beruhigte sich und machte dann konzentriert weiter.

Mit dem Ballen der gesunden Hand drückte er den Sprengstoff sanft und geduldig flach, etwa zur Stärke von einem halben Zentimeter. Er hatte gesehen, was TATP anrichten konnte, von einem Gewehrschuss in einer leer stehenden Scheune in Schweden gezündet. Das Bauwerk war in einem lodernden Feuerball zersplittert, und die Druckwelle hatte er noch in zweihundertfünfzig Metern Entfernung gespürt.

Zur Hälfte geschafft.

Der explosive Lehm schwitzte Feuchtigkeit aus, als Jenssen ihn bearbeitete, eine Substanz, die wie chemischer Schweiß roch. Damit hatte er nicht gerechnet.

Bedeutete das, dass die Mischung nichts taugte? Instabiler war? Weniger wirkungsvoll? Hatte die Frau im Central Park den Sprengstoff hergestellt, hatte sie ihn wie Mürbeteig in ihrer Küche zubereitet und eine Zutat falsch bemessen?

Damit konnte er sich jetzt nicht befassen. Er fuhr fort, das TATP zu formen, saugte die Flüssigkeit mit Klopapier auf. Aus dem nur gut zehn Zentimeter langen Laib war eine sauber ausgewalzte Platte geworden, die Handballen, Handgelenk und ein Stück des Unterarms bedecken würde.

Jenssen machte eine Pause, um den Tisch zu reinigen. Im Badezimmer spritzte er sich kaltes Wasser ins Gesicht.

Als Nächstes nahm er die Watte, wickelte eine dünne Schicht davon um seinen kribbelnden Arm und befestigte sie mit einer kleinen Drahtklammer. Fast hätte er die Stofftücher vergessen und stand auf, um sie aus seinem Gepäck zu holen. Sie dienten dazu, den Sprengstoffgeruch zu maskieren, falls Hunde eingesetzt wurden. Dann legte er den Arm mit der Handfläche nach unten auf die Tischplatte und schälte mit der anderen, gesunden Hand langsam die Sprengstoffmasse vom Tisch. Sie ging nicht so problemlos ab wie erwartet. Er modellierte das TATP auf den rechten Unterarm und spürte, wie es die Watte darunter zusammendrückte. Dann besserte er einige Stellen mit Überresten aus, die auf dem Tisch haften geblieben waren.

Er schwitzte, hatte aber nichts griffbereit, womit er sich die Stirn abwischen konnte. Irgendwann schüttelte er heftig den Kopf, was ringsum Schweißtropfen spritzen ließ. Jenssen nahm die zwei Zündkapseln aus der Kuriertasche. Er achtete darauf, dass ihre Antennendrähte sauber auf dem Sprengstoff auflagen, dann drückte er eine bei seinem Handballen in die Masse, die andere am entgegengesetzten Ende.

Es sah gut aus. Nun die Plastikfolie. Das dünne Acetat passte gut über seinen Arm, was es auch musste, um den Sprengstoff von der nassen, mit Gips getränkten Gaze zu isolieren. Letztere zog er nun aus dem Eimer mit Eis und schüttelte das überschüssige Wasser ab.

Dieser Teil war von höchster Wichtigkeit, wenn sein Werk einer Überprüfung standhalten sollte. Er fing an seiner Hand an und folgte demselben Muster von Windungen, wie er es mit der Watte getan hatte. Er formte einen Griff über der Handfläche wie bei dem alten Gips und verlagerte die restliche Gaze beim Wickeln immer von einer Seite des Arms zur anderen.

Er achtete sorgsam darauf, den Gips nicht zu eng anzulegen. Der ganze Prozess dauerte eine halbe Stunde. Seine anfängliche Enttäuschung – weil ihm der weiße Gips höckerig vorkam – wich einem Gefühl der Ermutigung, sobald er sein Werk im Spiegel betrachtete. Der behelfsmäßige Gips lag gleichmäßig um seinen Arm. Im

Lauf der nächsten Stunden würde er sich weiter anpassen. Im Moment fühlte er sich weder zu eng noch zu locker an.

Dann hörte er ein Klopfen an der Tür. Er schluckte, damit seine Stimme nicht irgendwie angespannt klang. »Ja?«

»Wir gehen zur Lounge hinunter.« Es war der Journalist, der bereits leicht unsicher sprach, weil er getrunken hatte. »Party Time! Auf geht's, Magnus.«

Die übliche Distanzlosigkeit der Angetrunkenen. »Bin gerade beim Anziehen. Ich komme gleich nach.«

»Wenn nicht, werden wir die Party zu dir verlagern müssen!«

Das war genau das, was Jenssen nicht wollte. Er horchte, wie Frank den Korridor entlangstapfte. Der Plan hatte ursprünglich ein, zwei weitere Helden einkalkuliert, die ihm beistehen würden – wahrscheinlich, nachdem alles vorbei war. Niemand hatte damit gerechnet, dass sich vier andere Passagiere ins Getümmel stürzen würden. Jenssen hatte sich gesagt, dass die hohe Zahl Sicherheit bot, und er war ganz gut in der Gruppe untergetaucht, aber der Preis dafür war, dass er sich mit den von sich selbst berauschten Egos der anderen abfinden musste.

Die Wahrheit war, dass es schwerfiel, mit bloßen Schachfiguren zu verkehren und sie als ebenbürtig zu behandeln.

In der folgenden Stille hörte Jenssen den Lärm von der Straße zu seinem Fenster emporsteigen. Autohupen, Hydraulikbremsen und eine weit entfernte Sirene. Die Lüftung des Hotels sprang automatisch an, ein Strom kühler Luft kam aus einem Lüftungsschlitz über der Tür. Die Geräusche des Lebens.

Er befühlte den drahtlosen Auslöser. Die Bombe, die er gerade in seinen Gips eingebaut hatte, würde eine Mikrosekunde nach der Zündung explodieren, seinen Körper vollständig zerfetzen und alles Leben im Umkreis von fünfzig Metern auslöschen. Er würde nichts hören und fühlen als Gottes Gnade. Es gab viele schlimmere Tode.

Um 23.00 Uhr war die Lounge Bar des Hyatt, die neben dem Eingang zur Grand Central Station aus der Fassade des Hotels in die 42nd Street ragte, voller Theaterbesucher, die noch einen Absacker zu sich nahmen.

Das Hotel hatte eine Ecke für die Helden frei gehalten, die Rechnung würde auf das Büro des Bürgermeisters gehen. Auf einem Tisch standen Antipasti, Shrimps und Pommes bereit. Die Pressefrau des Bürgermeisters blieb nur auf ein Glas Chablis. Sie schwärmte zusammen mit Maggie und Aldrich vom Feuerwerk, dann erhielt sie eine SMS und verabschiedete sich abrupt.

Gersten kam hinzu, fix und fertig, weil sie einige Stunden damit verbracht hatte, die letzten beiden Tage in Polizeiberichtsprache zu übertragen. DeRosier trank Cola, ihm tat noch immer alles weh von seinem Lauf. Patton entschied sich, gefährlich zu leben und einen Cocktail im Dienst zu trinken.

Gersten wandte ihre Aufmerksamkeit zuerst Colin Frank zu, dem Journalisten, der an einem Wodka mit irgendetwas nippte und sich angeregt und Knie an Knie mit einer sehr aufmerksamen – und aufreizend gekleideten – Joanne Sparks unterhielt. Gersten fragte sich, wie es gerade dazu gekommen war, und vermutete, dass dies wahrscheinlich Sparks' Art war, Jenssen vorzuführen.

Wenn ja, stellte sich die erwünschte Wirkung nicht ein. Jenssen saß am andern Ende der Bar und nuckelte an einem Club Soda. Maggie Sullivan, sein anderes Techtelmechtel, lachte mit einem Fremden und verfolgte zwischendurch das Spiel der Yankees in dem Fernseher an der Decke.

Aldrich trank Bourbon mit Eis und plauderte mit DeRosier und Patton. Er war ein durchaus liebenswürdiger Typ, erst recht nach zwei Drinks, und unterhielt sich gern über Autoteile. Nouvian saß neben Jenssen und trank eine der Cocktail-Kreationen der Lounge, es sah allerdings nicht so aus, als hätten die beiden sich viel zu sagen.

Maggie entschuldigte sich höflich bei ihrem Fremden und kam zu Gersten. »Ich bin endlich eins der beliebten Mädchen beim Schulball«, flüsterte sie und lachte.

»Mach langsam, Mädchen!«, sagte Gersten.

Maggie fächelte sich mit der Hand Luft zu. »Es ist eine Achterbahnfahrt, das kann ich Ihnen sagen. Ich weiß gar nicht, wo mir der Kopf steht.« Sie trank einen Schluck von ihrer Limonade. »Ich habe heute den Präsidenten getroffen!«, jubelte sie. »Diese Hand hab ich ihm gegeben.« Sie betrachtete ihre Hand. »Wer bin ich gleich noch mal?«

Sie war diejenige, die Gersten am meisten vermissen würde. Vielleicht die Einzige, denn sie war irgendwie am echtesten und am fröhlichsten. Gersten dachte daran, es ihr zu sagen, aber nicht hier und nicht jetzt.

Maggie schien Gerstens Wertschätzung wahrzunehmen, denn sie legte den Arm um sie. »Schön, euch Detectives zur Abwechslung mal als Menschen zu erleben.«

Gersten nickte und lächelte, weil das von ihr erwartet wurde, aber Fisks Verdacht lag ihr schwer auf der Seele. Sie trank von ihrem Wasser, hätte gern etwas Richtiges getrunken und hoffte, Fisk würde bald kommen.

»Alle mal herhören!« Maggie bat mit der Ungezwungenheit einer Frau um Aufmerksamkeit, die es als Flugbegleiterin gewohnt war, fremden Menschen höflich, aber bestimmt Anweisungen zu geben. »Trinken wir auf die netten Menschen, die sich in diesen verrückten letzten beiden Tagen mit unserem ganzen Mist herumschlagen durften. Auf eure Gesundheit.«

»Prost!«, sagte Frank aus der Ecke und rieb Sparks' nacktes Knie mit der freien Hand.

»Und«, sagte Aldrich und erhob sich unsicher, »auf ihre Waffenkameraden, die diesen Terroristen heute weggepustet haben.«

»Auf alle Helden!«, jubelte Maggie.

»Auf die Helden!«, stimmten alle ein und erhoben die Gläser.

Jenssen fing Gerstens Blick auf, als die anderen ihre Gläser wieder absetzten, und trank ihr gesondert zu.

Gersten nickte ihm zu, dann drehte sie sich zur Lobby um und hielt erneut nach Fisk Ausschau.

Aminah bint Mohammeds Nachbarn waren voll des Lobs über sie. Gewissenhaft und ruhig. Sie habe erzählt, sie sei Krankenschwester, und tatsächlich hatte man sie einmal gerufen, um die Blutung zu stillen, als sich ein Nachbar vor einigen Monaten mit dem Küchenmesser geschnitten hatte, jedoch schien sie seit mindestens einem Jahr nicht mehr zu arbeiten – oder jedenfalls nicht regelmäßig.

Nein, man hatte nie verdächtig aussehende Besucher

bei ihr gesehen. Man hatte überhaupt keine Besucher gesehen.

Fisk zog die negative Haltung der belästigten Nachbarn gegenüber der Polizei ins Kalkül, glaubte aber dennoch, dass sie die Wahrheit sagten. Keiner von ihnen hatte je von einer Frau namens Kathleen Burnett gehört.

Das Foto in ihrem abgelaufenen, in Massachusetts ausgestellten Führerschein zeigte eine unverschleierte Amerikanerin mit braunem, vielleicht rötlich braunem Haar und einem lächelnden, reizlosen Gesicht. Ihr New Yorker Führerschein unter ihrem muslimischen Namen zeigte eine ausdruckslos lächelnde, etwas schwerere Frau mit kürzerem Haar. Aus naheliegenden Gründen waren Schleier in Führerscheinfotos in New York verboten.

Er ließ das aktuellere Foto an Intel schicken und bereitete einen Fahndungsaufruf vor. Er schwankte noch, ob er Dubin persönlich anrufen sollte, wahrscheinlich würde er es jedoch tun.

Kriminaltechniker nahmen die Einmachgläser mit, um sie im Labor untersuchen zu lassen. Fisk war inzwischen wieder in der Wohnung; Erschöpfung und Erstaunen machten sich bemerkbar und gaben ihm das Gefühl, in einem Traum zu leben. Ein Teil von ihm glaubte, die Frau könnte jeden Moment zur Tür hereinspazieren. Ein anderer Teil von ihm fragte sich, ob irgendwo da draußen eine unscheinbar aussehende weiße Amerikanerin im Auftrag von al-Qaida unterwegs war.

Aldrich verabschiedete sich klugerweise eine Weile später unter Lachen, Schulterklopfen und sinnlosem Geplapper aus der Lounge. DeRosier begleitete ihn die

Treppe hinunter und hielt ihn am Arm, um den nicht mehr ganz standfesten Senior auf dem Weg zu den Aufzügen notfalls aufzufangen.

Gersten bemerkte, dass ihr Jenssen über den Spiegel in der Bar verstohlene Blicke zuwarf. Sie vermutete, dass er nur ihretwegen noch in der Bar herumhing. Schmeichelhaft, aber auch ein wenig sonderbar. Sie hatte noch immer nichts von Fisk gehört. Als Nouvian aufstand, um ein Gespräch auf seinem Handy anzunehmen – »Hallo, Schatz«, sagte er, als er auf dem Weg aus der Bar hinaus an Gersten vorbeikam –, schlenderte Gersten auf Jenssens Seite der Lounge.

Sie kam am Essenstisch vorbei und klaubte ein paar knusprige Pommes frites zusammen, die wie Zigaretten in einem Aschenbecher auf ihrem fast leeren Teller lagen.

Erneut spürte sie Jenssens Blicke auf sich. Warum nicht mitspielen?

Sie ließ sich neben ihm nieder. Der Platz bot ihr eine bessere Sicht auf die Straße, es war ein guter Beobachtungsposten, um nach Fisk Ausschau zu halten.

»Keinen Drink?«, fragte sie und hob ihr Wasserglas, damit der Barkeeper es nachfüllte.

Jenssen ließ das Eis in seinem Glas klirren. »Reines Gift. Was ist Ihre Ausrede?«

»Theoretisch bin ich noch im Dienst.«

»Ach? Sie passen immer noch auf uns auf?«

»Ich bin immer noch Ihr Lagerbetreuer. Gibt es so etwas wie Sommerferienlager in Schweden?«

»Aber ja.«

Ihr frisches Wasser traf ein. »Sie trinken also nie Alkohol? Alles Bio?«

»Man soll nie nie sagen«, erwiderte er und lächelte.

»Aber im Allgemeinen finde ich, dass Alkohol die Dinge nur unnötig kompliziert.«

Gersten sah zu der Ecke hinüber, wo Frank und Sparks inzwischen ungeniert schmusten.

»Genau«, sagte sie und lächelte ebenfalls. »Die Welt ist kompliziert genug.«

Sie rutschte auf ihrem Hocker und stieß versehentlich an sein Knie. »Oh, Entschuldigung«, sagte sie und schob den Stuhl ein Stück zurück, damit es nicht wieder passierte. Dabei spürte sie etwas Nasses auf ihrem Oberschenkel und dachte erst, sie hätte etwas von ihrem Wasser verschüttet. Aber das konnte nicht sein – ihr Bein war unterhalb der Theke.

»Spüren Sie etwas da unten?«, fragte sie und schielte unter die Theke. Sie sah, dass Jenssens Arm auf seinem Oberschenkel lag, der Hemdsärmel war über das gebrochene Handgelenk geknöpft. »Läuft da etwas aus?«

»Ich glaube, das ist mein Gips«, sagte er und zog ihn halb heraus, damit sie ihn sehen konnte. »Sie haben gesagt, ich soll ihn beim Duschen in Plastik packen, damit er nicht nass wird, und ich dachte, eine Einkaufstüte aus dem Drogeriemarkt tut es, aber anscheinend hat sich der Gips vollgesogen.«

»Oh«, sagte Gersten. »Das klingt nicht gut.« Sie bemühte sich um einen besseren Blick, aber Jenssen steckte den Arm wieder unter die Theke, wie um ihn zu schützen. »Soll ich versuchen, jemanden aufzutreiben, der ihn sich heute Nacht oder wahrscheinlich eher morgen früh ansieht?«

»Nein, es geht schon. Bis nach der Zeremonie wird er halten.«

Gerstens Handy vibrierte an ihrer Hüfte. »Bestimmt?«,

sagte sie. »Es sieht ungut aus.« Er hielt den Arm komisch, fast versteckte er ihn unter der Theke, vielleicht aus Verlegenheit.

»Der Arm ist empfindlich, aber sobald der Gips wieder getrocknet ist, ist alles okay, da bin ich mir sicher.«

Gersten sah auf ihr Display. Fisk endlich. »Entschuldigen Sie mich«, sagte sie und stand rasch auf. »Das Gespräch muss ich annehmen.«

Sie lief die wenigen Stufen der Treppe hinunter und bog links in den kurzen Gang, der zu den Toiletten führte, um sich ein ruhiges Plätzchen zu suchen.

»Hallo«, sagte sie. »Wo zum Teufel steckst du?«

»Sitzt du gerade?«, fragte er.

»Nein. Was ist los?«

Sie hörte zu, während er von der Wohnung in Bay Ridge erzählte, in die sie eingedrungen waren.

»Sie hat den Sprengstoff für Bin-Hezam gemischt?«

»Sieht so aus«, antwortete Fisk. »Wo also ist sie jetzt? Und wie viel hat sie noch davon?«

In Gerstens Kopf drehte sich alles. »Vielleicht war dieser Anruf bei Saudi Air … für sie?«

»Wenn ja, dann ist niemand in letzter Minute aufgetaucht und hat bar für den Flug bezahlt«, sagte Fisk. »Das haben wir schon überprüft. Der Flug ist bereits in der Luft. Sie ist nicht an Bord.«

Gersten hielt sich das andere Ohr mit der freien Hand zu, um ihn besser zu hören. »Immerhin hast du ihr Bild. Wir haben ein Gesicht.«

»Wir haben ein Gesicht, wir haben zwei Namen, wir haben eine Sozialversicherungsnummer und eine Wohnung voller Fingerabdrücke … aber wir wissen nicht, wo sie steckt.«

Gersten schüttelte den Kopf und suchte die Hotelhalle mit den Blicken ab. »Dann muss ich jetzt also nach einer weißen Amerikanerin Ausschau halten…« Sie dachte an die exponierte Lage der Lounge mit ihren Glaswänden und dem gläsernen Boden, der in die 42nd Street ragte. Und an eine Frau mit einem Rucksack voll TATP, die auf dem Gehsteig darunter stand…

»Ich werde versuchen, *Die Sechs* einzusammeln, oder diejenigen von ihnen, die noch übrig sind.«

»Du bist immer noch in der Lounge?«

»Ja«, sagte sie. »Und warte auf dich.«

»Oje!«, sagte er. »Keine Chance.«

»Schon gut, du hast einen Job zu erledigen.« Als sie zur Lounge zurücksah, kamen Sparks und Frank auf dem Weg zu den Aufzügen gerade die kurze Treppe herunter. Sparks sah Gersten telefonieren und warf ihr einen Blick zu, der sich nur als gehässig beschreiben ließ. Was zum Teufel war das denn jetzt? »Ich brauche ihr Foto.«

»Der Fahndungsaufruf müsste inzwischen in deinem Posteingang sein.«

»Sie ist also eine fundamentalistische Konvertitin? Vielleicht eine radikalisierte Schläferin? Eine Attentäterin?«

»Wenn ja, dann ist ihre Tarnung hier wasserdicht. Ich meine, sie sieht aus wie eine harmlose Katzenfreundin. Sie hat etwas mit der Sache zu tun, das ist alles, was wir mit Sicherheit wissen. Wie viel, ist eine Information, die mit Bin-Hezam gestorben ist.«

»Was, wenn…« Sie ließ ihre Gedanken einen Moment lang schweifen. »Was, wenn Bin-Hezam und nicht der Entführer die eigentliche Ablenkung war? Was, wenn wir das ganze Wochenende dachten, wir seien dem wahren Übeltäter auf der Spur und haben dabei nur sein Ablenkungsmanöver gejagt?«

»Ein doppeltes Täuschungsmanöver …? Es ist wohl nicht auszuschließen. An diesem Punkt ist alles möglich.«

»Du hast es Dubin vorgelegt?«

»Das musste ich. Ich warte darauf, von ihm zu hören.«

»Diesmal wird er an die Öffentlichkeit gehen. Keine geheime Jagd mehr.«

»Das sollte er besser auch tun«, sagte Fisk. »Die Sache ist unserer Kontrolle entglitten. Wir müssen diese Frau finden.«

Das letzte Wort hörte sie kaum, weil bei Fisk ein neuer Anruf einging.

»Das ist Dubin«, sagte er. »Ich muss Schluss machen.«

»Viel Glück. Melde dich morgen früh, wenn du kannst.«

»Ich werde es versuchen.«

Dann war er fort.

Jenssen saß in steifer Haltung am Ende der Bar. Er konnte Detective Gersten nicht mehr sehen, die eine Treppe hinunter verschwunden war. Er musste gegen den Drang ankämpfen, aufzustehen und sie zu beobachten.

Er war sicher, dass sie mit Fisk sprach, ihrem Kollegen, mit dem sie in Maine aufgetaucht war. Der Detective mit dem dunklen Haar und den dunklen Augen, dem sie näherzustehen schien als den anderen. Den Jenssen in die Irre geführt hatte, indem er Abdulraheem und Bin-Hezam miteinander in Verbindung gebracht hatte.

Er leitete die Ermittlungen. Was erzählte sie ihm gerade?

Der Schwede hat seinen Gips ausgewechselt.

Sie hatte sich nichts anmerken lassen, aber Jenssen konnte jetzt nicht vorsichtig genug sein. Sein Hintergrund war makellos, aber wenn sie zu misstrauisch wurden, würden sie ihn von der morgigen Zeremonie aus reiner Vorsicht ausschließen.

Sein Arm schmerzte, und mit jedem Pochen an dem hart werdenden Gips litt er mehr. Er war zu dieser Versammlung nur heruntergekommen, weil er durch sein Fehlen keinen Verdacht erregen wollte. Jetzt war er überzeugt, dass er gerade durch seine Anwesenheit Verdacht erregt und seine Mission gefährdet hatte.

Der Hemdsärmel über dem Gips fühlte sich inzwischen feucht an. Angesichts seines Schmerzes stellte er sich vor, dass der Gips rot vor Blut sein musste, aber ein rascher Blick unter die Theke zeigte ihm, dass es nur Wasser und Schweiß war. Der leichte Geruch der Chemikalien wurde vom Moschusduft und anderen Aromen zwischenmenschlichen Verlangens in der Lounge überdeckt.

Maggie, die Flugbegleiterin, war die Letzte aus der Gruppe, die ging, und sie mied Jenssen aus Verlegenheit oder Scham. Sie verließ den Raum mit Detective Patton, die beiden plauderten, wie es flüchtige Bekannte tun. Die Ikea-Managerin Sparks war die gefährlichere von den beiden. Aufdringlich, neugierig, habsüchtig. Die Flugbegleiterin mit aufs Zimmer zu nehmen war die wirkungsvollste Methode gewesen, um das schwelende Verlangen der Frau im Keim zu ersticken.

Und es hatte funktioniert. Gott würde ihm vergeben, weil er die Stewardess genommen hatte. Jenssen war schon viele Male vergeben worden.

Der Rest von ihnen hatte sich also zurückgezogen, um

von Reichtum und Ruhm zu träumen – und all das würde morgen Vormittag zertrümmert werden. Sie hatten ihre letzte Nacht auf Erden mit Alkohol und Selbstbeweihräucherung verbracht.

Jenssen blickte finster drein, als er an den Trinkspruch des alten Mannes auf Bin-Hezams Ermordung dachte.

Kurz darauf kam Detective Gersten zurück, ging am Bartresen entlang… und verlangsamte ein wenig, als sie sah, dass sie beide die Letzten aus der Gruppe dort waren. Sie schien in Gedanken immer noch bei ihrem Telefongespräch zu sein.

»Spät geworden, hm?«, sagte sie.

»Sie sehen besorgt aus.«

»Tatsächlich?« Sie war enttäuscht, weil ihr Gesichtsausdruck sie verraten hatte. »Ich bin nur müde. Und ich muss morgen früh raus. Genau wie Sie.«

»Allerdings«, sagte er und setzte sein schönstes Lächeln auf. »Dennoch sehe ich einen Samstagabend in New York nur ungern zu Ende gehen. Ich denke, ich werde an diesem wunderbaren Abend eine Ausnahme machen.«

Sie grinste spöttisch und zog die Augenbrauen in die Höhe. »Eine Ausnahme von was?«

»Ich glaube, ich bestelle mir doch noch einen Absacker. Wenn Sie einen mittrinken.«

Aus ihrem Grinsen wurde ein Lächeln. Sie wandte den Blick ab, nur ein Stück, zum Fenster hinter ihm. Dann sah sie ihn wieder an. »Magnus?«, sagte sie.

»Ja, Detective?«

»Ich würde es gern tun, wirklich. Ich fühle mich geschmeichelt. Aber… ich kann einfach nicht.«

»Können wir heute Nacht nicht beide eine Ausnahme

machen?«, drängte er weiter. Er legte seine gesunde Hand auf ihre.

Sie lächelte bei der Geste, und er sah, dass sie kurz davor war, Ja zu sagen. Aber genau in diesem Moment begann die Uhr über dem Eingang zur Grand Central Station zu läuten. Die zwölf Schläge für Mitternacht, und sie entschieden die Sache für Gersten. Sie zog ihre Hand unter Jenssens weg.

»Gute Nacht, Magnus«, sagte sie.

Sie wandte sich zum Gehen, aber Jenssen konnte ihre Gedanken nicht lesen. Was hatte ihr Blick gesagt? Dass sie Bescheid wusste? Spielte sie mit ihm? Hielt sie ihn in ihrer Nähe – und doch auf Armeslänge?

Er beschloss, dass er sie nicht gehen lassen durfte, ohne es zu wissen.

Als er sich in Malmö zur Rekrutierung anbot, hatten sie Jenssen versprochen, dass ihm die Ehre des Märtyrertums zuteilwerden würde. Er hatte Zeit gehabt, eingehend über das Leben nach dem Tod nachzudenken, war aber nicht überzeugt, was die Einzelheiten anging. Doch in einem Racheakt gegen die westlichen Mächte zu sterben, die das Leben seiner Familie zerstört hatten, war die beste Art, sein eigenes zu beenden. Ein Verlangen nach Blutrache war tief in Jenssen verwurzelt. Er begrüßte das Heraufdämmern des Tages seines eigenen Tods, da er fest daran glaubte, bald wieder mit seinem Vater und seiner Mutter vereint zu sein. Als er die Mission angenommen hatte, ließen sie ihn das Märtyrergebet auswendig lernen, das er nun im Kopf wiederholte, als er von seinem Barhocker aufstand.

Stellt euch jene, die in Allahs Sinn gemordet werden, nicht als tot vor. Gern würde ich zum Märtyrer für die

Sache Allahs werden und dann wiederauferstehen und dann zum Märtyrer werden und dann wiederauferstehen und dann zum Märtyrer werden.

Oben in ihrem Zimmer legte Gersten ihre Beretta auf den Nachttisch. Sie fischte das Handy aus der Innenseite ihrer Jacke und sah nach, ob sie neue Nachrichten hatte. Nichts mehr von Fisk.

Dann öffnete sie den Fahndungsaufruf für die Frau namens Aminah bint Mohammed, um sich das Gesicht der Konvertitin anzusehen. Nicht das Gesicht des Bösen. Die Augen der Frau sagten nichts. Das war das Beängstigende, das, was Leute wie Gersten nachts nicht schlafen ließ: die Grenzen von Profiling. Nicht jeder Terrorist passte ins Bild.

Sie verdunkelte ihren Handybildschirm, sodass er nur noch Uhrzeit und Datum anzeigte. Seit einigen Minuten war Sonntag, der 4. Juli. Nach Weihnachten war das ihr Lieblingsfeiertag. Grillpartys, Paraden und Eis am Stiel. Sie fühlte sich mitten in die Kindheit zurückversetzt. Schlagartig bekam sie Lust auf eine Orangenlimonade.

Am Vormittag würde das One World Trade Center eingeweiht werden, das neue, höchste Wahrzeichen New Yorks, das die Stelle der Türme einnahm, deren Einsturz alles verändert hatte. Dem sie ihren Job verdankte.

Sie drehte sich zum Spiegel um, strich sich eine lose Haarsträhne aus der Stirn und fragte sich, was genau den hochgewachsenen, blonden und blauäugigen Lehrer aus Schweden so verzaubert hatte. Verführerisch, der Bursche. Es war irgendetwas an seinem Gesicht – und besonders die Art, wie er seine eigenen Worte vom Schwedischen ins Englische übersetzte, wo sie eine förmliche Höflichkeit annahmen, sorgte für einen ganz faszinierenden Kontrast zu seiner schüchternen Persönlichkeit. Vielleicht, dachte sie, sollte sie öfter auf unnahbar machen.

Dann hörte sie es an der Tür klopfen. Sie runzelte die Stirn, da sie annahm, dass es entweder DeRosier oder Patton war – und das konnte nur heißen, es war etwas vorgefallen, und sie würde doch noch nicht ins Bett kommen.

Oder war es Fisk? Sehr unwahrscheinlich, aber …

Sie schaute durch das Guckloch. Niemand von ihren Kollegen.

Es war Jenssen. Er war so groß, dass sie den oberen Teil seines Kopfs nicht mehr sah.

Himmel! Offenbar war sie in der Lounge nicht deutlich genug gewesen. Er hatte die Grenze zwischen schmeichelhafter Anmache und Aufdringlichkeit überschritten. Zeit, den munteren Knaben in seine Schranken zu verweisen.

Der Riegel wurde gelöst und die Tür geöffnet. Jenssen sah ihren strengen Gesichtsausdruck und darunter ihren unbedeckten Hals.

Er stürzte sich sofort auf sie, sie kam nicht einmal mehr zu einem Aufschrei. Er setzte das Überraschungsmoment ein, um sie schnell zu überwältigen. Selbst einhändig war er ihr mit seinen eins neunzig Größe und seinen hundertzehn Kilo Gewicht überlegen.

Als der erste Schreck vorbei war und Detective Gersten begriff, was los war, wehrte sie sich, aber Jenssen war bereits im Vorteil. Er hatte sie auf dem Boden und drückte mit dem gesunden Unterarm kräftig an ihren

Hals. Sie packte seinen Arm mit einer Hand, aber sie war nicht stark genug, um ihn wegzuziehen.

Die andere Hand ballte sie zur Faust und zielte nach seiner Leiste, dann nach seiner Kehle.

Jenssen spürte sie unter sich strampeln und drückte mit aller Kraft gegen ihre Kehle. Sie trat ihm an die Beine, aber ohne viel Schwung. Das Einzige, was ihm Sorgen machte, war ein Schlag auf den Gips, der den Sprengstoff vorzeitig zur Explosion bringen konnte.

Sie traf ihn mit einem Schlag am Ohr, und der heftige Schmerz brachte ihn leicht aus dem Gleichgewicht. Gersten wand sich unter ihm hervor und hielt sich die Hand an den Hals. Sie wollte schreien, brachte aber nur ein Flüstern heraus.

Er griff wieder nach ihrer Kehle. Sie trat ihm in die Seite, und er schlug ihr an die Schläfe. Ihr Kopf krachte an eine Kommode.

Auf allen vieren versuchte sie, zu ihrem Nachttisch zu krabbeln, wo die Waffe lag.

Jenssen packte sie an einem Bein und riss sie heftig zurück. Dann kletterte er auf ihren Rücken und drückte sie nach unten. Sie strampelte mit den Füßen auf den Boden, um ein Geräusch zu machen, um möglicherweise jemanden zu alarmieren. Jenssen hielt den Sprengstoffarm seitlich vom Körper gestreckt, schlang den gesunden Arm um ihren Hals und drückte ihre Kehle zu, während er das Märtyrergebet in ihr Ohr flüsterte.

Der Augenblick des Schweigens

Sonntag, 4. Juli

Um sechs Uhr morgens erhielt Fisk einen Anruf von einem Captain, der nachts Dienst tat und seinerseits von einem seiner Detectives angerufen worden war. Der Mann war gerade von einem Mordschauplatz im Park, in der Nähe des Reservoirs, gekommen. »Er kam gerade wieder herein und hat einen Blick auf Ihre Fahndung geworfen. Die Verstorbene ähnelt dieser bint Mohammed. Er sagte, die Ähnlichkeit sei so ausgeprägt, dass ich Sie lieber anrufen sollte.«

»Tot im Park?«, fragte Fisk und notierte es. »Wer hat die Leiche gefunden?«

»Das habe ich nicht mitbekommen. Um diese Uhrzeit im Central Park will man es wahrscheinlich gar nicht wissen.«

Fisk legte auf. Ehe er bei der Gerichtsmedizin anrufen konnte, meldete sich der Coroner der Nachtschicht bei ihm.

»Ich habe es eben gehört«, sagte Fisk. »Haben Sie Bilder?«

»Das wird noch dauern. Es staut sich hier. Drei Selbstmorde, ein Motorradunfall und eine Überdosis.«

Fisk wusste, er würde ohnehin persönlich erscheinen müssen, um die Frau eindeutig zu identifizieren. »Ich bin auf dem Weg«, sagte er.

Fisk rief Dubin aus dem kalten Keller in der First Avenue, nahe der 32nd Street an. »Sie ist es«, sagte er.

»Sind Sie sicher?«

»Die DNA wird es bestätigen, aber …« Fisk sah wieder auf die toten Augen in dem Kopf, der aus dem Plastiksack ragte, »… sie ist es. Im Central Park erwürgt. Todeszeit etwa vor zwölf Stunden.«

»Ermordet? Großer Gott.«

»Am Tatort wurde nichts gefunden.«

»Großer Gott«, sagte Dubin noch einmal, diesmal mit mehr Nachdruck. »Wo wird das enden?«

»Bei dem, der sie getötet hat, vielleicht.«

»Was ist mit den Kameras im Park? Ich nehme an, es gibt null Zeugen.«

»Kameras brauchen Zeit. Die Einweihungsfeier für One World Trade Center beginnt in zwei Stunden.«

»Sie glauben immer noch, es hat damit zu tun?«

»Ich kann mir nicht vorstellen, womit sonst.«

»Übersehe ich hier etwas?«, fragte Dubin. »Zum Beispiel, inwiefern das alles einen Sinn ergibt?«

»Das ist der Punkt, den wir alle nicht sehen. Es gibt ein Puzzleteil, das wir noch nicht kennen.«

»Verdammt noch mal. Unser nächster Schritt?«

Fisk schüttelte den Kopf, obwohl er in diesem Augenblick der einzige lebende Mensch in einem zu hell erleuchteten Raum mit sieben Leichen auf sieben Edelstahltischen war. »Stellen Sie die Fahndung nach bint Mohammed ein und erhöhen Sie die Gefahrenwarnstufe.«

»Erhöhen wohin? Wir haben bereits Verkehrskontrollpunkte eingerichtet, um nach Autobomben zu suchen. Überall in Lower Manhattan sind Männer mit Maschinenpistolen postiert. Wir haben den ganzen gestrigen Tag geparkte Autos abgeschleppt. Alle unerwünschten Personen schon Mitte der Woche zusammengetrieben. Wir durchsuchen stichprobenartig Handtaschen und setzen Strahlungsdetektoren ein. Und um acht Uhr wird um Ground Zero herum das Handynetz abgeschaltet.«

Fisk wartete geduldig, bis er mit seiner Aufzählung fertig war. »Was den Sprengstoff betrifft, so können weder ein Pfund noch dreißig diesem Gebäude etwas anhaben. Das Ziel ist nicht das Gebäude selbst.«

»Es hat etwas mit der Zeremonie zu tun«, sagte Dubin. »Terrorismus ist Theater. Und der Vorhang hebt sich in zwei Stunden.«

Um 6.30 Uhr stiegen die sechs Helden in der Tiefgarage unter dem Hyatt in die Suburbans; ihre Motorradeskorte wartete mit laufenden Motoren draußen vor dem bereits hochgefahrenen Gittertor.

Secret Service Agent Harrelson war an diesem Tag wieder bei ihnen. Nachdem er einige Zeit mit dem Finger auf dem Funkknopfhörer in seinem Ohr gewartet hatte, kam er zu DeRosier und Patton. »Wir müssen los«, sagte er.

Patton beendete eine Verbindung auf seinem Smartphone. »Noch immer nichts.«

»Was ist?«, fragte Harrelson.

»Gersten, die andere Detective«, sagte Patton. »Wir kriegen sie nicht wach. Sie geht weder an ihr Zimmertelefon noch an ihr Handy.«

DeRosier schaute sinnloserweise auf seine Uhr. Wenn *Die Sechs* nicht rechtzeitig zu Ground Zero kamen, würde man es ihnen ankreiden. »Vielleicht hat sie sich in der Hotelhalle einen Kaffee geholt und ist aufgehalten worden.«

Harrelson schüttelte den Kopf. »Wir haben ein bestimmtes Zeitfenster, um durch den Sicherheitskordon in Downtown zu kommen. Wenn wir das verpassen, sind wir im Arsch. Wir alle. Also werden wir es nicht verpassen.«

»Ich handle mir keine Abmahnung ein, nur weil sie verschlafen muss. Wann hat sie gestern Abend die Bar verlassen?«

Patton schüttelte den Kopf. »Als ich gegangen bin, war sie nicht da. Aber ich kann mich auch nicht erinnern, dass sie Gute Nacht gesagt hat.«

»Fragen Sie Jenssen«, ertönte eine Stimme aus dem vorderen SUV.

Die Intel-Detectives drehten sich um. Das hintere Fenster war halb offen, und Sparks saß vornübergebeugt auf dem Rücksitz und hatte den Kopf in die Hände gestützt. Sie war erkennbar verkatert. »Was war das?«, fragte DeRosier.

»Fragen Sie Mr. Schweden, wo Gersten ist.«

DeRosier und Patton wechselten einen Blick, dann gingen sie los und taten genau das. Patton klopfte an das geschlossene Fenster des zweiten Suburban, und es wurde heruntergelassen. Der Journalist Frank saß mit Sonnenbrille in der Mitte und hatte den Kopf in den Nacken gelegt. Auf einer Seite von ihm saß Maggie Sullivan, auf der andern Magnus Jenssen.

»Mr. Jenssen«, sagte Patton.

»Ja?«, antwortete der Schwede und schaute besorgt drein.

»Sie wissen nicht zufällig, um welche Uhrzeit Detective Gersten gestern Abend die Lounge verlassen hat?«

Jenssen dachte darüber nach, dann schüttelte er langsam den Kopf. »Sie ist irgendwann hinausgegangen, um einen Anruf auf ihrem Handy entgegenzunehmen. Ich selbst bin kurz darauf los, und ich habe sie nicht mehr zurückkommen sehen.«

DeRosier und Patton nickten und wandten sich zum Gehen. »Okay. War nur eine Frage. Kein Problem. Danke.«

Sie entfernten sich, da sie die Gruppe nicht grundlos in Aufregung versetzen wollten. Harrelson sah vom ersten SUV zu ihnen. Sie nickten.

»Ich rufe Fisk von unterwegs an und sage ihm Bescheid«, sagte DeRosier.

Patton kletterte auf den Beifahrersitz des zweiten Suburban. Von hinten fragte Maggie, was los sei.

»Nichts«, antwortete er. »Wir suchen nur nach Detective Gersten. Kann sein, dass sie schon vorgefahren ist«, log er.

Agent Harrelson setzte sich in die mittlere Reihe vor Jenssen. Als sie aus der Tiefgarage fuhren, belauschte Jenssen Harrelsons verschlüsseltes Gespräch mit der Secret-Service-Mannschaft am ersten Checkpoint.

Bis auf das Fehlen von Gersten verlief alles nach Plan.

Fisk jagte den Franklin-Delanoe-Roosevelt-Drive entlang und war auf der Queensboro Bridge auf seinem Weg nach Queens, als DeRosier ihn endlich erreichte. »Gersten ist nicht bei unserem Ausflug dabei.«

»Was?«, fragte Fisk. »Wieso nicht? Was ist los?«

»Keine Ahnung. Sie ist einfach nicht aufgetaucht. Wir konnten nicht warten. Ans Telefon ist sie auch nicht gegangen.«

Damit hatte Fisk nicht gerechnet. Er überlegte, wann er zuletzt mit ihr gesprochen hatte. »Und über Nacht ist nichts passiert?«

»Nein. Nichts, was der Rede wert wäre.«

Fisk wusste, dass sie niemand war, der verschlief. »Kein Wort von ihr?«

»Absolut nichts.«

»Habt ihr an ihre Tür geklopft?«

»Ging nicht. Keine Zeit. Als uns klar wurde, dass sie nicht herunterkommt, war es schon zu spät. Und auf diesem Abschnitt der Reise führt der Secret Service Regie.«

»Okay. Keine Sorge, ich gehe der Sache nach. Habt ihr das Update über bint Mohammed bekommen?«

»Noch eine tote Muslimin. Nicht das Muster, das man an einem Tag wie heute sehen will.«

»Hör zu, bleibt wachsam, ja? Haltet gut die Augen auf!«

»Glaubst du, *Die Sechs* sind in Gefahr?«

»Irgendwer auf diesem Podium ist es. Du und Patton, ihr habt einen bevorzugten Aussichtspunkt bei der Sache. Ich weiß nicht, wonach wir suchen, aber es kann gut sein, dass ihr in der besten Position seid, um es zu sehen.«

»Verdammt. Okay, wird gemacht.«

Fisk legte auf. Es auf Gerstens Handy zu versuchen, war logischerweise das Erste, was er tat. Der Anruf ging sofort an die Mailbox.

»Ich bin's«, sagte er. »Wo bist du? Ruf an.«

Er legte auf und überprüfte sein Rufverzeichnis, weil ihm einfiel, dass er es spätnachts noch einmal bei ihr versucht hatte und ebenfalls an ihre Mailbox geraten war. Das war um 0.13 Uhr gewesen.

Kein Rückruf von ihr. Keine SMS. Nichts.

Nicht allzu ungewöhnlich, so eine Kommunikationslücke. Aber jetzt tat sich doch ein Zeitloch auf, das ihm gar nicht gefiel.

Er versuchte es auf seinem eigenen Festnetzanschluss, um keine Möglichkeit außer Acht zu lassen.

Nach viermaligem Läuten der Anrufbeantworter.

»Hi, ich bin's. Hab versucht, dich hier zu erreichen. Ruf mich an.«

Er war von der Brücke herunter und sah sich jetzt vor eine Entscheidung gestellt. Entweder zu Intel zurückfahren, ein letztes Mal vor der Zeremonie seine Informanten abklappern und darauf warten, dass sich Gersten von sich aus meldete. Oder im Hotel schauen, wo sie geblieben sein konnte.

Selbstverständlich hatte er für solche Zusatzaufträge jetzt wirklich keine Zeit. Aber letzten Endes verschmolzen die beiden Möglichkeiten zu einer. Eine kleine Stimme in seinem Kopf sagte ihm, dass Gerstens Verschwinden etwas mit dem bevorstehenden Ereignis zu tun hatte.

Scheiße, dachte er und gab seiner Paranoia nur ungern nach. Er schaltete das Blaulicht ein und wendete.

Fisk wich einigen früh abreisenden Gästen aus, die ihre Koffer zur Rezeption schleppten, und ging zu der Reihe der etwa ein Dutzend Aufzugstüren. Auf der rechten Seite ging eine auf, und er erwartete beinahe, Gersten aussteigen zu sehen, stattdessen musste er einer attraktiven Frau mit Prada-Tasche Platz machen, die ihn mit dem kompromisslosen Selbstvertrauen einer Hure in ihrem Stammrevier ansah.

Als sich die Aufzugstür im fünfundzwanzigsten Stock

öffnete, bog Fisk links in den Flur ab, als ihm klar wurde, dass er Gerstens Zimmernummer nicht kannte. Er betrat die Besuchersuite und traf eine Frau an, die schmutziges Geschirr abräumte. Er fragte sie, ob sie etwas über die Zimmerverteilung auf dem Stockwerk wisse, und sie antwortete ihm in einem spanischen Dialekt, den Fisk nicht verstand.

Er fuhr rasch wieder nach unten zum Empfang. Eine junge Angestellte prüfte seine Dienstmarke und rief den Sicherheitsdienst. Ein dünner, beinahe gebrechlich aussehender Mann, der etwa fünfundzwanzig zu sein schien, kam aus einer Tür hinter der Anmeldung. Er trug eine graue Hose, ein blaues Sakko und eine gestreifte Krawatte. Fisk vermutete, dass der Sonntagmorgen die Trainingsschicht für neue Angestellte war.

Der Bursche hatte ein Ansteckmikrofon am Revers, ein schwarzer Draht lief über seinen Nacken zu einem Knopfhörer im Ohr. Er besah sich Fisks Ausweis einen Moment länger als nötig und gab vor, nicht eingeschüchtert zu sein.

»Was kann ich für Sie tun, Detective?«

»Sie haben einen Generalschlüssel, ja?«

»Natürlich.«

»Gersten, Krina. Fünfundzwanzigster Stock. Angemeldet unter ihrem Namen oder vielleicht unter NYPD oder dem Büro des Bürgermeisters.«

Der Angestellte fand das Zimmer und sah auf. »Fünfundzwanzig zweiundvierzig.«

»Sie hat nicht ausgecheckt oder so?«

»Nein. Und das Zimmer wurde noch nicht sauber gemacht.«

»Wann hat sie es zuletzt aufgesperrt?«

»Die letzte Nutzung der Zimmerkarte war… sieben Minuten nach Mitternacht.«

»Gehen wir«, sagte Fisk und machte sich abrupt auf den Weg zu den Aufzügen.

Der junge Wachmann folgte ihm dicht auf den Fersen. »Darf ich fragen, worum es geht?«

Fisk ignorierte die Frage, bis sie allein in einem Aufzug waren und die Tür sich geschlossen hatte.

»Sie wissen, wer auf dem fünfundzwanzigsten Stockwerk untergebracht ist?«

»Ja. Die sechs Helden aus dem Flugzeug.«

»Eine Detective, die zu ihrem Schutz abgestellt war, ist… verschwunden.« Das Wort ging Fisk nur schwer über die Lippen. War sie verschwunden? Wenn Fisk in ihr Zimmer kam, und sie lag noch in der Falle, für wen wäre es peinlicher – für Gersten oder ihn?

»Wenn Sie sagen, verschwunden…«

»Ich weiß nicht, ob sie verschwunden ist. Sie hat die Abfahrt ihres Teams heute Morgen verpasst, das ist alles, was ich weiß. Und ich habe sehr wenig Zeit. Also gehen wir nachschauen, okay?«

Der Wachmann nahm Fisks Besorgnis wahr und nickte nur. Während sie die aufsteigenden Zahlen im Aufzug beobachteten, fiel ihm etwas ein. »Ich muss jemanden wissen lassen, was ich tue«, sagte er plötzlich zu Fisk. »In Ordnung?«

Fisk nickte. »Natürlich.«

Der Wachmann neigte den Kopf zu dem Mikro an seinem Revers. »Hier ist Bascomb. Ich öffne Zimmer…«

»Fünfundzwanzig zweiundvierzig.«

»Fünfundzwanzig zweiundvierzig. Ich bin in Begleitung eines Detectives des NYPD, der mich darum gebeten hat.« Bascomb drehte sich zu der Kamera in der Ecke. »Ja, George, ich habe seinen Ausweis gesehen. Fisk, Intelligence Division… Ich weiß nicht.« Die Tür ging auf. Bascomb folgte Fisk den Flur entlang. »Ich gebe dir Bescheid… Nicht zu diesem Zeitpunkt. Ich melde mich.«

An der Tür zog Bascomb seine Generalschlüsselkarte heraus. Er schob sie in den Schlitz, das Schloss surrte, und das Licht wurde grün. Er stieß die Tür auf und trat zur Seite, um Fisk zuerst hineingehen zu lassen.

Fisk blieb nach einigen Schritten stehen. Er musterte den Raum für eine erste Einschätzung, und es wurde ihm bewusst, dass er ihn wie einen Tatort betrachtete.

Das Bett sah benutzt aus. Das Licht war aus, ebenso der Fernseher, die Fenster waren geschlossen. Kein Anzeichen für einen Kampf, nichts, was darauf hinwies, dass etwas nicht stimmte. Einfach ein leeres Hotelzimmer.

Dennoch hatte Fisk ein flaues Gefühl im Magen. Eine hellseherische Witterung. Das Gefühl, dass hier etwas Schlimmes geschehen war.

Er ging einige Schritte weiter in den Raum. Bascomb blieb zurück, was besser war. Auf der Kommode links von Fisk entdeckte dieser eine Handvoll Kleingeld neben einer halb vollen Flasche Wasser. Ein Korkenzieher aus Metall lag auf der Schreibtischunterlage.

»Sie haben nicht zufällig Handschuhe dabei?«, fragte Fisk und hasste die Worte, als er sie ausgesprochen hatte. Aber er war Polizist, und jeder abgeschlossene Raum konnte zum Tatort werden. Und zu viele Fälle wurden letztlich wegen der Ungeschicklichkeit des ersten am Tatort eintreffenden Beamten nicht aufgelöst.

»Nein«, sagte Bascomb, und in seiner Stimme schwang Besorgnis mit.

»Scheiße«, sagte Fisk, mehr wegen der allgemeinen Situation als wegen der fehlenden Handschuhe. »Tun Sie mir einen Gefallen, Bascomb, und bleiben Sie, wo Sie sind, ja?«

»In Ordnung.«

»Danke.«

Handschuhe oder nicht, Fisk ging zur Kommode und öffnete die Schubladen eine nach der anderen. Gerstens Unterwäsche und zwei noch verpackte Strumpfhosen lagen in der obersten, ein Pullover, eine weiße Bluse und eine Jeans in der zweiten; die übrigen waren leer.

Fisk fand ihren Koffer im Schrank, zugeklappt, aber mit offenem Reißverschluss. Er durchwühlte ihn rasch, fand aber nichts Bemerkenswertes.

Er ging zum Bett und suchte den Teppich daneben nach Flecken oder anderen Spuren ab. Nichts.

Auf dem Nachttisch gab es das übliche iPod-Dock und einen digitalen Radiowecker. Er öffnete die Nachttischschublade und fand eine Bibel sowie diverse Faltblätter für Serviceleistungen des Hotels.

Im Badezimmer lag ein Stapel frische Handtücher auf der Ablage. Keine benutzten auf dem Boden. Sauberes Wasser in der Schüssel. Er erkannte den geblümten Beutel, den Gersten für ihre Kosmetika und Toilettenartikel benutzte. Bei dem vertrauten Anblick wurde er von Optimismus durchflutet.

Keine Wasserpfützen auf der Ablage, im Waschbecken, auf dem Boden der Dusche. Alles war trocken. Das Badezimmer ließ nicht erkennen, dass es an diesem Morgen benutzt worden wäre.

Das war beunruhigend. Wo würde sie hingehen, ohne sich zuvor wenigstens Gesicht und Hände zu waschen?

Fisk ging unter Vermeidung von Bascombs neugierigen Blicken in den Hauptraum zurück. Er beschloss, sich einen Moment lang auf das zu konzentrieren, was er nicht gefunden hatte.

Ihre Dienstmarke. Ihre Waffe. Ihr Handy.

Er zog sein eigenes heraus und suchte nach Nachrichten von ihr. Er rief sie noch einmal an, wenn ihr Gerät noch im Zimmer war, würde er es läuten hören.

Kein Läuten. Und sofort meldete sich die Mailbox.

Er steckte sein Telefon weg. Seine Hand zitterte ein wenig. Er stand still in der Mitte des Zimmers. Er wollte nicht in Panik verfallen, aber hier stimmte etwas nicht. Es gab keinerlei Indizien für ein Verbrechen, aber Gersten neigte nicht zu Verrücktheiten.

Er hatte immer im Hinterkopf behalten, dass er sich eines Tages einer solchen Situation gegenübersehen könnte, einem beruflichen Zwischenfall, der ins Persönliche hinüberspielte.

Mach dich nicht verrückt! Er zwang sich, wie ein Polizist zu denken.

Stand Gerstens Verschwinden in Zusammenhang mit allem anderen, was sich an diesem Wochenende abgespielt hatte? Es musste so sein. Alles andere wäre ein zu großer Zufall.

Aber – und die Frage galt für alles andere ebenso – inwiefern? Wo war die Verbindung? Konnte etwas an diesem Antiterrorfall auf Gersten zurückgeschlagen haben? Ging es tatsächlich um eine Bedrohung für *Die Sechs*? Hatte sie gestern Abend etwas entdeckt?

Nein – dem wäre sie nachgegangen. Sie hätte ihn und Intel informiert. Sie wäre nicht unvorbereitet losmarschiert. Es sei denn …

Es sei denn, sie war unwissentlich über etwas gestolpert.

Fisk drehte sich zu dem Wachmann um, der unmittelbar innerhalb der Tür stehen geblieben war. »Das läuft jetzt folgendermaßen, Bascomb. Sie müssen Ihre Wachmannschaft alarmieren und eine Durchsuchung des gesamten Hotels starten. Beginnen Sie mit den Bereichen, in denen umgebaut wird, und mit den geschlossenen Stockwerken. Es wird sich nicht vermeiden lassen, dass Gäste belästigt werden, aber wir suchen hier nach einer Detective der New Yorker Polizei. Lassen Sie Ihre Gruppe außerdem einen Notruf absetzen, damit wir uniformierte Beamte als Verstärkung bekommen.«

Bascomb nickte und drehte den Kopf zu seinem Mikro. Fisk gab ihm eine kurze Beschreibung Gerstens, die er wiederholte.

Als er fertig war, sagte Fisk: »Und jetzt öffnen wir beide jede einzelne Tür auf diesem Stockwerk und durchsuchen sämtliche Zimmer.«

Der Verkehr Richtung Süden in Manhattan war entsetzlich, selbst mit einer Motorradeskorte der Polizei. Der Stau war so umfassend, dass der Konvoi der *Sechs* nirgendwohin ausweichen konnte. Es blieb nichts übrig, als zu warten, bis sich die Knoten vor ihnen langsam auflösten.

Sie krochen die Seventh Avenue entlang, vorbei an der Penn Station, was allen einen Blick auf den noch immer abgesperrten Block der 28th West erlaubte, wo Bin-Hezam erschossen worden war.

Dann vorbei am Fashion Institute, über die 23rd und die 14th nach Greenwich Village hinein, wo sich Manhattan Island zum Daumen der alten Stadt verengt. Als sie die Schatten der Wolkenkratzer von Midtown verließen, wurde den Helden bewusst, was für ein prächtiger Morgen es war. Der Himmel war fast märchenhaft vollkommen, ein Blau wie bei Magritte. Die Fußgänger auf den Gehsteigen trugen Sonnenhüte, Baseballmützen und Shorts und blinzelten mit Bechern voll Eiskaffee in der Hand auf die vorbeirollenden Suburbans.

Sie überquerten die Houston Street und passierten auf dem Weg zur Canal Street einen massiven elektronischen Checkpoint mit Mannschaftswagen des Sondereinsatzkommandos, einen Generatortruck und Reihen von Metalldetektoren.

Die Leute warteten ruhig in den Schlangen, als hätten sie an diesem Morgen ein besonderes Gelöbnis abgelegt, sich kooperativ zu verhalten. Trotz der Wärme und der langen Wartezeit schien sich niemand zu beschweren.

Sobald die Suburbans der *Sechs* innerhalb der abgesperrten Zone waren, kamen sie leichter voran. Sie rollten auf einer freien Spur zur Sammelzone für die Zeremonie an der Kreuzung Broadway und Wall Street, nahe der Trinity Church.

Frank hatte die Sonntagsausgabe der *New York Times* dabei und las den Teil, der sich der Einweihung des Bauwerks widmete. »Da ist die Trinity Church«, sagte er und sah zu der neugotischen Sandsteinkathedrale hinauf. »Seht ihr den Turm? Hier steht, er ist neunzig Meter hoch. Bis zum Ende des neunzehnten Jahrhunderts war es der höchste Punkt in Manhattan. Jetzt ist das hier der höchste Punkt.«

Sie blickten in die andere Richtung, hoch hinauf zur Spitze des One World Trade Centers. Es maß exakt eintausendsiebenhundertsechsundsiebzig Fuß – fünfhundertfünfzig Meter – zu Ehren des Jahrs der amerikanischen Unabhängigkeit und war nicht nur das höchste Gebäude New Yorks, sondern das höchste der westlichen Hemisphäre und das dritthöchste auf der ganzen Welt. Seine senkrechte Glasfassade funkelte in der heißen Julisonne.

»Die ersten zwanzig Etagen über der öffentlichen Eingangshalle gehören alle zum Sockel. Dann neunundsechzig Stockwerke Büros, einschließlich zwei Fernsehsendern und zwei Restaurants. Eine Aussichtsplattform eröffnet bald. Und es ist ein ›grünes‹ Gebäude mit erneuerbarer Energie, Wiederverwendung von Regenwasser und alldem.«

Maggie hatte die Hand an den Hals gelegt und sah nach oben. »Wie sieht es mit der Sicherheit aus?«

»O ja. Strukturelle Redundanz, engmaschiger Feuerschutz, biochemische Filter. Extrabreite Treppen und alle Sicherheitssysteme im Gebäudekern untergebracht. Es ist wahrscheinlich das sicherste Gebäude der Welt.«

»Würdest du hinauffahren? Bis ganz nach oben?«

»Auf jeden Fall«, sagte Frank. »Du nicht?«

Maggie schüttelte den Kopf. »Ich glaube, ich würde ein paar Jahre warten. Wie sieht es mit dir aus, Magnus?«

Jenssen warf einen Blick auf das Gebäude. »Warum nicht«, sagte er.

»Ha«, sagte Frank, der immer noch las. »Hier steht, es gibt eine Warteliste für Leute, die Fensterputzer von dem Bau werden wollen.«

»*Nie im Leben*«, sagte Maggie.

Frank klappte die Zeitung zu. »Was das angeht, bin ich allerdings deiner Meinung«, sagte er.

Sie hatten bereits geparkt, aber Secret-Service-Mitarbeiter mit Sonnenbrillen, die in die Manschetten ihrer Sakkoärmel sprachen, ließen sie noch einige Minuten in den Fahrzeugen warten. Maggie Sullivan trug ihre Stewardessenuniform, und Magnus Jenssen bemerkte zwei Anstecknadeln an ihrem Kragen, eine mit einem Flugzeug vor der kanadischen Flagge, die andere mit einem Flugzeug vor der amerikanischen Flagge. Er sah, dass auch die Detectives Flaggennadeln trugen.

Als sie aussteigen durften und sich vor der Sicherheitskontrolle sammelten, reihte sich Jenssen hinter Maggie Sullivan ein.

Er sah, wie der Agent den Detektorstab an ihren Beinen und den ausgestreckten Armen entlangführte. Er achtete besonders darauf, wie der Stab an den beiden Metallnadeln vorbeistrich. Kein Piepsen.

Als er an der Reihe war, stellte er sich in derselben Pose auf. Der Stab fuhr die Umrisse seines Körpers nach, über sein Handgelenk, auf dessen Innenseite sich die zwei kurzen Antennendrähte befanden, und um es herum. Keine Reaktion. Über seiner Brust gab der Stab ein sehr leises Piepen von sich, als er über eine Nadel strich, die er sich am Morgen angesteckt hatte. Sie zeigte die schwedische Flagge und war ihm am Vortag an Bord des Flugzeugträgers von dem ahnungslosen Botschafter gegeben worden. Der Kontrolleur ging noch einmal darüber, nur zur Sicherheit. Erneut ein leises *Piep*.

Der Mann machte weiter, er wusste nicht, dass sein Gerät in Wahrheit den kleinen Auslöser in Jenssens Brusttasche mit seiner winzigen, kieselgroßen Batterie registrierte.

Jenssen ging weiter. Bevor er sich jedoch entspannen

konnte, winkte ihn ein anderer Agent mit blauen Handschuhen zu sich.

»Strecken Sie Ihren Arm für mich aus, Sir.«

Jenssen streckte den verletzten Arm vor, um den Gips inspizieren zu lassen. Der Agent berührte ihn leicht, dann bat er Jenssen, den Arm am Ellbogen zu drehen. Handgelenk und Unterarm taten Jenssen ziemlich weh, aber er gehorchte und ließ sich den Schmerz nicht anmerken.

»Jetzt winkeln Sie ihn bitte an.« Jenssen zog den Unterarm zurück, als wollte er dem Mann den Ellbogen ins Gesicht rammen.

Der Agent kontrollierte den Rand des Gipses, dann nickte er. »Danke, Sir.«

Als alle Übrigen – einschließlich Harrelson und den Detectives – kontrolliert worden waren, trat Harrelson vor die Gruppe.

»Der schwierige Teil ist vorbei«, sagte er. »Jetzt folgen Sie mir bitte.«

Fisk ging in jedes Zimmer im westlichen Teil des Stockwerks und entdeckte nichts, was mit dem Verschwinden von Krina Gersten zu tun haben könnte. Anschließend inspizierte er die andere Hälfte des Flurs, die wegen der Renovierungsarbeiten geschlossen war. Das Ergebnis war dasselbe.

Keine Spur von Gersten, kein Anzeichen dafür, dass etwas nicht stimmte.

Ein weiterer, ranghöherer Mitarbeiter des Sicherheitsdienstes war inzwischen auf dem Stockwerk eingetroffen, außerdem ein uniformierter Polizist. Fisk kehrte in eins der Zimmer der sechs Helden zurück, das mit dem

Cello darin. Nouvian hatte seinen Fernseher ohne Ton laufen lassen, und Fisk starrte geistesabwesend auf die CNN-Berichterstattung in der Stunde vor der Feier auf Ground Zero.

Er sah wieder auf seinem Handy nach und wünschte, Gersten würde einfach anrufen und diese Geschichte beenden – auch wenn er sich beim besten Willen nicht vorstellen konnte, wo sie stecken konnte. Er setzte seine Überlegungen fort. Was bedeutete es, dass sie verschwunden war?

Wenn die Bedrohung den *Sechs* galt, war hier im Hotel nichts erreicht worden. Sie hatten es alle in die Autos geschafft und waren auf dem Weg zu der Zeremonie, kein Problem. Warum also sollte jemand Gersten irgendwie aus dem Weg räumen müssen? Als reine Begleitperson für die Gruppe stellte sie keine direkte Gefahr für jemanden dar, der ihnen etwas tun wollte…

Es sei denn, die Bedrohung kam von innen.

Aber das war unlogisch. Einer der *Sechs*? Oder gar Patton oder DeRosier?

Ganz davon abgesehen, dass sie am Tag zuvor ihre Chance gehabt hatten, gewaltigen Schaden anzurichten, als sie Obama die Hand geschüttelt hatten. Kein al-Qaida-Attentäter hätte sich diese Gelegenheit entgehen lassen…

Es sei denn, der amtierende Präsident war gar nicht das Ziel.

Auf dem Fernsehschirm vor Fisk stiegen der ehemalige Präsident George W. Bush und seine Frau Laura gerade auf dem Flughafen La Guardia aus einem Privatjet. Sie schüttelten Leuten am Fuß der Gangway die Hand, winkten in die Kameras und verschwanden dann in einer wartenden Limousine mit US-Wimpeln an der Heckstoßstange.

Fisk starrte auf die Bilder. Er dachte an Ramstein zurück, an die Entdeckung von bin Ladens Direktive in den Monaten vor seiner Tötung. Natürlich wusste bin Laden nicht, dass er infolge einer von Präsident Obama initiierten militärischen Operation ums Leben kommen würde. Der amtierende Präsident mochte damals sein Hauptgegenspieler gewesen sein. Aber sein eingeschworener Feind war der Mann, der in seinen Augen vor zehn Jahren einen brutalen Kreuzzug gegen die islamische Welt gestartet hatte.

Bin Ladens Ziel Nummer eins war George W. Bush.

Fisk überlegte fieberhaft. Der jemenitische Flugzeugentführer, der schwer fassbare saudische Kunsthändler und die fundamentalistische Konvertitin und Schläferin in Bay Ridge, Brooklyn – alle beteiligt und alle nur Ablenkung.

Vielleicht war die Entführung nicht inszeniert worden, um Bin-Hezam in die Vereinigten Staaten einzuschleusen, sondern einen oder mehrere der *Sechs*. Die Schwächen, die sie ausnutzten, waren der amerikanische Prominentenkult und die Vorliebe für Zeremonien.

Fisk sah sich im Zimmer des Cellisten um. Er war durch alle Zimmer der Helden gegangen, aber schnell und oberflächlich, und er hatte nur nach Hinweisen auf Gerstens Verschwinden Ausschau gehalten, nicht nach solchen für die Anwesenheit eines Terroristen.

Er ging jetzt einen nach dem anderen noch einmal durch und suchte nach irgendetwas, was seine Theorie stützen oder gar erhärten konnte.

Bascomb folgte in einigem Abstand, während Fisk

ohne Erklärung Matratzen umdrehte und Koffer ausleerte. Er befahl, die Zimmersafes zu öffnen.

»Das dürfen wir nicht ohne besonderen Durchsuchungsbeschluss.«

Ein Blick Fisks überzeugte ihn vom Gegenteil.

Nur wenige Safes waren verschlossen. Fisk stand neben Bascomb in einem der Zimmer der *Sechs* und sah zu, wie der Wachmann einen Mastercode eingab, als er einen Fleck auf dem Tisch bemerkte, an dem er lehnte.

Bei näherer Inspektion erwies sich der Fleck eher als eine Brandspur im Furnier. Er fuhr mit den Fingern darüber, es fühlte sich rau an. Er bückte sich und schnupperte an dem länglichen Mal.

Es roch leicht nach Chemikalien.

»Wessen Zimmer ist das?«, fragte Fisk.

Bascomb wusste es nicht. Während er sich anschickte, es über Funk in Erfahrung zu bringen, ging Fisk ins Badezimmer, um dort noch einmal nachzuschauen, aber diesmal gründlicher.

Neben dem Waschbeckenunterschrank war der Boden in einer Ecke mit blauen Sprenkeln bestreut, als hätte sie jemand mit der Hand vom Becken heruntergefegt.

Er berührte sie mit der Fingerspitze. Sie fühlten sich hart an, fast wie Plastik.

Er wusste, wessen Zimmer es war, bevor Bascomb ihm die Antwort der Rezeption meldete. Fisk erinnerte sich an Jenssens blauen Gips am Handgelenk.

»Magnus Jenssen«, sagte Bascomb.

Ein blonder blauäugiger Skandinavier. Lehrer, nicht wahr? Fisk konnte sich an keine weiteren Einzelheiten über Jenssen erinnern. Er wusste, dass sich keiner der Passagiere selbst als Muslim bezeichnet hatte. Er wusste außerdem, dass der islamische Bevölkerungsanteil Schwedens bei etwas über einer halben Million lag, rund sieben Prozent der Gesamtbevölkerung – von nahezu null vor gerade dreißig Jahren. Der Trend war in ganz Europa ähnlich.

Aber Religionszugehörigkeit war für sich genommen kein Hinweis auf Terrorismus.

Er dachte angestrengt nach. Hatte sich der Schwede tatsächlich bei dem Entführungsversuch das Handgelenk gebrochen? Oder zuvor schon, noch bevor er in das Flugzeug gestiegen war? Er hätte eine solche Verletzung durchaus verbergen können.

Er hatte jetzt keine Zeit, diese Theorie zu verfolgen, sondern musste mit dem arbeiten, was er vorfand.

Eine Chemikalie in Jenssens Hotelzimmer, die das Mobiliar verätzte? Was konnte das sein? Hatte er sie in seinem Gips versteckt?

TATP. Noch mehr Sprengstoff.

Er fragte sich, welche Art von Überprüfung die Helden in der Sicherheitszone von Ground Zero zu erwarten hatten. Die Antwort war: Wenn sie erst einmal drin waren, so gut wie keine mehr.

Und nach seiner Uhr waren sie bereits drin.

Fisk musste da hin. Er musste das Hotel verlassen, auch wenn Gersten immer noch nicht gefunden war.

Er ging zu Bascomb. »Geben Sie mir Ihr Handy.«

Der Wachmann setzte dazu an, nach dem Grund zu fragen, aber dann löste er das Gerät stattdessen einfach vom Gürtel. Er schaltete es an und gab seinen Code ein, dann reichte er es Fisk.

Fisk ging rasch zu »Kontakte« und tippte seine eigene Handynummer sowie seinen Nachnamen in Großbuchstaben ein. So würde es keinen Irrtum geben. Er gab Bascomb das Handy zurück. »Ich könnte den Polizisten beauftragen, aber ich beauftrage Sie. Wenn man etwas über die verschwundene Detective in Erfahrung bringt, rufen Sie mich sofort an. Es ist sehr wichtig, verstanden?«

Bascomb antwortete mit einem verschreckten Nicken.

Fisk rannte zum Aufzug.

Fisk hatte seinen Wagen mit laufendem Blaulicht am Taxistand stehen lassen. Als ihm bewusst wurde, dass er DeRosiers Nummer nicht hatte, versuchte er es zuerst bei Dubin.

Sofort die Mailbox. Fisk rief Intel direkt an.

Er erfuhr, dass Dubin auf Ground Zero war. Innerhalb des Sicherheitsbereichs war das Handynetz blockiert, damit niemand eine Bombe per Mobiltelefon fernzünden konnte, was eine beliebte Methode von Terroristen war.

Fisk informierte sie über Gerstens offenkundiges Verschwinden. Er sagte, *Die Sechs* seien zu ihrer eigenen Sicherheit zu isolieren – er formulierte es so, damit Jenssen nicht unverzüglich die Bombe zündete, wenn sie gewaltsam über die Helden herfielen.

Wenn er wie Bin-Hezam ein halbes Pfund TATP mit sich führte, würde die Opferzahl unglaublich hoch sein.

Fisk wies sie an, alles in ihrer Macht Stehende zu tun, damit die Nachricht durchgestellt wurde, dann bat er darum, mit DeRosiers Handy verbunden zu werden. Auch dieser Anruf ging sofort auf die Mailbox – eine Bestätigung dafür, dass *Die Sechs* und mit ihnen Jenssen bereits in der Sicherheitszone waren.

Fisk drückte zusätzlich zu seinem Blinklicht pausenlos die Hupe. Es war jetzt ein Rennen gegen die Zeit und den Verkehrsstau, um von Midtown so nahe wie möglich an Ground Zero heranzukommen.

»Verdammter Mist!«

Flugbegleiterin Maggie Sullivan kam in den Wohnwagen gestürmt, in dem sie und der Rest der Gruppe sowie ihre Aufpasser DeRosier, Patton und Harrelson zusammen mit einigen anderen VIPs warteten.

Maggie hielt die Hände in die Höhe, als wollte sie ein Lied anstimmen. »Paul Simon hat mir gerade die Hand geschüttelt, als ich vom Dixi-Klo zurückkam.«

Eine Frau aus dem Büro des Bürgermeisters erklärte, dass er hier sei, um auf Bitte Bloombergs »Sounds of Silence« zu singen.

»Er hat mich erkannt«, sagte Maggie verwundert. »Mich! Er sagte: ›Toll gemacht.‹ *Toll gemacht!* Ich habe kein Wort herausgebracht.«

»Hoffentlich hat er sich die Hände gewaschen«, bemerkte Sparks.

Jenssen saß tief eingesunken am Ende eines mit Wildleder bezogenen Sofas. An der Wand gegenüber hing ein Flachbildfernseher über einem kleinen Büfett, es gab Ahornschinken aus Vermont, eine Pfanne mit Würstchen und eigetränktem Brot, Bratkartoffel und Arme Ritter. Karaffen mit Kaffee und Orangensaft standen vor Tabletts mit Pappbechern.

Der Schmerz in Jenssens Arm war heftig. Er hatte darauf verzichtet, ein Ibuprofen zu nehmen, und jetzt strahlte die Schwellung unter dem sprengstoffgefüllten Gips ihren Schmerz bis in seine Fingerspitzen aus. Kleine Tropfen Blut erschienen am Ende des Gipses auf seiner

Handfläche, die er diskret auf der Unterseite des Sofas abwischte.

Der Schmerz war eine erhebliche Ablenkung und zwang ihn, sich ins Gebet zurückzuziehen. Es war sein einziger Trost, doch es isolierte ihn von den anderen. Er spürte ihre prüfenden Blicke und fragte sich, wie viel davon reine Paranoia von seiner Seite war.

Er konzentrierte sich außerdem auf die Fernsehbilder. Die Amerikaner gedachten ihrer Niederlage mit zwei riesigen Löchern im Erdboden, wo sich die Fundamente der Zwillingstürme befunden hatten. Sie waren auf der Innenseite mit schwarzem Stein verkleidet, auf Hüfthöhe waren ringsum die Namen der Toten eingeätzt. An allen vier Seiten jedes Lochs lief Wasser hinab und sammelte sich in Tümpeln auf dem Grund.

Der Blick ging weiter zum neuen Turm, der sich in den Himmel erhob. Jenssen seinerseits sah ihn als Grabstein.

Die Kamera schwenkte zu einer Gartenanlage mit Eichen, die den Turm umgab, Wege führten zum Podium für die Zeremonie. Abgestufte Plattformen wurden von zwei gigantischen Videowänden flankiert, wie man sie in Sportstadien sieht. Kugelsichere Glaswände umgaben das Rednerpult in der Mitte. Ein in lange blaue Gewänder gekleideter Chor stand in mehreren Reihen links und rechts des Pults.

Jenssen schauderte einmal, sowohl wegen des Schmerzes als auch wegen der Bedeutung des Augenblicks. Der Lebensmut von Hunderten von Millionen amerikanischer Fernsehzuschauer würde nach der Live-Ermordung ihres ehemaligen Führers für alle Zeit gebrochen sein. Obama und die übrigen Beteiligten waren Kollateralschäden, auf sie kam es nicht an. Jenssen hatte dem Mann gestern die

Hand geschüttelt. Er hatte ihm in die Augen geblickt und gelächelt. Er hatte all das mit dem Gedanken an seine bevorstehende Tat getan.

Er musste Obama nicht töten. In den kommenden Wochen und Monaten würde ihm das Bild eines amerikanischen Präsidenten, der einem al-Qaida-Terroristen die Hand schüttelt, ohnehin das Genick brechen.

Alles, was ihn interessierte, war der ungläubige Bush. Er befand sich im Augenblick irgendwo in der Nähe von Jenssen – vielleicht sogar schon in Reichweite der Bombe.

Ein neuer Schmerz fuhr ihm bis in die Schulter hinauf und schüttelte ihn. Er atmete tief durch und wünschte, er könnte den Wohnwagen verlassen, um frische Luft zu schnappen, aber er blieb lieber drinnen, wo es sicher war.

Was ihm Sorge bereitete, waren Hunde, die Sprengstoff riechen konnten. Er musste so lange wie möglich in Deckung bleiben.

Es hatte Notfallpläne gegeben. Wenn Jenssen und andere Passagiere nicht den erwarteten Berühmtheitsstatus erreicht hätten, der ihn auf diese Bühne bringen würde, dann hätte er sich so nahe wie möglich an die Zeremonie heranarbeiten und die Bombe zünden sollen. Wenn er heute am Checkpoint zu gründlich untersucht worden wäre, hätte er sie sofort gezündet. Auch wenn er Bush dann nicht erwischt hätte, hätte die Explosion viele Todesopfer gefordert und die Vereinigten Staaten daran erinnert, dass sie nicht unverwundbar waren.

Aber alles war ganz nach Plan verlaufen. Jetzt musste er nur noch wachsam und konzentriert bleiben angesichts des zunehmenden Schmerzes in seinem unsachgemäß eingegipsten Arm – dann würde der Triumph perfekt sein.

»Magnus?« Maggie Sullivan saß neben ihm auf der Couch in ihrer Uniform, der blauen Mütze und den Ansteckwimpeln. »Alles in Ordnung?«

»Ja, sicher«, antwortete er. »Bin überwältigt.«

»Natürlich«, sagte sie verständnisvoll. »Du siehst allerdings krank aus.«

»Müde.« Hau ab, du Heidenschlampe.

Sie berührte sanft sein Knie. »Ich wollte die Gelegenheit, bevor sich unsere Wege wieder trennen, einfach nutzen, um dir noch einmal zu danken, weil du mir das Leben gerettet hast – weil du als Erster gehandelt hast. Wirklich … Ich finde, du bist ein fantastischer Mensch. Dein Mut – ich habe große Ehrfurcht vor ihm. Und was das mit uns angeht neulich nachts … Ich bereue nichts, es ist nur … Ich weiß nicht, ob es alles komplizierter gemacht hat oder so. Aber du sollst wissen, dass es meine Meinung über das, was du getan hast, nicht verändert hat. Ich habe mich gefühlt, als ob … ach, ich weiß nicht, was ich gefühlt habe. Es ist ein bisschen peinlich, aber ich kann damit leben – und ich hoffe, du auch.«

Er schluckte mit Mühe, das Pochen in seinem Arm wurde von einer Art Schreien in seinem Kopf begleitet. »Ja, ja«, sagte er barsch.

Sie nickte und wartete auf mehr. »Bist du sicher, dass du …?«

Er nickte rasch.

»Okay«, sagte sie gekränkt, aber fertig mit dem Thema. »Dann lass ich dich mal in Ruhe.« Sie stand auf und entfernte sich von dem Sofa.

Er widerstand dem Drang, ein Heulen auszustoßen, sah nach seiner linken Handfläche und schmierte noch ein wenig Blut an die Unterseite des Sofas.

Im Fernsehen zeigten sie ein Kind, das zu dem neuen Monument Amerikas hinaufdeutete. Jenssen war das Kind einer Ausgestoßenen gewesen, einer Flüchtlingsfrau, die sich nie aus den Fängen der Armut befreien konnte, verachtet in einem Land, wo Armut nichts weniger als eine Sünde war. Magnus wuchs in den gemauerten Bienenstöcken von Einwandererghettos auf, wo jede Rasse die anderen hasste. Sein Wachstumsschub kam später, nachdem er als Kind jahrelang schikaniert worden war. Er wusste, was es hieß, in ständiger Angst zu leben. Um noch mehr Vorurteile und Schläge zu vermeiden, hatten er und seine Mutter als Moslems heimlich gebetet, allein in einem größtenteils christlichen Ghetto. Nach zwei Jahren auf einer Handelsschule hatte er Lehrer als Beruf gewählt. Es war eine Möglichkeit, ein ruhiges Leben zu führen und zugleich ungestört seiner wahren Berufung nachzugehen.

Das Böse von der Erde zu tilgen – Bush, den radikalen christlichen Anführer des amerikanischen Kreuzzugs gegen den Islam, den prinzipienlosen Schurken –, war der größte Sieg, den ein Märtyrer erringen konnte. Obama dabei mitzunehmen – so es denn Gottes Plan sein sollte –, versprach zusätzlichen Ruhm. Der amtierende Präsident war ein Mann, der die Stimme des Islam hörte und sich von ihr abwandte. Beide sollten sie verflucht sein.

Jenssen zitterte erneut vor Schmerz und stellte sich die folgenden Minuten vor. Sie würden auf einem Weg zwischen den Bäumen hindurch zur Bühne marschieren, der mit einer blauen Plane abgedeckt war. Dies geschah, um den Präsidenten, seinen Vorgänger und die übrigen Würdenträger den Blicken potenzieller Scharfschützen zu entziehen, die in einem der Tausenden von Fenstern mit Sicht auf Ground Zero lauern konnten.

Jenssen griff in seine Jackentasche, wohin er den Auslöser inzwischen gesteckt hatte. Er spielte mit dem kleinen Plastikrechteck und fuhr mit dem Daumen über den einfachen Schalter.

Die Bauteile waren praktisch narrensicher. Der Auslöser war ein schlichter Trägheitsgenerator, der einen einzelnen elektrischen Impuls an die Drahtantennen des doppelten Zünders sandte. Nur einer der Zünder musste funktionieren. Eine halbe Sekunde würde zwischen dem Auslösen und dem Blitz vergehen: eine blaue Stichflamme aus seinem Arm, dann ein Auflodern, das allen Sauerstoff in der Luft verzehren würde.

In diesem Sekundenbruchteil würden alle sterben.

Sein Daumen drückte an den Zünder, spielte damit. Das Feuer in seinem Arm war so furchtbar, dass er es kaum erwarten konnte, die Bombe zu zünden und von dem Schmerz befreit zu werden. Nur die Vorstellung, der ruhmreichste religiöse Märtyrer in der Geschichte der Welt zu werden, ließ ihn die Schwäche seines Fleisches überwinden.

Die Mitarbeiterin des Bürgermeisters trat ein. Sie erläuterte, wie es nach der Einweihung weiterging. Jenssen lächelte grimmig, ehe er sie ausblendete. Es gab nichts zu regeln für die Zeit nach der Einweihung. Dafür würde er sorgen.

Fisk war noch im Wagen, vier Blocks von der Chambers Street entfernt, als sein Handy läutete.

»Äh, hallo ... Detective Fisk?«

Fisk sank der Mut. »Bascomb. Was gibt es?«

»Wir, äh… Jemand, ein Gast, hat gemeldet, dass er einen Frauenschuh auf der unteren Dachebene auf der Rückseite des Hotels gesehen hat.«

Fisk lief es kalt über den Rücken. »Sie haben einen Schuh gefunden?«

»Wir sind rausgegangen, um den Schuh zu holen… und haben eine Frauenleiche entdeckt.«

Fisk wurde es schwarz vor Augen. Er fuhr immer noch, aber er sah nichts und brachte kein Wort heraus. Er musste sich ermahnen zu atmen.

»Ich sagte… wir haben eine Frauenleiche gefunden. Auf dem Dach. Es sah aus wie Selbstmord, bis wir ihren Hals gesehen haben. Massive Würgemale.«

»Sind Sie sicher, dass es…?«

»Wir haben eine leere Waffe in der Nähe gefunden. Eine Beretta. Jemand sagte, das sei eine Dienstwaffe der Polizei. Ich… ich habe ein Foto gemacht und es gerade an diese Nummer geschickt. Das war hoffentlich in Ordnung. Wenn Sie…«

»Einen Moment«, sagte Fisk beinahe flüsternd.

Er ging zu den eingetroffenen Nachrichten und öffnete die von Bascomb.

Das Bild zeigte Krina Gersten, die auf dem Kiesbett des Dachs lag. Ihre Augen waren offen, ihr Hals war dunkelblau und geschwollen.

Fisk starrte lange auf das Bild. Als er aufblickte, fuhr er irgendwie immer noch und hatte keinen Unfall verursacht.

Er setzte das Telefon wieder ans Ohr. »Was wird für sie unternommen?«, fragte er.

»Sie… Das ist jetzt ein Tatort. Es tut mir leid, dass ich derjenige bin, der…«

Fisk wartete. Er stand unter Schock. Als Bascomb nicht fortfuhr, schaute er auf sein Display.

Das Gespräch war unterbrochen. Kein Netz.

Er war jetzt in der Sicherheitszone, wo der Handyempfang unterdrückt war.

Vor ihm kam der Verkehr vollkommen zum Erliegen. Er hatte praktisch einen Parkplatz auf der Straße. Ohne dass jemand hupte. Es trug nur zur Unwirklichkeit der Situation bei. Fisk saß hinter dem Steuer und starrte in seinem Leid geradeaus vor sich hin.

Er stellte die Schaltung auf Parken, stieg mit seinem Telefon in der Hand aus und ging zu Fuß weiter. Den Wagen ließ er einfach stehen, wo er war.

Verzweiflung machte der Wut Platz, und bald rannte er. Sie war tot. Krina war tot. Sie hatte etwas herausgefunden. Ihr Mörder hatte mit den islamistischen Terrorarschlöchern zu tun, hinter denen er das ganze Wochenende her gewesen war.

Die Spur endete bei den sechs Helden. Bei Magnus Jenssen. Eine lebende Bombe, die bereit war, sich vor dem One World Trade Center selbst in die Luft zu sprengen.

Fisk erreichte die Menschenschlangen vor dem Kontrollpunkt am Einlass. Trotz der Hitze wollten sehr viele Menschen an der Zeremonie teilnehmen.

Er musste irgendwie nach vorn kommen. Er fing an, sich durchzudrängeln.

»Verzeihung, Verzeihung.« Er sagte es auf diese New Yorker Art, bei der man es nicht wirklich meint, sondern die anderen Leute nur wissen lässt, dass man einen guten Grund hat, so unhöflich zu sein.

Er erreichte den Anfang der Schlange. Ein bisschen

Murren, aber noch keine ernsthaften Klagen. Er sah sich Dutzenden von Nachwuchspolizisten gegenüber, die mit Detektorstäben nach Waffen suchten. Er pickte sich den jüngsten heraus und näherte sich ihm mit seinem Ausweis auf Schulterhöhe, genau im Blick des Kadetten.

»Tut mir leid, Detective«, sagte der Junge, »heute Morgen kommt niemand mit einer Waffe hier rein. Direkter Befehl des Polizeipräsidenten. Selbst Ihre Dienstmarke bringt Sie nicht bewaffnet da rein.«

»Ich brauche Ihren Lieutenant, sofort.« Fisk atmete schwer, nicht vom Laufen, sondern weil er in seinem Gefühlsaufruhr hyperventilierte.

Jetzt fingen die Leute an zu murren, weil Fisk die Schlange aufhielt. »Hey, was ist da los?« »Wer zum Teufel ist der Kerl?« »Also ehrlich!«

Ein Lieutenant in Paradeuniform näherte sich, da er Schwierigkeiten erwartete. Fisk ordnete ihn mit einem Blick ein. Alte Schule, nicht wahnsinnig intelligent, ehrlich. Ein Polizist durch und durch. Erschien jeden Tag zum Dienst, machte keinen Ärger, absolvierte alle Prüfungen und brachte es zum Lieutenant. Der Mann sah sich Fisks Ausweis an und wiederholte, was der Kadett gesagt hatte.

»Kein Einlass mit Waffe«, sagte er. »Niemand darf nach 7.00 Uhr mit einer Waffe aufs Gelände. Keine Ausnahmen.«

Fisk merkte, dass er auszurasten drohte, und bemühte sich um Beherrschung. Diese Leute zu bitten, ihn bewaffnet hineinzulassen, hieß, sie zu bitten, ihre berufliche Zukunft in seine Hände zu legen, und das würden sie nicht tun.

»Ich muss da rein«, sagte Fisk und zeigte dem Lieutenant seine offene Handfläche. »Sehen Sie mich an, Lieutenant. Ich greife in die Jacke.«

Der Lieutenant beäugte ihn misstrauisch. »Okay. Langsam.«

Fisk griff in sein Sakko und zog seine Glock heraus. Er hielt sie mit dem Griff nach vorn, ließ das Magazin herausgleiten sowie die Kugel in der Kammer und reichte alles dem Lieutenant.

»Okay?«, sagte er.

Der Lieutenant war sich immer noch nicht sicher. »St. Clair«, sagte er. »Checken Sie ihn nach Waffen.«

Der junge Mann fuhr mit dem Stab über Fisk. Der Metalldetektor sprang nicht an.

»Okay?«, sagte Fisk.

Der Lieutenant nahm St. Clair den Metalldetektor aus der Hand. »Sie begleiten Detective Fisk, wohin er auch geht. Wenn Sie ihn abgeliefert haben, melden Sie sich über Funk bei mir. Alles klar?«

»Jawohl«, sagte St. Clair.

»Er hat die ganze Zeit in Ihrem Blickfeld zu bleiben. Klar?«

»Ja, Sir.«

»Okay?«, sagte der Lieutenant zu Fisk.

»Okay.«

Ehe der Lieutenant auch nur nicken konnte, war Fisk durch den Checkpoint und lief im leichten Trab die Greenwich Avenue entlang. Er wusste nicht, welchen Weg er am besten nahm.

St. Clair spurtete ihm hinterher und holte ihn vor der Vesey Street ein, unmittelbar an der Grenze von Ground Zero.

Fisk hörte die Klänge der NYPD Pipe and Drum Band,

die sich einspielte. Sie sollte während der Live-Übertragung ein Medley patriotischer Stücke spielen.

Dass er sie hörte, bedeutete, es konnte nicht mehr weit sein. Und es bedeutete, dass die Zeremonie noch nicht angefangen hatte.

Selbst die beschwingte Musik klang wie eine Totenklage. Fisk hatte Dudelsäcke immer gehasst. Dudelsackmusik hieß Polizistenbeerdigung für ihn.

Gersten liebte Dudelsackmusik. Die Erinnerung traf ihn mit der Wucht eines Krampfs. Ihr waren immer die Tränen gekommen. Musste ihr Polizistengen gewesen sein.

Auf der anderen Seite der Vesey verdichtete sich die Menschenmenge zu einer Masse, die schwer zu überblicken war. Der Eingang auf der Nordseite der Ground-Zero-Gedenkstätte lag hundert Meter weiter vorn. Fisk wusste, er musste verhindern, dass *Die Sechs* zur eigentlichen Zeremonie vordrangen, denn wenn erst einmal alle Akteure an ihrem Platz waren, würde der Bereich um das Podium hermetisch abgeriegelt sein – mit Jenssen mittendrin, bereit, sie alle in die Luft zu sprengen.

Mehr als hundert zivil gekleidete NYPD-Beamte, FBI-Agenten und Secret-Service-Mitarbeiter streiften durch die Menge. Fisk drängte sich in das Gewühl und ließ St. Clair schnell hinter sich, der ihm nachrief: »Warten Sie! Warten Sie!«

Fisk hetzte zum Klang der Dudelsäcke. Tränen brannten ihm in den Augen. In einiger Entfernung entdeckte er links einen blauen Tunnel, der von einem Sammelplatz voller Wohnwagen wegführte.

Er hörte Geschrei und bemerkte, wie einige der Zivilbeamten auf ihn aufmerksam machten. Andere rannten in seine Richtung. Er hob seine Dienstmarke hoch über den Kopf, um nicht niedergeschossen zu werden.

Seine Angst war offenbar elektrisierend, sie zog Menschen in seine Richtung. Er brüllte: »Fisk! Intelligence Division!«, da ihn niemand hier kannte, und selbst wenn, würden sie sein Gesicht kaum sehen können, während er um Fremde herumsauste, die ihm im Weg standen.

Als er näher kam, sah er, dass der Tunnel lediglich eine Reihe von Planen war, die an einem bogenförmigen Gerüst aneinandergestückelt waren und in der Brise vom Hudson River flatterten. Fisk wandte sich nach links und steuerte auf den Sammelplatz zu.

»Hey, hey, hey«, sagte ein Polizist, als er eine weitere Absperrung durchbrach, ohne stehen zu bleiben. Er gab es auf, seine Marke vorzuzeigen. Imitate von dem Blechding konnte man im Internet für ein paar Dollar bestellen.

Was Fisk half, waren seine Jahre im Dienst: Er sah einfach aus wie ein Polizist. Mehr als die Dienstmarke hielt das seine Kollegen davon ab, auf ihn zu schießen. Er lief an einigen Dixi-Klos und einem Bewirtungszelt vorbei. Er flitzte um Zivilisten herum, die Zugangspässe um den Hals hängen hatten, und schaute sich hektisch um. Dann sah er einen Wohnwagen mit offener Tür.

Im Fenster des Wohnwagens stand ein gedrucktes Schild mit der Aufschrift DIE SECHS. Fisk rannte hin und riss die Tür auf.

Ein Tisch mit Essen, leere Sofas, ein Fernseher.

Niemand da.

Jemand kam hinter ihm zur Tür des Wohnwagens gerannt. Fisk wirbelte herum.

Es war ein Polizist mit gezückter Waffe. Patton.

»Fisk?«, sagte er.

»Wo sind sie?«, fragte Fisk.

»Auf dem Weg zum Podium«, erwiderte Patton und deutete. »Wo ist Gersten?«

»Obama? Bush?«

»Noch außerhalb des Kernbereichs. Sie gehen als Letzte rein.«

Fisk packte Patton, drehte ihn herum und stieß ihn aus der Tür des Wohnwagens. »Sorg dafür, dass sie draußen bleiben!«, sagte er. »Egal wie. Es gibt einen Mann mit einer Bombe hier.«

In jedem anderen Zusammenhang hätte eine solche Behauptung erst einmal weitere Nachforschungen nötig gemacht. Aber in diesem Pulverfass der Terrorparanoia wurde die Warnung als bestätigt angesehen, bis sich etwas anderes herausstellte.

Fisk sprang von der obersten Stufe der Treppe zum Wohnwagen und scheuchte Polizisten aus dem Weg, die sich davor sammelten. Die Kapelle hatte mit ihrem Medley begonnen, das über Lautsprecher überallhin übertragen wurde.

Er blickte zu dem blauen Planentunnel vor ihm. Die Menge teilte sich ein wenig, gerade so weit, dass er sah, wie Aldrich, der älteste der Gruppe, den drei Meter breiten Durchgang betrat. Hinter ihm kam Frank, der Journalist. Sie gingen einer hinter dem anderen wie beim Einmarsch zu einer Trauung. In alphabetischer Reihenfolge, was bedeutete …

Fisk sah den Nächsten in der Reihe, groß und blond, mit einem hellblauen Anzug bekleidet. Ein Funktionär mit einem Headset nickte Magnus Jenssen zu.

Mit langen, entschlossenen Schritten betrat der schwedische Terrorist den Tunnel.

Fisk erhaschte einen Blick auf Jenssens linken Arm. Der Teil des Gipses, der aus dem Anzugärmel schaute, war weiß, nicht blau.

Fisk schrie, aber seine Stimme wurde von der Dudelsackmusik übertönt. Jenssen war auf dem Weg zur Bühne.

In Jenssens Ohren klangen die Dudelsackbläser wie das wütende Brummen eines umgekippten Bienenstocks. Es sägte sich geradezu in seinen Kopf. Sein linker Arm war inzwischen wenig mehr als eine in seinen Rumpf implantierte Waffe – eine, die sein Körper abstieß.

Er war im blauen Tunnel. Die Planen flatterten leicht, und jeder Schritt brachte ihn dem Ruhm näher. Zehn Schritte vor ihm fuhr sich der Journalist mit der Hand durchs Haar, um sich auf dem Weg zur Bühne noch hübsch zu machen.

Jenssen stolperte einmal, weil ihm wegen des Schmerzes schwarz vor Augen wurde. Er wurde jedoch vom Willen Gottes und dem Geist Osamas weitergetragen, der durch Jenssen an der Stätte seines größten Triumphs als marodierender Soldat Gottes zum Siegesaltar zurückkehrte.

... und dann wiederauferstehen und dann als Märtyrer sterben ...

Vor ihm: Tageslicht.

Vor ihm: Ruhm.

Das undeutliche Geräusch eines Tumults hinter ihm drang kaum durch den großen Aufruhr in seinem Kopf. Ging es um ihn? Wenn ja, kamen sie zu spät.

Er war im Herz der Bestie. Er hatte ihren weichen, sentimentalen Kern erreicht.

Mit der gesunden Hand zog er den Auslöser aus der

Tasche und rieb ihn leicht mit dem Daumen wie ein Amulett, wie einen heiligen Gegenstand.

Fisk brüllte Jenssens Namen, als Sicherheitskräfte von allen Seiten herbeiströmten und ihn vor dem Eingang zum Tunnel aufhielten. Weiter als bis hierher würde er nicht kommen. Niemand, der nicht auf der Bühne selbst auftrat, durfte in den Durchgang. Er hätte sie vielleicht irgendwann überreden können, aber dafür war keine Zeit. Fisk wich vor den Händen zurück, die ihn aufhalten wollten. »Er ist da drin!«, schrie er wie besinnungslos.

Alain Nouvian, der Cellist, sollte als Nächster hineingehen. Er drehte sich beunruhigt wegen des Lärms um und erkannte Fisk. »Das ist einer unserer Detectives«, sagte er zu der Offiziellen neben ihm.

Die Frau war einzig auf ihren Kopfhörer konzentriert, die Choreografie der Zeremonie bestimmte in diesem Moment ihr ganzes Leben. »Gehen Sie«, sagte sie zu Nouvian. »Sofort!«

Nouvian war unsicher, tat aber wie befohlen und machte sich langsam auf den Weg unter die Plane, nicht ohne einen Blick zurück über die Schulter zu werfen.

Joanne Sparks und Maggie Sullivan wurden von dem Getümmel um Fisk angezogen. »Was ist los?«, fragte Maggie. »Wo ist Detective Gersten?«

Die Erwähnung von Krinas Name verlieh Fisk einen plötzlichen Schub an Kraft, er riss sich von den Polizisten los, rannte um die beiden Frauen herum und dann weiter am Eingang zum Tunnel vorbei.

Während er an der Außenseite des Tunnels entlanglief, versuchte er, Jenssens Position innen zu erraten. Dann legte er den Arm vor den Kopf, um sich vor dem nicht sichtbaren Gestänge zu schützen, und stürmte gegen die Plane.

Er traf gegen eine Querstange, ein kleines Stück neben einem senkrechten Pfosten. Die Wucht seines Aufpralls riss die blaue Plane von der Seitenstange und ließ den gesamten Tunnel wie einen riesigen blauen Wurm erzittern.

Ein Verbindungsgelenk löste sich, und Fisk stürzte der Länge nach auf den Kiesweg, über dem die Plane errichtet war. Er blickte rasch auf und sah eine Gestalt seitwärts taumeln. Die herausgerissene Querstange hatte Jenssen seitlich getroffen und beinahe stürzen lassen.

Fisk richtete sich auf. Jenssen sah ihn an, sein Blick war wirr, er streckte den Gipsarm zur Seite, die andere Hand war offen und leer.

Dann suchte er den Kiesweg hektisch mit Blicken ab.

Fisk rutschte bei seinem ersten Schritt im Kies auf den größeren Mann zu.

Fünf Schritte hinter Jenssen stand Nouvian wie erstarrt da. Er blickte auf etwas zu seinen Füßen hinab.

Ein kleiner weißer Gegenstand lag auf dem Kies. Nouvian machte Anstalten, ihn aufzuheben.

Es war der Auslöser.

»Nicht anrühren!«, schrie Fisk.

Aber Nouvian hatte ihn bereits in der Hand. Er richtete sich auf, betrachtete das seltsame Ding – und sah Jenssen auf sich zustürmen.

Der Schwede stieß ein Heulen aus und ging wie ein Stier auf den Cellisten los.

Nouvian sah Fisk hinter Jenssen, der deutete und schrie: »Nein!« Dann sah er wieder Jenssen an, der auf ihn zurannte.

Alle Verwirrung wich aus dem Blick des Cellisten. In

dem Moment, in dem Jenssen ihn erreichte, warf er den Auslöser in Richtung Fisk.

Im nächsten Moment rammte ihn Jenssen und riss ihn zu Boden.

Fisk fing den Auslöser mit beiden Händen so vorsichtig auf, als handelte es sich um ein frisch gelegtes Ei. Jenssen, der über Nouvian kauerte, drehte sich um und sah, dass das Gerät jetzt in der Hand von Fisk war.

Er stand auf, taumelte seitwärts und hielt sich den Arm mit dem Gips.

Fisk sah, dass der Schwede vor Schmerz und Panik halb im Delirium war.

Jenssen warf sich in Richtung Fisk, als wollte er nun auf diesen zustürmen, aber nach einigen unsicheren Schritten blieb er stehen.

Stimmen hallten durch den Tunnel. Vom Sammelplatz kam Polizei gerannt, außerhalb der Plane strömten Menschen zusammen und drückten gegen die künstliche Wand.

Sie rückten von allen Seiten näher. Jenssen sah sich mit seinem Scheitern konfrontiert.

Er streckte sein gebrochenes Handgelenk vor und betrachtete den mit Sprengstoff geladenen Gips.

Fisk sah Blut von den Fingerspitzen des Mannes tropfen.

Dann fielen Schüsse. Zwei Kugeln schlugen nicht weit von ihnen im Boden ein.

Jemand hatte den Scharfschützen befohlen, blind zu feuern, um die Bedrohung abzuwehren.

Fisk erinnerte sich daran, dass TATP auf drei Arten gezündet werden kann: elektrischer Impuls, Zündschnur oder Erschütterung.

Jenssen wusste, dass er den Auslöser in Fisks Hand nicht rechtzeitig erreichen konnte. Er drehte sich jetzt um und hielt nach der Quelle der Schüsse Ausschau. Wie Bin-Hezam wollte er sich von der Polizei töten lassen.

Nur dass Jenssen zugleich einen Einschlag an seinem Arm anstrebte. Er wollte, dass es zur Explosion kam.

Fisk sah einen wilden Gedanken in die blauen Augen des Terroristen treten. Der Schwede, der Gersten getötet hatte, trat an den Rand des Tunnels und hob den Arm über den Kopf.

Fisk sprang auf ihn zu, konnte die Entfernung aber nicht rechtzeitig überbrücken.

Jenssen schlug seinen Gips mit voller Wucht gegen eine der Metallstangen des Tunnelgerüsts.

Ein lauter Knall… aber kein Blitz. Keine Explosion.

Der Schmerz von dieser Verzweiflungstat lähmte Jenssen. Er sank auf die Knie und hielt den Gips von sich gestreckt, als würde er seinen Arm verschlingen.

Für einen Moment hatte er Fisk völlig vergessen.

Fisk zog den Kopf ein und stürzte sich auf Jenssen. Er rammte ihn mit der Schulter und warf ihn der Länge nach um. Der Terrorist sah zu der Plane des Tunneldaches hinauf, die im Wind flatterte, und versuchte, seinen Gipsarm zu heben. Er wollte immer noch eine Explosion herbeiführen.

Fisk packte Jenssen am Ellbogen und zwang den Gips an den Hals des Terroristen. Er hatte die Würgemale an Gerstens Hals gesehen. Fisk würgte ihn nun mit seiner eigenen Vernichtungswaffe.

Jenssen traten die Augen hervor, seine Lippen wurden blau, der Mund blieb offen stehen.

Fisk griff mit der freien Hand in seine Tasche, holte sein Handy hervor und hielt es dem Sterbenden vor die Augen.

Er wollte, dass er Gerstens Bild sah. Krinas Leiche.

Fisk wollte, dass es das Letzte war, was Jenssen je sehen würde.

Krina Gersten wurde posthum zur Detective ersten Grades ernannt und sechs Tage später auf dem Friedhof St Peter auf Staten Island begraben. Polizeibeamte aus dem ganzen Land nahmen an der Messe an einem Samstagvormittag teil, mehr als tausend Männer und Frauen in voller Uniform.

Die NYPD Pipe and Drum Band spielte »Amazing Grace«. Fisk hasste die Dudelsackmusik nicht. Sie war wunderschön. Ihr klagender Schrei war sein Schrei.

Die lange blaue Schlange defilierte am Grab und an Gerstens gramgebeugter Mutter vorbei. Die nunmehr fünf Helden aus der SAS-Maschine waren anwesend, Fisk vermied jedoch jeden Kontakt mit ihnen.

Sie waren erkennbar am Boden zerstört, sowohl wegen des Todes einer Polizistin, die sie gekannt hatten, als auch wegen der Falschheit eines Menschen, den sie für einen der ihren gehalten hatten.

Maggie Sullivan, die Flugbegleiterin, war besonders erschüttert. Genau wie Alain Nouvian, der Cellist. Er war der Einzige, der es sich angelegen sein ließ, Fisk anzusprechen, vielleicht, weil er dessen Beziehung zu Gersten erraten hatte. Nouvian trug den Arm in einer Schlinge, er hatte sich bei seinem Zusammenstoß mit Jenssen die Hand gebrochen.

Seine Zukunft bei den New Yorker Philharmonikern

stand infrage, sein Status als doppelter Held Amerikas nicht.

Nach der Trauermesse traf Fisk vor der Kirche auf Dubin und den Polizeipräsidenten. Fisk war die ganze Woche nicht im Büro gewesen.

»Ich weiß nicht, ob ich in den Dienst zurückkehren kann«, sagte er zu seinem Boss.

Dubin legte ihm die Hand im weißen Handschuh auf die Schulter. »Lassen Sie sich Zeit. Sie werden zurückkommen. Wir brauchen Sie.«

Fisk antwortete nicht. Er hatte in die eisblauen Augen eines Fanatikers geblickt. Sein größtes Bedauern war, dass er Jenssen nicht getötet hatte. Beinahe hätte er es getan, aber von allen Seiten waren Sicherheitskräfte auf ihn zugeströmt und hatten ihn von Jenssens bewusstloser Gestalt gezerrt.

Man hatte das Leben des Schweden gerettet, aber nicht seinen Arm. Jenssen befand sich jetzt in einem Militärgefängnis. Sein Arm hatte amputiert werden müssen. Angeblich hatte er bereits Informationen über die Terrorzelle in Skandinavien preisgegeben. Nordisch aussehende Dschihadisten, die mit primitiven Rasterfahndungstechniken nicht zu erfassen waren. Der Terror löste sich von seinen ethnischen und religiösen Wurzeln.

Fisk war es egal. Die größeren Zusammenhänge interessierten ihn nicht. Für ihn war es ein Krieg, den gestörte Individuen führten und in dem Unschuldige zu Opfern wurden. Der Fänger im Roggen sein zu wollen, wie Fisk es getan hatte, war Irrsinn.

Andererseits – auch wenn es eine Sisyphusarbeit war, jemand musste sie tun. Oder es zumindest versuchen.

Einige Tage später stand Fisk im Metropolitan Museum of Art vor Monets Sonnenblumen. Er dachte daran, wie alles angefangen hatte, damals in dem Hangar in Ramstein, mit den digitalen Bildern, die die Nachrichten von und zu bin Laden enthielten.

Fisk war nicht das, was man einen kunstinteressierten Menschen nennen könnte, aber ein Museum war so gut geeignet wie jeder andere Ort, um darüber nachzudenken, wie es im Leben weitergehen sollte. Gerstens Leben war für alle Zeit vorbei, und es wäre ihm nicht richtig erschienen, wenn sein eigenes jetzt nicht in eine neue Richtung steuern würde. Genau das ging ihm durch den Kopf, als er die Sonnenblumen betrachtete.

Niemand wusste von ihm und Gersten. Das war gut so. Es erlaubte ihm, allein und in seinem eigenen Tempo um sie zu trauern. Aber es war auch schlecht. Alle verstanden, dass er tief betrübt über den Verlust einer Kollegin war. Niemand verstand, dass er außerdem einen geliebten Menschen verloren hatte.

Wenn er aufhörte, die Dudelsackmusik in seinem Kopf zu hören, würde es Zeit sein weiterzugehen. Dann wüsste er um seinen nächsten Schritt.